U0165597

1. 五行圖
2. 北埔柿餅
3. 北埔客家的東方美人茶

4	5
6	8
7	

4. 古床
5. 衣架及客家服飾
6. 灶頭
7. 門1
8. 客家攻炮城活動

9	10
11	13
12	

9. 客家服飾創新
10. 客家炒粄條
11. 客家的伯公
12. 客家茶園
13. 客家的門簾

西嗣續為女繼絕為先
三得正祀從鬮輪八臺
二不食牛犬知恩無頪
一生廬死張故回張廖
七嵌嚴規七條祖訓

18	19
20	21

18. 恩公廟
19. 桃園夥房
20. 崙背的七崁祖訓
21. 高麗菜封及冬瓜封

22	23
24	25

22. 野蓮
23. 楝對一
24. 楝對二
25. 煙苗

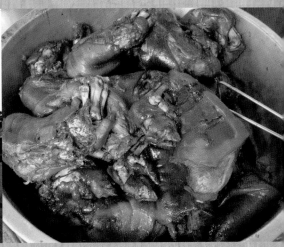

30	31
32	33

30. 橫溝
31. 薑絲炒豬腸
32. 藍衫
33. 藍黑衫

臺灣 客家

第二版

語音導論

鍾榮富 著

五南圖書出版公司 印行

再版感言

　　那天，五南負責文字、語言領域的黃惠娟副總編輯打電話說，《臺灣客家話導論》將要再版。剛聽到訊息還以為聽錯了，書從2004年出版以來，讀者遍布海內外，因為他們都曾寫過e-mail跟我討論內容，有的是積極的建言，但是大半都是想進一步了解相關的研究或建議，例如目前就有一位日籍研究生，捧者該書走到美濃地區作客家話疑問句的研究，她說主要根據我的書寫作為調查的基底。又有一位在荷蘭的研究生表示，說根據我的語音去進一步深入探討語音與理論的關係。有一位大陸的客家女婿讀了此書後，引起他對客語研究的興趣，還把舊書堆取得的資料寄給我參考，像這樣的消息，我都用心回覆，耐心討論。還記得當初進入學術工作之時，要分析客家話的語音或句法，很難找到相關著作，因此如今這樣的一本書能協助需要的研究生，心中倍感高興。

　　聽到再版不敢相信，主要是因為客家研究是冷門，語音更為冷門中的冷門。後來回頭翻書，發現再版可能不切實際，因為文獻回顧已經增多不少，而且有些語音的差異更有了新的看法。雖然音韻方面屬於語料的分析，變化不大，而且手中已經有兩本書的底稿可以補部分的缺失。但是五南認為書還是有人需要，既然如此，就值得再版。躊躇再三，約副總編惠娟見面討論磋商之後，達成共識，在文獻方面作增補，並把客家的代名詞加入，錯字修訂，乖誤重校，其他還是維持不變。

　　藉此機會，感謝五南惠娟的敦促，感謝蔡佳伶責任編輯的細心核閱，更感謝多年來協助我從事客語研究的國科會（科技部）與客委會。

目 錄

第一章

緒　論

引論

　　本書主要是描述臺灣的客家話。要了解臺灣的客家話，應從兩個角度切入，也即要探索這兩個問題：(a)什麼是臺灣客家話？(b)臺灣的客家話有哪些值得討論？

　　臺灣的客家話並非單一腔調、單一方言的語言，而是地含臺灣各縣市，腔有四縣、饒平、東勢、海陸等客家次方言的漢語方言。因此，本書第二章將介紹臺灣客家方言的分類、特性、分布及人口數。

　　要了解客家話，至少要掌握其語意、構詞、語法及其文化與語言的關係，為此我們將在本書第三章回顧了過去之研究成果；第四到第六章分別介紹客家話的語音，方言間的語音差異，及共同的音韻現象；第七章介紹構詞；第八、第九章分別談客語的疑問及否定句型；第十章以夥房、聚落、客家人來介紹客家人的文化與生活背景。當然，客家話的研究能有今天的成果，前輩、先賢們之辛勞摸索，居功甚偉。

本書組織

　　除了本章外，本書由九個章節所組成。第二章是臺灣客家話的介紹，包括客語的各個次方言、分布、人口數以及各次方言之特色。

　　第三章作文獻的回顧。要作好客家話研究，勢必先了解前輩先賢之心血，因此本章探討了《石窟一徵》以降有關客家話的研究、調查與辭書，包括了簡單的紀錄、教學資料及學術之研究，也剖析了從結構語言學、歷史語言學及最近衍生語法理論對客語之描述。

　　第四章介紹臺灣客家話的語音及發音過程之討論，分聲母、韻母、聲調等傳統聲韻學的語音單位切入，並就每個音段的發音介紹了以發音過程為本的區別性特徵，最後更以客語聲調類別來舉實例，讓客家人了解客語語音的本質，同時也可讓非客語人士學習客家話。

　　第五章討論了臺灣各客家次方言的語音差異，分別從聲母、韻

母、聲調來論究四縣、海陸、東勢、詔安、饒平、永定與卓蘭等各次方言的語音異同，同時爲更明瞭聲調上的區隔，我們選樣用聲學分析程式作各聲調的分析，以確定各方言之調值差別。

　　第六章是作音韻的分析，探討了各次方言間相同及相異的音韻現象，音韻的分析著重在整個語音系統的研究，基本上並不同於語音的討論，爲明白此兩者差異，本章也先提供一些背景作爲討論的基礎。

　　第七章是客家話的構詞。我們從重複、附加、複合等三個角度切入，並討論了各種構詞的運用方式，同時本章也討論了目前有關客語四字擬聲詞的特殊結構。

　　第八章記述客語的疑問句，主要分四種句型。這四種疑問句各有交疊之處，如選擇問句與疑問詞問句之共同處，在於兩者都以no爲語助詞，且兩者的回答都不用是不是之類的助動詞引導，而直接講出所選的標的答案。疑問語助詞及正反問句也有共同之處，兩者其實本質相同，因爲有些客家話的疑問詞源自於正反句之最後的否定詞。

　　第九章討論客家話的否定句，客家話的否定詞有m（唔）、mo（沒）、m moi（不會）、m moi（不愛）、m mo（不好）、m çit（唔須）、maŋ（未）、mok（莫）、put（不）、çi（tso）mu tet（使（作）不得）等八個。其中，m（唔）、mo（沒）是最主要的單音否定詞，另外三個單音否定詞maŋ（未）、mok（莫）、put（不）的用法較侷限於特殊用法，maŋ（未）是陰平調（33），用於表完成的時貌。mok（莫）是陰入調，用於祈使句。put（不）是陽入調，只有較文言的語句中才會使用。

　　第十章探討了客家諺語中的語言使用，主要是從語言的層面來看客家諺語，另方面了解一個族群的語言，需要了解這個族群的生活背景，因此第十章介紹客家人的生活文化。

本書採用音標

　　任何描述語言的書，都必須要取用一種音標。特別是本書的對象是臺灣的客家話，一個難以完全用漢語文字表述的語言，更需要仰賴音標。目前的臺灣語文界對音標都或多或少有興趣，類別與種類的產量很多，而本文採用的是IPA1999所增定的國際音標。

　　爲了使讀者更清楚的掌握這套音標的使用與理解，本小節就國際音標與國內常用的其他音標，如注音符號、依符號第二式、教會羅馬音標，以及時下最廣爲通行的教育部拼音，作個比較。教育部版的拼音，入聲音節以-b、-d、-g作韻尾，本書則以-p、-t、-k爲之。

　　至於代表客語的每個音標的讀法、例字，將在第三章逐一介紹。同時爲了方便，我們採用聲母、韻母及聲調的分類。[1]

一、聲母

本書音標	注音符號	注音符號第二式	教會羅馬拼音	教育部拼音	例　　字
p	ㄅ	p	p	b	-a巴 -i比 -u補
p'	ㄆ	ph	ph	p	-a怕 -i備 -u部
m	ㄇ	m	m	m	-a馬 -i米 -u母
f	ㄈ	f	f	f	-a花 -i/ui非 -u夫
v	万	v	v	v	-an灣 -i/-ui胃 -u烏
t	ㄉ	t	t	d	-a打 -i知 -u肚
t'	ㄊ	th	th	t	-am貪 -i第 -u途
n	ㄋ	n	n	n	-a拿 -an難 -ui內
l	ㄌ	l	l	l	-an懶 -i里 -u路

1　本表注音符號、注音符號第二式、羅馬拼音依古國順1994。

本書音標	注音符號	注音符號 第二式	教會 羅馬拼音	教育部 拼音	例　字
k	ㄍ	k	k	g	-a加 -i居 -u姑
k'	ㄎ	kh	kh	k	-a卡 -i企 -u庫
ŋ	ㄫ	ng	ng	ng	-a牙 -oi外
h	ㄏ	h	h	h	-a哈 -i希 -o好
tɕ	ㄐ	c(i)	ch(i)	j(i)	-ia借 -iu酒 -iap接
tɕ'	ㄑ	ch(i)	chh(i)	q(i)	-ia謝 -iu秋 -iaŋ請
ñ	ㄫ(一)	ng(i)	ng(i)	ng(i)	-iam黏 -iu牛
ɕ	ㄒ	s(i)	s(i)	x(i)	-a寫 -iu修
tʃ	ㄓ	z	chi	zh	-a遮 -i紙 -u豬
tʃ'	ㄔ	zh	chh	ch	-a車 -i齒 -u處
ʃ	ㄕ	sh	sh	sh	-a蛇 -i時 -u書
j	ㄖ	j	j	r	-a野 -i衣 -oŋ養
ts	ㄗ	c	ch	z	-a詐 -o作 -u租
ts'	ㄘ	ch	chh	c	-a差 -o坐 -u粗
s	ㄙ	s	s	s	-a砂 -o掃 -u蘇
					-an恁 -en恩 -on安*

*這一列，傳統聲韻學稱為零聲母。跟據李方桂（1931）零也是一個音，故這一列沒有任何符號，但卻是個真正獨立的聲母，稱為零聲母。

二、韻母

本書音標	注音符號	注音符號 第二式	教會羅馬 拼音	教育部 拼音	例　字
ɨ		ii	ụ	ii	ts-資 ts'-次 s-私
i	一	i	i	i	t-知 k-居
e	ㄝ	e	e	e	s-細 ts-姐

本書音標	注音符號	注音符號第二式	教會羅馬拼音	教育部拼音	例　　字
a	ㄚ	a	a	a	p-爸 m-媽
o	ㄛ	o	o	o	k-高 s-嫂
u	ㄨ	u	u	u	t-肚 p'-普
ie	ㄧㄝ	ie	ie	ie	ñ-蟻
eu	ㄝㄨ	eu	eu	eu	s-燒 p-票
ia	ㄧㄚ	ia	ia	ia	ñ-你的
ua	ㄨㄚ	ua	ua	ua	k-瓜 ŋ-瓦
ai	ㄞ	ai	ai	ai	ŋ-我 l-犁
uai	ㄨㄞ	uai	uai	uai	k-乖
au	ㄠ	au	au	au	p-包 ts-焦
iau	ㄧㄠ	iau	iau	iau	t-鳥 l-料
io	ㄧㄛ	io	io	io	k'-瘸 ñ-揉
oi	ㄛㄧ	oi	oi	oi	p-背 h-害
ioi	ㄧㄛㄧ	ioi	ioi	ioi	k'-累
iu	ㄧㄨ	iu	iu	iu	k-求 l-流
ui	ㄨㄧ	ui	ui	ui	k-貴 l-類
ue	ㄨㄝ	ue	ue	ue	k'-（東西破碎之聲）
ɨm	(ɨ)ㄇ	iim	ựm	im	ts-斟 ts'-深
im	ㄧㄇ	im	im	im	ts-吻 ts'-尋
em	ㄝㄇ	em	em	em	ts-砧 s-蔘
am	ㄚㄇ	am	am	am	k-柑 l-藍
iam	ㄧㄚㄇ	iam	iam	iam	k-兼 t-店
ɨn	N	iin	ựn	in	ts-真 s-神
in	ㄧㄣ	in	in	in	tɕ-進 tɕ'-儘
en	ㄝㄣ	en	en	en	t-燈 t'-殿

本書音標	注音符號	注音符號第二式	教會羅馬拼音	教育部拼音	例　　字
ien	一ㄢ	ien	ien	en	k-間 t'-天
uen	ㄨㄝㄣ	uen	uen	uen	k-耿
an	ㄢ	an	an	an	p-班 t-單
uan	ㄨㄢ	uan	uan	uan	k-關 k'款
on	ㆤㄣ	on	on	on	o-安 s-酸
ion	一ㆤㄣ	ion	ion	ion	ñ-軟
un	ㄨㄣ	un	un	un	s-孫 ts'村
iun	一ㄨㄣ	iun	iun	iun	k-君 k'-裙
aŋ	ㄤ	ang	ang	ang	t-釘 l-冷
iaŋ	一ㄤ	iang	iang	iang	l-領 p'-病
oŋ	ㆤㄥ	ong	ong	ong	t-當 h-香
ioŋ	一ㆤㄥ	iong	iong	iong	p-放 l-量
uŋ	ㄨㄥ	ung	ung	ung	p'蜂 t-東
iuŋ	一ㄨㄥ	iung	iung	iung	l-龍 h-雄
ɨp	(ɨ)ㄅ	iip	ṳp	ib	c-汁 s-濕
ip	一ㄅ	ip	ip	ib	l-笠 k-急
ep	ㄝㄅ	ep	ep	eb	s-澀 k'-蓋
ap	ㄚㄅ	ap	ap	ib	t-答 k-甲
iap	一ㄚㄅ	iap	iap	iab	t'-帖 k-劫
ɨt	(ɨ)ㄉ	iit	ṳt	id	ts-質 s-食
it	一ㄉ	it	it	id	tɕ-躓 p-筆
et	ㄝㄉ	et	et	ed	p-北 t-德
iet	一ㄝㄉ	iet	iet	ied	p-鱉 t-跌
uet	ㄨㄝㄉ	uet	uet	ued	k-國
at	ㄚㄉ	at	at	ad	p-八 t-值

本書音標	注音符號	注音符號第二式	教會羅馬拼音	教育部拼音	例　字
uat	ㄨㄚㄅ	uat	uat	uad	k-刮
ot	ㄛㄅ	ot	ot	od	p-發 t脫
iot	ㄧㄛㄅ	iot	iot	iod	tç-啜
ut	ㄨㄅ	ut	ut	ud	p-不 k-骨
ak	ㄚㄍ	ak	ak	ag	p-伯 ts-隻
iak	ㄧㄚㄍ	iak	iak	iag	p-壁 ç-惜
uak	ㄨㄚㄍ	uak	uak	uag	k-（刮刮叫之聲）
ok	ㄛㄍ	ok	ok	og	s-索 p'-薄
iok	ㄧㄛㄍ	iok	iok	iog	k-腳 l-略
uk	ㄨ	uk	uk	ug	s-叔 k-穀
iuk	ㄧㄨㄍ	iuk	iuk	iug	h-育 tç-足

三、成音節輔音

本書音標	注音符號	注音符號第二式	教會羅馬拼音	教育部拼音	例　字
m̩	ㄇ	m	m	m	晤（客語的否定詞）
ŋ	ㄥ	ng	ng	ng	魚 五

四、聲調

　　陰平在教育部的拼音中採用「24」，表示略為上升的語調。本文根據Liang 2004與Huang 2003（兩者均以美濃客家話為對象）的研究，認為陰平應該是33的平調。教育部版的聲調標音法是標在母音之上，故多用一個V表示。[2]

---

[2]　用某物去填補或墊底，客語叫作 t'ap。

本書調號	33	11	31	55	3	5
傳統名稱	陰平	陽平	上聲	去聲	陰入	陽入
教育部標號	ˊ	ˇ	ˋ	∨	ˋ	∨
例　　字	三	民	主	義	炙	辣
	詩	時	死	士	識	食
	干	錢	淺	賤	切	賊
	貪	談	探	淡	t'ap^2	踏

第二章

臺灣地區客家話的
分布

引論

　　本章主要是介紹臺灣客家話的基礎背景，將分別討論臺灣客家話
次方言的分類、分布與客家人的人口數。分類上，除了沿襲傳統的四
縣客及海陸客之外，還參酌最近的調查發現，增加了饒平、東勢、詔
安、永定與卓蘭等方言，而且也把四縣客更加細分成南部與北部方
言。海陸客家在臺灣雖然也頗受重視，但相關研究還是不足，因此本
文也只能就初步觀察之發現作為討論基礎。其次，我們也依方言歸
類略談臺灣客家方言之分布。最後，本文討論客家人與客家話之關
係，並探討臺灣客家人口之數目與人口比例。

臺灣客家方言的分類

　　臺灣的客家話研究，學術上分為五種：海陸、詔安、饒平、東
勢與四縣（羅肇錦1990，鍾榮富2004，徐貴榮2005）。[1]海陸指移
民自海豐、陸豐等潮州府轄區的客籍人士。詔安及饒平客家人來自
粵東，東勢客則多來自大埔、豐順等地區。四縣指祖先移民自廣東
境內的平遠、蕉嶺、五華、興寧等舊屬「嘉應州」的四個縣市，卻
以梅縣客家話為四縣客的正宗（楊時逢1957，羅肇錦1984，鍾榮富
2004），理由是梅縣為嘉應州府治之所在。其實，「四縣客」是人為
的命名，首見於楊時逢（1957），之後廣為學術界與行政部門採用。[2]

---

[1]　但這樣的分類並不充分反映臺灣的客家話類別，因為臺灣還有永定、豐順及卓蘭等方言。

[2]　「四縣」的稱呼恰如哥倫布對「印地安人」之命名，純屬於歷史上美麗的誤會。有人根據歷
　　史，認為「四縣」是指「梅縣」尚未劃分為縣以前留下來的習稱。其實，「四縣」完全是根
　　據楊時逢（1957）的名稱而約定成俗的稱謂，客籍的語言學家或歷史學者均無人反對，於是
　　化為固定的名稱。按：根據個人的田野調查經驗，梅縣地區以至於平遠、蕉嶺、興寧、五華
　　等均沒有「四縣」的稱呼。遠徙到新加坡的客家人稱為「五屬」（平遠、蕉嶺、興寧、五
　　華、梅縣）或嘉應客，也不稱「四縣」，可見「四縣」是臺灣的產物。楊時逢主要的比對是
　　袁家驊（1980）[2001]，內容即為梅縣客家話。

　　依Yang 1967，興寧客語與梅縣、蕉嶺、平遠等地之客語有很大
的區別，前者有捲舌聲母「tʂ, tʂ', ʂ, ʐ」，且韻尾缺「-m/p」，後者
（梅縣、蕉嶺、平遠）並沒有捲舌聲母，韻尾則「-p/m, -t/n, -k/ŋ」
俱全。饒是如此，我們也應該體認：過去客語文獻上所謂的「四
縣」，指的是來自廣東原鄉的平遠、蕉嶺、五華（長樂）及興寧等四
縣。

　　海陸與四縣最大的區別在聲調上：四縣客只有六個聲調（陰平、
陽平、上聲、去聲、陰入、陽入），而海陸客則有七個調，因爲海
陸的去聲也分陰、陽，例如四縣的「順、晒、怪、叫」與「會、
隊、謝、趙」唸同一聲調，海陸則把「順、晒、怪、叫」唸陰去，
把「會、隊、謝、趙」唸陽去。聲母方面，海陸多了一組舌面音「tʃ,
tʃ', ʃ, ʒ」。臺灣海陸客家話主要分布於桃園及新竹兩縣境內。

　　饒平客家話源自廣東的饒平縣，位於廣東西南角，接近與福建交
接之處。目前饒平客語在臺灣的分布仍然尚未完全了解，依呂嵩雁
1993，徐貴榮2005之見，桃園中壢的過嶺里、新竹竹北市的六家中
興里、新竹縣芎林鄉的文林村、苗栗縣卓蘭鎮的新厝里及臺中縣東勢
鎮的福隆里還有人說饒平客語。與四縣客語比較，饒平客語多了一組
捲舌聲母「tʂ, tʂ', ʂ, ʐ」及一組舌面音「tʃ, tʃ', ʃ, ʒ」，可說兼俱了海
陸與興寧的特色。

　　詔安客家話源於福建最南端的詔安縣，在臺灣已逐漸消失，目前
只有在雲林縣境內的崙背及二崙兩鄉內，還有三、五個村落是較大
的方言據點，其他原爲詔安客語區的西螺（雲林）、永靖、埔心、
溪州（彰化）等幾乎很難得再聽到客家話了。由於受閩南語的強勢
包圍，僅存的詔安客語也有了大量的閩南語彙，如「臭耳聾」、「va
kue（碗糕）」，而且語音上也深受閩南語的影響，如朋友的「朋」
唸「bin」（客語原無濁聲母[b]），「汽水」的「汽」唸[k'i]（四縣
唸[hi]）。與四縣客比起來，詔安客最大的特色是舌尖前元音[ɿ]可以
接[ŋ]，而一般有[ɿ]的四縣客都只允許[ɿ]接[-m/p, -n/t]。

　　東勢客語過去有人把它歸爲饒平客（羅肇錦1987、1990），

或歸爲四縣客（楊國鑫1993），我則把東勢客視爲大埔腔（鍾榮富
1997a）。其實，方言的歸類應考慮到祖先的遷徙、語言的特性與歷
史的源流，這些都尙無法取得足夠的證據，因此本文暫時將東勢客看
成一個獨立的方言類別。東勢客的語音特性有二：一是保存舌尖前元
音[ɨ]，但該元音卻不接任何韻尾。第二，東勢客多一個陽平調35，
該調有區別語意之功能（如「tʃ'ia33」（車衣服之車）與「tʃ'ia35」
（車子之車），而且它也是陽平調（33）的變調，如「烏陰」本調
是「33+33」，變調後是「35+33」。這種現象頗類似於國語的輕
聲，時而有對比功能（如「東西」的「西」可唸第一聲（陰平），也
可唸輕聲，兩者語意不同），時而來自於變調（如「姊姊」之第二音
節的輕聲來自於第三聲的變調）。根據蘇軒正（2010）之見，東勢
客家話介於豐順與大埔之間，與豐順相似之點還多於大埔。但根據個
人蒐集大埔境內各地的腔調之後，還是認爲臺灣的東勢客家話劃爲大
埔腔並無不妥。

　　卓蘭客語基本上是四縣客語的一支，只是小小的卓蘭一鎮，內有
四縣、海陸及饒平等客方言的交互影響，逐漸有了獨立的特色，例
如卓蘭的舌尖前元音[ɨ]，與東勢客相同，只能單獨成韻不接任何韻
尾，但是卓蘭沒有像東勢一樣的多個陽平調。另方面，卓蘭也沒有
「tʃ, tʃ', ʃ, ʒ」，韻母方面也介於海陸、四縣及東勢之間，因此本文
把卓蘭看成單一個客方言區。

　　最後是永定客語。除了呂嵩雁（1995）外，李厚忠（2003）有
了更爲細膩的田調。把永定客語列爲臺灣客語的主要原因是它的確存
在，而且也希望日後有更多的調查或研究。永定客語的特色有三：
(a)有「tʃ, tʃ', ʃ, ʒ」，(b)陽聲韻尾只有[-n, -ŋ]而沒有[-m]；入聲韻尾
只剩喉塞音[ʔ]。(c)名詞詞尾以[ə]爲詞綴。

　　以上我們對臺灣的客家方言作了簡單的歸類，主要的依據是語音
上的參考，可以看出各次方言各有特色。在這個歸類之下，臺灣的客
語有四縣、海陸、饒平、東勢、詔安、卓蘭及永定等次方言。

臺灣客家話的分布

前一小節已就臺灣客家方言之歸類，及大概分布作了簡要的說明，但客家人與客家話的分布，卻需要更細的陳述。

目前臺灣的客家區依其族群集散的地點，可分爲以桃、竹、苗三縣爲主的北部客家。臺中縣的新社、石岡、東勢、和平、中寮；南投縣的埔里、國姓、魚池、水里、信義；彰化縣的溪州、埤頭、竹塘、二林；雲林縣的崙背、二崙；爲主的中部客家。以及居住在高屛兩縣，俗稱六堆客家的南部客家等三個主要地區，另外在東部宜蘭的員山鄉、花東地區的池上、鹿野、關山與鳳林等鄉鎮，尚有部分的客家人散居於此。

客家人所居大都爲近山或靠山之貧脊地區，故客諺有云：「逢山必有客，無客不住山。」人口過剩，耕地不足，促成了客家人一再遷徙，爲了生存，現在臺灣各地都可以看到客家人的足跡，反映在建築、民俗或信仰之間。早期客家人的衣著（如大襟衫、藍衫、大腳褲）、食物（粢粑、粄條、鹹菜、醬瓜）、行裝（如髻鬃）、居家（如夥房、三厝屋）等都有別於閩南人，一看即可辨識，但現在這些客家圖騰都已隨著族群的日漸融合而逐漸消失，只有客家話才是唯一的圖騰了。爲了能更清楚了解臺灣客家的分布，以下依其居住的地點分爲北、中、南、東四區加以說明：[3]

一、北部地區

1. **大臺北地區：** 早期到臺北發展的客家人散居在臺北縣市各地，如金山、萬里、深坑、石碇、景美、木柵、新店、土城、樹林、鶯歌、三峽、五股、新莊、林口、淡水、三芝、石門以及八里、泰山等地都有過客家人的足跡。

---

[3]　這部分主要參考羅肇錦1990，劉還月1999、2000，涂春景1998a、1998b。

臺北市則以今日的二二八紀念公園到克難街、廈門街、南昌街旁及中、永和一帶爲主要客家區，即使是現在，依然客音處處可聞。另外在今日的通化街、臥龍街、虎林街、合江街、五常街、士林、北投也都住了不少的客家人。不過隨著時代的變遷，這些原本屬於臺北客家族群聚居的大本營，如今早已爲閩南勢力所取代。

殘居一隅的客家人已成了個體戶，散居於閩南語群之間，成了方言島內孤立的散戶。由於現代化的高樓住家戶戶封閉，只有鄉親聚集，或有客家民俗的慶典，才可能聽到全面性的客語溝通。還好近二十年來由桃、竹、苗三縣簇擁而來的客家人，北上就業後又形成了一股新的客家力量，這些新的客家移民分別聚居在臺北縣的三重、板橋、中、永和及臺北市的內湖、淡水河、新店溪左岸等地。

不論是早期的移民或現代的上班族，來臺北的客家人總是散居各處，一方面由於生活所迫，一方面爲顧及下一代的教育，客家話都處於弱勢，而有日益淡出客家移民圈的態勢。日後，這一代的客家遺風，將很難用客家話來傳承。

2. **桃園、新竹**：在很多人的印象中，桃園、新竹是客家人滿布的地方，然而細加審視，也可以發現客語的消失。早期在桃園的南崁、竹圍、八德、復興角、板山、大溪等地都是客家人集居地，後來因受閩籍移民的壓力，除了部分留居在原地而被同化爲閩南人外，大部分的客家人選擇了移居他鄉，而這些原本的客家鄉鎮也成了閩南語範圍區。今日存留在桃園的客家鄉鎮有以說四縣客家話爲主的中壢（少部分說饒平客家話或永定客家話）、龍潭、平鎮和說海陸話的觀音、新屋、楊梅等地。至於新竹的新豐、新埔、湖口、芎林、橫山、關西、北埔、寶山、峨眉等鄉鎮都是以說海陸話爲主的客家區。新竹縣依然是客家族群的重要據點。

3. **苗栗**：苗栗縣是四縣客家話的大本營，全縣除了靠海的苑裡、通宵、竹南、後龍、三灣與卓蘭有閩籍族群居住以外，其他的鄉鎮

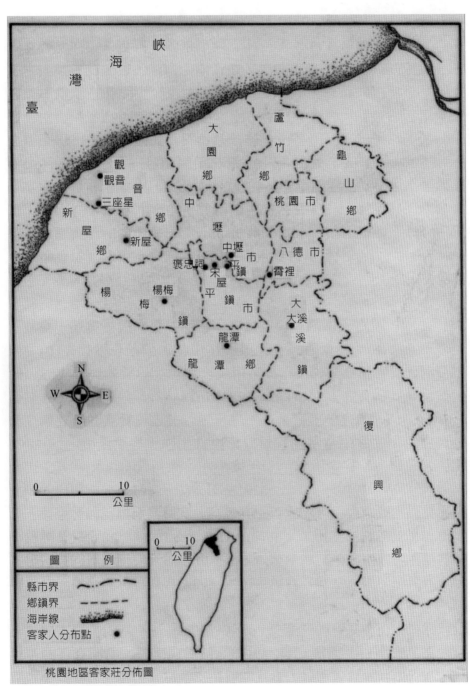

桃園地區客家莊分佈圖

圖2-1　桃園地區客家莊分布圖

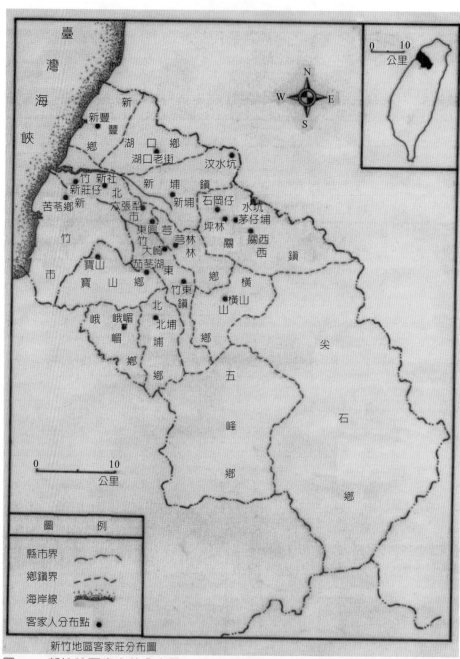

新竹地區客家莊分布圖

圖2-2　新竹地區客家莊分布圖

如公館、頭份、大湖、銅鑼、三義、西湖、頭屋、南庄幾乎都是
純說四縣客家話的客家區。苗栗的卓蘭鎮內雜有四縣（草寮、大
坪林、雙連潭、眾山、東盛、白布帆、埔尾、瀝西坪）、海陸
（食水坑）、饒平（老庄）、以及含有各客家次方言之特色的卓
蘭客語（中街、內灣、水尾），真是客語次方言研究的重鎮。苗
栗縣不僅是臺灣四縣客家話的中心，也是難得的客家縣，是保存
客家話的重要堡壘。

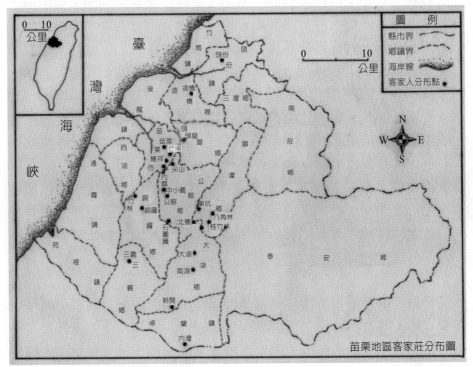

圖2-3　苗栗地區客家莊分布圖

二、中部地區

1. **臺中縣**：臺中縣早期也有不少客家人的開發區，像神岡、社口、潭子、豐原、大雅、石岡、東勢、大甲、新社、日南、沙鹿、谷里、石圍牆等地都屬客家人的開發地，然而今日的豐原、潭子、神岡、后里等地幾乎已沒有大據點客家人居住區。目前臺中縣境的客家話存於東勢、石岡、新社、中寮、和平等鄉鎮，大都是屬於大埔腔的東勢客，但東勢鎮的福隆里一帶還有少許說饒平話。

2. **雲林、彰化**：雲林縣境內，早期是臺灣詔安客家話的主要地區，如二崙、西螺、崙背等鄉鎮皆是。但隨著大量的閩南人移入，這裡的客家人大都已被同化。雖然目前在中年以上，還有人會說詔安客家話，但客語在這裡卻迅速的消失在年輕的一代中。同樣的情形也發生在彰化，原先大村以南，如員林、永靖、埔心、北斗、社頭、溪州、竹塘等鄉鎮皆為客家庄，而今卻完全變成了閩南區。在客家語的使用上，除了部分老一輩的人會一些客家話外，客語在此可說是消失殆盡。

3. **南投縣**：南投縣原來也有為數不少的客家人，現在的國姓、埔里、魚池、水里、信義等鄉還存有客家聚落，客語雖不是日常通行之語言，然客音時有所聞。區內除埔里說海陸外，其餘為四縣客語區。

從地圖上看，整個中部地帶的客語區雖在行政上分為臺中縣、南投縣、彰化縣及雲林縣，但就地理位置而言，卻是一個鄰近互接的所在，可以看出早期的客家人團聚以居，負嵎一致，為生存奮鬥的歷史背景，也清楚地反映當時面對陌生環境的同仇敵愾之心境。

三、南部地區

1. **高雄、屏東地區**：南部地區的客家人主要分布在高雄縣與屏東縣，雖在不同的行政區域，精神上卻共榮辱，合稱為「六堆」。

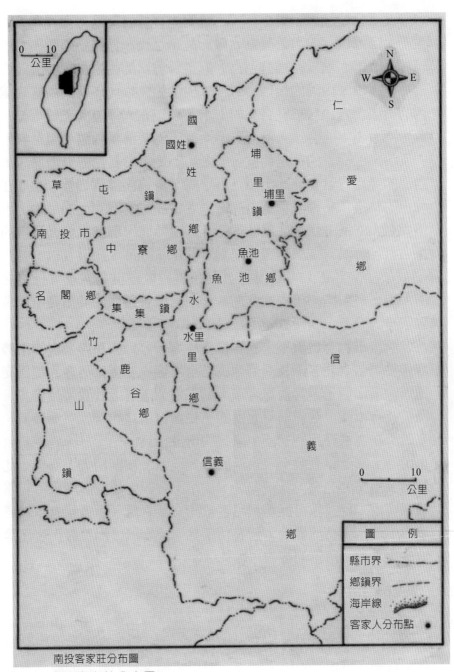

南投客家莊分布圖

圖2-4　南投客家莊分布圖

　　此名肇始於朱一貴事件，當時的先賢杜君英爲護衛客家人的生存，回鄉徵召義勇，分爲六隊。亂平之後，爲維持患難與共的精神，改稱六堆。六堆分別爲今屏東縣竹田鄉的中堆，麟洛、長治鄉的前堆，內埔的後堆，新埤、佳冬的左堆，高樹與高雄縣境內的美濃、六龜、杉林合稱的右堆，及位在大後方的先鋒堆——萬巒鄉。六堆的客家人沿高屏溪而居，過著晴耕雨讀，與世無爭的生活。他們說的都是四縣客家話，不過由於長期的分地而居，內部的客家方言也開始出現差異。除了前述的鄉鎮之外，早期在屏東的林邊、枋寮、東港、車城恆春半島也有客家人的足跡，可惜如今大部地區已全部說閩南語。即使如此，現在車城鄉境內的保力村、統埔村依然是客音處處可聞。

　　在恆春半島上的滿州鄉、恆春鎮，曾經也是客家人打拚之處，現在只剩滿州境內的九棚、滿州、恆春鎮內的社頂等還保有客家村的原型，同時也還可聽見客家話。

　　高雄市也有爲數不少的客家人居之，分別移民自臺中的東勢客，桃竹苗之北客，及高屏地區之六堆客。如今東勢客大都爲交通運輸業之鉅子，其他之客家人則以中低階層之公教人員居多。職業或有不同，居處則以北區的三民區與南區的苓雅區爲最多。

2. **嘉義**：在客家移民的初期，嘉義的新港、溪口、大林、北港及阿里山等，都是以說饒平客家話的移民地區。在閩南人大舉移入此地後，原先的客家人就被同化，成了不會說客語的閩南人。在嘉義縣境內，現在還可能聽到用客家語交談之處，大概只有中埔鄉境內中埔、牛稠埔等地，還有枋子林、詔安厝、海豐厝、客庄等地，尚有疏疏落落的客家人。

四、東部地區

1. **宜蘭**：早期宜蘭地區的客家人大多是爲了開拓新家園，由北部越過中央山脈，或是由桃園、新竹縣境，進入蘭陽平原，定居於三星、蘇澳、員山、東山、礁溪、羅東等地。然而當時的蘭陽平原

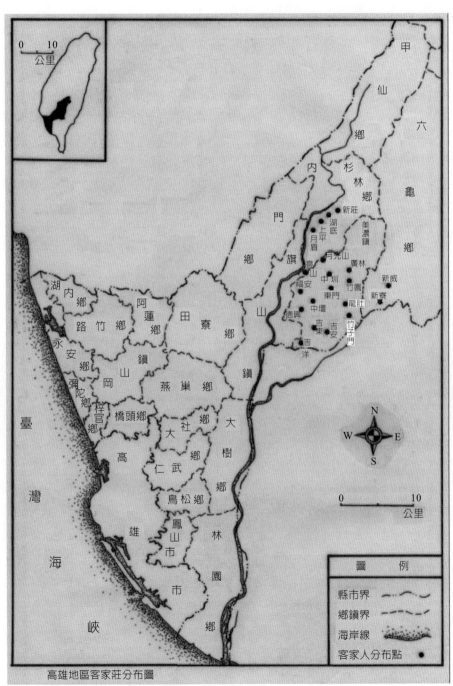

高雄地區客家莊分布圖

圖2-5　高雄地區客家莊分布圖

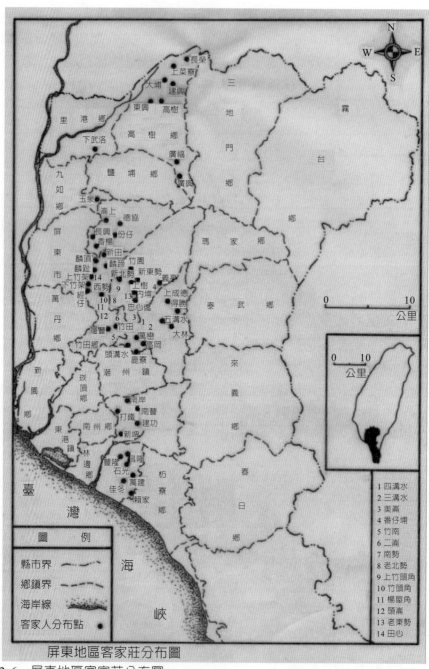

圖2-6　屏東地區客家莊分布圖

多已為閩南人所拓，於是部分客家移民往南遷移，進入花東縱谷，餘留下的客家居民大都改說閩南語。今日僅能夠在蘭陽淺山地區、員山鄉的雙連埤以及三星地區，找到少數純說詔安客語的客家人，但大多數的客家人已不再說客家話。

2. **花東縱谷區**：花蓮一帶的客家人都是早期從桃竹苗地區移墾的。在花蓮市的國富里、主權里，花蓮縣的吉安、壽豐、光復、玉里、瑞穗、鳳林、復金等鄉鎮原有約40%說海陸話的客家人集居。另外臺東的池上、關山、鹿野、成功、太麻、埤南等地也是東部的客家重鎮。這裡的客家人是來自高屏地區說四縣話的客家人。

以上分別從北、中、南、東等地區切入，可以明顯的感覺客家人的無所不在，這種分布顯示了客家人的遷徙特性，同時也反映了客家人原居區的窮困與蹇澀。客家人所居多為山區，耕地逼仄，人口成長之後，立即面臨了耕地不足的現實，於是被迫到外地尋找生活空間，於是有了今日所呈現的散狀分布。在每個地區（除新竹、苗栗外），客家人口都不足以執政，這更使臺灣客家人無以改善，徒然落得今日的窘態。

客家人與客家話

「他是不會講客家話的客家人」這不是標語，而是常出現在客家人集會談話中的一句話。有許多二代移民的客家子弟，清楚地知道自己是客家人，因為家庭聚會中眼見著自己的父母親與祖父母用客家話侃侃而談，甚至於祖父母只會講客家話。這些客家子弟只不過在移民環境中，喪失了講客家話的機會，但意識型態與身分自覺中，深信自己是個客家人。所以說：客家人不一定會講客家話！

以前，客家人與其他族群的分別可以從外在條件辨識，諸如居住的夥房，建築的馬背，屋簷的接縫，吃的食物，穿的服飾，及其他的

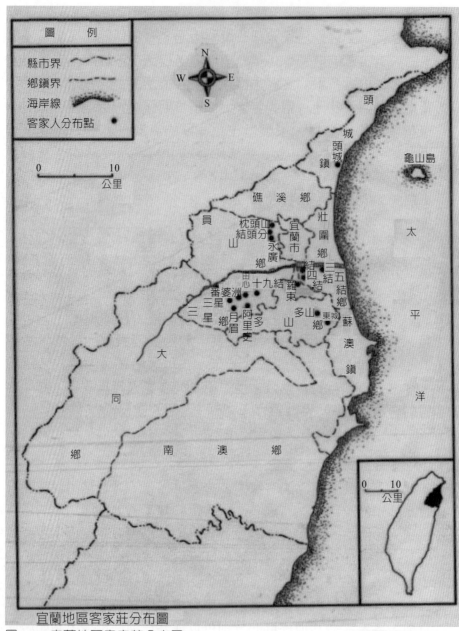

圖2-7　宜蘭地區客家莊分布圖

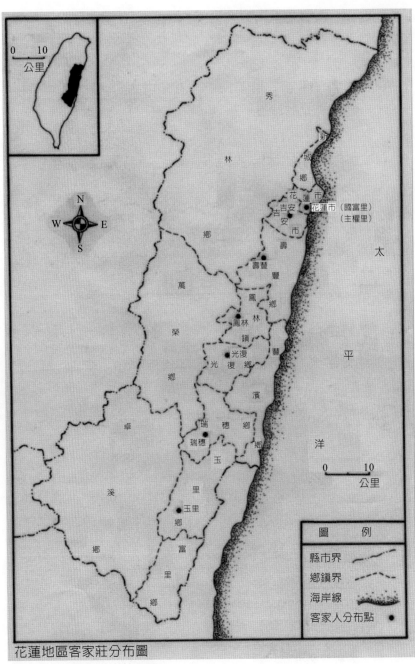

花蓮地區客家莊分布圖

圖2-8　花蓮地區客家莊分布圖

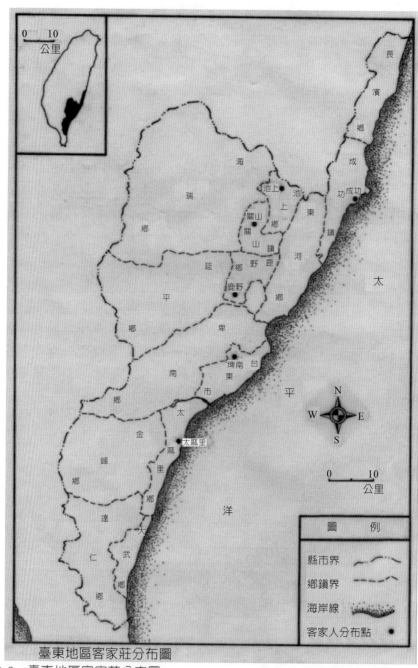

臺東地區客家莊分布圖

圖2-9　臺東地區客家莊分布圖

信仰、民俗等都是良的指標，然而隨著族群的互動，交通的頻繁，客家剩下的唯一圖騰只有客家話了。

　　因此，客家人與客家話的關係變得無法用等號來連結，在這樣的時空、環境之下，我個人認為：只要心存客家情懷，關心客家權益，自認流有客家血液，肯於大眾面前為爭取客家尊嚴而挺身說話，而身體力行者，應該就是理想中的客家人了。至於能默默為客家工作，不作任何計較者，應是個典型的客家人。甚至大部分的沉默大眾知道自己是客家人，也不因客家人為恥者，即是大眾型客家人。

　　在這個認知下，臺灣到底有多少客家人？這是個難有確切答案的難題，因為迄今尚未有人對客家人口作正式的人口普查。依黃宣範1993：29在1956年的人口普查中，當時被認為「廣東人」的客家人口為1,227,745人，占總人口（9,863,264人）之12.4%。

　　黃宣範1993又依陳運棟1989：33，估計1956年作的普查中，具相當客家人口的各縣市人口及其比例如後：

縣名	人口比例	人口	縣名	人口比例	人口
桃園縣	48.2%	（1,282,778人）	新竹縣	65.5%	（355,138）
苗栗縣	68%	（536,758）	臺中縣	19%	（1,219,272）
南投縣	14%	（509,397）	高雄縣	13%	（1,086,359）
屏東縣	25%	（841,104）	花蓮縣	40%	（269,464）
臺東縣	25%	（178,173）	新竹市	16%	（316,325）

（%：客語人口之比例，人：1989年各縣市總人口數）

如果到了1989年，客家人口在上述各縣市的比例不變，則乘以年之各縣市總人口數，則客家人口應為1,889,831人。又依北、高兩市之客家同鄉會估計，客家人口有：

臺北市　223,000

高雄市　180,000

如此則客家總人口爲2,292,831，占1989年全臺總人口之11.46%。然而黃宣範、陳運棟等人依然認爲這個比例是高估的結果，「因此我認爲客家人口目前在全臺人口中不會多於11%」（黃宣範1993：30）。

這麼微小的比例自然很難有發言權，這正是客家人在強大的閩南沙文主義之下，難以贏得重視的主要原因。更糟的是，客家人在政黨互動之中，無法找到支撐點，一部分客家人偏向這個政黨，另一部分客家人偏向另一個政黨，始終無法凝聚向心力，共同扮演關鍵少數的角色，而竟互爲爭逐，徒然爲殘羹敗食而遞相內鬥。

第三章
文獻回顧

引論

　　本章主要是評述與討論過去客家話研究的文獻，並從文獻的回顧中，指出幾個未來值得探討的研究主題與方向。過去的客家話研究，約略可以分為三類。第一個類別指楊時逢1957年以前的客家話記載、分析與字典辭書之編纂。這個時期主要的工作是：客家話的發現、記錄與聲韻之排比，參與工作者大多是客家意識較高的地方士紳如溫仲和或學者如羅香林，抑或是來華傳教的浸信會牧師如D. MacIver，Charles Rey等人。這些人共通的特徵是對客家話極其熱誠，因此他們能排除萬難，擇善固執，為日後的客家話研究奠定了良好的基礎。

　　第二、三類別則無法以時間為基準，必須以研究方法或理論為依歸。首先，從楊時逢1957年以後，以方言調查法為主軸，用描述法為基調的結構語言傳統，駸駸然進入了客家話乃至於整個中國方言的紀錄研究之中，即使到了現在，這股研究方法依然可以說是主流，尤其是量上，更非其他研究方法可以比坿。

　　第三類的客家話研究從Chung 1989起，把現代的音韻理論，特別是非線性的音韻理論（non-linear framework），帶入了客家話的研究領域裡，使客家話的音系有了更透徹的了解，同時也開啓了客語音韻、構詞與句法之間互動關係的研究。

1957年之前的客家話研究

　　以1957年作為客家話研究之第一類別的劃分基準，有兩層意義。第一，1957年是Chomsky發表劃時代巨著Syntactic Structure的年分，也是語言學研究邁入衍生語法年代的一年。第二，楊時逢出版了《臺灣桃園客家方言》，是一部大部頭的臺灣客家話的記音整理，開了後世臺灣客家方言調查的先河。

　　由於資料蒐集的困難，1957年之前的少部分客家文獻僅以Hashimoto 1973的*A critical survey of Hakka studies*（原書1.3節）為基礎，並用注解說明。大部分的評述則直接參考我手中擁有的資料。

　　Hashimoto把1957年之前的客家話研究分為三部分：(a)民初國人在字源方面的研究，(b)西方傳教士所編製的客家話學習手冊及字典，及(c)現代語言學家所作的描述及比較研究。為方便比較，本章仍以此分類，但把其中(c)的有些部分歸之於1957年之後的結構語言學。最後是回顧客委會成立之後的相關文獻。

一、民初國人在客語方面的研究

　　最早的客家話記載，見於光緒六年刊刻的《石窟一徵》（黃釗1863〔1970〕）。石窟為蕉嶺（原名鎮平）縣的縣治。一徵者，蓋為私修之地方志書之謙稱也。《石窟一徵》全書凡九卷，其中方言一篇因「客人聲音多合於周德清《中原音韻》」（溫慕柳引陳京卿說，見古直1928：3452）而對客音多所考證，可惜未竟全功[1]，然「研究客方言者，必以此書為鼻祖矣。」（古直語）。[2]而後地方性的方志開始記載客家話，如1883年出版的《龜山縣志》便載有惠陽客家語彙，1893年的《潮州府志》[3]也記有詔安客家字彙，而以1899年由溫仲和等人所編的《光緒嘉應州志方言篇》尤為有名。[4]《光緒嘉應州志方言篇》以梅縣客家話為準，除了對梅縣客語有了詳細的記

---

[1]　依陳槃之〈影印石窟一徵序〉（見黃釗1863，1到6頁），黃釗過逝時，《石窟一徵》並未完稿，而由其門生古樸臣父子繼完。

[2]　依古直，此間尚有林太僕海巖（達泉）之《客說》，力主「官韻為歷代之元音，客音為先民之逸韻。」（古直1928:3453）

[3]　此兩處文獻係依Hashimoto 1973，原文認為《龜山縣誌》為Chang, Shou-p'êng與Lu, Fei所編，而《潮州府志》的編者是Chou，Shi-Shüan。由於資料蒐集匪易，無法找出原書以正名，但是這部分的文獻，相信多少會有價值，因此深感有必要列出，以供未來研究者參酌。

[4]　依Hashimoto 1973，《光緒嘉應州志》之編者為Wu, Tsung-Ch'o and Wen Chung-ho（溫仲和），但依古直1928，溫仲和實為該志方言篇之執筆者。

音之外，並且承繼黃釗1863之見解，宣稱客家話保存了許多古音，這是客家話研究與漢語中古音系統有密切關係的濫觴，此後類似的作品見於章炳麟1917-19和羅藹雲1922。其中最值得一提的是羅的《客方言》十卷，內容倍於溫仲和之作，而分類與章炳麟的《新方言》略同，有字源之探索，有訓古也有各方言之比較，立論周詳，參考價值很高。羅的自序（刊於中山大學語言與歷史學週刊1928）依錢大昕、章炳麟、顧炎武、江永等聲韻學研究的考據傳統，指客家話的[f]音與國語[h]之間的對應，是為客家話的存古例證。

此後的方志雖也想說明客家話與中古音的關係，但甚少作字源的考證，反而比較著重當地方言的用詞，例如《赤溪縣志》（1920）就列了33頁的基礎語彙。

這些有關客家方言的早期文獻，多半沒有引起現代方言學者之注意，也因而逐漸湮沒不彰。我把這些文獻列述於此，主要是緬懷先人對客家話之執著，同時也可以作為各地方音差別之比較，因為這些文獻往往因作者方音之不同而載有不同的語彙，不見得可以完全漠視。

二、西方傳教士的貢獻

早期西方從事客語翻譯工作的傳教士，幾乎來自於巴門與巴塞爾浸信教會（Barmen and Basel Missionary Society），他們曾經用客家話出版了《新約聖經》、《啓蒙淺學》（客語讀為k'i-muŋ ts'en-hok）、《聖經故事》及《天路歷程》客語版，也曾在上海出版了《舊約》及《新約》全集。除了經書譯著外，尚有散篇的山歌登載於China Review上。

然而西方傳教士對客語研究的主要貢獻卻在於客語字典及辭書的編纂。在這方面，首先的奠基者是德國籍的Thedore Hamberg牧師，他所編的Kleines Deutsch Hakka Wörterbuch（德語與客語對照字典）雖然沒有完成，卻由另一位德籍牧師Rudolf Lecher補完，於1909年由Basel浸信會出版。這本字典蒐集的語料很豐富，是為

後代客語字典編纂者的主要依據。現行的《客英大辭典》的編者D. MacIver在初版序言中便曾說：Hamberg所編的字典，在1905年之前的五十年，是Basel Society（巴塞爾浸信會）之傳教士人手一冊的必備參考書（見MacIver 1926之初版序言），可知其影響力。

　　不過，對近代的客語研究者而言，Hamberg的字典由於取得不易，反而影響力不如MacIver於1905年編纂。而由M. C. Mackenzie修正的《客英大辭典》，這本被認為客語字典原型的辭書，是以梅縣客家話為主要的記音基礎，但是目前的研究（彭清欽2005）發現該辭典其實蒐集了海陸、大埔、豐順等口音，基本想法顯然有集大成的概念，想把客種客家話的語詞、用法、方音等差異都盡收其中。本書的編排依羅馬字母的客語發音排列順序，取材豐富，蒐集完整。此字典最大的特色是每個音均儘可能的附上漢字，雖然最後還有795條有音無字的現象（見楊毓雯1995），但是整部字典對不懂客語的人而言，也不會形成查閱不易的困擾。

　　除了字典外，MacIver 1909是客語的同音字表，頗有參考價值。其實遠在MacIver 1905之前，法國籍的Charles Rey牧師已於1901年在廣東出版了《客法大辭典》，只是此書迭經改易，於1926年才有了現今通行的《客法大辭典》的風貌。值得一提的是：Rey的字典不但收字多，而且諺語、成語的數目也很龐大，頗能作為研究早期梅縣客語的指標。但更重要的是在書前附了幾頁的語音、語法、聲調以及簡單的構詞介紹，使我們很能掌握梅縣客家語的音系與語法梗概。書後並附有索引，檢閱方便，也是特色之一。後來林英津1994按圖索驥，細心地把Rey所依據的音系整理出來，使我們現在得以窺知此字典的音系。Charles Rey又於1937年出版了一本含有34個會話單元的客語教學手冊（本文719頁，與書後索引共734頁），中文題為《客家社會生活對話》，書前並有客語語法的簡單介紹，具體而微，頗足以顯示他對客家話研究的功力深厚。該書就那時候而言，實在是個很難得的心血之作。

　　二次大戰後，西方傳教士對客語的研究主要出現在臺灣。由

Guerrino Masecano所領導的編輯群[5]，花了兩年的時間，終於在1959年由光啓出版社出版了《英客大字典》（*English Hakka Dictionary*）一大冊，共620頁另加7頁的附錄。這本字典取用苗栗地區的四縣客家話爲發音的基準，用Rey的拼音字母標音，不過另加了海陸客語的參照，因此通行於臺灣的大部分客家方言區。全字典收錄了13,271字，共有20,000個的用語，內容很充實，只是主體是英文，固然對西方人士學習客語的助益很大，但對一般客語人士而言，價值似乎也僅止於客語語彙、記音的層面，因此並不很通行。

　　除了傳教士之外，有位服務於印尼的荷蘭人S. H. Schaank，寫了一本描述詳盡的《客語陸豐方言》（Schaank 1897），此書首先點出陸豐的地理位置，然後列了一份完整的客家話聲、韻結合表，然後是聲調分析。整體而言，這本書提供了記載客家話的雛型，不但在音的解析上有細膩的描述，而且對基本的構詞也依句法結構單位逐一敍述，最後還依客語發音的羅馬字母之順序列了簡要的字表，參考價值很高，可惜用荷蘭文書寫，知音不多。另有一位英國政府官員名叫James D. Ball者，曾寫了一冊客家語手冊（Ball 1896），不但介紹了客家人的民族性、風俗及民情，還列了客語的基本句型，作爲學習客語的入門。還有一位Bernard A. M. Mercer寫了一冊客語教科書（Mercer 1930），收列了24個文法單元，依次介紹了客語的問句、假設句型、比較結構、反身代名詞、關係代名詞、形容詞、助動詞、被動結構及介詞等，內容精要，是部良好的客語入門書籍。

　　早期從事客語研究而獲得學位者有Vömel 1913及Bollini 1960。[6]Johann Heinrich Vömel寫的是客語的音韻——語音描述，音節結構及聲調分析，這是德國Leipzig大學的博士論文，內列的字表遠比Rey 1926還少30個，因此Hashimoto評論說：這本論文對客家話

---

[5]　依光啓本封面上的中文名字是滿思謙、吉愛慈、梁木森、陳俊茂及邱金漳合編。

[6]　這部分也是參考Hashimoto 1973。

語音的描述並不完整，而且有些用字並不見得是客家話。Robert J. Bollini 1960是美國喬治城大學的碩士論文，共181頁。雖然這份論文成於1957年以前，但其描述客家話的形式及技巧，實在足可歸類於這時期。

三、東方學者之研究

　　日本統治臺灣之後，對臺灣地區的語言一直很關心，不但編了好幾冊內容完整的閩南語辭書，而且對客家話（日本人筆下的「廣東話」）也不吝研究。第一部日本版的客家會話是Shiba 1915，此書為日後日本人作臺灣地區的漢語方言研究樹立了假名（kana）拼音方式及聲調標記法。雖然此書引言中說是以四縣話為準，而實際上卻是海陸客家，因為去聲也分了陰陽。同時，此書的調號錯誤百出，不足以採信。[7]

　　四年之後，在日本出現了第二冊客語教材：Ryuu 1919，作者為臺灣人。書分三部分：語音描述、文法分析，和22課的對話練習。語音以桃園、新竹、苗栗及高屏地區的四縣話為準，去聲不分陰陽，採假名拼音。此書對變調有很詳細的描述，是為其優點。

　　在日本的客語著作中，最優秀的應是Kan 1933。Kan是Ryuu的學生，本身是客家人，因此對客家語語法的分析很透徹，可惜調類的記音前後不一致。該書載有38課的對話練習，無不精心挑選，書後並附有字表及客家諺語，音則採用四縣客語為準。

　　日本人編纂的唯一字典是Sootokuufu 1930（廣東語辭典）[8]，用的是四縣話（長樂方言），載有2,500個日本字，用漢字書寫，客語解釋，假名拼音。楊鏡汀1995整理了7,000多個有音無字的音，以補

7　這部分有關Shiba, Ryuu, 及 Kan等著作及評述也直接以Hahsimoto 1973為基礎。

8　楊鏡汀1995說是昭和七年（1932），在此依Hashimoto 1973。又依楊鏡汀私下表示，日文Sootokuufu是臺灣總督府之意，在此特別謝謝楊先生指教。

該字典之不足。

　　日據時期的另一本客日字典是中國人菅向榮於1933年所編的《標準廣東語典》，內容實爲客語句法綱要，全書分三篇：音調、語法、會話。其中語法又分爲12章，幾乎所有的詞數均有簡略之討論，而會話有38章，所論之主題範圍很廣。書後並附有臺灣俚諺（實爲客家諺語）及單語詞彙，內容極具參考價值，即使以今日眼光來看，其語法分析依然頗有助益。

　　日本人對客語的研究，要等到戰後才有較科學的方法，例如Ishida 1948,1954是用聲學的儀器來測試四縣與海陸客語的聲調與重音，很有學術價值。[9]

　　中國學者對客家話研究的實質貢獻起於20年代。首先是王力1928對廣西客家話的記載，但由於文章簡短，讀者無法由該文了解整個廣西客家話的音系。接著是胡景福1931，基本上是承襲Rey 1926的記音，蒐集的語料也不夠完備，參考的價值不大。

　　最具影響力的客語記音及分析應是羅香林1933內的第四章。原書名爲《客家研究導論》，是研究客家源流、歷史及民族性的良好參考書，可是就語言的描述而言，並不足稱道。羅香林原籍興寧，然而其記音明顯地受到王力1928的影響，且記音常有訛誤，例如羅香林的家鄉話是興寧客家，特點是沒有-p/m收尾的韻母，可是他又想以梅縣爲基底，產生了兩種口音混淆的現象，饒秉才（1998）指出了很多這樣的混用現象。再者太偏重於中古聲韻與共時語音的對比，無法令人對共時語音有足夠的理解。但是作爲近代研究客家人必備參考書的一章，其語音、語法的簡單記述，頗受重視。

　　企圖擺脫中古音韻與共時音比較，而受到所謂語音規則（Phonetic Law）限制的唯一著作是董同龢1948。這是一篇只記共時客語

的調查報告，對象是四川華陽涼水井的客家話，全文分三部分：標音說明、記音正文及語彙。由於缺乏完整的分析，我們並無法由本文獲得涼水井客語音系的全貌，但由其標音說明可知涼水井的客語與梅縣相差很大，也與長樂（據作者說，該處客家人之祖先由長樂遷徙而來）不很相同，應該看成極特殊的客語方言。

　　以上簡略討論了1957年前的文獻，約略分為三類：西方傳教士、民初國人在字源方面的研究，及東方學者的研究。這部分的文獻最有意義的是：客家話為漢語方言的一族，有其特殊的語音和語法結構。同時，這個時期也為客家話保存了不少語料，特別是辭典、字典的編輯尤值得稱述。

描述語言學與客家話

一、中國式的語言研究傳統

　　中國式的語言研究是很一致化，很格式化的，而且影響深遠。以楊時逢1957為例，文分三大部分：語音的分析、本地音韻和比較音韻。語音分析又分兩部分：音類總表及各音值的說明。前者把聲、韻、調之總表作歸類，後者逐一敘述各聲、韻、調的音值。

　　本地音韻即所謂的共時音韻（Synchronic phonology），大抵以同音字表為主，及聲、韻，介、韻，聲、調之相互關係，簡而言之，只是個整理與排比的功夫。

　　比較音韻則依中古音韻的呼、等、聲、攝以及開、齊、合、撮來列表比較共時音與中古音，然後逐一討論。由於每人依據的中古音韻並不相同（例如楊時逢1957之中古韻便與Hashimoto 1973之擬音不同），這種討論的作用是很有限的。

　　這種「語音分析─本地音韻─比較音」的體例幾乎是近代中國語言學家共同依循的準則，不論是閩南語或客家語的研究、調查或記音均如此，故稱為中國式的語言研究。

　　雖然如此，以桃園客家話為記音對象的楊時逢1957仍然為客家話研究建立了良好的模式，因為除了記音之外，還記錄了數則客家故事，分海陸與四縣方音記載，其後更附加了豐富的語彙及索引，方便查閱。

　　楊時逢1971記的是美濃地區的客家方言，體例完全是中規中矩的中國式語言研究傳統，只是規模上比楊時逢1957小得很多，沒有故事，也只有少許點綴式的語彙。楊時逢1971的特點是說美濃客家話[n]、[l]不分，其實這種現象只出現在廣興里（俗稱竹頭背）的少部分客家人，而非整個美濃地區所共有（請參看鍾榮富1997a）。

　　踵繼這個傳統的是丁邦新1985（1979），該書之第四章是客家話的共時音韻，取梅縣、桃園、美濃與海陸四個方音的音系作比較。第五章則為客語與古漢語的關係，亦即比較音韻。體例上依然是中國式的語言研究，在取材上梅縣方言之出處不甚清楚，桃園（四縣）、美濃及海陸則分別依楊時逢1957，1971。由於丁邦新1985為介紹性的書籍，因而沒有很嚴肅的音系分析，但取材周延，論述客觀，因此普受語言學入門者之歡迎，影響很大。中國式的語言研究傳統體例也影響到其他外圍的語言學者，例如Hashimoto 1973，Yu 1984以及至於羅肇錦1984，1990，呂嵩雁1993，1994，1995，綿延不絕，至今不衰。

　　Hashimoto 1973的企圖心很大，不但作了共時語音的描述，比較音韻和聲調的分析，還以變換律語法的理論來分析客語的句法。按：該書以梅縣客語為記音標準，以他自己的擬構為中古音系的參照標準，方法嚴謹，分析縝密，往往見人所未見，例如力排眾議，認為[ñ]是由[ŋ]與[n]顎化而來，雖未能提出有力的語證，但見微知著，頗值得重視。

　　Hashimoto除了1973的客語綜合著作外，還有幾篇關於客家的重要論文，例如Hashimoto 1959，1972分別找出梅縣主要方言的音（phonemics）及音系（phonology），是難得的分析性論文，極富參考價值。另外，Hashimoto 1972是客家基礎語彙集，依人體、食、

衣、住等28項分開列舉，非常的完整，爲後代詞彙、語彙之整理樹立了良好範例。

　　Hashimoto之外，近代日籍人士尚有金丸邦三1965和千島英一與桶口靖1986。前者是對梅縣客家音系的介紹，分析性並不強。後者則是對臺灣南部客家方言的粗略調查，無論是內容或記音，均不甚完整。但是千島英一與桶口靖1986卻是臺灣南部客家方言調查記音的濫觴。

　　羅肇錦1984雖然是語法之作，對語音也作了詳細的說明。就語音的描述而言，還是可以看到中國化的語法研究精神：共時語音與中古音韻的比較。這點在羅肇錦1990中依然清晰可見，例如其第四、第五兩章就充滿了中古音系的用語。整體而言，羅肇錦對現代客家話研究的貢獻是多方面的：語法（1984）、語音（1990）、各次方言的比較（1987）、客語之異讀（1992）、構詞（1990），以至於客語社會地位的提升，都是值得肯定的。

　　Yu 1984是輔大的碩士論文，描述對象是苗栗的四縣話，依例作了中古音系與共時音系的比較，同時也分析了幾個以前從未引起注意的音韻現象，例如音段的合併以及變調的分合等。但此文主要的貢獻依然在語料的蒐集。

　　比較之下，呂嵩雁在記音及語音描寫上較爲保守，但是呂嵩雁1993一舉調查了中壢、竹北六家、芎林、卓蘭、東勢等多處臺灣客家方言，使我們更能理解饒平、四縣等各客家次方言在音韻系統上的異同，爲客家話的研究拓展了更廣的空間。而呂嵩雁1995則記述了桃園地區的永定客家話，基本上是承續了其1993的研究模式，卻爲客家語研究多留了一個方言點。另外，呂嵩雁1994比較了臺灣四縣客語（依羅肇錦1984）、美濃客語（依楊時逢1971）、海陸客語（依楊時逢1957）、饒平、詔安、永定，及長樂客語（依呂嵩雁1993），分別列述及比較了各客家次方言的聲、韻、調，發現各次方言的聲母、韻母及詞彙結構大致相同。然後就歷史語音進化的先後，定出其發展順序依次爲：四縣、饒平與海陸，最近才成形的是詔

安與永定客家話。

　　中國式的語言研究傳統也見於臺灣的方志之中，其中以黃基正1967（《苗栗縣志・卷二・人文志語言》篇）為最佳範例。該文以自創的改良式注音符號為音標，先就聲母、韻母的發音方式加以描述，再繼以客語語音與國語語音之比較，其次是方言詞彙。後來黃基正把該方志加以擴充，成為《客家語言研究》，完全是以中古音為基準，以比較中古音系與共時音系的發展為主軸，點出客家話與其他方言之區別。

　　黃基正的看法及音標，後來為陳運棟1978之第三章所沿用，包括音系的來源、古今音的參照，及陰陽對轉等，反而未重視共時客家話的基本特性。由於此書為近年來臺灣第一本關於客家人源流、歷史的專書，甚獲大眾垂青，然就語言而論頗有不足。此後類似的書雖不乏其人，如雨青1985、鄧迅之1982，但對客家語言的描述則輾轉抄襲，並不能從中看出客家話的特性，也未見有系統的論述。

　　方志中有關客家語言之記載者，尚有周法高1964（《桃園縣志・卷二・人民志語言》篇），以注音符號記音。由於桃園境內還有閩南語及泰雅語，因此除前頭簡單的敘述外，便是一系列語料，就三種語言（閩南、客家、泰雅）分別列注，偶爾談及四縣、海陸之別。其主要的貢獻便在於語料的蒐集及方音的比較。

　　其實，中國化的語言研究傳統不僅風行於臺灣的語言學界，也同樣廣為大陸學者所遵奉。最有名的是袁家驊1960的第八章〈客家話〉，文分四部分：共時音系的描述、比較音韻的對比、方音特點（以中古音系為參照基礎），以及客家詞彙特色。體例上完全是中國式的，但內容與見解則較為突出，分析與識見尤其令人印象深刻，迄今學術界依然認為袁書是客語方言（乃至於其他漢語方言）研究上必備之參考資料。前兩年，徐清明1995還依袁家驊1960中的語料，拿梅縣的音系、詞彙及語法特點來與苗栗四縣客家話作了相當的比較研究，使我們對梅縣與苗栗客語之相關語法特點的異同有所了解。

　　與袁家驊1960等量的是北大1962及1964，前者取漢語十七個方

言點，就2,700個漢字的讀音，以識區別。其中客語採梅縣語音為主，每個字均詳細列載其中古音系的聲韻，以資理解方音流變的情況，雖然此書錯誤之處不少（請參見施文濤1963），仍然有其實用價值。北大1964則取十八個方言點，就905個詞彙加以比較，其客家語部分依然以梅縣音為準，每個詞彙依詞性、意義分類。雖然北大1962及1964的客家話主筆者同為何耿豐，但方音卻不見得完全相同。

　　近年來大陸的客家話研究，依然突破不了中國化的語言描述傳統，如詹伯慧1983的九章，幾乎可說是袁家驊1960第八章的縮影，實用程度遠不如袁家驊1960。其他如周日健1990、陳修1993、羅美珍與鄧曉華1995等，依然未見大幅度的創新。周日健1990記的是新豐客家方言，主要是其第二章談客家話部分，除格式化的語音記述外，還有詞彙與語法的簡略介紹。陳修記的是梅縣客語，其語音與袁家驊1960所記相同，只是多了語音特點、詞彙特點、語法特點，及常用字詞音義釋等章節，可以說對梅縣客家話作了很完整的描述。羅美珍與鄧曉華1995除了客家方言的特點外，還從語言與文化的角度來探究客家文化，從這個層面而言，其參考價值也略高。除了專書之外，散篇者如周日健1994、羅美珍1994，及黃雪貞1992，1996均旨在提供各地方音之語料。

　　然而，在中國化的語言研究傳統上，黃雪貞1987，1988分別從分布及聲調上探討各客家方言的異同，加上呂嵩雁1995、鍾榮富1995b對臺灣各客家次方言內部的比較，共同為共時客語方言的比較作了初步的觀察，後來李如龍與張雙慶1992更從事大規模的調查，使我們對各地客家方言的異同多了一層了解。

　　在大陸的客家話研究裡，必須要提到的饒長溶1987，此文記載了長汀客家話的特殊變調規律，二字組有13個變調組，而三字組在94個變調組可分為兩類：甲類按ABC中之AB或BC先行兩字組變調，而與A或C另一組一類調。乙類的ABC中，並不按AB或BC之組合，而完全依上下之文意而定。後來許慧娟（Hsu 1995）重新用現代音

韻理論之架構重加以詮釋。認爲像長汀客話三字組的變調，情況複雜，遠非任何一個理論能完全分析、掌握。許慧娟於是提出四個制約條件作爲分析的基礎：一步原則（One-step Principle）、聲調制約（Tonotactics）、音拍結合（Temporal Sequence）及調群的一致性（Set Consistency）。這四個制約條件交互運作，便能掌握長汀客家話之字組的變調規律。許文在現代音韻理論的助益下，的確爲客家話的變調研究注入了活力，也使客語研究者更了解變調的本質。

　　當然，大陸之客家研究應不只於這些，然而限於篇幅以及語料分析的可讀性，目前只能列舉前述諸文加以簡單評述。此外，香港與大陸交界的沙頭角客家話也見於Henne 1964a、1964b及1966，這些分析的特點是把介音處理爲聲母，例如pien（變）標成pjen，看成與/en/同韻，理由是[ji][i]是互補的，[ji]只出現在[k, k', ŋ, s, z, ts, ts', l, p, p', m]之後，[i]只在[h, t, t']之後。這種分析可能是受粵語的影響，否則以臺灣的客家話而言，介音應該居於韻母（請參見鍾榮富1990a。）

　　關於客語這方面的研究，還有三篇英文書寫的客語研究論文頗值得討論：Yang（楊福棉）1966、1967、1960。其中Yang 1966是梅縣與饒平客語的比較，用的都是共時語料與方音，描述性很強，可惜沒有音段之間的互動分析，而且對於聲調的描述也不夠清楚，談到客語的變調時，沒有明確的例子加以印證。雖然如此，該文在梅縣與饒平客語的比較上，很有原創的分析，特別是透過共時語料的對比，使我們更明確地了解客語方言的差異及共同性。Yang 1967是研究客語的社會層面，方法很新，也同時兼顧了客家研究長久以來被疏忽的一環，值得參看。此外，Yang 1960敘述了西方傳教士對客家話研究的貢獻，使這些披荊斬棘的研究心血得以流傳，厥功甚偉。

　　最後是董忠司1991及1995兩文，前者非常簡略地介紹臺灣地區的客家話，語料均取用過去文獻，只是綜合各家記音並依地區分類製表，爲臺灣客家話勾勒大略。另文簡要地概述臺中東勢客家話，主要的貢獻仍然在客語次方言點的記音上。但是董文卻引起了東勢客家話

的研究熱，江俊龍1996、張展生1997、江敏華1998，均以東勢客家話爲素材，前兩者著重在詞彙的蒐集及整理，後者則偏重在音韻的分析。方法上則承襲了中國聲韻研究的傳統，先作語言描述，次言音韻現象，最後則以古、今的演化作結束。

　　即使是在音韻分析上，江敏華1998也有不少問題。首先是語音（Phonetics）與音韻（Phonology）的觀念混淆，例如把/ian/韻標寫成[ien]，殊不知[ien]是語言層面的表現，究其實際應爲/ian/，這是臺灣漢語方言（閩南語、客家語、國語）間共同的音韻現象（參見鍾榮富1999）。再者，如要把/ian/看成[ien]，那麼[ñ]就必須標音成/ñ/，因爲這個顎化鼻音也是語音表現，其音韻層次應爲[ŋ]或[n]，兩種音韻行爲卻有不同的待遇，這是語音與音韻混淆的結果。第二個問題是在處理東勢35調時的分析方法，因爲東勢的35調，某些可以預測，某些是字構調（lexical tone），既然如此，就應指出這個事實，至於用構詞、小稱等名詞，並無法改變這個事實。

　　關於語音調查與描述上，更鮮爲人知的是詔安客家話，還好呂嵩雁1995補了這個缺口。呂文調查了桃園大溪及雲林、二崙的詔安客語，對兩處方言的異同也作了粗略的比較，使我們對南北詔安的聲、韻、調有了概略的了解，這是它的主貢獻。

二、語法與構詞的研究

　　客語語法的研究早期以散篇的形式出現，如林運來1957論及梅縣方言的代名詞、代詞及動詞的一些特性；林雨新1957談的是平遠客語的名詞構詞，1958是談平遠客語的像～濃～血（如歐濃歐血，表說話沒有內容，胡扯）之類的特殊結構；李作南1965談的是梅縣客語的代詞，1981是論五華客語的形容詞結構；何耿鏞1965談的是大埔客語的後綴，1981是性狀詞。這些點狀的語法研究散見於各方言，未能有效地整合，直到Hashimoto 1973才有心從變換律語法來分析客語的句型，可惜太拘泥於結構律，而且文獻上客語語法的研究一直未有有系統的探究，因Hashimoto只能用傳統英語句法分析的模

式，把動詞分成及物（transitive）、不及物（intransitive）之類別，未能眞正掌握客語句法之精要。

　　羅肇錦1984是第一部有系統的客語語法分析，開創了客語句法研究的先河。其基本方法是結構語言學式的分類法：把句斷成詞，把詞斷成字，把字斷成幾個音段，然後逐項分析，大體上是沿用Chao 1968的架構，因此把客語語法分析得很像北京話的語法。事實上，客語與北京話的句法結構是有差別的，特別是在字序及構詞的內在結構上。後來逐漸有人從較小的語法單位作爲研究的對象，如賴慧玲（Lai 1989）、林英津1993，也有人從事客語構詞的研究，如張玲瑛（Chang 1987）。

　　張玲瑛1987談的是客語的構詞，除引言及結論之外，文分三章。首先談客語構詞的大要，並以各種詞綴如前綴詞a-, lo-, 後綴詞-ke, -ku等來作例子。其次談補述語（Complement），並依描述、結果、方向、存在及動詞補語等五類構詞爲主題分析，最後是論述句尾的附語（particles）的語法、語意及語用功能。這是近年來第一部如此有系統的客語構詞分析，可惜日後尙未有人從此再進一步的研究。其實羅肇錦也有論及構詞之作（如羅肇錦1984、1990），但方法上卻偏重於描述層面。

　　關於客家構詞，鍾榮富1995a首用字構音韻學（Lexical Phonology）的理論來分析客家構詞和音韻的關係，提出了四種構詞原則：複數名詞〔如ŋan（我們）〕、重複（如人山人海）、擬聲詞（如p'it lit p'iak liak「火燒木材聲」）和合音〔如[pi]（←pun + ki「給他」）〕。這四種構詞原則的研究，說明還有更多的客家話構詞原則必須加以重視。

　　賴慧玲1989是專門處理客家的「到」字論文。客家話的「到」字可以是主要動詞：他到了。可以是體態動詞（Coverb）：他跳到桌頂上。可以是介詞（preposition particle）：他唱到當好聽。也可以是複合動詞尾（ending of a compound verb）：他借到錢了。作者細加探析之後，結論是：不論「到」字是何種用法，都隱含了

「方位」的功能。該文從句法、語意及語用的角度，對客家話各種「到」字的功能與用法詳加剖析，頗有獨到之處。此外，該文在客語語法往精緻主題研究方面邁進了一大步，相信日後會有更多類似的分析，闡釋客語語法的精要，以及客語語法與其方言語法之間的差異。

　　林英津1993認爲共時語法上的客語上聲「到」字，有三種功能：(a)方位介詞：東西放到哪裡去了？(b)動補複合詞的狀態補語：看到也可憐；(c)動補複合詞的結果補語：那怎麼作到呢？。然而林文並未進一步找出語法作如此分類的原因，而是以文獻上聲「到」字的來源爲主要目標。

　　涂春景1998a、1998b對中部及卓蘭地區的客家語詞彙作了蒐集與對比，是近年來對客家各次方言的語彙比較研究中，蒐羅較完整的作品。只是兩者都限於語彙的蒐集與排比，並沒有指出各次方言間的詞彙變異的規律，足見客家話的語彙與構詞之間尚有頗大的研究空間。再者，此兩書的方言點也描述不夠清楚，因爲客語在某些文中的方言點並非最普遍的溝通語言。

　　最後構詞方面還有兩冊碩士論文：張雁雯1998及徐光榮1998。張雁雯著重的是詞的定義沿革，及其在客語應用的情形，最後依傳統的附加、重複及複合詞的結構來分類，加上許多客家詞彙的印證。基本上，像張雁雯這樣的論文，旨在依類描述客語構詞的通則，無法爲構詞內在結構多作解釋，不過這是漢語構詞學研究上共通的的瓶頸。徐光榮的論文旨在比較客語各方言間對詞彙使用的區別，方言點有：饒平（中壢、卓蘭）、詔安（大溪、西螺）、四縣（楊梅、公館、美濃、長治）、海陸（湖口）、大埔（東勢），及四海客（鳳林）。比較的詞彙則取自天文、地理、時間……等用語。

　　其實這種比較並沒有多大的意義，因爲這些比較用詞並沒有經過分析上的篩選，因此並沒有指標作用。比如說，客家次分言間的語音比較，必須找出具有指標作用的語音如[ɨ]之有無，/ian/之有否變化，/iai/在各方言的語音表現等。目前我們對臺灣客家各次方言間的用詞

指標尚未建立，因此所據以作比較的用詞，基本上都屬於自由心證而沒有經過分析的語料，如涂春景1988a、1988b，張屏生1988、江俊龍1997，及徐光榮1988均陷入這種窘境，有待更進一步研究來突破。

　　大陸方面對客語語法的研究也不少，如周日健1994、何耿鏞1993、林立芳1994、1996等，主要的研究方法還是描述語法上的分類居多，並未能超越羅肇錦1984、1990所作的成績。整體而言，客語語法的研究方法迄今尚在Chao 1968的格框之內，唯一的超越是賴慧玲1989。

三、歷史語言學與語源學的研究

　　在中國化的語言研究傳統裡，多少已含有歷史音韻的比較，其中兩則廣為大家接受的客家話特性是：(a)次濁上歸陰平為大多數客家話所共有（Hashimoto 1973: 440-441）。後來李玉1984比較客語各次方言之音韻結構，結果支持了這個規律。(b)全濁上讀陰平（黃雪貞1988），以區分「粵語臺山話和贛語新淦方言」（張光宇1996：83）。

　　本節要討論的是客家歷史語言學的研究，如O'Conner 1976與連金發（Lien 1987），與客家語語源之探討，如Norman 1988和張光宇1996。

　　O'Conner 1976以華陽（董同龢1948）、梅縣（Hashimoto 1959）、四縣、海陸（楊時逢1957）、沙頭角（Hanne 1964a、1964b）以及陸豐（Schaank 1987）等地的共時客家方言為基礎，經過分析、比較之後，分別擬構古客家的聲母、韻母和聲調系統，並透過聲母與聲調的關係，以及聲母與韻母的配對，作為各客家方言由古客語演變到現在的語音規則。結論是：古客語本身含有i, ɨ, u, e, o, a等六個元音，至於像華陽客語的y（圓唇前元音）應該是語言接觸中外借而來的。此外，依考證古客家語有20個聲母：p. p', m, f, v, t, t', n, l, ts, ts', s, tš, tš' ň, š, k, k', ŋ及h。其中ň後來經過顎化而變成了ñ（顎化鼻音）。

　　O'Conner的擬構很有趣，但也衍生了一些問題。如：把f與v看成古客語的聲母就很有商榷之處，因為大多數的中國聲韻學家均持「古無輕唇」（錢大昕語）之看法，如此則表示O'Conner所擬之古客家語是否在時間上慢於古漢語呢？另外，V聲母的定位也很難處理，依鍾榮富1991之見，v與j之分布相同，分別出現在合口或齊齒之零聲母位置上，因此其聲母性質基本上是相同的。果然如此，則O'Conner把f與v看成唇齒輔音的清濁配對，便大有斟酌之餘地。

　　連金發博士論文（Lien 1987）的第三章談的是《切韻》全濁聲母上聲字在客家話的發展，並指出中古清聲母的上聲字大部分在共時客家話裡，和次濁聲母（voiced sonorants）的上聲字有了合流現象，都唸成了陰平，少部分客家方言則維持兩者的差異（頁5）。又說除了長汀客家話喪失了入聲之外，其他客家次方言均保留了平聲與入聲的對比。

　　就上聲與去聲的發展而言，客家話可分為兩大類：(1)去聲分陰陽，(2)去聲不分陰陽。其中第一類又有三種情形：(a)大部分全濁聲母的上聲與濁聲母（包括全濁和次濁）的去聲合流，如海陸（楊時逢1957）與海豐（Schaank 1897）。(b)伴隨前者的聲調發展，又有清聲母的上聲與去聲合流現象，如永定（黃雪貞1982、1983、1987）。(c)全濁聲母的上聲與濁聲母（包括全濁和次濁）的去聲合流之後，又再併入清聲母的上聲，以至於和清聲母的去聲形成對比，如梅縣（北大1962、MacIver 1926）。

　　連金發的論說極其精闢，雖然其主旨在於利用客家聲調的發展來印證詞彙擴散的理論（Lexical Diffusion），但是周詳的語料分析，逐字逐調的比對研究，推論的周延，以及不憚其煩的從其他漢語方言聲調的流變來作論證等方法的應用，可說為客家話歷史的研究作了指引。

　　羅杰瑞（Jerry Norman）對客家歷史語音的發展所提出來的理論是：閩、客同為「古南方漢語」的後代分支，而「古南方漢語」則存行於漢或三國之後。為了支持他的看法，羅杰瑞詳細地比對客、贛

方言的語音與詞彙，以澄清客、贛同源的看法。另方面，他詳加核對O'Conner之古客語擬構，並提出自己的看法以資比較，最後從閩、客古今音的流變比較之中，提出閩、客同源之學說，堅信閩、客同為「古南方漢語」的後代分支。後來，張光宇1996認為：羅杰瑞的學說純就方音與詞彙的比較，而沒有兼顧到歷史發展上的事實。

從歷史與語言上的發展來看，張光宇認為客家人是東晉到宋代的司豫移民，在宋末以後與當地居民混血而形成的民系。因此，「客家話的起源是西晉末年的司豫方言，客家話是在司豫移民進入閩粵交界地區轉成客家人之後才作為族群標幟出現的名稱。」（頁86）如果這個看法屬實，則「所謂古南方漢語的假說實屬子虛烏有」（頁86），而閩客關係也密，因為閩人為司豫移民在東晉之後，從太湖流域南下而形成的民系，閩語中存有客語的語音成分，其原因是很容易明白的。

張光宇的學說完全建立在歷史與音的互動關係上，其語料蒐集之豐富，分析與思考之細密，把歷史語言學的研究帶入了新的境界。而假設之大膽，考證之細心，尤足稱許。然而客家歷史源流的澄清，尚待更多的研究投入更多證物的挖掘。

四、字典和辭書

從Masecano 1959之後，客語字典辭書的編輯沉寂了好一陣子，直到90年代以後，辭書的編纂似乎又熱絡了起來。首先是《中原週刊》1992與劉添珍1992，後來是張維耿1995和黃雪貞1995，最近的是李盛發1997。

《中原週刊》主編的《客話辭典》（1992），依羅肇錦之序是「漢人遷臺以來，第一部與客家人生活結合在一起的辭典。」蒐集的重點放在「客家獨有」的字詞上。遇到有音無字時，依五個原則：(a)考溯本字，如「著」、「晝」；(b)採俗字，如「佢」（他）；(c)採堪用字，「涿」、「遂」；(d)採同源字，如「羊」；(e)借字，如「忒」、「歸」。如尚有存疑，則付之闕如。拼音則用萬國音標與改

良式注音符號並列。此書前有各音標對照表、同音字表，然後依pi, pe, pa……等順序排列，這種排列法大異於以前的字典排列法，查閱較爲不易。再者每入項只取詞而不列例句，如「泌飯」注「將飯中水瀝乾」，對許多人而言（包括客家人本身），這種解釋是不夠的，因而大大地阻礙了此辭典的實用性。然而就其編纂毅力及識見而言，這一本辭典依然有其功能存在。

劉添珍1992的《常用客話字典》是手稿影印本，並沒有說明發音是依哪個方言，但作者方音是臺灣南部的六堆方言。採用羅馬字和萬國音標，並依a、b、c之音序排列，便於檢索。美中不足的是入聲尾用B、D、G來標音，而非一般常用的p、t、k。另一個奇特的是用Vu表/iu/，如GVu（九）、GVuG（追）。此外，客語的/u/在零聲母時，一般都有唇齒摩擦的現象，但本書卻標成wi（胃），易生混淆。就內容而言，劉書大體上是依北京話爲藍本，常有誤列誤讀的情形，如BO（波），但客語實唸PO[p'o]（p.22）。書中所列以詞彙爲單位，並沒有例句。

李盛發1997題爲《客家話讀音同音詞彙》，實具有字典功能，內容與劉添珍1992呈互補現象。因爲李書完全是以客語的純眞用詞爲基礎[10]，這點比較接近《中原週刊》（1992），不同的是：李書包容性較大，以北京話爲本的客語詞彙也兼收。此書前面雖然有音標表，卻沒有進一步說明音系，也沒有注明發音是以何方言爲主，是爲弱點。然而就實用性而論，李書內容已足夠供平時查閱。

鍾有猷1999應是最近出版的客語字典，全書用自創的注音符號標音，不論在選詞用字或音讀上，均受國語影響很深，例如認爲客語有撮口韻母〔ㄩ〕。而且鍾有猷的標音系統以來源而言，取自中、日、英三種符號系統的混用，就內部一致性而言，非常的不協調，致

---

[10] 所謂純眞的客家話即盡量去避免使用從國語或閩南語借用而來的字詞，但這個目標其實很難達到，因爲有太多客家用詞與閩南語相同，卻無法考證是哪個語言先有。

使許多同韻、同音的音值卻有不同的符號。因此整體而言，這一套系統頗有修正的空間。

張維耿1995以梅縣客語為發音基準，收集了4,145條詞目，「主要為日常口頭交際用語」（見該書前言），兼及客家習慣用語、諺語、歇後詞，並以「梅縣話拼音方案」為音標。書前附有音序索引、部首檢字表（部首目錄及詞彙表），書後並附梅縣話拼音方案表，但沒有對梅縣音系的說明。簡而言之，此書是「辭典」，具備各種方便檢索之用表，非常方便。

現代音韻理論與客家話研究

現代音韻理論Goldsmith 1976、1992以後之自主音段的音韻理論（autosegmental phonology）與Prince 1980以後的律韻音韻理論（metrical phonology），兩者合稱非線性的音韻理論（non-linear framework）。

Chung 1989是第一部應用自主音韻理論來分析客家話之著作，雖然迄今該文尚未正式出版，但其部分分析已可見於鍾榮富1990a、1990b、1991。Chung 1989a以臺灣南部的六堆客家話（也是四縣話的一支）為描述對象，文分聲母、元音與音節結構、聲調與變調、合音現象、連音現象等五個客家話研究上的重要主題，分析的方法則為自主音韻理論。透過理論的解讀，韻母不再是個密不可分的音韻單位，而是有其結構限制的，這是客家話乃至漢語研究上的重大突破，再者，該文也嘗試用CVX的音節架構來解析漢語的音節，就這點而言，仍然需要更多漢語方言的分析，方能試測其可行性。

鍾榮富1994b從社會語言學的角度來探討客家童謠，為童謠所反映出來的客家文化作注解。鍾榮富1994a、1995兩文也是從自主音段的音韻理論來描述客家唇音異化的現象，以及語音和構詞之間的關係，開啟了同一語言內的兩種語法現象之間的互動關係之研究。鍾榮富1997a是方法性的調查報告，化抽象的理論為簡易文體，同時也討

論了美濃地區各次方言的差異。

　　承繼Chung 1992之句法與變調的互動關係，蕭宇超和徐桂平
1994也從句法的觀點來分析苗栗四縣客家話的陰平變調。在客家各
次方言中，很有趣的現象是：南部六堆客家話有陽平變調——陽平
在任一聲調之前會變成陰平調，而北部（苗栗）客家話卻是陰平變
調——陰平調在其他調之前會變成陽平調。南北兩客家均爲四縣方
言，然而變調的方向竟然完全相反，但是兩種變調均與句法大有關
係，這是他們的共通點。

　　Chung 1992用Domain C-Command（範疇C統制）來分析六堆
客家話的變調範疇，而蕭宇超和徐桂平則依Selkirk 1984的端界基準
參數（End-Based Parameter）來分析苗栗地區的陰平變調，他們主
張音韻片語是標記於非附加最大投射（non-adjunct XP）的右側，
而陰平調則行於音韻片語之中。後來徐桂平1996更進一步採用Hsiao
1991、1994的音板計數理論（Beat-counting theory）來分析具有吟
唱節奏的三字組與四字組陰平變調。使客家話的變調研究有了完整的
分析體系，也因而更突顯了變調的本質，這都是由於近代音韻理論之
有效應用之故。

客委會成立後的客語研究

　　客委會成立（2000）後，獎勵從事客家研究的碩博士論文，使
客家語言的研究朝向多元的風貌，在材料挖掘上有很長足的進步。
經過這些年輕人的執著及走入田野之後，我們終於發現了臺灣客家
話的多元種類，例如海陸（陳子祺2001）、永定客家話（李厚忠
2003）、饒平（徐貴榮2002、2005）、詔安（陳秀琪2000）、五
華（長樂）（彭盛星2004、徐汎平2010）、東勢（江俊龍1996、
江敏華1998、江俊龍2003、蘇軒正2010）、卓蘭客家話（徐瑞珠
2005）、佳冬客家話（賴淑芬2004、2012）、豐順（溫秀雯2003、
賴文英2004、2008、2012）等，甚至比較微小的區域方言，如南部

大路關客家話（賴維凱2008）或高樹（徐賢德2014），以至於全臺的客家次方言比較（楊名龍2015）。

　　這些田野調查報告爲客家話的多樣性帶來了曙光，充分表現了各地客家人都經過了相同艱困的逃難或遷徙，告別原鄉，入居臺灣。過去在臺灣的許多街道上，可以找到大江南北的地名與食物佳餚，一時也爲單調的教科書上的戰亂分離給了顯明的注腳。研究客家話的人也一直懷有好奇，以爲世界上有幾種客家話，臺灣就應該有幾種。如今這些碩士論文終於印證了臺灣客家話的丰姿和多變。

　　臺灣的詔安客家話主要分布於雲林縣崙背鄉、二崙鄉、西螺鎮，部分散見於桃園的八德市、大溪鎮（南興村）、龍潭鄉，及宜蘭的壯圍地區（吳中杰2003）。自從洪惟仁（1992）點出即將消失的詔安客家話後，屢有相關文獻投入田野調查的記錄與分析，如涂春景（1998）、陳秀琪（2002、2005、2006）、廖烈鎮（2002）、張屛生（2003）、廖偉成（2014）、廖俊龍（2010）、呂嵩雁（2013）、鍾榮富（2015）等，均以雲林地區（崙背、二崙）詔安客家話的語音現象爲標的（廖烈鎮更集中在港尾村的方音），試圖描繪雲林地區詔安客家話的語音特性。

　　海陸客家話是臺灣客家話之中僅次於四縣的語種或次方言（sub-dialect），正因爲如此，有關海陸客家話的研究，除了篇章固定的田野調查報告如楊時逢（1957）、陳子祺（2001）、黃有富（2001）、呂嵩雁（2004、2007）之外，比較吸引學界或研究者注意的是海陸的語詞，如盧彥杰（1999）、徐建芳（2008），或者是海陸與其他客語之語音與語詞比較，如黃雯君（2005）、楊名龍（2005、2015）、鄧盛有（2000、2013）、賴文英2008、2012），少部分則用以比較海陸與閩南的詞彙，如邱湘雲（2005、2010）。這些研究固然都能從不同的角度彰顯海陸客家話的特性，但還非全面的。

　　雖然這些碩博士論文的描述主體很明確多樣，在寫作和呈現方面卻似乎不及內容的多樣性，特別是在分析和解釋上，這些論文逐漸落入了一個固定的窠臼，逐漸在體例格式上成爲一成不變的模式，

例如先是說明某個地方的地理位置（第一章），然後是聲母（第二章）、韻母（第三章）、聲調的共時性描述（synchronic description）（第四章）[11]，接著是古今音的對比和討論（第五章），最後是很無力的結論（第六章）：把前面所述及的聲韻調及古今音比對的結果作總結，匆匆忙忙作個了結，使這些新語言的描述成爲一個沒有明確的結論或者是帶來了許多語言學上的問題。

而且，由於苗栗四縣客家話的早期研究，許多其他方言的出現都以苗栗四縣客家話爲比較的基準或中心，至於爲何要如此作，爲何要以苗栗四縣客家話作爲比較標的，卻始終無人說出所以然。就學術而言，更少論文提及寫作的動機和背景介紹，所作的文獻分析大都只是列舉式的流水帳，缺乏深入的內省或有創見的批評或推論，這不能不說是這些客家話研究帶來的致命傷。[12]

有些論文則從某個語音或語法焦點爲主題，作比較方面的探討，例如邱仲森2006比較了臺灣苗栗與廣東興寧客家話的研究，也是從聲韻調的比對入門，從古今音的現代演變結果爲鵠的，在寫作和思考方面與前面的語音敘述相差不大。黃雯君2005比較了臺灣四縣客家話和海陸客家話，這兩個客家方言是目前臺灣的最大宗，而兩者的聲韻調都有很大的差別。

對於許多講者而言，並無法相互了解，但是兩者的差異性卻又如此的有規律（參見鍾榮富2006），然而黃文還是囿於過去研究方法上的限制，無法提出語言內在演變及機制，使這些比較只有在語音表面上的差異，無法帶給非語言學研究者一些值得思考的創見。例如兩種客家話的陰陽入正好在音值上彼此互換：四縣的陰入「識」和海陸的陽入「食」現在的讀音相同。爲何會如此？又如「飢餓」四縣用「肚飢」（tu ki）而海陸用「肚枵」[tu jiau]這種詞彙時差異，也應

---

[11]　也有人把「共時」（synchronic）翻譯成「平面」。

[12]　不過，或許這是整個臺灣田野調查研究的問題，因爲作閩南語調查或研究的碩士論文，在方法和呈現上也有類似的問題。

該可以從文化或周邊語言之不同來解釋或說明，可惜黃文都沒有就這些問題作深入的探討。

　　邱湘雲2006則比較了海陸客家話及閩南話在詞彙及語音上的差別。海陸客家話和閩南話的確有很多相似之處，然而過去均有了「參照四縣客家話」的先入為主之見，咸以為海陸之與閩南相似者，都屬於借自閩南話或者是受閩南語影響而來的結果。

　　其實值得更深一層思考的應該是：由於閩南話被學界視為比《切韻》系統還古的語音，如果海陸客家話與閩南語有若干相似之處，並不一定要和四縣客作類推的基礎，反而可能是海陸還保存了古語古音，而四縣客則因受其他山區住民的語言影響而有了若干的變化。[13]

　　再則，兩個語言的比較，也不能僅靠表面語音的差異進行比較，因為從Lado 1957之後，西方淵源流長的對比分析（contrastive analysis）理論經過了幾十年的辯論和答辯之中，駸駸然已經建構了一套細膩精緻的理論。在臺灣，曹逢甫1993也已經就這個理論的歷史源流及其在漢語或英語學習上的的應用及討論，作了很完整的討論和分析，因此臺灣的學生想要了解對比分析的理論和觀念及其應用並不太困難。然則，這些從事客家兩個方言對比的論文，都不提對比分析的理論，也不參考有關對比分析的任何文獻，顯然他們的方法多半還是停留在土法煉鋼的思維模式，這是讀過這些論文之後，最覺得應該要思考的問題。

　　簡而言之，以「各個客家話的語料蒐集及音韻分析」為立論根基的客家話研究，在量上已經有了很長足的進步，但在呈現及研究方法上，顯然還有很大的發展空間。當然，這並不是全然否定了這些碩士論文的價值，而是提醒未來作相似研究的研究生，能多讀一些語言學理論的文獻或論文，以增廣視野，提升分析能力及磨練批評論述的功夫。

　　第二個評述近幾年客家研究文獻的角度是基於近代語言學理論的

---

[13] 這部分的思考路線已有羅肇錦2006及張光宇2007為基礎，並非絕不可行之路線。

架構而作的客家話分析。所謂「近代語言學」並非全然以衍生語法
（Generative Grammar）的理論爲本，也參考了功能語法（Function-
al Grammar）、認知語法（Cognitive Grammar）的理論，及應用語
用學（Pragmatics）或篇章語言分析（Discourse Analysis）的架構。
不過，很遺憾的是能以理論架構爲分析基礎的研究，在過去幾年還很
少出現在碩士論文之間，僅有的是梁秋文2005以聲學（acoustics）的
模式分析了美濃客家的聲母及韻母。這篇論文雖然在分析上還無法
展現自己的看法，但是在前人的理念及發現上，以客家話爲印證材
料，卻是很明顯地走出了一大步。

　　過去，我們的客家研究文獻中提到客家的前元音[ɨ]，都認爲[ɨ]
和[i]雖同爲前高元音，卻有不同的音值，前者舌尖位於上下齒咬合
處，舌尖的作用很明顯。另外，[ɨ]很難單獨發音，更難掌握其單獨
出現時的實際音值與發音部位，因爲[ɨ]只出現在舌尖絲音[ts], [tsʰ],
[s]之後，很顯然是由於唸[ts], [tsʰ], [s]時，舌尖仍然不離開上下齒咬
合之處，只因氣流的持續延長而自然形成的元音。比較之下，唸[i]
時，舌尖跟著舌位向前平置，與[ɨ]的唸法大大不同。 有許多文獻竟
把[ɨ]看成舌面元音，於是爭論不一，如今透過聲學的分析，把10位
男性發音人的[ɨ]的第一和第二共振峰（formant）抓出來[14]（爲了方
便，也取其他五個母音的共振峰來作比較）。

(1) 10位男性發音人的共振峰平均值

10位男性發音人的F1及F2（單位：Hz）

ɨ-F2	ɨ-F1	i-F2	i-F1	e-F2	e-F1	a-F2	a-F1	o-F2	o-F1	u-F2	u-F1
1913	413	2822	255	2670	494	1614	1061	970	654	808	437
2057	432	3089	315	2432	602	1649	1077	988	653	806	448

---

[14] F1通稱為「第一個共振峰」，在實驗語音學上用以顯示母音的前後，發母音時，舌位越前
面，F1越低。F2則用於表示母音的前後，母音越前面，F2越高。

i-F2	i-F1	i-F2	i-F1	e-F2	e-F1	a-F2	a-F1	o-F2	o-F1	u-F2	u-F1
1986	387	3029	307	2527	584	1729	1150	1060	701	789	402
1602	380	2911	267	2749	462	1419	1063	855	523	833	444
1895	425	2717	357	2310	662	1417	951	994	705	852	439
1404	404	2859	322	2440	522	1426	1005	825	538	742	397
1622	430	3038	289	2573	589	1680	1146	1064	689	881	414
1934	418	2886	280	2584	633	1638	1147	959	716	716	453
1568	428	2645	325	2480	551	1635	1013	928	643	824	467
1691	449	3011	306	2624	505	1596	1073	917	602	735	427

我們把這些母音的共振峰平均值作出來之後，以F1（第一共振峰）為縱軸，以F2為橫軸，結果五個母音的舌位位置出現如後：[15]

(2) 10位男性發音人的母音F1及F2的平均值

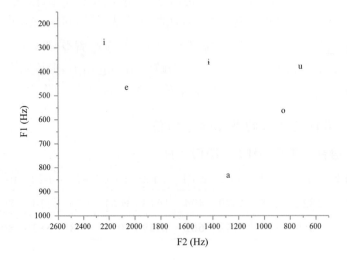

---

[15] 這是一般描繪母音圖示的方法，也有人取用F1為縱軸，F2-F1為橫軸，兩者相差並不大，請見Ladefoged 2002的討論。

　　有了這樣明確的聲學圖示來描述客家母音的位置，遠遠比文字的描述還要讓我們能掌握每個母音之間的舌位關係，至於是否爲舌面音，則需要和有舌面與非舌面音有對比的國語作比較。依據謝國平1980的實驗分析，所謂舌面元音和非舌面元音，其實其發音本質並沒有太大的差異，只是和元音之前的輔音有關：如果輔音是捲舌的舌面音，則其後的元音自然會有捲舌的色彩；如果其前的輔音爲非捲舌的齒音，如客家話的[ts], [tsʰ], [s]，其元音也很自然不會有捲舌的色彩，不能稱爲舌面元音。

　　另一冊很令人振奮的碩士論文是鍾麗美2005，以William Labov所創用的社會語言學理論爲基礎，主張語言的改變和社會階層（social stratification）有關，並採用聲譜分析（sound spectrographic analysis）作細膩的比較。該論文以屏東的內埔地區的客家話爲主，每個村莊找取12位發音人，其中老（年紀60歲以上）、中（年紀在40-59之間）、青（年紀40和30之間）、少（30歲以下）各3位，然後採用鍾榮富2004所發現語音規律爲工具，測驗這些規律在各個年齡層的音變差異。例如客家話有個「唇音異化規律」：如果韻尾是唇音，則聲母不能再是唇音。因此客家話不允許(3b)任何音節存在，原因是因爲他們都違反了唇音異化的規律：

(3)

a. fam 犯	b. *fim/p	c. *pVm/p
fap 法	*fem/p	
	*vam/p	
	*vim/p	
	*vem/p	

　　但是(3a)也違反了唇音異化，因爲[f]廣義上也是個唇音。[16]鍾麗

---

[16] 比較前期的語言學著作把[f, v]劃為唇齒音，和b, p, m 等雙唇音不同，但是從Chomsky and

鍾麗美的研究結果是：在各個年齡層之間，對於唇音異化的表現不同。越是年紀大的客家人，越保存[fam]及[fap]的讀音，越是年輕的小孩，越會把[fam]和[fap]分別唸成[fan]和[fat]。以下是各個年齡層對於「犯」[fam]讀音改變的交叉統計分布圖：

(4) 語音「fam」的變體分布圖

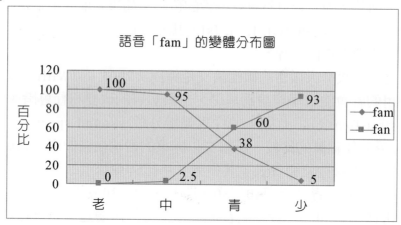

　　前面的分布圖顯示：在老年階段唸[fam]的有100%，但是在青年階段只有剩下50%的人保存[fam]的唸法，而到了少年階段只剩5%唸[fam]了。另一方面，老年層把「犯」[fam]唸成[fan]的人很少，但是年齡越下降，唸[fan]的人越來越多。由此可證明：唇音異化是個正在發展的語音規律，50年之後，將會有越來越多人把[fam]讀成[fan]。這個發現其實在語言學和社會學上都有很重要的啟示：語音是會改變的，有些規律的形成是在不知不覺之間，而且語言的使用和年齡分布的確有深厚的關係。[17]

　　Halle 1968之後，雙唇音和唇齒音都歸為具有[+唇]的一類語音。

[17] 這部分可以有很大的討論點，但受限於篇幅，有興趣者請參閱Kiparsky 1968。從衍生音韻學（Generative Phonology）的角度，語音之改變實由於我們語言機制內部的語音規律作了調整

　　除了碩士論文之外，也有幾篇零星的論文從認知的角度去探討客家話的量詞，其中貢獻最卓著的是戴浩一2001、2006，以認知心理學中的原型範疇化理論（Prototype Theory of Categorization）以及文化經驗範疇化理論（Experiential Theory of Categorization）為基礎，採取誘發式分類詞產生實驗的研究方法，蒐集四縣客語分類詞「尾」的使用語料，藉以建立其在客家方言的範疇結構。例如「魚」是以「尾」[mi]為量詞，但是同樣在水裡生活的「青蛙」[hama]卻不用「尾」而用「隻」[tsat]為量詞。[18]顯然客家人在心理認知上，有些是以某種樣貌為原型，有些則以習性為原型。這種以認知心理為切入研究的方法在客家話以至於漢語方言的研究裡，頗有另闢蹊徑的啟示，更能為我們對於語言和認知心理之間的關係多了一層了解，將會是語言學研究方面很有意義的方向。

　　再則，近年來（1999以還），賴惠玲從語意學、語法化、語意及語法的互動等層面來詮釋客家話動詞「分[bun]」、「佬[lau]」、「到[do]」及客家話重複動詞結構，是很花心血在把客家話的研究帶入語言學理論的著述，但是這些論著背後的理論並不為臺灣研究客家話的學子所熟悉，且賴惠玲的論文大都以英文書寫，以至於她的發現和看法在臺灣的客家話研究領域裡面影響非常有限。但是她的研究卻在語意改變及語法化研究上，反而成為許多臺灣學生必讀的參考論文，可見這些論文的品質本身不容置疑，只是目前客家話的研究者還太保守，還太著重在古今音的比對上。由於賴文所涉及的理論，很難用很短的篇幅來介紹，因此我們僅在此提出簡略的介紹，供有意研究客家語意或語用之間關係的年輕學者，能去參閱這些寶貴的文獻。

　　和變化。不過現在正盛行的優選理論（Optimality Theory）（Prince and Smolensky2003）之後，則認為是由於語言制約（constraints）的層次（ranking）改變。

[18]　對於客家話量詞的使用，海陸和四縣並不相同，而北部四縣又和南部四縣不盡相同，這個議題還有很大的再深入研究的空間。例如海陸可說「一隻人」，但南部四縣客家話卻不能，而必須要說「一個」或「一儕[sa]」人。

　　此外，應用句法、音韻理論、言談分析、語言習得等理論來解析客家話的研究之著作並不多見，顯示這方面的研究還值得未來更多心力的投入與關注。羅肇錦1998年之後比較關心宏觀的（macro）的客家課題，例如以客家話的語詞、聲調等演變類型之與少數民族如壯語、畲語等相似，懷疑客家話少數的語音演變之例外，極可能是由於客家和少數民族接觸而來。[19]論及臺灣內部客家話的發展，則傾向四海客家話的融合。[20]鍾榮富2004集客家語音、音韻、構詞及句法為對象，語料遍及臺灣現有的客家話種類，包括四縣、海陸、詔安、東勢、饒平及少見的長樂客家話，並從這些客家話類別的語音差異及音韻變化的相似性與否，來逐一比對各種客家話的內在及外在差異，是很具綜合觀點的論著。在觀點及論述方面，特別強調同一方言的內部差異，尤其是積極建構南部四縣客家話的獨立性，異於過去一向把「苗栗四縣」看成所有四縣客家話的代表的觀點，在語言內部的差別方面，頗具微觀（micro）的研究觀點。但由於分析方法介於理論與傳統之間，而且偏向共時音韻（synchronic phonology），鮮少觸及歷時（diachronic）或歷史（historical）的討論，雖然使用中文來寫作，並無法引起中文背景的年輕學者太多的關注，這由前一部分所討論的碩士論文很少引用該著作可以看出來。從另一方面來思考，會發現年輕學者比較關注格式化的傳統論文的寫作，這應該是當前客家話研究方面，很值得我們關心的議題。

　　以上我們簡略地回顧臺灣學術界在客委會成立以後所作的客家話研究，我們從「各客家話語料的調查與蒐集」以及「研究方法與當代語言學理論之應用」兩個觀點切入，對於十幾年來臺灣客家話的研

---

[19] 語言接處（language contact）常會帶來語詞的借用（borrowing）或語音的改變，例如時下臺灣國語流行的[A]如「A錢」或「撩」如「撩落去」等，就是最好的例證。但是在新語法學家（Neogrammarian）的眼中，語言接觸不但要根據語音、詞彙或語法，還需要參酌歷史檔案或考古發現等其他文獻，因此這種研究不僅限於語言學本身，還要旁及其他的學科。

[20] 目前四海話的研究也開始引起注意，其中部盛有2000及鍾榮富2006最值得參考。

究作了鳥瞰式討論。初步的結論爲：(a)由於年輕學者的投入田野調查，使臺灣各個客家話類別更加多元。(b)可惜這些語料的分析及討論過於格式化，尤其在寫作及組織上更爲明顯。(c)以現代語言學理論爲基礎的研究還需要更多的人力投入。

第四章

客家話的語音

引言

　　語音的描述與呈現，必須仰賴一套音標系統。本書所採用的是國際音標（International Phonetic Alphabet），這是國際音標協會於1886年制定的系統，由取名可知其初衷便是希望能應用於世界上所有語言的描述。後來實際執行時才發現種種問題而一再修正，最近的修訂完成於1999年，由國際馳名的語音學家Peter Ladefoged 所組的團隊負責修訂工作，並於書末附上世界各國語言的「北風與太陽」的短文音標。

　　其實，國際音標所提供的只是一套標音系統，至於每個符號所代表的音值，往往因各語言的實際音值差異而有所不同（請參見Pullum & Ladusaw 1986）。例如同一個[i]音，英語的[i]遠比國語的[i]還高、還長（參見Ladefoged and Madieson 1996），又如客語的[ñ]（顎話鼻音）音，與西班牙的[ñ]音很接近，可是兩者還是有所區別。基於這個認知，我們預計對客家話所有語音的發音過程作個描述，要達到這個目標，我們勢必先探討人體的發音器官及聲音產生的過程，再詳細描述客家話輔音與元音的發音。

　　本章所描述的主要對象是四縣客家話，因此如果沒有特別說明時，所舉的例子都取自南部四縣方言。但涉及四縣以外的其他的客家方言時，將會特別注明。首先，我們先了解客家話的音節結構，再依次介紹發音器官，說明客語聲母、韻母及聲調。

客家話的音節結構

　　客家話的音節結構和其他的漢語方言一樣，都可以劃分成聲母、韻母和聲調，其中韻母可再細分成介音和韻腳，韻腳內有主要元音和韻尾。整個音節內部結構的層次性，可用(1)圖來表示：

(1) 客語的音節結構

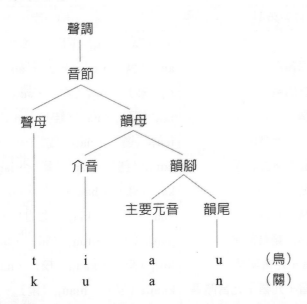

これ這些結構因素（聲調、聲母、介音、主要元音、韻尾）之中，只有聲調和主要元音是不可或缺的要素，其他則可有可無。換言之，客語音節內最小的結構是：聲調和元音，如a_{33}（阿）。像a_{33}（阿）這種沒有聲母（即元音之前沒有輔音）的音節結構，傳統上稱為零聲母。

前面(1)圖內的介音又叫介母，可以是[i]或[u]。韻尾有兩種，一種是元音韻尾（[i]或[u]），另外一種叫作輔音韻尾。輔音韻尾又因為聲調不同而分為兩種：由鼻音（m，n，ŋ）結尾的是為舒聲韻；由塞音（p，t，k）結尾的是為入聲韻。依據這些原則，(1)裡的圖表實際上可以衍生出12種不同的音節結構，這也是客家話（及其他漢語方言）所有音節的縮影。我們將這12種音節結構列於(2)，由於聲調為每個音節所必備，在(2)的音節類型裡，聲調用數目字的下標表示（有關數目字與聲調的關係，將於本書第88頁聲調小節討論。）：

(2)

音節類型	例　字
a.元音	o_{31}（襖），a_{33}（阿）
b.元音＋輔音韻尾	$aŋ_{33}$（甕），o_{33}（安），ap_3（鴨）
c.元音＋元音韻尾	i_{31}（矮），oi_{55}（愛），au_{33}（凹）
d.介音＋元音	ia_{33}（野），ua_{33}（哇），io_{55}（鷂）
e.介音＋元音＋元音尾	ieu_{33}（邀），uai_{55}（歪）
f.介音＋元音＋輔音韻尾	iam_{11}（鹽），iap_5（葉），$iaŋ_{11}$（贏）
g.輔音＋元音	ka_{55}（嫁），ha_{55}（下），$çi_{55}$（四）
h.輔音＋介音＋元音	kua_{33}（瓜），kia_{33}（他的），$k'io$（瘸）
i..輔音＋元音＋輔音韻尾	$paŋ_{33}$（拉），$toŋ_{33}$（當），hon_{55}（汗）
j.輔音＋元音＋元音韻尾	loi_{11}（來），kau_{11}（校），mai_{33}（買）
k.輔音＋介音＋元音＋元音韻尾	$kuai_{55}$（怪），$hiau_{31}$（曉），$liau_{55}$（料）
l. 輔音＋介音＋元音＋輔音韻尾	$kioŋ_{33}$（薑），lap_5（粒），$kiok_3$（腳）

　　有了音節結構的初步概念之後，我們便可從聲母、韻母和聲調等三個層面來分析客家話的語音。但是在描述這些音之前，我們勢必先了解發音器官與發音方法之間的背景，因此4.2小節是發音器官的簡單介紹。

發音器官

　　任何聲音的產生，都必須要有兩個要素：氣流與振動器。比如說風（一種氣流）吹到樹葉（振動器）便會產生聲音。當然，聲音要能聽得到，還需要媒介傳送，一般而言，聲音的傳送媒介是空氣。由於作為傳送媒介的空氣幾乎無所不在，是於談我們人體的發音，只以氣流與振動器這兩個要素為主。首先，我們呼吸時把氣流儲存在肺部，講話時氣流就從肺部送出來，這是氣流的來源。至於振動器指的是我們的聲帶，一般而言，聲帶的振動與否繫於聲門之開合：聲門張

開，則氣流直接衝出聲門，聲帶因而不振動，所產生的聲音就叫作清
音（voiceless sounds）；如果聲門緊閉，則發音時氣流撞及聲帶使
之振動，結果便是濁音（voiced sounds）。

　　除了氣流與聲帶之外，語音的產生還與發音部位和發音方法有極
密切的關係。為了便於理解，我們把重要的發音部位圖示於後：

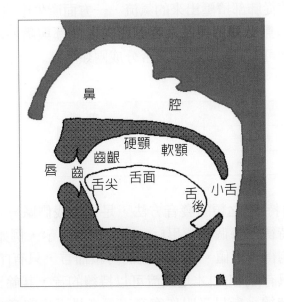

圖4-1　發音器官圖

　　接著我們將從不同的發音部位和發音方法來討論客語輔音（子
音）與元音（母音）的語音特色。為了方便討論，我們先從發音部位
和發音方法來界定每個音的本質，並分別指出各個輔音和元音的產生
過程。雖然我們主要是用國際音標來標音，但是為了便於比對，如果
遇到可以用注音符號標音的音時，我們會用括弧把注音符號寫出來。

輔音

　　就發音部位而言，有三個部位與語音的描述有密切的關係：
嘴唇、舌尖和舌位。與嘴唇有關的音段分別是：[p(ㄅ)、p'(ㄆ)、

m(ㄇ)、f(ㄈ)、v]。前三者（即p、p'、m）利用雙唇的開合藉以阻止氣流的持續，例如發[p]時，雙唇緊閉，使從肺部擠壓出來的氣流無法流出，形成阻塞，也即無法持續，故稱為塞音。待唸到後面所接的元音時，口腔才張開，於是氣流才迅速地竄出，形成爆裂狀，所以一般也稱為爆裂音或爆破音。至於發[f]和[v]時，則是利用上齒下唇的咬合動作，使從肺部擠壓出來的氣流，一方面產生摩擦，一方面卻維持了持續的流動。換言之，前面五個音雖然都與嘴唇的發音部位有關，但它們卻可因氣流的持續與否分成兩類：

(3)

	p	p'	m	f	v
[唇音]	+	+	+	+	+
[持續]	−	−	−	+	+

上面(3)中像[持續]之類的發音方法，足以供我們區分音段的差別，叫作區別性特徵。每個特徵用 [＋] ／ [－]值表示，例如(3)的五個音均為唇音，均得到正值。但就氣流的持續而言，只有[f]和[v]才得到正值，表示只有[f]和[v]才是氣流可以持續的音，其餘三個音，發音時氣流無法持續，所以又叫作塞音。鼻音是否為塞音，一直是個爭論未決的問題，在此僅依大部分語言學家接受的看法，把鼻音看成塞音（請參見Kenstowicz 1994，Ladefoged & Maddieson 1996之討論）。

　　(3)的五個音中也可以用清濁分成兩類：發[v]和[m]時，由於聲門緊閉，氣流從肺部衝出來時撞到聲帶，致使聲帶振動，是為濁音。而發[p]、[p']，與[f]時，聲門張開，氣流直接衝出聲門，聲帶因而沒有振動，是為清音。要辨別聲帶是否振動，最簡單的方式是用雙手把耳朵蓋起來，發濁音時，耳膜會感覺振動，會有嗡嗡的回音，但是發清音時並不會有嗡嗡的回音。濁音之中，[m]為[－持續]音，而[v]為[＋持續]音。

　　另外，[m]的發音方法雖然與[p]、[p']相同，均爲雙唇音，但是傳送氣流的腔道不同。發[p]、[p']時，氣流是從口腔出來，但是發[m]時，氣流卻從鼻腔出來，因此把[m]稱爲鼻音。在清音中，[p]與[p']的差異是在送氣：[p]沒有送氣，而[p']則有送氣。區別送不送氣的最好方法便是把中指放在嘴前，發[p']音時，手指會感覺到有一股氣流從口腔噴出來而會有暖暖的感覺；發[p]時，手指並不會覺得有氣流噴出。或者拿一張紙放在嘴前，發[p']音時，嘴前的紙張會振動，表示有送氣；但發[p]時，嘴前的紙張並不會振動，表示沒有送氣。

　　總結前面的描述，我們可用幾個特徵把[p、p'、m、f、v]等五個音區分成：

(4)

		p	p'	m	f	v
[唇音]	+	+	+	+	+	+
[持續]	−	−	−	−	+	+
[濁音]	+			+		+
[送氣]	−	−	+			
[鼻音]	−	−	−	+	−	−

　　其次，我們來談[t(ㄉ)、t'(ㄊ)、n(ㄋ)、l(ㄌ)]等四個音的語音本質。這四個均爲舌尖音，其中發[t、t'、l]等音時，舌尖抵住上牙齦，使氣流無法持續，是爲塞音。而發[l]音時，雖然也是舌尖抵住上牙齦，但氣流卻可以從舌尖的兩邊持續送出來，所以叫作邊音。就清濁而言，[t]與[t']爲清音，而[n]與[l]同爲濁音。清音之中，[t]不送氣但[t']卻是送氣音。再者，發[t、t'、l]等音時，氣流從口腔送出，唯發[n]時，氣流是從鼻腔送出來。換言之，如果取這四個音與(4)作

比較，同時增加[舌尖]與[邊音]兩個特徵，便可從(5)看出其異同：[1]

(5)

	p	p'	m	f	v	t	t'	n	l
[唇音]	＋	＋	＋	＋	＋	－	－	－	－
[持續]	－	－	－	＋	＋	－	－	－	＋
[濁音]	－	－	＋	－	＋	－	－	＋	＋
[送氣]	－	＋	－	－	－	－	＋	－	－
[鼻音]	－	－	＋	－	－	－	－	＋	－
[舌尖]	－	－	－	－	－	＋	＋	＋	＋
[邊音]	－	－	－	－	－	－	－	－	＋

　　接著要探討的是[k(ㄍ)、k'(ㄎ)、ŋ(ㄥ)]等三個舌根音。注音符號原用一個已不使用的音表[ŋ]，在此為方便，用ㄥ來表示，其實ㄥ應該是[əŋ]才是。發音時，整個舌位上揚，舌根後方頂住軟顎，使氣流無法持續，因此他們都是塞音。其中[k、k'、t]，[t'、p、p']一樣，都是清塞音；而[ŋ]與[n、m]同為鼻濁音。在清塞音中，[k]與[t]、[p]不送氣，而[k'、t'、p']同為送氣音。在發音部位上，由於舌根音是唯一與舌位有關的，而且舌位很高，因此一般都用[高]來作它們的區別性特徵。基於此，他們和其他音的比較可見於(6)：

(6)

	p	p'	m	f	v	t	t'	n	l	k	k'	ŋ
[唇音]	＋	＋	＋	＋	＋	－	－	－	－	－	－	－
[持續]	－	－	－	＋	＋	－	－	－	＋	－	－	－
[濁音]	－	－	＋	－	＋	－	－	＋	＋	－	－	＋

---

[1]　更正確地說，[舌尖]應改為[舌冠]（coronal）。

	p	p'	m	f	v	t	t'	n	l	k	k'	ŋ
[送氣]	−	+	−	−	−	−	+	−	−	−	+	−
[鼻音]	−	−	+	−	−	−	−	+	−	−	−	+
[舌尖]	−	−	−	−	−	+	+	+	+	−	−	−
[邊音]	−	−	−	−	−	−	−	−	+	−	−	−
[高]	−	−	−	−	−	−	−	−	−	+	+	+

　　再其次是[ts(ㄗ)、ts'(ㄘ)、s(ㄙ)]。發舌尖前音[ts]與[ts']時，舌尖抵住上牙齦，使氣流摩擦稍爲受阻，而後再釋放氣流，使之持續流出口腔，因此這兩個音和[t、t']的特徵差別在於[阻擦]，[ts]與[ts']具有[＋阻擦]特徵，也即氣流先因舌尖抵住上牙齦而形成阻塞，而後在舌尖從上牙齦縮回時，氣流才得以持續送出，這種氣流先阻後續的發音過程稱爲阻擦。而發[t、t']時，氣流都遭阻塞，是爲[−阻擦]音。又[ts']爲送氣音，[ts]爲不送氣音。

　　至於[s]的發音部位往往因人而異，有些人把摩擦置於牙齦與舌頭，但大部分的人是把舌尖放在上牙之後，然後舌位上移，因此摩擦點在於舌葉與牙齦之間。發[s]時，聲帶不振動，是爲清擦音，可以用英語的[z]來對照，因爲發[z]時，聲帶振動，是爲濁擦音。

　　接著是[tɕ、tɕ'、ɕ、ñ]等四個顎化音。基本上，這四個音是由[ts、ts'、s、ŋ]顎化而來，所以他們的發音部位很類似。所謂顎化，是指舌面觸及牙齦後面的硬顎部分而產生的過渡成分，聽起來頗有前高元音[i]的色彩，也因此傳統中國聲韻學家把這幾個音稱爲舌面音。試比較國語的[tɕ(ㄐ)、tɕ'(ㄑ)、ɕ(ㄒ)]與[ts(ㄗ)、ts'(ㄘ)、s(ㄙ)]的發音，我們很容易覺得前三者含有相當程度的[i]色彩。客家話的[tɕ、tɕ'、ɕ、ñ]，發音時舌面伸至前硬顎靠近齒齦處，使氣流摩擦但並未完全受阻，因此都是[＋持續]之音。此三個音與舌根音[k、k'、ŋ]一樣，發音時舌位很高，近乎直接觸及上顎，所以具有[＋高]的特徵，只是舌根音都是後音（[＋後]），而顎化音均爲前音（[−

後])。[ñ] 是客家話特有的音,語音上與西班牙（español）之[ñ]相同,國際音標一般用[ɲ]表示,國人的文獻大都用[ȵ]表示,爲了方便打字,本文一概用[ñ]來表音。

客家話另有一組舌面前音[tʃ、tʃ'、ʃ],他們的音值很接近顎化音 [tɕ、tɕ'、ɕ],只是發音時舌面往上提升,嘴唇向前突出,近乎圓唇化,因此使摩擦成分增多,而且由嘴唇前突,增加了發音腔（vocal tract）的長度,也使聲波的頻率減少。總體而言,[tʃ、tʃ'、ʃ]與[tɕ、tɕ'、ɕ]的差別,主要是在舌面的前後,前者較前,後者較後,因此我們把[tʃ、tʃ'、ʃ]看成舌面前音。

目前臺灣的客家話裡,保留舌面前音[tʃ、tʃ'、ʃ]最完整的應該是饒平話,見於臺中東勢的福隆里、桃園中壢的過嶺里及新竹芎林的文林里,苗栗卓蘭的老庄里一帶（見呂嵩雁1993）。現存少數的詔安客家話（雲林的崙背、二崙等地）也有這組舌面前音（見涂春景1998a）。此外,臺中縣的東勢腔（江敏華1998）及高雄縣的美濃竹頭背一帶（鍾榮富1997a）也有這組音。

另一個常被劃爲與[tʃ、tʃ'、ʃ]同樣發音部位的是[ʒ]。依楊時逢1957之見,「[ʒ]是舌尖及面的通濁音,它的發音部位與[tʃ]同,但摩擦成分極輕,說快時全無摩擦,近乎半元音的i-。如『衣友野然云央勇』等是。在四縣話裡凡[ʒ]母（不論快慢輕重）都一致讀成半元音 i-,所以四縣話就不用[ʒ]母,而海陸讀[ʒ]的字,四縣都全爲無聲母的起音字,用○號來代表。」（頁3）。

其實語言學裡用[ʒ]表示的輔音,最常見的是英語的usual裡第二音節的起首輔音（類於我們所說的聲母）,它的發音部位應該是與[ʃ]相同,而不是與[tʃ]相同。[ʒ]的稱呼繁多,現在一般叫作牙齦後濁摩擦音（post-alveolar voiced fricative）。它的發音和[s]的相同點是:上、下齒都很接近,以迫使氣流產生摩擦。但是發[ʒ]時,摩擦點遠比發[s]時還要後面,摩擦面也比[s]要廣、要寬。同時,摩擦點之後的舌面往上挺起（發[s]時舌面是沒有這個動作的）,更重要的是嘴唇微微向前突,略呈圓唇狀態。當然,[ʒ]音的圓唇與否也因語

言而不同，英語、法語要圓唇，俄語則不然（見Ladefoged and Mad-dieson 1994：148）。客家方言中，有[ʒ]聲母的是：海陸、饒平、東勢、詔安、卓蘭、永定，與少部分南部四縣話，其中東勢、饒平、永定的[ʒ]圓唇狀態很明顯，海陸與南部四縣的[ʒ]則略略呈圓唇而已。

客家話的[ʒ]是由前高元音在零聲母的位置上，因摩擦強化而來，本質上與[v]一樣，因為[v]也是由後高元音[u]強化而成的（詳見第六章之討論。為了方便打字與統一標號，本書除了徵引文獻外，一律用[j]來代替[ʒ]。）

最後是清喉音[h(ㄏ)]，是個持續音。發音時聲門與口腔都敞開，使氣流直接從肺部送出，與任何發音部位都沒有直接關係，便可得到[h]的音值。綜合以上的討論，除了出現在(4)的輔音之外，其他的客語輔音可以用(5)作概括：

(7)

	s	ts'	s	tʃ	tʃ'	ʃ	tɕ	tɕ'	ɕ	ñ	h
[持續]	+	+	+	+	+	+	+	+	+	−	+
[濁音]	−	−	−	−	−	−	−	−	−	+	−
[送氣]	−	+	−	−	+	−	−	+	−	−	−
[舌尖]	+	+	+	+	+	+	−	−	−	+	−
[高]	−	−	−	+	+	+	+	+	+	−	−
[後]	−	−	−	−	−	−	−	−	−	−	−
[阻擦]	+	+	−	+	+	−	+	+	−	−	−
[捲舌]	−	−	−	+	+	+	−	−	−	−	−
[鼻音]	−	−	−	−	−	−	−	−	−	+	−

把(6)和(7)的輔音加起來，客家話共有[p、p'、m、f、v、t、t'、n、l、k、k'、ŋ、h、ts、ts'、s、tɕ、tɕ'、ɕ、ñ、tʃ、tʃ'、ʃ、j]等24個。但並非所有的客家方言都同樣共有這些輔音，我們將在第五章討論各方言的語音差別時，進一步作分類。我們把前面的描

述，依塞音、非塞音、送氣、不送氣、清音、濁音等發音方法及唇音、舌尖、顎化、牙等發音部位用圖表作個總結：

(8) 客語聲母表

發音部位 ＼ 發音方法		塞音 不送氣	塞音 送氣	塞音 鼻	摩擦音 清 阻擦 不送氣	摩擦音 清 阻擦 送氣	摩擦音 清 非阻擦	摩擦音 濁	邊音 濁	滑音 濁
唇音	雙唇音	p	p'	m						
唇音	唇齒音						f	v		
舌尖	舌尖音	t	t'	n					l	
舌尖	舌尖前音				ts	ts'	s			
顎化	舌面音			ñ	tɕ	tɕ'	ç	j		
顎化	舌面前音				tʃ	tʃ'	ʃ			
牙喉	舌根音	k	k'	ŋ						
牙喉	喉音						h			

　　有了前面簡單的發音背景之後，我們就可以用客家話作例子來說明及描述(8)裡面的各個聲母了。後面例字中，調按陰平（33）、陽平（11）、上聲（31）、去聲（55）、陽入（3）、陰入（5）的聲調排列。如有所缺，則略去或取用其他韻母之例為補，其旨意即在供有心學客語者習慣其聲調。

p：雙唇不送氣的清音，如：pon_{33}（幫）、pon_{11}〔磅，秤東西的磅秤，客語叫作$pon_{11}ni_{31}$（磅子）〕、pon_{31}（吃飯配菜，客語叫$pon_{31}ts'oi_{55}$）、pon_{55}（棒）、pok_3（博）、pok_5（「不理你」客語叫$m_{11}pok_5ŋ_{11}$）。

p'：雙唇送氣清音，如：$p'i_{33}$（被，棉被的「被」）、$p'i_{11}$（皮）、

$p'i_{55}$（倍）、$p'it_3$（匹）、$p'it_5$（蝙蝠，客語叫作$p'it_5p'o_{11}$）。

m：雙唇鼻音。鼻音傳統上稱為次濁音，是個發音時一定會帶音的響音。如：mi_{33}（美）、mi_{11}（迷）、mi_{31}（米）、mi（味）、met_3〔玩東西，客語叫met_3，如：「不要亂玩」（$m_{11}mo_{31}lon_{55}met_3$）〕、$met_5$（墨）。

f：唇齒摩擦清音。客家話的[f]不和[u]作介音的韻母（即傳統上的合口韻）結合。如：fan_{33}（番）、fan_{11}（凡）、fan_{31}（反）、fan_{55}（飯）、fat_3（發）、fat_5（罰）。

v：唇齒摩擦的濁音，偶爾會有人唸成雙唇摩擦音[β]。[v]的來源很特別，往昔的文獻（如董同龢1948、袁家驊1960、楊時逢1957、1971、羅肇錦1984）均把它看成獨立的聲母，但是在此僅依鍾榮富1991之見，把客家話的[v]聲母歸因於合口韻的[u]介音強化而來的。如：van_{33}（彎）、van_{11}（還，還東西的「還」）、van_{31}（挽，把東西掛上去叫作van_{31}）、van_{55}（萬）、va_3（轉彎客語叫作vat_3）、vat_5（滑）。

t：牙齦舌尖部位的清塞音，不送氣。如：tu_{33}（都）、tu_{31}（賭）、tu_{55}（很生氣，客語叫作$k'en_{31}t_{55}tu_{55}$）、tut_3（尖尖之外頭叫作tut_3）、tut_5（不停地動，客語叫作$hau_{55}tut_5$）。

t'：牙齦、舌尖部位的送氣清塞音。如：$t'am_{33}$（貪）、$t'am_{11}$（談）、$t'am_{31}$（探）、$t'am_{55}$（淡）、$t'ap_3$（用某個東西去代替或墊底叫作$t'ap_3$）、$t'ap_5$（踏）。

n：牙齦、舌尖鼻音，如：nai_{33}（小孩子纏著人叫作nai_{33}）、nai_{11}（泥）、nai_{31}（那，指「那裡」、「那位」的「那」）、nai_{55}（耐）、nak_3（笑）、nak_5（背部很癢叫作nak_5）。

l：舌尖牙齦之邊音。所謂邊音是舌尖頂住牙齦後，氣流由兩邊竄出。臺灣有些客家方言不分[n]、[l]（所謂泥母與娘母不分），如：lam_{33}（差勁客語叫作lam_{33}）、lam_{11}（藍）、lam_{31}（擁抱叫作lam_{31}）、lam_{55}（泥土很潮濕叫作lam_{55}）、lap_3（窟窿叫作lap_3）、lap_5（向人家要東西叫作lap_5）。

ts：舌尖前的不送氣塞擦音，一般只出現在[a、e、o、u]等元音之前，而不與齊齒元音[i]結合。這個不送氣塞擦音在齊齒元音之前會顎化成[tɕ]。因此，[ts/ɕ]只是一個音位在不同情境下產生的變體音。如：tsau33（焦）、tsau31（找，指「找錢」的「找」）、tsau55（兆）、tsak3（隻）、tsak5（遮，在路上攔路，客語叫tsak5）。

ts'：舌尖前的送氣塞擦音，如：ts'au33（抄）、ts'au11（吵）、ts'au31（炒，指「炒菜」的炒）、ts'au55（不經許可亂找東西叫作ts'au55）、ts'ap3（插）、ts'ap5（雜）。

s：舌尖前之摩擦清音。發音時上下齒互依，舌尖抵住上下齒密合處，氣流由齒縫間摩擦而得之的聲音。如：saŋ33（聲）、saŋ11（城）、saŋ31（省，指「節省」的「省」）、saŋ55（衣著穿得很漂亮，客語叫作saŋ55）、sak3（片，「一片」客語叫「jit3sak3」）、sak5（石）。

tɕ：不送氣的舌面顎化清音。只限於齊齒元[i]之前。如：tɕiaŋ33（靓）、tɕiaŋ31（井）、tɕiaŋ55（絳）、tɕiak3（蹟）、tɕiak5（輸乾淨，客語叫「su33tɕiak5tiak5」）。

tɕ'：送氣的舌面顎化清音，也只與齊齒音[i]相結合。如：tɕ'ian33（千）、tɕ'ian11（錢）、tɕ'ian31（淺）、tɕ'ian55（賤）、tɕ'iat3（切）、tɕ'iat5（絕）。

ñ：舌面顎化鼻音，只出現在齊齒韻母[i]之前。關於這個音的來源，文獻上素無定論，有人主張由[ŋ]顎化而來，如：楊時逢1971；也有人主張是由[n]顎化而來，如Hashimoto 1972、羅肇錦1984。在此依Chung 1989a認為起自於[n]或[ŋ]在齊齒韻之前中立化（neutralization）的結果。如：ñiam33（「撿」，從地上撿起東西叫ñiam33）、ñiam11（粘）、ñiu31（扭）、ñiam55（念）、ñiap3（捲起袖子的「捲」叫ñiap3）、ñiap5（業）。

ɕ：舌面顎化的清音。發音時氣流可以持續，所以是個通音。如：ɕioŋ33（箱）、ɕioŋ11（祥）、ɕioŋ31（想）、ɕioŋ55（像，指「像

片」的「相」）、çiok₃（削）、çiok₅（便宜，東西很「便宜」叫 çiok₅）

h：喉部摩擦清音，如：hon₃₃（旱）、hon₁₁（寒）、hon₃₁（罕）、 hon₅₅（汗）、hot₃（喝，指大聲罵人之吆「喝」）、hot₅ （渴）。

j：是由[i]在聲母處強化而來的，如：ji₃₃（醫）、ji₁₁（姨）、ji₃₁ （雨）、ji₅₅（意）、jit₃（一）、jit₅（翼）。

k：不送氣的舌根清塞音。一般而言，臺灣的客家話都有穩定的舌 根音，但在南部的某些方言，如吉東、廣興一帶，有些人的舌 根音在齊齒韻母之前顎化成[tʃ]，試比較：kiok₃/tʃiok₃（腳）、 kiam₃₁/tʃiam₃₁（檢）。其他舌根音之字例有：kaŋ₃₃（耕）、kaŋ₃₁ （梗）、kaŋ₅₅（用腳踢到東西，如：踢到豬屎kaŋ₃₃ to₃₁ tsu₃₃ çi₃₁）、kak₃（隔）、kak₅（擬聲詞，如小孩一直講不停叫：kak₅ kak₅ kun₃₁）。

　　到現在為止，我們應該注意到[p、t、ts、tç]等五個清塞音起 首的音節都不能接陽平調，這應是與古音演變有關係。依董同龢 1968，平聲分陰陽時，與聲母之清濁有關，濁聲母配陽平調，清 聲母配陰平調。中古濁音清化（即原有聲的聲母變成無聲聲母）之 後，客家話的不送氣清聲母很一致地不與陽平調共存於同一音節 中，形成客家話的特色。在音的變化過程中也有少數例外，而出現 了清塞音起首的音節接陽平調的例子，如「他」是ki₁₁、「女人的 陰部」叫pai₁₁等。這些都是平時極其常見或極不常見的字，至於像 poŋ₁₁（磅）則是外來借詞，其調應受國語之影響。

k'：送氣的舌根清塞音。與[k]音一樣，[k']在臺灣的大部分客家話 裡都非常穩定，但在前面提及的南部客家方言裡，[k']往往顎化 成[tʃ']，即使是極常用的稱謂語，如「阿舅」，吉東（不是所 有的人）、廣興（大部分人）等地卻唸成a₃₃ tʃ'iu₃₃。這種變異 其實很容易解釋：舌根音為了便於與齊齒韻結合，而產生了顎 化。換言之，這些將舌根音顎化的，等於把舌頭從軟顎移到了

牙齦與硬顎之間。[k']的其他例字：如：$k'en_{33}$（牽）、$k'en_{11}$（拳）、$k'en_{31}$（「生氣」客語叫作$k'en_{31}$）、$k'en_{55}$（勸）、$k'et_3$（缺）、$k'et_5$（用力掙扎叫作 $k'et_5$）。

ŋ：舌根鼻音。[ŋ]和[ñ]呈互補配對，[ŋ]不出現在齊齒韻母[i]之前，而[ñ]則只出現在齊齒韻母之前。[ŋ]的例音有：$ŋan_{33}$（我們）、$ŋai_{11}$（我）、$ŋam_{31}$（點頭）、$ŋoŋ_{55}$（戇）、$ŋat_3$（客家話很吝嗇叫$ŋat_3$）、$ŋok_5$（樂，如音樂，$jim_{33}ŋok_5$）。

ø：零聲母，只出現在[o]及[a]兩個元音之前，如：o_{33}（痾）、o_{11}（爾）、o_{31}（襖）、o_{55}（喔，擬聲詞，如客語常用$o_{55}o_{55}kun_{31}$表用力時之叫聲）、ok_3（惡）、ok_5（也是擬聲詞，如$ok_5ok_5kun_{55}$表打呼之聲）。

　　以上我們以南部四縣客家語音（高樹）為例，描述了每個輔音的語音本質與發音部位與方法。這種描述的重要性在於兩方面：首先，詳細的記錄與保存客家話的讀音與唸法，其次，讓不會客家話的人也能掌握客家話的基本發音過程與特性。其實輔音之重要不只在於聲母，它們在韻尾的地位也很重要，然而有關輔音韻尾的語音特性與辨義作用，與聲調關係密切，將到第六章再進一步作說明。

韻母

　　臺灣各客家方言的韻母數並不相同，我們還是取其聯集，再討論那些韻母不出現於哪些方言。基於此，臺灣客家話共有62個韻母，表列如下：

(9) 客家韻母表

	i	e	ue	a	ia	ua	o	io	u		ɨ
-i				ai		uai	oi	ui			
-u	iu	eu		au	iau						
-m	im	em		am	iam						ɨm

	i	e	ue	a	ia	ua	o	io	u		ɨ
-p	ip	ep		ap	iap						ɨp
-ŋ				aŋ	iaŋ		oŋ	ioŋ	uŋ	iuŋ	
-k				ak	iak		ok	iok	uk	iuk	
-n	-in	en	uen	an	ian	uan	on	ion	un	iun	in
-t	it	et	uet	at	iat	uat	ot	iot	ut	iut	it

　　我們分幾類來探討這個韻母表：元音化的輔音、主要元音、複合元音及元音與輔音共組而成的韻母。

一、元音化的輔音

　　所謂元音化的輔音指可以單獨成音節的輔音，像英語button [bʌʔn̩]中的[n̩]便是個好例子。臺灣的客家話有兩個元音化的輔音：[m̩]及[ŋ̍]：

(10)

a. m̩₁₁	不
b. ŋ̍₁₁	魚
c. ŋ̍₁₁	你
d. ŋ̍₃₁	五

　　在這兩個元音化的輔音中，[m̩]的出現率其實很低，因為它只出現在像（10a）的音節裡，是客家話裡使用頻率頗高的否定用詞（參見第九章否定詞）。另外，[m̩]作為單獨音節也不很穩定，它常展延到後一音節的聲母位置，如：m₁₁ oi₅₅ → m₁₁ moi₅₅，這種現象我們將在語音合併時，再回頭來詳細探討。相形之下，[ŋ̍]的用字與音節種類較多，而且穩定（「你」有人唸成[n̩]，只是這只發生在很少人的口音裡）。接著我們將依序來討論主要元音、複合元音及其他韻母的語音特性並以例字來表述其音質。

二、主要元音

一般而言，臺灣的客家話有六個元音：

(11) 客家話的元音：

	前元音	央元音	後元音
高	i ɨ		u
中	e		o
低		a	

上面元音的前、央、後，指的是發音時舌位（指整個舌頭之位置）的前後，高、中、低也是指舌位而言。準此，我們唸[i]時，舌位在前面，而且位置很高。發[u]時，舌位雖然也很高，但整個舌頭比較之下卻顯得在很後面。如果我們反覆的唸[i]（如國語的「一」）和[u]（如國語的「烏」），便會發現唸[i]時舌位較前，唸[u]時舌位較後。

同樣的，如果從「衣」，「葉」，唸到「阿」，我們也會感覺到我們的舌位在由上往下降。雖然國語與客家話的元音音值並不完全相同，但由[i]、[e]、到[a]都可以感覺到舌位的下降，由[i]到[u]，我們的舌位也明顯地由前往後移動。另外就[ɨ]而言，[ɨ]和[i]雖同為前高元音，卻有不同的音值，前者舌尖位於上下齒咬合處，舌尖的作用很明顯。另外，[ɨ]很難單獨發音，更難掌握其單獨出現時的實際音值與發音部位，因為[ɨ]只出現在舌尖絲音[ts]、[ts']、[s]之後，很顯然是由於唸[ts]、[ts']、[s]時，舌尖仍然不離開上下齒咬合之處，只因氣流的持續延長而自然形成的元音。

比較之下，唸[i]時，舌尖跟著舌位向前平置，與[ɨ]的唸法大大不同。我們於是用[高]、[後]、[低]、與[舌尖]等四個區別性特徵來作元音的歸類：

(12)

	i	e	a	o	u	ɨ
[高]	+	−	−	−	+	+
[後]	−	−	+	+	+	−
[低]	−	−	+	−	−	−
[舌尖]	−	−	−	−	−	+

　　客家話的六個元音當中，[ɨ]音的出現是完全可以預測的，因爲它只出現在舌尖前音[ts、ts'、s]之後，如：

(13)

	tsɨ$_{55}$	治
a.	tsɨn$_{33}$	真
	tsɨm$_{33}$	斟
b.	ts'ɨ$_{55}$	次
	ts'ɨn$_{55}$	陣
	ts' ɨm$_{33}$	深
c.	sɨ$_{33}$	司
	sɨp$_3$	濕

　　在某些地區，如說詔安的雲林崙背、二崙，說四縣的屏東新埤、高樹、長治，說大埔的臺中東勢，都把[ɨ]唸成了[i]，如「紙」都唸成[tɕi]。因此，[ɨ]、[i]之分已是客家方言區分的重要語音指標之一。底下我們用一些例字來表述客家話的元音音值：

i：　　ji$_{33}$（醫）、ji$_{11}$（姨）、ji$_{31}$（雨）、ji$_{55}$（意）。

e：　　k'e$_{33}$（溪）、k'e$_{11}$（纏，某物被網狀物所纏到，叫作k'e$_{11}$）、k'e$_{31}$（解開）、k'e$_{55}$（契，指「契約」的「契」）。

a： sa$_{33}$（拿）、sa$_{11}$（蛇）、sa$_{31}$（捨）、sa$_{55}$（射）。

o： so$_{31}$（騷）、so$_{11}$（蛇的爬行叫作so$_{11}$）、so$_{31}$（鎖）、so$_{55}$（用棍子打人叫so$_{55}$）。

u： p'u$_{33}$（埔）、p'u$_{11}$（用火燺去燜東西叫p'u$_{11}$）、p'u$_{31}$（普）、p'u$_{55}$（步）。

ɨ： sɨ$_{33}$（私）、sɨ$_{11}$（時）、sɨ$_{31}$（駛）、sɨ$_{55}$（事）。

三、複合元音

臺灣的客家話有十個雙合元音和兩個三合元音，這些複合元音本質上均由前面的六個主要元音之中的兩個或三個所組成，其組成也是有條理可循的。然而本小節只探討語音現象，有關於韻母結構的規則，將在第六章再進一步討論。以下是一些例字，旨在說明臺灣客家話韻母的語音：

iu： k'iu$_{33}$（舅）、k'iu$_{311}$（求）、ɕiu$_{31}$（用細條形木打叫作ɕiu$_{31}$）、k'iu$_{55}$（舊）。

ui： sui$_{33}$（玉米一條叫作sui$_{33}$）、sui$_{11}$（隨）、sui$_{31}$（水）、sui$_{55}$（瑞）。

io： kio$_{33}$（瘸）、hio$_{33}$（靴）、jo$_{55}$（鷂）。

oi： koi$_{33}$（該）、loi$_{11}$（來）、koi$_{31}$（改）、koi$_{55}$（蓋）。

ue： k'ue$_{55}$（用硬東西敲叫作k'ue$_{55}$）。

eu： heu$_{33}$（以不正當的手段去要人叫作heu$_{33}$）、heu$_{11}$（猴）、heu$_{31}$（口，例如檳榔一「口」叫作heu$_{31}$）、heu$_{55}$（候）。

ia： ja$_{33}$（野）、ja$_{11}$（爺）、ja$_{31}$（抓，用手抓叫作ja$_{31}$）、ja$_{55}$（夜）。[2]

ai： pai$_{33}$（跛，跛腳的「跛」）、pai$_{11}$（女性生殖器叫tɕi$_{33}$ pai$_{11}$）、pai$_{31}$（擺，指一次兩次的「次」）、pai$_{55}$（拜）。

ua： kua$_{33}$（瓜）、kua$_{55}$（掛）。

au： lau₃₃（走走看看，客語叫lau₃₃）、lau₁₁（撈）、lau₃₁（「以為、認為」客語叫lau₃₁to₃₁）、lau₅₅（亂拿東西叫作lau₅₅）

iau： liau₃₃（豬肉一片叫作liau₃₃）、liau₁₁（寮）、liau₃₁（賠錢是為liau₃₁）、liau₅₅（料）。

uai： kuai₃₃（乖）、kuai₃₁（蟈，一種綠皮小青蛙）、kuai₅₅（怪）。

ie: ñie₅₅「蟻」。一般而言，客家話的[ie]韻已日漸式微，ñie₅₅在許多方言裡是僅存的字音。不過像「雞」有人唸[ke]，有人唸[ke]，將在第六章進一步討論。

四、元音與輔音韻尾合組之韻母

客家話的韻母之中，數目最多的就屬元音與輔音韻尾合組之韻母。客語有三組輔音韻尾：－m／p，－n／t，－ŋ／k，其中鼻音韻尾表陽聲韻，塞音（p，t，k）則為入聲音節的韻尾。客家話的元音和韻尾在組成韻母時，也必須遵循某些特定的規則，這些規則且等到第六章再詳論。

底下僅以例字來呈現臺灣四縣客家話之語音。

im： lim₃₃（喝水叫lɕ'im₃₃sui₁₁）、lim₁₁（臨）、kim₃₁（錦）、kim₅₅（禁）。

ip： lip₃（笠）、lip₅（立）。

em： sem₃₃（蔘）、hem₁₁（含在口裡為 hem₁₁）、tem₃₁（用腳猛踩為tem₃₁）、tem₅₅（甸）。

ep： lep₃（笠）、kep₅〔壓到，如：kep₅ to₃₁ su₃₁（壓到手）〕。

am： kam₃₃（柑）、ham₁₁（鹹）、kam₃₁（敢）、kam₅₅（鑑）。

---

[2] 由於[i]在零聲母的音節上會強化成[j]，故/ia/韻的例字都用[ja]來表示。

ap：　　tap_3（理，「不理您」為$m_{11}tap_3\eta_{11}$）、tap_5（零食客語叫$to\eta_{33}tp_5$）。

iam：　$hiam_{33}$（一種騷味，如「尿味」叫$\tilde{n}iau_{55}hiam_{33}$）、$hiam_{11}$（嫌）、$hiam_{31}$（險）、$kiam_{55}$（劍）。

iap：　$liap_3$（偷偷地把東西藏起來叫$liap_3$）、$liap_5$（粒）。

aŋ：　　$ta\eta_{33}$（釘）、$ha\eta_{11}$（行）、$ta\eta_{31}$（頂）、$ta\eta_{55}$（喜歡吹牛，客語叫作$ta\eta_{55}t\eta_{55}kun_{31}$）。

ak：　　hak_3（客）、hak_5（睪丸客語叫作$hak_5lo\eta_{11}$）。

iaŋ：　$kia\eta_{33}$（驚）、$p'ia\eta_{11}$（平）、$kia\eta_{31}$（頸）、$kia\eta_{55}$（鏡）。

iak：　$piak_3$（壁）、$piak_5$（裂開為$piak_5k'oi_{33}$）。

oŋ：　　$ko\eta_{33}$（扛）、$ko\eta_{11}$（搖擺不完叫作$ko\eta_{11}$）、$ko\eta_{31}$（講）、$ko\eta_{55}$（降）。

ok：　　hok_3（頭殼的「殼」）、hok_5（學）。

ioŋ：　$t\varsigma io\eta_{33}$（將）、$lio\eta_{11}$（良）、$t\varsigma io\eta_{31}$（獎）、$t\varsigma io\eta_{55}$（醬）。

iok：　iok_3（容易令人身癢叫作$\tilde{n}iok_3\tilde{n}in_{11}$）、$\tilde{n}iok_5$（弱）。

uŋ：　　lu_{33}（以身穿洞而過叫作$lu\eta_{33}$）、$lu\eta_{11}$（地上的洞叫作$lu\eta_{11}$）、$lu\eta_{33}$（籠）、$lu\eta_{55}$（吵鬧之聲）。

uk：　　luk_3（干擾人家是為$luk_3\tilde{n}in_{11}$）、luk_5（鹿）。

iuŋ：　$kiu\eta_{31}$（芎）、$liu\eta_{11}$（龍）、$kiu\eta_{31}$（拱）、$kiu\eta_{55}$（生小孩為$kiu\eta_{55}se_{55}\tilde{n}in_{11}\tilde{n}i_{31}$）。

iuk：　$liuk_3$（六）、$liuk_5$（錄）。

in：　　ςin_{33}（新）、ςin_{11}（神）、kin_{31}（緊）、ςin_{55}（信）。

it：　　kit_3（吉）、kit_5（碾米叫作kit_5mi_{31}）。

en：　　hen_{33}（腥）、hen_{11}（賢）、hen_{31}（顯）、hen_{55}（現）。

et：　　jet_3（挖）、jet_5（越）。

uen：　$kuen_{33}$（桓）。

uet：　$kuet_3$（國）。

an：　　$p'an_{33}$（攀）、$p'an_{11}$（盤）、san_{31}（散）、$p'an_{55}$（盼）。

ian：　有些方言唸[ien]，有些則限於某些聲母，將在第六章討論。例字：
　　　　jan_{33}（煙）、jan_{11}（然）、jan_{31}（遠）、jan_{55}（縣）。

iat：　$hiat_3$（歇）、$hiat_5$（住）。

uan：　與[uen]是互補，也是於第六章討論。例字：$kuan_{33}$（關）、$k'uan_{31}$
　　　　（款）、$k'uan_{55}$（用手提東西叫作$k'uan_{55}$）。

uat：　$kuat_3$（刮）。

on：　son_{33}（酸）、son_{11}（船）、lon_{31}（卵）、son_{55}（算）。

ot：　lot_3（東西剝落叫lot_3het_3）、lot_5（用棍子打小孩叫作lot_5）。

ion：　$ñion_{33}$（軟）、$lion_{11}$（縫衣服叫作$lion_{11}$）。

iot：　$tçiot_5$（啜）。

un：　sun_{33}（孫）、sun_{11}（唇）、sun_{31}（筍）、sun_{55}（順）。

ut：　kut_3（骨）、sut_5（術）。

iun：　$ñiun_{33}$（忍）、$ñiun_{11}$（銀）、jun_{31}（永）、$k'iun_{55}$（近）。

iut：　$liut_3$（擬聲詞，滑倒之聲）。

in：　$sɨn_{33}$（身）、$sɨn_{11}$（神）、$tsɨn_{31}$（診）、$sɨn_{55}$（甚）。

it：　sit_3（識）、sit_5（食）。

im：　$tsim_{33}$（斟）、sim_{31}（審）、$ts'ɨ im_{35}$（浸）。

ip：　sip_3（濕）、sip_5（十）。

　　以上是對臺灣客家話62個韻母的語音現象的舉例說明，相信比較例字與韻母的標注之後，我們一定能掌握臺灣客家話的唸法和讀法。

聲調

　　聲調每每因各地方音的差別而不同，但主要的差別在於聲調的數目。一般而言，四縣、詔安、東勢與饒平等有6個聲調，而海陸客家話有7個聲調，多一個是因為去聲也分了陰陽。在此，6個調的系統

用南部六堆客家話的調值，7個調的海陸方言採桃園地區的調值（依楊時逢1957）：

(14) 六堆客家聲調表

調類	陰平	陽平	上聲	去聲	陽入	陰入
調值	33	11	31	55	5	3
例字	詩	時	使	士	食	識
	貪	談	探	淡	踏	t'ap$_3$（補缺）
	干	錢	淺	賤	絕	切

(15) 桃園海陸客家聲調表

調類	陰平	陽平	上聲	陰去	陽去	陽入	陰入
調值	53	55	13	31	33	5	3
例字	詩	時	使	士	次	食	識
	貪	談	探[3]	探[4]	淡	踏	t'ap$_3$（補缺）
	干	錢	淺	箭	賤	絕	切

上兩表中的調值都是按趙元任1930年製作的五度聲記表，以1為最低調，5為最高調。各地方言的調值也截然不同，絕對不是可以用簡單的四縣、詔安、東勢、饒平及海陸等大類別加以區分即可掌握的。然而，我們對臺灣客家話的調查與整理，都還在起步階段，因此本書目前只能暫時用這個大類別作區分。

　　本書對聲調的表記方式，一律採用調值來標音調，而不採用傳統的調型（ㄧ，ˊ，ˇ，ˋ等），理由有二：其一，用阿拉伯數字來標示，清楚明白，標者容易標，讀者也容易讀。其二，用數字可以很清楚地

3　動詞。

4　名詞。

反映調值之高低起伏。

結語

　　本節簡短地介紹了語音結構中的三個要素：聲母、韻母和聲調。每個部分都附上一些例字，目的是在以實際例字來呈現臺灣客家話的語音。總結而言，臺灣客家話共有24個聲母、62個韻母、6（或7）個聲調。

第五章
各次方言的語音差異

引言

　　臺灣的客家話種類繁多，各地方音相差極大，有些竟到互不溝通的地步。比如說，以四縣話為母語者，肯定無法聽懂饒平或詔安的客家話。一般而言，臺灣主要的客家方言有四縣、海陸、饒平、詔安、東勢、卓蘭及少數的永定客家話，各個客家次方言的分布，請參考第二章。其實用這些名稱作歸類，僅為了方便，因為每個方言之內的次方言，在語音上也展現了非常大的不同。基於此，本書把四縣客家話再細分成北部四縣、南部四縣，前者以苗栗為主要依據（語料以羅肇錦1984、1990、Yang 1984為參酌基準），而南部四縣習稱為六堆，方音大抵可再細分為兩片，一片包括屏東縣的高樹、佳冬、新埤；另一片為六堆的其他次方言，含高雄縣境內的美濃、衫林、六龜，以及屏東縣境內的竹田、長治[1]、麟洛、內埔、萬巒等八個客家鄉鎮，主要的語料取自楊時逢1971、千島英一與桶口靖1987、鍾榮富1997a、1997b、1998。四縣客中還有長樂方言，依Yang 1967，其音與臺灣的四縣不同，正好我們有臺灣長樂方言的調查（呂嵩雁1993），所以也列在文中比較。海陸客家話雖也有內部差別，但大體而言，各文獻的記音都趨於一致，語料主要參酌楊時逢1957、羅肇錦1990、涂春景1998a、1998b。饒平客家話似乎也展現了北中部的不同，前者以呂嵩雁1993、1994為依據，後者以涂春景1998a、1998b為基底。詔安客家話在語音上也有北中方言的不同，因此也再分成兩片，北部以桃園大溪的方音為本（呂嵩雁1993、1994），中部地區以雲林二崙、崙背為中心（涂春景1998a、1998b）。永定方言在臺灣應該只是很少人講的，但為了詳盡的了解臺灣客語的風貌，也為了尊重多元，本書也將呂嵩雁1995的語料列入我們的討論。東勢客家話早年被視為饒平方言的一支（如羅肇錦1990），

---

[1]　長治鄉部分地區（如德協、份仔）音類於高樹，其他地區類於萬巒口音。

後來更多的調查（董忠司1998、張屏生1997、江俊龍1996、江敏華1998、涂春景1998a、1998b）發現其方言與東勢附近之石岡、新社、太平和平等方音類似，較傾於大埔腔。本文逕把前述五個方言，概用東勢方言稱之。最後是卓蘭方言，該地區爲各客家方言交集接處之所，小小的一個鎮四布了四縣（草寮、大坪林、雙連潭、眾山、東盛、白布帆、埔尾、瀝西坪），海陸（食水坑）、饒平（老莊），以及一些介於這些客腔與閩南語交錯而形成的卓蘭方言，分布於中街、內灣及水尾等地區（涂春景1998a、1998b）。

　　由於客語各方音接觸的社會語言變遷，目前尚未有完整的研究與討論，因此我們用卓蘭爲名，一者希望日後會有更多的田野調查提供語料，一者也希望有人以卓蘭地區爲客家的方音接觸作更深入的研究。

　　爲了對臺灣客家話有個具體而微的概念與理解，本章將從聲母、韻母和聲調等三個層面來比較各方言的差異。

聲母

　　臺灣各客家方言的聲母，就語音（即表面上我們能聽到的聲母）而言，最大的差別在於舌尖絲音的顎化與否，以及是否具有舌面前音，其他的差異都尚未形成各方言間的固定對應。在逐音類探討臺灣各客家方言在聲母上的差別之前，且先看各客家方言的聲母數：（表中六堆部分，高表高樹、佳冬、新埤，其他表六堆之其他八個方言點）

(1)

次方言	四　　縣			海陸	永定	饒平		詔安		東勢	卓蘭
地　區	苗栗	六　堆	長樂			桃園	卓蘭	桃園	雲林		
		高	其他									
聲母數	18	19	18	18	22	22	22	22	22	19	22	22

由這些聲母數目的差別，就可以意識到何以各客家次方言之間會有溝通上的困難了。然而，無論在數目上有何差異，這些都稱為客家方言，因為各次方言之間依然有其共同點。為了討論的方便，我們把客家方言之間共有的18個聲母依發音部位及方法列之於(2)：

(2) 各客家方言共有的聲母（18個）

簡稱		塞音			非塞音						
					摩擦音				邊音	滑音	
					清			濁	濁	濁	
		不送氣	送氣	鼻	阻擦		非阻擦				
					不送氣	送氣					
唇音	雙唇音	p	p'	m							
	唇齒音						f	v			
舌尖	舌尖音	t	t'	n					l		
	舌尖前音				ts	ts'	s				
顎化	舌面音			ñ						j	
牙喉	舌根音	k	k'	ŋ							
	喉音						h				

這18個聲母也就是苗栗四縣話的所有的聲母數。必須要事先說明的是：這種算法語言學上叫作音位計算法，換言之，只算每個方言的音位。所謂音位，是指具有區別語意的語音單位。一個語音單位是否為音位，通常可用語音單位的分布來判斷，例如四縣客家話的[tɕ、tɕ'、ɕ]在分布上與[ts、ts'、s]呈互補配對（complementary distribution）：前者只出現在前元音[i]之前（3a'、b'、c'），而後者只出現在前元音之外的其他元音之前（3a、b、c）：

(3)

a.	tsu₅₅	「晝」	b.	ts'u₅₅	「臭」	c.	su₅₅	「樹」
	tso₅₅	「作」		ts'o₅₅	「造」		so₅₅	「掃」
	tsa₅₅	「蔗」		ts'a₅₅	「叉」		sa₅₅	「社」
	tse₅₅	「姐」		ts'e₅₅	「脆」		se₅₅	「細」
	*tsi			*ts'i			*se	
a'.	tɕi₅₅	「智」	b'.	tɕ'i₅₅	「試」	c'.	ɕi₅₅	「士」

$$\text{(3)}$$

基於互補配對的關係，我們把[ts]與[tɕ]，[ts']與[tɕ']，[s]與[ɕ]分別看成同一個音位。由於[ts、ts'、s]的分布面較廣，可以出現的環境較多，因此被視為基層音（basic phone），而把[tɕ、tɕ'、ɕ]看成變體音（allophone）。也就是說，[tɕ、tɕ'、ɕ]是分別從[ts、ts'、s]變來的。

但是說四縣有18個聲母，也並非絕對是音位演算法，因為客語的顎化鼻音[ñ]在文獻上都已認為是由[n]或[ŋ]顎化而來。另外，客家話的[v]也是由[u]在零聲母的位置上，經過摩擦而來（見第六章的分析），既然是經由規則而衍生，應該不是音位。可是由於這兩個音在臺灣的漢語方言中有其獨特性，故一般都還把它們列位客語的基本音。

回頭來看(1)的數目，可以發現所有的四縣客家話都只有18個聲母，除了六堆的高樹、佳多、新埤等三個地區，因為這三個地區的高元音零聲母會有摩擦現象。在第三章談過，這個音過去在海陸客語的記音文獻都用[ʒ]來表示，本書則概用[j]來表示這個摩擦音。試比較：

(4)

	醫	姨	雨	意	一	翼
苗栗	i	i	i	i	it	it

	醫	姨	雨	意	一	翼
長樂	i	i	i	i	it	it
高樹	ji	ji	ji	ji	jit	jit
美濃	i	i	i	i	i	i
萬巒	i	i	i	i	i	i

因此，六堆地區的高樹、新埤、佳冬客家話應該多一個聲母。其他有22個聲母的海陸、永定、饒平、詔安、東勢、卓蘭等方言，是因為多了(5)中的四個舌面前音：

(5)

舌面前音	tʃ	tʃ'	ʃ	3

而雲林縣二崙與崙背地區的詔安客，由於沒有[tʃ、tʃ'、ʃ]等三個舌面前音，所以只有19個聲母。由此可見，各客家方言之間在聲母方面的差別，繫於舌尖音的顎化與舌面前音的存不存在，其差異性很容易掌握。最後，僅以(6)表來歸納各方言間在舌尖與舌面音上的不同：

(6)

次方言名稱		音類	舌尖音					
			ts		ts'		s	
四縣		苗栗	ts		ts		s	
	六堆	高、佳、新	ts		ts'		s	
		其他						
		長樂	ts		ts'		s	
海陸			ts	tʃ	ts'	tʃ'	s	ʃ
饒平			ts	tʃ	ts'	tʃ'	s	ʃ
詔安			ts	tʃ	ts'	tʃ'	s	ʃ
東勢			ts	tʃ	ts'	tʃ'	s	ʃ

音類 次方言名稱	舌尖音					
	ts		ts'		s	
永定	ts	tʃ	ts'	tʃ'	s	ʃ
卓蘭	ts	tʃ	ts'	tʃ'	s	ʃ
例字	租	豬	叉	車	儕	舌
	莊	張	床	腸	爽	賞
	摘	隻	鑿	著	速	叔

　　仔細觀察上表，發現客語中以舌尖聲母為始的音，在其他具有舌面前音的方言裡都分成兩種讀法。文獻上把前者稱為精莊、知章合流，後者為精莊、知章分立。事實上，在精莊、知章分立的客家方言如東勢客、海陸客，其中古知母今也有讀[ts]或[t]者，如：

(6a)

中古聲母		例字	四縣	海陸（桃園）	東勢
知	ts / tʃ	轉	tson	tʃon	tʃion
		竹	tsuk	tʃuk	tʃiuk
	ts	桌	tsok	tok	tsok
	t	知	ti	ti	ti
徹	ts' / tʃ'	抽	ts'u	tʃ'u	tʃ'iu
		丑	ts'u	tʃ'u	tʃ'iu
	t'	暢	t'ioŋ	t'io	t'ioŋ
澄	ts' / tʃ'	除	ts'u	tʃ'u	tʃ'u
		直	ts'ɨt	tʃ'ɨt	tʃ'ɨt
	ts'	茶	ts'a	ts'a	ts'a

中古聲母		例字	四縣	海陸（桃園）	東勢
章	ts / tʃ	煮	tsu	tʃu	tʃ
		折	tset	tset	tʃiet
	ts	祝	tsuk	tsuk	tsuk
昌	ts' / tʃ'	齒	ts'i	tʃ'i	tʃ'i
		唱	ts'oŋ	tʃ'oŋ	tʃ'ioŋ
	tʃ	喙	tsoi	tsoi	tʃoi

因此，從精莊及知章的中古聲母而言，我們仍然無法找出只有[ts、ts'、s]的方言，與有[ts、ts'、s]及[tʃ、tʃ'、ʃ]的方言之間，兩者的對應或分立呈如何的規律。易言之，我們還沒有一個規則可以確切地說明那一群字（無論是依古音類別，如莊母字或知母字，或依共時的語言環境類別，如前元音或後元音）在四縣唸[ts]，在海陸要唸[tʃ]。

另一個影響聲母數目的是高元音零聲母之前的摩擦音，前面已見過六堆內部各方言有沒有摩擦音的比較，現在擴及其他相關方言：

(7)

例字	四縣				海陸	饒平	詔安	東勢	永定	卓蘭
	苗栗	六堆		長樂	ʒ	ʒ	ʒ	ʒ	i	ʒ
		高	其他							
	i	j	i	i						
醫	i	ji	i	i	ʒi	ʒi	ʒi	ʒi	i	ʒi
姨	i	ji	i	i	ʒi	ʒi	ʒi	ʒi	i	ʒi

除了舌尖音的顎化與分合，前高元音零聲母的摩擦與否之外，客家各次方言間還有一些聲母分布上的不同，但都尚未有固定的對應規律，這正是造成各客家方言之間溝通困難的原因。現在且逐一來討論這些零星的語音差別的對應。

　　首先，且看雲林的詔安客有雙唇塞音的濁聲母[b]與四縣客的唇齒濁聲母[v]對應的情形，也即在四縣客家唸[v]的音，在雲林的詔安卻唸成[b]：

(8)

例字	四縣				海陸	永定	饒平		詔安		東勢	卓蘭
	苗栗	六堆		長樂			桃園	卓蘭	桃園	雲林		
		高	其他									
烏	vu				vu	vu	vu	vu	vu	bu	vu	vu
鑊	vok				vok	vok	vok	vok	vok	bo	vok	vok

　　涂春景1998b有關雲林縣境內二崙與崙背的詔安客家話的記音，應該是客家話研究文獻裡，唯一提到臺灣客家話有雙唇濁聲母[b]的紀錄。顯然這個地區的客家話的[v]聲母已經逐漸為[b]所取代，使雲林地區的詔安客家話與桃園地區的詔安客家話有很大的不同。尤有甚者，這個可能來自閩南語的濁聲母，已然擴充到其他的語料，如：

(9)

例字	苗栗	雲林二崙
員	jan	bin
夫	fu	bu
雨	i	bu
朋	p'en	bin

　　另一個值得注意的聲母對應是[h] ≈ [k']，且看底下的例子：

(10)

	四縣				海陸	永定	饒平		詔安		東勢	卓蘭
	苗栗	六堆		長樂			桃園	卓蘭	桃園	雲林		
		高	其他									
客	hak				hak	k'ak		k'ak	k'a	k'a	k'ak	k'ak
氣	hi				hi	k'i		k'i	k'i	k'i	k'i	k'i
褲	fu				fu	k'u		k'u	k'u	k'u	k'uk	k'u
下	ha				ha	ha	ha	ha	ha	ha	ha	ha

客家各方言的[h] ≈ [k']迄今尚無齊整的對應，不過可以很清楚的發現：四縣與海陸客家話在[h]及[f]聲母上很有一致性。但這兩個方言的[h]母字和[f]母字在別的方言裡都有分化（split）的情形，而且哪些字要唸[k']，哪些要唸[h]或[f]，則還沒有規律。這種方言語音逐漸分化的現象，有可能是內在語音結構的改變（見Labov 1994），也有可能是社會因素（諸如住區的隔絕，經濟情況的改變，語言的接觸，或語言態度的轉變等），但本文無意就此問題進一步作剖析，我們目前想作的只是指出這個音變現象，希望日後的客語研究者能投入更多的關懷，來探究這個懸而未決的問題。

其次有[f] ≈ [v]的變易對應，也出現在臺灣的客次方言之間：

(11)

例字	四縣				海陸	永定	饒平		詔安		東勢	卓蘭
	苗栗	六堆		長樂			桃園	卓蘭	桃園	雲林		
		高	其他									
話	fa				voi	fa	fa	(sɿ)	fa	(sɿ)	fa	fa
花	fa				fa	fa	fa	fa	fa	fa	fa	fa

「講話」在卓蘭的饒平與雲林的詔安客家話都說[koŋ sɨ]（講事），因此沒有相關的字音可供比對。其他方言都說[fa]，唯一的例外是海陸客家話，用[voi]，但這應是限於竹東地區的海陸腔（見羅肇錦1990：102），其他海陸方言如卓蘭的老庄里（涂春景1998a）、桃園的楊梅（楊時逢1957），都還用[fa]來表「話」。把「話」說成[voi]可能是受閩南語的影響，因為兩者語音類似，且除「話」以外的其他[f]母字，即使是竹東的海陸客家話與四縣及其他方言的[f]母字，都還維持規律的對應。

客家話的舌根塞音[k、k']，與喉音[h]一般而言都很穩固，並不會有顎化的現象。但是在美濃地區的竹頭背（廣興里）一帶，便有舌根音與喉音顎化的產生：

(12)

	例字	竹頭背	其他地區
a.	根	tʃin	kin
	救	tʃiu	kiu
b.	舅	tʃ'iu	k'iu
	勤	tʃ'in	k'in
c.	曉	ʃiau	hiau

竹頭背的[tʃ、tʃ'、ʃ]在語音上與饒平客家話的舌尖音[tʃ、ʃ'、ʃ]近似，但本質卻大不相同，因為美濃廣興里一帶的[tʃ、tʃ'、ʃ]是由舌根音[k、k']與喉音[h]顎化而來，但是饒平客家話的[tʃ、tʃ'、ʃ]卻是由[ts、ts'、s]顎化而來，所以分布上和美濃地區的[ts、ts'、s]略呈對應關係。易言之，饒平客語唸[tʃ、tʃ'、ʃ]的字在美濃地區分別唸成[ts、ts'、s]：

(13)

	美濃四縣話	中壢過嶺里饒平話	例字
a. ts ≈ tʃ	tseu	tʃiau	招
	tsu	tʃiu	主
b. ts' ≈ tʃ'	ts'eu	tʃ'au	潮
	ts'u	tʃ'iu	處
c. s ≈ ʃ	saŋ	ʃiaŋ	聲
	su	ʃiu	書

　　最後，是有關於[n]、[l]不分的問題。在楊時逢1971:407-8裡有一段關於美濃地區[n]與[l]的簡單敘述：「在美濃話的這位發音人是不分[n]≈[l]的，大都混讀爲[n]，也有時讀[l]，所以是變值音位（variphone）。據發音人說大多數的美濃鎮人是分[n]、[l]的，讀法跟北平話一樣，但也有少數人是不分的，我現在根據發音人讀音，只定爲[n]一種。」由於這種遷就記法，使後來的文獻在談及美濃客家話時，認爲美濃人是[n]、[l]不分的（如黃雪貞1987）。

　　但是更進一步的調查與研究發現，前述的論點需要修正。據張屛生1997之見，美濃地區大部分的客家話不分[n]、[l]，只是這種音變是有條件的，也即[n]、[l]在含有鼻音韻尾的韻母之前才會不分，其他情況[n]、[l]則區分得很清楚。經我再三的調查，發現張屛生的看法大體上很正確，然而還是有所不足，因爲美濃鎮內[n]、[l]在[i]介音的韻母前，即時有鼻音韻尾也分得清清楚楚。綜合前述之討論，美濃鎮內[n]、[l]的分布列之如後：

(14)

a. 無鼻音韻尾	[n] ≠ [l]	a. lai₁₁（犁）	nai₁₁（泥）
		b. lap₅（要）	nap₅（納）

b.鼻音韻尾	[n] = [l]	a. nam$_{11}$（藍）	nam$_{11}$（南）
		b. naŋ$_{55}$（踩）	naŋ$_{55}$（才）
		c. nan$_{11}$（蘭）	nan$_{11}$（難）
		d. noŋ$_{55}$（浪）	noŋ$_{55}$（可惜）
c. i +鼻音韻尾	[n] ≠ [l]	a. lian$_{11}$（蓮）	ñian$_{11}$（年）
		b. lioŋ$_{11}$（量）	ñioŋ$_{11}$（娘）

　　易言之，美濃鎮內的確有[n]、[l]不分現象，但是這種音變只發生在沒有介音且含有鼻音韻尾的韻母裡。[2]再者，以目前的情況而言，六堆其他地區如高樹（以高樹村、廣福村、建興村、廣興村爲記音點）、佳冬（以佳冬村、昌隆村、打鐵村爲記音點）、長治（以崙上村、德協村爲記音點）等地區的客家話而言，娘母與來母的分化一如其他四縣客家話，是區分[n]、[l]兩音的。易言之，[n]、[l]是絕對對立的兩個聲母：

(15)

　　a. lai$_{11}$（犁）　≠　nai$_{11}$　（泥）
　　b. lan$_{11}$（蘭）　≠　nan$_{11}$　（難）

　　除竹頭背、吉東及美濃地區外，大概只有萬巒（如四溝水）及麟洛（如竹圍村）等地有少部分客家人還有這種[n]、[l]不分的現象。在竹頭背，這種[n]、[l]不分的現象也反映在該地區學童的國語和英語學習裡，例如他們常把國語的[ləŋ]（冷）唸成[nəŋ]，把英語的learn唸成[nən]，足見他們的語感裡，[n]和[l]只要是在具有鼻音韻尾的音節裡，就被認爲屬於同一個音位。

2　客家話的介音雖然有[i]及[u]兩個，但是[u]只接[k]、[k']等兩個聲母，因此介音在此很可以表示只有[i]。

　　總結本小節，臺灣客家各次方言間的聲母數並不相同，主要在於舌尖絲音的顎化與否，高元音[i]之前的零聲母有沒有摩擦音的出現，以及雲林詔安客語多了雙唇濁聲母[b]。另外，各次方言間的聲母分布也有所差異，[h] ≈ [k']、[f] ≈ [v]、[n] ≈ [l]，及舌根塞音[k]、[k']與喉音[h]之顎化，是爲臺灣客家各次方言間的聲母差別之所在。

韻母

　　臺灣各客家次方言間，往往無法彼此了解（intelligible），主要的原因就是韻母的差異太大。韻母的差異大還不是嚴重的，最足以形成彼此溝通問題的是：方言與方言之間的韻母並沒有規律的對應。比如說，四縣與海陸都把「猴」稱爲[heu]，相同的韻母，但是四縣說[meu]（廟）的時候，海陸說[miau]，真會弄得莫名其妙。

　　有關韻母在各客家次方言之間的不同，首先應該注意的是入聲韻尾的差異。一般的客家話都保持很完整的[p、t、k]三個韻尾，但臺灣雲林的詔安客家已經沒有舌根音[k]韻尾，而只剩下[p、t]兩個入聲韻尾。桃園的永定客家話更是把[p、t、k]三者都丟失了，現在只有喉塞音作爲入聲的徵性。此外，其他各客家方言都還保存完整的[m、n、ŋ]等三個舒聲韻尾。

　　各次方言間之韻母不同，但大都受語言接觸的影響而僅及於幾個單字音者，所在皆有，已非本文所能完全掌握。因此，本文主要探討七個子題：(a)前元音[i]/[ɨ]的分合，(b)各客家方言對[ian/t]兩韻中的元音音值，(c)[ai/e]韻的對比，(d)[iau/ieu/iu/uo]等韻母的演變，(e)[aŋ/en]的變化，(f)[i/ui]的變異，及(g)[tʃ、tʃ'、ʃ]對韻母的影響。

一、[ɨ]之有無

　　臺灣各客家次方言之間，舌尖韻母[ɨ]與前高元音[i]的分布可以作爲次方言辨識的指標之一。且看：

(16a)

例字	四縣				海陸	永定	饒平		詔安		東勢	卓蘭
	苗栗	六堆		長樂			桃園	卓蘭	桃園	雲林		
		高	其他									
資	tsɨ	tɕi	tsɨ	tsɨ	tsɨ	tsɨ	tsɨ	tɕi	tsɨ	tɕi	tsɨ	tsi
池	ts'ɨ	tɕ'i	ts'ɨ	ts'ɨ	ts'ɨ	ts'ɨ	ts'ɨ	tɕ'i	ts'ɨ	tɕ'i	ts'ɨ	ts'i
屎	sɨ	ɕi	sɨ	sɨ	sɨ	sɨ	sɨ	ɕi	sɨ	ɕi	ʃi	ɕi
醋	ts'ɨ	tɕ'i	ts'ɨ	ts'ɨ	ts'ɨ	ts'ɨ	ts'ɨ	ts'ɨ	ts'ɨ	ts'u	ts'ɨ	ts'i
子	tsɨ	tɕi	tsɨ	tsɨ	tsɨ	tsɨ	tsɨ	tsɨ	tsɨ	tsu	tsɨ	tsɨ

　　大體而言，每個客家方言都有前高元音[i]，但有些方言（應該占大多數）另有舌尖元音[ɨ]。但由(16)的表來比較，我們發現[ɨ]的出現雖然都在[ts、ts'、s]等三個舌尖絲音之後，如：[tsɨ₃₃]（資）、[ts'ɨ₃₃]（次）、[sɨ₃₁]（駛），但到底哪些字要唸[ɨ]，卻在各方言中大異其趣。例如，「齒」和「屎」在南部的高樹、佳冬、新埤、卓蘭、東勢、雲林的詔安、卓蘭的饒平改唸[i]，在其他有[ɨ]的方言仍然唸[ɨ]。又如「子」在雲林的詔安改成[u]元音，其他還是唸[ɨ]元音。

　　最值得注意的是，在這些有舌尖元音[ɨ]的方言裡，只有三個地區的方言有[ɨ]加輔音韻尾的韻母：四縣（指北部及南部高樹、佳冬、新埤之外的地區）、海陸及桃園的詔安。而且三者的韻母數也不同，其中四縣保存最完整，[ɨ]可幾接[n/t]及[m/p]等四個韻尾，海陸只有[ɨp、ɨt]兩韻，桃園的詔安只保有[ɨt]。且看(16b)的比較：

(16b)

例字	四縣				海陸	饒平	詔安	東勢	卓蘭
	苗栗	六堆		長樂		卓蘭	雲林		
		高	其他						
真	tsin	tɕin	tsɨn	tsɨn	tʃen	tɕin	tɕin	tʃin	tɕin
職	tsɨt	tɕit	tsɨt	tsɨt	tsɨt		tɕit	tʃit	
針	tsɨm	tɕim	tsɨm	tsɨm	tʃem		tɕim	tʃim	
汁	tsɨp	tɕip	tsɨp	tsɨp	tsɨp	tɕip	tɕip	tʃip	tɕip

　　依涂春景1998b，卓蘭地區的海陸方言之「汁」唸[tɕip]（見P.188），可見北部、中部的海陸話在[ɨ]的韻尾結構上也會有不同。

　　再以六堆地區的四縣客家話為例，並非所有六堆地區的四縣客家話都有這個舌尖元音，比如說在高樹、新埤、佳冬大多數人已將[ɨ]併入[i]。底下有兩組字，分別是「至、自、駛」和「濟、趣、死」，他們在六堆地區有不同的韻母，前一組字的韻母是舌尖元音[ɨ]，而後一組字是前高元音[i]。從(17)可以看出，雖然同為六堆客家話，內埔、萬巒、竹田、美濃保留了[ɨ]/[i]的區別，但高樹、新埤、佳冬等地區卻把[ɨ]/[i]的區別中立化成同一個元音[i]，試比較：

(17)

美濃		萬巒		高樹	新埤	例字	
tsɨ	tɕi	tsɨ	tɕi	tɕi	tɕi	志	濟
tsʼɨ	tɕʼi	tsʼɨ	tɕʼi	tɕʼi	tɕʼi	自	趣
sɨ	ɕi	sɨ	ɕi	ɕi	ɕi	駛	死

　　回頭細看上(16)的各次方言在[i]/[ɨ]上的對應，我們可以發現像美濃一樣區分[i]/[ɨ]的有苗栗、長樂、海陸、永定、桃園饒平、桃園詔安、東勢等絕大多數客家方言。但是與六堆的高樹等不再分[i]/

[i]的有卓蘭饒平、雲林詔安與卓蘭方言。然而，由於東勢已沒有了[ip、it、im、in]等韻母，因此前面所述有區分[i]/[ɨ]的客家次方言中，凡有[ip、it、im、in]等韻母的用字，其元音均為[i]。

還需注意的一點是雲林的詔安方言有時會把其他唸[i]的韻母改唸成[u]，如「梳」[su]、「字」[tsu]、「醋」[ts'u]，應是客家次方言裡的異數。惟其如此，這地區的客家話更應再作詳盡的調查，語料的完整才能為進一步的語言分析作準備。

二、[ian]、[ien]、與[en]/[in]

談及臺灣地區各客家次方言之間在韻母上的差異，最有趣也最重要的主題應該就是[ian]/[ien]和[iat]/[iet]的變化。先看(18)的比較：

(18)

例字	四縣			海陸	永定	饒平		詔安		東勢	卓蘭
	苗栗	六堆		長樂		桃園	卓蘭	桃園	雲林		
		高	其他								
天	t'ien	t'ien	t'ian	t'ien	t'ian	t'ien	t'ien	t'en	t'ien	t'en	t'ien	t'ien
年	ñien	ñien	ñian	ñien	ñian	ñien	ñien	nen	ñien	nen	ñien	ñien
電	t'ien	t'ien	t'ian	t'ien	t'ian	t'ien	t'ien	tien	t'ien	t'en	t'ien	t'ien

客家話的[ian]/[ien]變化，其實是很難用像(18)那樣簡單的表作概述的。就以海陸客家話而言，楊梅和竹東便不同，前者唸[ian]，元音很低，後者元音近乎靜止不動的中元音，兩者的差別很容易區辨。又中部地區的海陸腔，如埔里及卓蘭的食水坑（上新里），則完全是介於[a]跟[e]之間的元音，所以三者的元音仔細聽便會發現有所不同。由這些客家方言對[ian]的元音音值的差異，即可以想見臺灣客家方言的駁雜，也同時說明為何各客家族群會有溝通上的困難。

再以美濃境內的客家話而論，則會發現[ian]/[ien]和[iat]/[iet]的

變化與聲母很有關係：[3]

(19) 美濃莊內的[ian]/[ien]與[iat]/[iet]

聲母		ian	ien		iat	iet	
零	ø	jan 煙			jat 挖		
舌根音	k	kian 間			kiat 結		
	k'	k'ian 牽			k'iat 缺		
	h	hian 賢			hiat 歇		
	ŋ	ñian 年			ñiat 熱		
其他	tɕ		tɕien 煎			tɕiet 節	
	tɕ'		tɕ'ien 錢			t'ɕiet 切	
	ɕ		ɕien 線			ɕiet 色	
	t		tien 顛			tiet 跌	

比較之下，除了美濃之外的其他六堆地區，如高樹、佳冬、長治、新埔、內埔等地帶，則不論是哪個聲母之後都只唸[ien] / [iet]，而沒有了[ian]韻，如：

(20)

A	jen$_{33}$	煙	
	kien$_{33}$	間	
	tɕ'ien$_{11}$	錢	
	t'ien$_{33}$	天	
	ñien$_{11}$	年	
B	jet$_3$	挖	
	tɕiet$_3$	節	

---

[3] 詳細討論請參見鍾榮富1997a。

　　如果說語言之分化是由於規則之不同而來，則我們可以說美濃的客家人有了(21)的規則，而六堆其他地區的客家人之語言意識裡的相關規則是(22)：

(21) 美濃的低元音升高規則

> [a]　→ [e] / [i] ＿＿ [n]（條件：前接零聲母或[k、k'、h、ŋ]以外的其他聲母時）[4]

(22) 其他地區的低元音升高規則

> [a]　→ [e] / [i] ＿＿ [n]

前面這兩個規則主要差別在於(21)多了變化條件，而(22)則不加任何條件。換言之，(22)像國語的[ian]變[ien]一樣（天〔ㄊㄧㄢ〕唸時卻唸[t'ien]），是完全不管接在任何聲母之後都會產生的變化。由此可見，臺灣南部六堆各客家次方言間的[ian]/[ien]變化，繫於音韻變化規則的是否有附帶條件。

　　更仔細地觀察(18)，我們會發現卓蘭的饒平和雲林的詔安客家話，不但元音已由低元音[a]變成中元音[e]，更進一步把介音[i]丟棄，結果只是[en]韻。這可能是由於這兩個次方言的異化限制[5]也運作於元音提升規則之後。換言之，就低元音提升、元音異化之規則運作有三種可能，正好解釋為何臺灣的客家話對[ian]/[ien]/[en]會有三種可能的結果：

---

[4]　按：[k、k'、h、ŋ]均為[-高]之輔音。於此更可證明客語的[ñ]是由[ŋ]變化而來，因為[ñ]後的[ian]韻依然唸[ian]，與[k、k'、h]之後的[ian]韻同。

[5]　關於異化限制將在第六章詳細討論。

(23)

> a. 沒有低元音提升之規則，如前述唸[ian]的客家話
> b. 只有低元音提升之規則，如前述唸[ien]的客家話
> c. 低元音提升之規則之後又有了異化限制，如卓蘭的饒平與雲林的詔安的規則

　　在臺灣的客家話裡，另一個會引起[a]≈[e]之變化的韻母是[uat]（奇怪的是[uan]是很穩固的，不會有變化，如：kuan₃₃（關），因為是[u]與[k、k']同為後音，用區別性特徵來歸類，都有[+後]的特徵值，故不會有任何音變）。但過去之相關文獻對此著墨不多，可能是因為這兩個韻母所產生的字並不多（僅止於「國」、「括」、「k'uat（罵人用語）」）。在此，只以臺灣南部的客家方言作討論之依據。一般而言，高樹、長治、佳冬保持了[uat]，而廣興、德協、吉東一帶卻有人唸[uet]，試比較：

(24)

	高樹、長治、佳冬	廣興、德協、吉東
國	kuat₃	kuat₃ / kuet₃
刮	kuat₃	kuet₃
（罵人話）	k'uat₃	k'uet₃

　　本小節主要是關於[ian]/[ien]/[en]、[uat]/[uet]等韻母的變化。從音韻學的角度來看，這些變化可歸因於各次方言之間對低元音[a]升高成[e]的規則有不同的條件所引起的，只是這個變化目前尚未完全，故有些方法只有部分[ian]、[uat]會把[a]變成[e]。

三、[ɑi]/[e]之對應

　　臺灣客家話裡，[ɑi]/[e]之對應變化也頗值得探討。先看下表之比對。

(25)

例字	四縣				海陸	永定	饒平		詔安		東勢	卓蘭
	苗栗	六堆		長樂			桃園	卓蘭	桃園	雲林		
		高	其他									
鞋	hai				hai	hai	hai	he	he	he	hai	he
弟	t'ai				t'ai	t'ai	t'ai	t'e	t'e	t'e	t'ai	t'e
稗	p'ai				p'ai	p'ai	p'ai	p'e	p'e	p'e	p'ai	p'e
雞	kie/ke				kai	kie	kie	kie	kie	kie	kie	kie
蟻	ñie											

　　前面的表格實際上分爲兩部分，第一部分以四縣、海陸的音去看其他方音的對應情形；第二部分是海陸方言的標新立異，因爲只有海陸音與其他音不同。但兩部分都牽扯到[ai]與[ie]/[e]的變異。

　　從第一部分的[ai]/[e]在各客家次方言的對應，最先吸引我們注意的是饒平話在桃園與卓蘭所展現的不同，桃園的饒平話與四縣、海陸一樣，都是用[ai]，但是卓蘭地區的饒平話卻與詔安、卓蘭方言相同，都唸成了[e]韻，由此可見方言受周圍方音的影響大於方音本身的保持，因此饒平客家話到了卓蘭地區，久而久之在語音上逐漸向卓蘭方言靠攏。同時，且我們也注意到東勢與卓蘭在[ai]/[e]上之差別，正好說明這兩個地區的客語需要劃成不同的次方言。第二部分的變化卻只有海陸保持[ai]韻，其他方言都變成了[ie]。更有趣的是，所有客家方言的「螞蟻」都唸[ñie]，含有共同的[ie]韻。事實上，許多臺灣客家方言的[ie]韻都會和[e]韻互用（見鍾榮富1997a），例如「雞」的發音在很多人口中便介於[kie]和[ke]之間，也因此[ie]韻的用字不多，如楊時逢1957所列的四縣與海陸同音字表，其[ie]韻都只有「螞蟻」[ñie]一個用字（見該書第27及67頁）。基於這個道理，Chung 1989a才會把四縣的[ie]韻全分析成[e]韻。但是從實際語料來探究臺灣各客家次方言的語音，才發覺把四縣的ie韻全看成[e]，其實無法

反映語言事實，更無法掌握音變的方向。

接著會問的是：爲什麼會有[ai]/[e]的變化呢？這是非常有趣的問題，但是卻無法切確的解答。從音韻理論上來探討這個問題，更顯得有趣。依Schane 1984、1996年的複合雙元音的結構理論，五個元音系統的中元音[e]，本來就是由[i]和[a]結合而形成的變體，因爲[i]是高元音，[a]是低元音，兩者之綜合自然便產生了中元音。由[ai]而形成[e]的語音變化，在我們的中古音轉爲現代方言中，屢見不鮮，如婺源音便是例子（請見馬希寧1994）。

客家話另有一組與[ai]/[e]相關的語音變化：

(26)

例字	四縣				海陸	永定	饒平		詔安		東勢	卓蘭
	苗栗	六堆		長樂			桃園	卓蘭	桃園	雲林		
		高	其他									
解	kie	kiai	kie	kie	kai	kiei	kie	kie	kie	kie	kai	kie
街	kie	kiai	kie	kie	kai	kiei	kie	kie	kie	kie	kai	kie

羅肇錦1984記的苗栗音，「解」、「街」都是[kiai]，且依袁家驊1960，梅縣客語該兩字也讀[kiai]，與六堆某些客家話（如美濃、高樹、長治等）的讀法完全一樣。基於[ai]/[e]的變化，很自然地[iai]就成了[iei]（永定），或[ie]（如長樂、饒平、卓蘭），可見[ai]/[e]的變化並非無因的。

至於其他有關[iai]韻的變化，必須了解漢語整個體系正在逐漸形成「介音與元音韻尾不能相同」的結構限制，是以國語的[iai]（如「涯」）現在都唸成[ia]，而省去了韻尾。同理，客家話的[iai]韻也在很多方言裡刪除了韻尾變成了[ai]（如東勢）。不過，東勢方言的記音在文獻上很不一致，羅肇錦1990記爲[ai]（頁109），但涂春景1998a記爲[ie]，爲什麼會有如此不一致的記音呢？依個人的實地探訪，東勢的/iai/韻很不相同，因爲「街」唸[kie]，但「解」唸[kai]，

由此可見[iai/ie/ai]的變化是尚未完全穩定。

以美濃地區而言，其變化與年齡不無關係，從美濃莊內的客家年齡層來分析，我們便能很清楚地感受[iai]→[ie]→[e]的變化。一般而言，老一輩的人（55歲以上）很少說[soŋ₃₃kie₃₃]（上街），而常常說[soŋ₃₃kiai₃₃]。中年人（35-50歲之間）則說[soŋ₃₃kie₃₃]或說[soŋ₃₃kiai₃₃]，兩者互為變易，即使是同一個語料供給者，也有自由變易的情形。年輕一輩則大都只說[soŋ₃₃kie₃₃]了。有些小學生則說[soŋ₃₃ kie₃₃]，有些說[soŋ₃₃ke₃₃]。這種社會性的觀察，有必要再蒐集更多的語料，以便能更掌握語言的流變，但是以目前有限的觀察，似乎也可以看出方言在語音上的變異來源與方向了（請參閱Labov 1994, 1999）。

四、[iau/ieu/iu]

另一個與[ai]/[ia]和[ie]變化有關的是[iau]/[ieu]/[iu]。先請看(27)的表：

(27)

例字	四縣	海陸	永定	饒平		詔安		東勢	卓蘭
				桃園	卓蘭	桃園	雲林		
橋	k'eu	k'iau	k'iu	k'iau		k'iu	k'io	k'iau	k'iau
柴	ts'eu	ts'iau	ts'iu	ts'iau		ts'iu	ts'io	ts'iau	ts'iau

依羅肇錦1984、1990、楊時逢1957、Chung 1989a，及鍾榮富1990a，四縣客家話，不論南北、都沒有[ieu]韻。在這些文獻裡，「橋」都標為[k'eu]，但是涂春景1998a、1998b內的四縣客家話，「橋」都標為[k'ieu]，多了一個介音，這個介音到底存不存在，的確是個極需探討的問題。我個人認為，客家話的韻母結構應該是可以由整個系統的相關規則來說明的（請參閱第六章）。既然如此，在此暫時以為[ieu]韻應該是[eu]韻，或者說[ieu]韻是由[iau]變化到[eu]之間

的過渡。

　　假設海陸、饒平及卓蘭客語的[iau]韻是原始韻母（Proto-form），則[iau]在四縣方言裡，同樣是由於[a]元音的提升而變成[ieu]韻。俟後又由於異化限制，使介音丟失，最後終於變成[eu]韻。這樣的解說，在理論層面可說頗為合理。至於*iau韻[6]在永定及桃園的詔安客語裡變成[iu]韻也不難解釋，因為兩者之區別只在低元音之有無，而這種音變在世界上的語言演變中並不乏先例（見Kenstowicz & Kisseberth 1979）。

　　比較有趣的是*iau變成雲林詔安的[io]。我們前面見過很多/ia/變成[ie]，/ian/變為[ien]的例子，為什麼會有這種變化呢？主要是從發音部位與方法上著眼，由於[i]是前高元音，[a]是低元音，發音時先把[a]向前同時也向高拉，結果雖不是變成前高元音，但是卻是個前中元音[e]。相同的道理，如果[u]與[a]在一起，[u]是後高元音，把[a]往後又往上拉的結果，必然是個後中元音[o]。這就是/iau/變成[io]的過程。

　　由客語[iau/ieu/iu/io]的音變之探究可以明白：共時語音的研究與了解是為歷史音變研究的基礎。共時語音之研究，要作得徹底，則有賴於良好的方言調查。

五、ɑn，ɑŋ/en

　　四縣、海陸與卓蘭客家話的[ɑŋ]韻，有某些字音在其他客家方言裡唸成[en]，但是某些字卻仍然唸[ɑŋ]，且看底下的例子：

6　用*表原始韻母。

(28)

例字	四縣				海陸	永定	饒平		詔安		東勢	卓蘭
	苗栗	六堆		長樂			桃園	卓蘭	桃園	雲林		
		高	其他									
釘	tan						ten					tan
聽	t'an						t'en					t'an
冷	lan						len					lan
生	san											
耕	kan											

可見[an]/[en]的變化與對應也還沒有規律化。要注意的是很多[an]韻字，本身就有[an]/[en]兩讀，例如「生」字本來在四縣方言便有兩讀的情形，如「作生日」的「生」一般都唸[san]，「生意」的「生」則都唸[sen]。這種異讀分化很難用文讀或白讀來歸類，但是像「釘、聽、冷」等字，在四縣或海陸客家話裡，都只有[an]的唸法，因此饒平等方言唸成[en]韻是很有趣的現象，值得語言學界多留意。

　　另一個與[en]韻互易的是四縣的[an]韻，在永定與雲林的詔安客語裡唸成[en]韻。這種對應其實只出現在極少數的用字裡，如「蜆」四縣話爲[han]，但在永定與雲林的詔安客語裡唸成[hen]，又如四縣的「莧菜」爲[han ts'oi]，在永定與雲林的詔安客語裡唸成[hen ts'oi]。按：「莧菜」雖不是臺灣很有名的菜，卻是各個客家族群用來作鹹菜的共同用品，因此這個菜的不同讀音，不但在方言研究裡有其意義，在文化的固守與交流接觸中，應該也會扮演有趣的一角。

六、[i]/[ui]

　　其次要探討的是[i]/[ui]的對應，這是很有趣的客家次方言語音變化的主題。且先看(29)的對照表：

(29)

例字	四縣				海陸	永定	饒平		詔安		東勢	卓蘭
	苗栗	六堆		長樂			桃園	卓蘭	桃園	雲林		
		高	其他									
胃	vi	vi/vui	vi	vi	vui	vui		vui		vui	vui	vui/vi
非	fi	fi/fui	fi	fi	fui	fui		fui		fui	fui	fui/fi
每	mi	mi/mui	mi	mi	mui	mui		mui		mui	mui	mui/mi
肥	p'i	p'i	p'i		p'ui			p'ui		p'i	p'ui	p'ui/p'i

前表中，六堆地區的高樹、新埤、佳冬及卓蘭對[i]/[ui]本就有異讀的現象。以我的方言（高樹）而言，「胃」可說[vi]，也常聽人說[vui]，即使是同一人也有互易變讀的情形，因此列為兩讀。空白的桃園饒平、桃園詔安，是因為個人的調查不及於此，而參酌的文獻又沒有這些字的記音。

這一組語音的對應之所以覺得特別有趣，是因為聲母都只限於唇齒音或雙唇鼻音。依傳統中國聲韻學的共同看法「古無輕唇」（錢大晰語），而「輕唇」音指的便是現在所謂的唇齒音。而且依我的研究（見鍾榮富1989a、1990a），客家話的唇齒濁聲母[v]來源是由於後高元音[u]的延展、強化（即摩擦）而形成的，詳細的論證及推理將於第六章再討論。現在要指出的是方言的語音變異泰半是由於音韻規則的採用與運作的差別（詳見Kiparsky 1968、Labov 1994、1999），這點客家話在[i]/[ui]的變化上無疑提供了明證。

具體而言，對於[ui]韻的音節形成，客家各方言間有兩種規則，分別示之於後：（O＝聲母，R＝韻母）

(30)

　　a. 把[u]劃入聲母　　　　b. 把[u]劃入韻母

把[u]劃入聲母的方言，由於摩擦強化的關係變成了[v]，因此最後就以[vi]的形式出現。把[u]劃入韻母的方言，其後高元音出現展延的現象，變成[u]占了兩個位置，一方面是聲母，另一方面是韻母。占在聲母位置的[u]，其語音本質應沒有那麼強烈，最後因摩擦強化的運作，終於得[vui]的結果。以上的解釋純粹建立在理論的基礎上，不過從語料經驗上，多少可以獲得一些啓示。由此可推知，語音的變化始於方言之間音節劃分的不同，或語音規則的取用有別，逐漸形成語音的方言化，最後終於使各方言之間有了不同的語音結構。

　　值得注意的是：[i]/[ui]的異讀情況只出現在雙唇輔音[p、p'、m]及唇齒音[f、v]之後，顯示與唇音異化（參見鍾榮富1994a）有密切關係，因爲[ui]韻含有一個唇元音[u]。再者，[ui]接其他輔音時，在各方言的語音都一樣（字例見於(31)）。最後，客家話與國語一樣，除了舌根音[k、k']之外，所有的輔音都不接以[u]爲介音的韻母（如[ua、uan、uai]）。但是有趣的是客家話的[ui]卻可以接任何輔音（如tui「對」、t'ui「退」、lui「類」、tsui「最」、ts'ui「罪」、sui「瑞」、kui「貴」、k'ui「愧」、ŋui「危」）。因此，[ui]是個複雜的韻母，有時被看成爲以[u]爲介音的韻母，所以會有[fui]等唸法；有時被看成[u+i]，所以只有[fi]一種唸法；有時是兩種看法兼收，所有有[fi]和[fui]兩種讀法。

　　就現有的文獻而言，[i]/[ui]的變異尚未引起注意，所以頗有待更進一步的方言調查來補足這個缺口。例如楊時逢1957認爲桃園地區的四縣與海陸在[ui]/[i]的分部上完全相同（見該書P.22/57、

30/65）。涂春景1998a（P.159）、1998b（P.116）的三十二個方言
點中，[i]/[ui]對應（以「肥」字爲例）如後：

(31)

	四縣	海陸	饒平	詔安	卓蘭	東勢
i	景山、坪林、雙連潭、眾山、東盛、白布帆、埔尾、西坪里、二林、竹塘、埤頭、溪州、國姓、魚池、水里			崙背、二崙	中街	
ui	中寮、信義	上新里、埔里	老庄里		苗豐里、內灣	東勢、太平、和平、新社、石岡

這個表顯示四縣客家話內大部分的方言點都用[i]韻，但至少有中寮
及信義兩個點用[ui]韻。同被視爲卓蘭腔的三個方言點之中，中街里
用[i]，另兩里（內灣、水尾）用[ui]。這樣的結果對客語的研究有兩
點啓示。其一，現在大家所運用的大方言分類（如四縣、海陸）是不
夠的，更細的方言調查實有迫切的需要。其二，現有的方言調查所使
用的工具（如方言調查字表）必須依客語語音的特性作更精密的修
正，否則侷限於昔日字表爲本位的調查表，除了了解各方言間在韻母
書上的音變承襲之外，很難兼顧到客家方言之間的差異。

七、[u]/[iu]

最後在幾個有[tʃ、tʃ'、ʃ]的方言裡（如饒平、詔安、東勢、卓
蘭）裡，可能是由於[tʃ、tʃ'、ʃ]的顎化攸關，和沒有[tʃ、tʃ'、ʃ]的四
縣及海陸客家韻母對比之下，接在這幾個顎化聲母之後的韻母往往韻
母會多個介音[i]：

(32)

例字	四縣				海陸	永定	饒平		詔安		東勢	卓蘭
	苗栗	六堆		長樂			桃園	卓蘭	桃園	雲林		
		高	其他									
書	tsu				tsu		tʃiu		tʃiu		tʃiu	tʃiu
收	su				su		ʃiu		ʃiu		ʃiu	ʃiu
車	ts'a				ts'a		tʃ'ia		tʃ"ia		tʃ'ia	tʃ'ia

前面說過，帶有[tʃ、tʃ'、ʃ]的客家方言，其[tʃ、tʃ'、ʃ]的用字一般而言相當於沒有[tʃ、tʃ'、ʃ]方言的[ts、ts'、s]。但兩者比較研究之後，我們無法預知哪些[ts、ts'、s]會被唸成[tʃ、tʃ'、ʃ]，因此哪些韻母會有V（泛指韻母）與iV（即介音加韻母）對應，目前並不能作進一步之探討。

八、結語

　　本小節討論了臺灣各客家方言的韻母差異，主要的分歧點是：(a)前元音[i]/[ɨ]的分合，大部分的客家方言都維持[i]/[ɨ]的音位，但在六堆地區的高樹、新埤、佳冬及雲林的崙背、二崙等方言中，[i]/[ɨ]兩元音已然並爲[i]一個元音。(b)臺灣各客家方言對[ian]/[ien]兩韻中的元音音值，頗有不同的呈現。有些維持[a]音（如桃園的楊梅），有些把[a]唸成[e]（如大部分的四縣及海陸客家話），有些方言的[a]/[e]變化端賴聲母而定（如美濃客家話）。(c)[ai]/[e]韻的對比。四縣及海陸的[ai]韻母在卓蘭、詔安及饒平方言裡唸成了[e]韻。連帶的也使[iai]韻在各方言中有了[ie、ei、ia]等各種唸法。(d)[aŋ]/[en]的變化見於永定、饒平、詔安及東勢等地區的客家話，把四縣及海陸的[aŋ]韻唸成[en]。(e)[i]/[ui]的變異是客家各方言分區的重要指標之一，因爲這與[ui]韻母的劃分有關，也與漢語方言中的唇音異化大有關係。最後討論的是含有[tʃ、tʃ'、ʃ]的方言（如饒平、詔安、東勢、

卓蘭）與沒有[tʃ、tʃ'、ʃ]的方言在韻母的語音呈現上，會有介音[i]的不同，前者的韻母往往多個介音，而後者沒有。

　　這五點韻母上的差別，總結為後面的表：

(33) 臺灣各客家次方言間韻母的差異表

例字	四縣				海陸	永定	饒平		詔安		東勢	卓蘭
	苗栗	六堆		長樂			桃園	卓蘭	桃園	雲林		
		高	其他									
資	tsɨ	tsi	tsɨ	tsɨ	tsɨ	tsɨ	tsɨ	tsi	tsɨ	tsi	ts	tɕi
天	t'ien	t'ien	t'ian	t'ien	t'ian	t'ien	t'ien	t'en	t'ien	t'en	t'ien	t'ien
鞋	hai				hai	hai	hai	he	he	he	hai	he
胃	vi	vi/vui	vi	vi	vui	vui	vui		vui		vui	vui/vi
晝	tsu				tsu		tʃiu		tʃiu		tʃiu	tʃiu

聲調

　　俗話說及語言的岐異時，往往用「南腔北調」來表達。前面兩節所論述的是所謂的音段（segment）的部分，也可能就是指「腔」。現在要探討的是「調」的問題，也即語言學上所謂的超音段（supra-segment）部分。

　　有關聲調的表記方式很多，除了國語課本中的注音符號表達方式之外，最常見的有兩種，都與趙元任的五度製表記法有關。所謂五度制是將調值（也即我們講話時的音高，英語的pitch是也），分成1、

2、3、4、5等五個等級，以1表最低調，5表最高調。五度制很像音樂上的五線譜，其中1與音樂上的Do類似，5則與So相同，都是以一種比較的（而非絕對的）方式來衡量音階的高低。因此，11就是低調的意思，53則表高降調──蓋音階由高降到中間之故。至於爲什麼都用兩個數字，則純粹是約定俗成的用法，也有人認爲漢語的聲調充滿了屈折〔例如國語的「麻」（ma35），由3（中間音階）升揚到5（高音階），這種由一個音階升或降到另一個音階的聲調，在語言學上稱爲「屈折」聲調（contour tone）〕，所以必須要用兩個數字才能充分表達。

　　常見的兩種聲調表記法中，一個稱爲數字表記，例如用35表國語的第二聲，用51表國語的第四聲，本文所採取的便是數字表計法。另一種常見的是音階法，是先用一條豎線表音階，在這個豎線上分別刻下1調5等五個標誌點，然後用另一線表起伏屈折的情形。數字表示法與音階表記法的比較示之於後：

(34)

調名	高平調	中平調	低平調	中降調	高降調	中升調
數字法	55	33	11	31	53	35
音階法	˥	˧	˩	˨	˥˩	˧˥
國語例字	媽				罵	麻
客語例字	士	詩	時	始		

此小節分兩部分，第一部分整理各方言的調值，第二部分談有關變調的本質。

一、各方言的調值

　　客家話的聲調南北差異很大，不但調值彼此不同，調類的數目也不一樣。大體而言，除了海陸客家有七個調之外，其他各個客家次方言都只有六個調，茲分別列之於後：

(35) 臺灣各客家方言的調值表

方言		陰平	陽平	上聲	陰去	陽去	陰入	陽入
四縣	楊時逢1957（北部）	24	11	31	55		22	55
	鍾榮富1997a（南部）	33	11	31	55		31	55
海陸	楊時逢1957（桃園）	53	55	13	31	22	55	32
	羅肇錦1990（竹東）	53	55	13	31	11	55	32
	涂春景1998a, b（中部）	53	55	24	11	33	5	2
饒平	呂嵩雁1993（桃園）	11	55	53	24		32	55
	涂春景1998a（卓蘭）	11	53	31	55		2	5
詔安	呂嵩雁1993（桃園）	22	52	31	33		3	43
	涂春景1998b（雲林）	11	53	31	55		24	5
永定	呂嵩雁1993（桃園）	33	53	31	11		24	4
東勢	涂春景1998b	33	224	31	33		2	5
	江敏華1998	33	113	31	53		31	5
卓蘭	涂春景1998a	33	113	31	53		2	5

　　這些調值的記音，不論是音位上（phonemic）或是語音上的（phonetic）基礎，反映了幾個有趣且值得探討之處，分別是低平調、高平調、及高降調。首先，幾個方言的低平調（11或22）分別出現在各個不同的調類裡：

(36)

調值	四縣		海陸		饒平		詔安		東勢	卓蘭	永定
	北部	南部	北部	中部	桃園	卓蘭	桃園	雲林			
11	陽平		陽去	陰去	陰平				陽平		去聲

　　平、上、去、入等均為中國傳統聲韻學的名詞，其分陰陽是基於高低調並參酌聲母的清濁而來。然而我們覺得好奇的是，為什麼古代

不同的調類或調值，會在共時的方言裡展現如此多角的風貌？更值得探究的是，爲什麼同一調值，在各客家方言裡會有去聲與平聲兩個調類？尤有進者，爲什麼同一個調類（平聲）卻在四縣、東勢、卓蘭屬於陽平，而在饒平、詔安屬於陰平？爲什麼同一個調類（去聲）卻在海陸的北部、中部區分成了陰、陽去等完全不同的調類？更進一步的探研，更可以問：傳統聲韻學裡，陰、陽調的劃分如何解釋客家話各個次方言裡調類混雜的現象？這些當然都是學術上很有意義的問題，也是未來作客家話乃至於作聲韻學研究者，值得注意或進一步研究之處。相信這些問題的解答，多少會幫助我們了解客家話的歷史沿變，更有助於客家話各次方言之間的溝通與理解。然而，就目前的認知與了解而言，這些問題都已經超乎本文所能解答的範圍。

這種調類互異的情況也出現在高平調及高降調之間，且看：

(37) 高平調及高降調的對應

調值	四縣		海陸		饒平		詔安		東勢	卓蘭	永定
	北部	南部	北部	中部	桃園	卓蘭	桃園	雲林			
53				陰平	去聲		陽平		去聲		陽平
55	去聲		陽平								

這種同一調值卻在各次方言間劃分成不同調類的現象，反映了「客家話」歸類的問題。以往文獻認爲客家話的調類特徵是：「次濁上歸陰平在客家話內不呈現大面積的一致性」（橋本萬太郎1973：440-441，轉引自張光宇1998：83），後來黃雪貞1988認爲此說不完整，應補以「全濁上讀陰平」（同上）。對此說法，張光宇1998頗不以爲然，但由(37)表中的調類與調值而言，這些學說或看法顯然有所不足，因爲不論從那個角度而言，很難說明爲何同一個調類會衍生出不同的調值，更難以解說爲何同一調類（如陽平）在不同的方言會有不同的調名（如陽平分稱爲陰平及去聲）。總而言之，有關客語調類在臺灣各次方言的比對及研究，尚有待更多的探討才能獲得更清晰

的輪廓及更全面的了解。

　　不過，關於調類與調值的變易，似乎可由擬構中解決。例如四縣的去聲是高平調[55]，但永定語海陸的去聲卻是低平調[11]，合理的解釋是原去聲是個高降調[51]，但在歷史演變中，永定、海陸等方言取其低調，而四縣取高調，遂成共時之現象。換言之，演變圖示如後：

(37a)

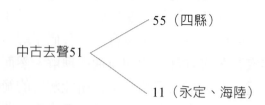

中古去聲51 〈 55（四縣）

11（永定、海陸）

　　像上述的演變不但合情合理，也能說明去聲調在各方言間的差異。如果這種分析可以應用於其他調類的演變，當可以進一步揭開客家次方言間的聲調差別。然而目前我們尚無法就這方面的構音及考證作說明。

二、調值的語音分析

　　爲了更進一步明瞭臺灣客家各次方言間的調值差異，我們用聲譜儀器作調值的語音分析。首先我們到各地作方言語料的錄音，然後把這些錄音輸入Pitchworks，以觀察並記錄各方言的調值。Pitchworks是Scicon公司與加州大學洛杉磯校區（UCLA）語言學系合作研發的聲學研究系統，不但分析精準，而且攜帶方便，非常宜於作田野調查。[7]

　　我們一共錄了美濃四縣客語（發音人是現年26歲的梁秋文先生），新竹海陸客家話（發言人是現年50歲的羅錢妹小姐），新竹

----

[7]　請參考Ladefoged 1997a。

四縣客家話（發音人是現年52歲的胡添旺先生），詔安客家話（發音人是現年47歲的李坤錦先生）其調值分別爲：[8]

1. 美濃四縣客語

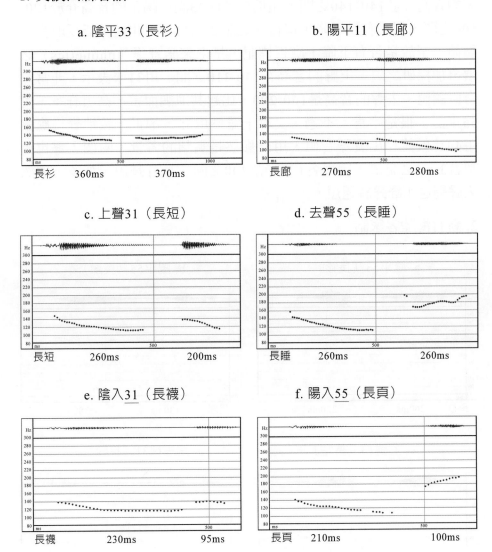

a. 陰平33（長衫）　　　　b. 陽平11（長廊）

c. 上聲31（長短）　　　　d. 去聲55（長睡）

e. 陰入31（長襪）　　　　f. 陽入55（長頁）

8　特別感謝諸位發音人及胡若曦同學、助理林筱筠小姐之幫助。

　　由前面的聲譜儀系統所作出來的音高（pitch）表，可以看出(35)中各家所記的聲調調值，頗能忠實地反映各方言之聲調。首先，美濃四縣客的音高，大抵可用120表1、140表3、170表5，若如此則陰平調的音高介於140-140之間，頗為典型的33調。陽平的音高介於120-100之間，似乎有點下降，但目前之記法採11調，也還算能反映實際調值。至於是否有下降，應否標記，是未來語音學（phonetics）必須再加探研之處。上聲的音高在140-110之間，用31來表示，非常符合原調值。去聲的音高是160-200，比起其他調而言，高出許多，用55來記，很是中肯。不過，文獻上雖然用55，卻很一致地覺得應該用44比較能標出實際音值，用55顯然是調類的考量。兩個入聲也頗契合3、5之記法，因為各在140及200之間，且音長短了許多，顯然入聲調遠比舒聲調還短。

2. 新竹海陸客家話

a. 陰平53（長衫）

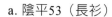

b. 陽平55（長廊）

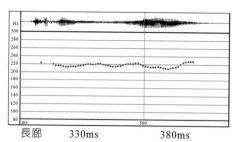

c. 上聲13（長短）

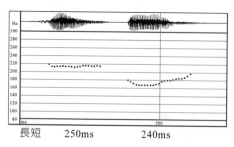

d. 陰去聲31（長睡）

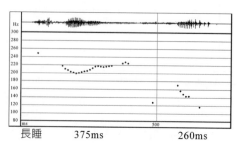

e. 陰入55（長襪）

f. 陽入32（長頁）

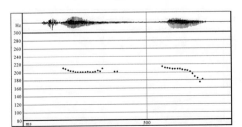

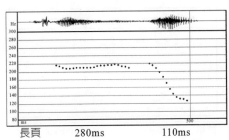

長襪　　　380ms　　　　　150ms

長頁　　　280ms　　　　　110ms

　　海陸客家話的音高與調記之間的關係大抵是1表120、3表140、5表170。據此，則文獻（楊時逢1957）也能反映海陸客語的聲調記音。陰平是53，音高在200-140之間；陽平的音高在200-220之間，用55來記，都很理想。上聲音高介於180-200之間，似乎應為35，但與前面的陽平調（「長」本身是陽平調）比起來又低了些，可能因此用13來記，重點是上升的調值已能準確地由調值反映出來。去聲音高介於180-100之間，是個典型的31調。兩個入聲調也能反映55及32的調值。可惜此次錄音時，陽去未收錄於內，失去兩個去聲之間的音高對比之研究。

3. 苗栗四縣客家話

a. 陰平33（長衫）

b. 陽平11（長廊）

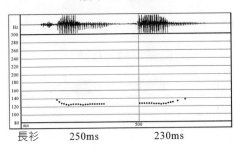

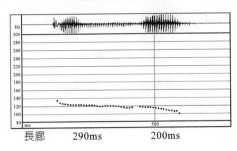

長衫　　　250ms　　　　　230ms

長廊　　　290ms　　　　　200ms

c. 上聲31（長短）

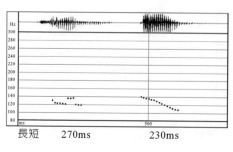

長短　　270ms　　　　230ms

d. 去聲55（長睡）

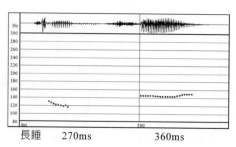

長睡　　270ms　　　　360ms

e. 陰入31（長襪）

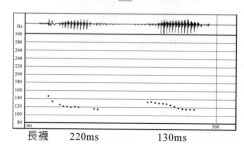

長襪　　220ms　　　　130ms

f. 陽入55（長頁）

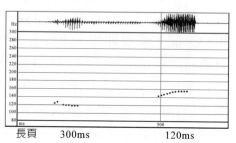

長頁　　300ms　　　　120ms

　　　新竹四縣客的六個聲調與美濃調相差不大，歷來文獻也採用相同的調值記音，由A與C兩者的音高比較，十足表現出過去文獻之所記，並沒有乖離實際之調值。

4. 詔安客家話

a. 陰平11（長衫）

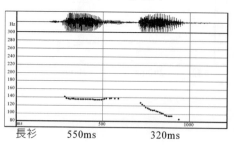

長衫　　550ms　　　　320ms

b. 陽平53（長廊）

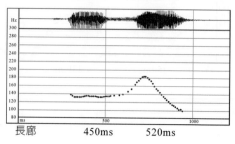

長廊　　450ms　　　　520ms

c. 上聲31（長短）

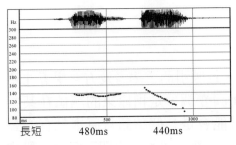

長短　　480ms　　　　440ms

d. 去聲55（長睡）

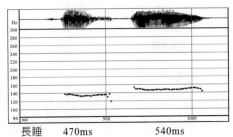

長睡　　470ms　　　　540ms

e. 陰入24（長襪）

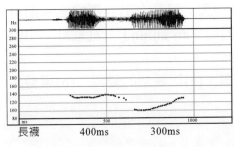

長襪　　400ms　　　　300ms

f. 陽入55（長頁）

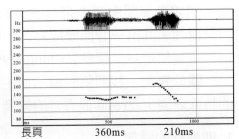

長頁　　360ms　　　　210ms

　　詔安客家話的調查尚在起步階段，但是文獻上的調值呈現與記音卻契合實際音值。整體而言，音高與調值之對應是：100為1，120為3，140為5。基於此，陰平調的音高是130-100之間，明顯地有下降之勢，但呂嵩雁1993記為11，涂春景1998b記為22，都是低平調。雖然如此，兩者都還能反映陰平是低調的事實。陽平的音高在140-100之間，記為53或52，都非常正確。上聲在150-100之間，也與31的調值有很大的出入。依上圖之音高，似乎應記為51。記為55的去聲，音高在150-150之間，倒是非常忠於實際音值。兩個入聲的音高也與記法相契合。

　　以上我們觀察了四個客家方言的音高表，也討論了表中所呈現的音高與實際調值之關係。但是客語音高的聲譜研究，迄今尚未有完整而有系統的成果，本文所呈現的部分，也僅於每個方言一個發音人的

錄音，尚不足以作爲聲調調值記載之依據。然而初步的開始總要有人
作，本文希望有拋磚引玉之效用。

二、變調

　　有關聲調的記述，除了音值外，最吸引語言學者及方言學者注意
力的是連讀變調，簡稱爲變調。所謂變調，是指原來的調值在某些
語言情境中會改變，改變的結果可能會是一個該語言原本就有的聲
調，比如說，國語的三聲變調是每個人都知道的，也即兩個第三聲的
音節並列時，第一個三聲要變成第二聲，如「雨傘」要唸〔ㄩˊ ㄙ
ㄢˇ〕而非〔*ㄩˇ ㄙㄢˇ〕。變調的結果也可能會變成一個完全新的調
值，例如臺灣閩南語本來並沒有35的調，但是在形容詞的三音節重
複結構裡，其第一音節變成35調，因此「aŋ aŋ aŋ」（紅紅紅）中的
第一個調值是35（請參見Chung 1996）。

　　關於變調，我們將討論三個主題：(a)四縣話的變調，(b)東勢話
的特殊變調，及(c)其他方言的變調。

1. 四縣話的變調

　　四縣客家話的變調很有趣，因爲南（六堆地區）與北（苗栗）的
變調方向正好相反，前者是陽平變陰平，後者卻是陰平變陽平：

(38) 四縣客家話的變調
　　① 苗栗
　　　　[24] → [11] / ____ {[24], [55], [55]}
　　　　（陰平在陰平、去聲或陽入之前會變成陽平）
　　② 六堆
　　　　[11] → [33] / ____ T（T = 任何聲調）
　　　　（陽平在任何聲調之前都會變成陰平）

例字：（苗栗之字例取自羅肇錦1990：186）

苗　　栗				六　　堆			
天光（24	24）	→	11　24	賢人（11	11）	→	33　11
添飯（24	55）	→	11　55	甜飯（11	55）	→	33　55
干席（24	55）	→	11　55	苗栗（11	55）	→	33　55
				時間（11	33）	→	33　33
				吵死（11	31）	→	33　31
				油木（11	31）	→	33　31

　　前面已指出各聲調在臺灣南北分布上，有陰、陽互易的現象，沒想到在變調上也呈現南、北互爲顛倒的情形。爲什麼同爲四縣客家話會有這樣的變調互易的情況，的確值得再深入研究。

　　雖然南、北四縣話的變調方向相反，但在南北四縣客家裡都有某些用詞在變調之後變成與其他用詞的本調同音：

(39)

苗　　栗				六　　堆			
A.							
添飯（24	55）	→	11　55	甜飯（11	55）	→	33　55
甜飯（11	55）			添飯（33	55）		
B.							
風衣（24	24）	→	11　24	紅衣（11	33）	→	33　33
紅衣（11	24）			風衣（33	33）		

　　質言之，「添飯」與「甜飯」在南北的四縣話裡都是同音詞，雖則產生變調的詞不同。「風衣」與「紅衣」亦然，本來是不同調的語詞，經過變調之後卻成了同音詞了。臺灣南、北部四縣客家方言，雖然在陽平、陰平變調上呈現相反方向的變化，也即前者是陰平變陽平，南部四縣卻是陽平變陰平，但在變調之後，南北四縣也有部分雙

字構詞由非同音詞變爲同音詞。

　　現在的音韻理論對變調的研究，早已超過兩字組或三字組的範疇，例如「國語的兩個第三聲的音節並列時，第一個三聲要變成第二聲」，這樣的規則絕對已經無法完全解釋(40)句裡爲什麼還是允許「李」和「洗」同時可以（也必要）唸第三聲：

(40) 老李洗了冷水澡
　　　／ˇ　ˇ　　／　／ˇ　　（ˇ＝第三聲，／＝第二聲）

換言之，變調的研究必須涉及整個句子的內在結構，不但與構詞有關，也與句子有關。臺灣南部四縣客家話的陽平變調（以下概稱爲陽平變調），最有趣之處即在於它的變調範疇以及如何介定或尋找這個範疇。

　　首先，陽平變調雖然出現在並列的兩個音節之間（如(38)所示），但卻不出現在字基與後綴的構詞中（詳細的構詞法之探討，請參見第五章）：（有星號*者表不當的讀音）

(41)

a. 名詞後綴 -i$_{31}$				b. 形容詞後綴 -e$_{55}$				
ts'am	mi		蟬	fuŋ	ŋe			紅的
11	31	*33	31	11	53	*33	53	
ŋ	ŋi			ts'oŋ	ŋe			長的
11	31	*33	31	魚	11	53	*33	53

對(41)的音調提出詮釋之前，有兩點需要說明。第一，客家話的詞綴都有自己的聲調，而沒有輕聲的情形，試比較：[9]

---

[9]　黃基正（1968）卻認爲客家話的詞綴具有輕聲。按：該書所依據的是苗栗地區的方言，我們已見過很多南北四縣的差別，在此不再細述。

(42)

A. 名詞後綴 -i$_{31}$					B. 形容詞後綴 -e$_{55}$				
a. tan	ni	33	31	單子	a. haŋ	ŋe	33	55	烤的
b. li	yi	11	31	梨子	b. sun	ne	11	55	純的
c. toŋ	ŋi	31	31	檔子	c. ka	e	31	55	假的
d. kon	ni	55	31	罐子	d. ts'eu	we	55	55	瘦的
e. ap	pi	3	31	鴨子	e. tet	te	3	55	鐵的
f. vok	ki	5	31	鑊子	f. p'ak	ke	5	55	白的

前表的聲調足以顯示南部四縣話的名詞詞綴，不論接在哪種聲調之後，都維持其本調31。同理，形容詞詞綴都維持55調。以此推之，詞綴都有其自己的聲調。

第二，我們發現像「魚」（ŋ$_{11}$ŋi$_{55}$）的舌根音並沒有變成顎化鼻音[ñ]（見(41)），這個現象有兩個點值得討。首先，有許多文獻（如羅肇錦1984、1990、楊時逢1957）均主張客家話的顎化鼻音[ñ]是由舌根鼻音[ŋ]在[i]之前顎化而來，然而在ŋ$_{11}$ŋi$_{55}$（魚）、taŋ$_{33}$ŋi$_{55}$（釘子）等[ŋ]結尾的字加上名詞詞尾－i$_{55}$之前，並沒有顎化。由此可知，這些文獻的看法頗有問題。文獻上只有Hashimoto 1972、Chung 1998a認爲[ñ]分別來自於[ŋ]及[n]（詳細的討論請參考Chung 1989a），而只有本文注意到[ŋ]在後綴[i]之前不顎化的語料及經驗論證。此外，由於過去客語文獻的誤導，致使坊間的客語教材論及客語音標時，有人建議用同一音標來標[ŋ]及[ñ]（例如宋細福1998、鍾有猷1999），顯然這種看法也值得再討論（參見鍾榮富2000a）。其次，由(41)之語料得知，詞基加詞綴的結構有其獨特性，因爲[ŋ]在[i]之前不顎化的現象，也僅止於詞基加詞綴的結構，其他在一般的兩字並列中的[ŋ]在[i]之前，都會變成[ñ]。迄今爲止，可以得到兩個結論：(a)坊間在討論客語的音標時，有人建議用[ngi]或[ŋi]來表示客語的顎化鼻音，是不能完全令人滿意的。(b)詞基加詞綴的結構有其

獨特性，不能與一般的兩字並列組合，或兩音節共組而成的複合詞
（compounds）相提並論。

回頭來討論(41)的變調情形。比較了(40)與(41)，我們發現客
家話的陽平變調必須注意構詞的內在結構，這點很像國語的上聲變
調，試比較：

(43)

	本來之音	實際讀音
a. 種子	ˇ ˇ	ˇ ●
b. 種種	ˇ ˇ	／ ˇ
c. 想想	ˇ ˇ	／ ●
d. 姥姥	ˇ ˇ	ˇ ●

前面(43a)與(43d)一樣，第一音節的上聲維持不變，但(43b)與(43c)
裡的第一音節都變成了陽平（第二聲）。為什麼原本同為上聲的兩個
音節，在變調之後會有不同的結果呢？細加思考當會發現，原來他們
的內在結構不同。(43a)是詞基加後綴，與(42)裡客家話的結構一樣，
也都沒有受到變調的影響。(43d)與(43a)相同之處，即在於兩個字
（指漢字的字）結成一個心理上的單位，也即語言學上所謂的音韻字
（phonological word），因為「姥姥」和「種子」一樣，在語意上指
的是一個密不可分的單位（詳細之討論，請參見鍾榮富1997c）。

但是，(43b)與(43c)表面上也同為含上聲的兩個音節所組成，在
語意或語法上卻有可分性，如「想一想」，「想了再想」。Cheng
1973因此建議，詞素（morpheme）與詞素之間的距離用「#」表
示，而同一詞素內的兩音節用「+」表示。換言之，「想想」應該
是「想#想」，而「姥姥」是「姥+姥」，前者是兩個詞素，而「姥
姥」是單一詞素，雖有兩個音節，卻只指單一個人或物。

基於「#」與「+」的範疇界不同，我們把客家話的陽平變調改
寫成：

(44) 陽平變調

> 陽平 → 陰平/ ＿＿＿＿ # T（T＝客家話的任一聲調）

　　加了#號的條件之後，即可以說明客語的陽平變調只運作於字與字並列或複合而成的複合字之中。[10]

　　接著我們來檢視陽平變調的現象（我們用#表示變調的範疇，即在#之前的音節是不變調的，以後所有例子中的聲調，第一行是本調（原來的調值），第二行是變調（經過變調之後的語音調值），又＝表示其前的聲調已經變了調）：

① 陽平變調與句法有關

　　試看：

(45)

a. 牛	犁	田		漢字
ñiu #	lai ＝	tian		客語語音
11	11	11		本調
11	33	11		變調

b. 紅	門	神	爺	糊	塗	來	吵	閒	人
fuŋ	mun	çin	ja #	fu	t'u	loi	ts'au	haŋ	ñin #
11	11	11	11	11	11	11	11	11	11
33	33	33	11	33	33	33	33	33	11

觀察上表(45)中的語料，發現：(45a)的「牛」不變調，因為那是句中的主語（subject），這與(45b)的「爺」一樣，都是主語，都不變調。於此可知，陽平變調首先把句子分成兩部分：主語與述語，在主

---

[10] 有關複合詞或字與字的並列等構詞，請參閱第七章。

語的右邊劃上變調的範疇。換句話說，把句子分成兩個變調範疇。但是並非所有的述語都形成單一個變調範疇，例如：

(46)

b. 阿文		分	娘	紅	鞋
A-vun	#	pun =	ñioŋ #	fuŋ =	hai #
33	11	11	11	11	11
33	11	33	11	33	11

在(46)句中便有三個變調範疇，(45)與(46)句的不同在於(46)句的述語有兩個名詞片語（NP）。

② 邊界與層次

　　邊界（End）在變調範疇的界定中扮演重要的角色，一般而言，變調範疇都落在詞類片語（及最大映界，Maximal projection）的邊界：

(47)

a. 牛	犁	比較	快	b. 牛	犁	比較	快
ñiu #	lai =	ko =	kiak #	ñiu #	lai #	ko =	kiak #
11	11	55	5	11	11	55	5
11	33	55	5	11	33	55	5

(48)

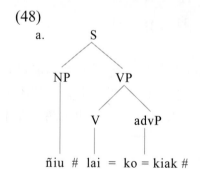

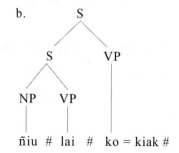

(47a)與(47b)的唸法不同，全在於兩者的內在句子結構有別。用樹狀結構來看，(47a)的圖是(48a)，(47b)的圖是(48b)。從(48a)的結構圖可看出動詞「犁」上是V-點而非VP，所以不是最大映界，也沒有被看成一個變調範疇。相較之下，(48b)的動詞「犁」是在VP之下，所以是個最大映界，也被看成一個變調範疇。於此可知，變調範疇與詞類的句法結構層次有關。

③ 變調範疇內的音節數目

由前面諸句的探索了解到，變調範疇內的音節數目並不一定，可多可少。事實上，整個句子形成單一變調範疇的例子也很常見，如：

(49)

佢	隨	人	糊	塗	來	尋	紅	旗	臺
ki =	sui =	ñin =	fu =	t'u =	loi =	tɕ'im=	fuŋ =	k'i=	t'oi #
11	11	11	11	11	11	11	11	11	11
33	33	33	33	33	33	33	33	33	11

簡而言之，變調範疇內的音節數目並沒有限制，重要的是句子的內在結構。

④ 虛詞的角色

前面不是說，變調範疇會把句子分成兩部分嗎？怎可能還會有像(49)的變調情形呢？這是因為(49)句中的主語是代名詞「佢」，而代名詞與其他虛詞，如「人」等都被列為無法自己形成變調範疇內的詞類，他們都被劃入其右的變調範疇內。

同理，像連接詞之類的詞也為虛詞，不能單獨具有變調範疇，如：

(50)

a.

雖	然	牛	閒，	沒	牛	來	犁	也	使	不	得
sui=	jen=	ñiu #	han,	mo=	ñiu #	loi=	lai #	me	çi	m	te
11	11	11	11	11	11	11	11	55	31	31	31
33	33	33	11	33	11	33	11	55	31	31	31

b. 牛	雖	然	閒	沒	牛	來	犁	也	使	不	得
ñiu #	sui=	jen=	han#,	mo=	ñiu #	loi=	lai #	me	çi	m	te

前面兩句中(50a)的「雖然」（sui=jen）是於句首，(50b)中的「雖然」則置於主語「牛」之後，但不論把「雖然」放置於句首或其他不影響語意的地方，連接詞顯然都不會有自己的變調範疇。

　　以上四個有關陽平變調的現象都與陳淵泉（Matthew 1987）所分析的廈門方言類似，但客家話的陽平變調有一點大異於廈門方言的變調，那就是這兩個方言在形容詞片語上的變調類型不同，茲比較於後：

(51)

a. 客家話						b. 廈門話				
聰	明	斯文	的	船	王	聰	明	努力	的	小孩
ts'ung	min=	çi	vun ne	son=	voŋ	ts'oŋ	biŋ #	k'ut lat #	e=	gin na

在(51)近乎相同的形容詞片語裡，客家話只有一個變調範疇，但是廈門話竟然有三個，每個形容詞片語一個變調範疇，剩下的又自成一個變調範疇。由於這個差別，Matthew的分析無法施用於客家話，那麼應該如何來界定客家話的變調範疇呢？

　　參酌了現有音韻理論中有關於句法與音韻的介面（interface）分析之後[11]，我個人還是傾向於範疇C-管轄（Domain C-command）的分析方式（Kaisse 1985）。要了解範疇C-管轄，且先明白C-管轄的定義。

(52) C-管轄

　　如果第一個分叉線管轄了A，同時又管轄了B，則A就C-管轄B。且舉例說明比較容易理解。(53)有兩種句法結構：

(53)　a.　　　　　　　　　b.

A　　B　　　　A　　B　　C

在(53a)裡，管轄A的線（即在A上方的線）往上一直走，走到頂時立即接另一條線，這叫作第一個分叉線，順著另一條線下來即看到B。所以A是C-管轄了B，同時B也C-管轄了A。在(53b)裡，A C-管轄了B及C，因為順著A上方的線往上到頂，下來可到B也可到C。但是(53b)的B並沒有C-管轄A，因為順著B點往上，第一個分叉線往下是到C（所以BC-管轄了C）。同理，在(53b)裡，C也沒有C-管轄A，而只C-管轄了B。了解了C-管轄的概念之後，再來看範疇C-管轄的定義：

(54) 範疇C-管轄
　　詞類最大映界的範疇稱為x的範疇，在這個範疇內，x C-管轄了任何一個y（按：x、y都指句法的結構單位）
　　有了範疇C-管轄的理念後，我們可以說：如果陽平變調要運作於a及b兩個字之間，則a必須範疇C-管轄b，b也必須範疇C-管轄a。

---

[11] 如Matthew 1987, Odden 1987, Lin 1995

現在即來看所有陽平變調的情況，我們發現都可以由範疇C-管轄來得到說明。（注意：＝表變調）

(55)

a.　　VP	調　　查　　人　　口
V　＝　NP	t'iau ts'a ＝ ñin k'eu 11　11　　11　31 33　33　　33　31
b.　　NP	聰　　明　　媒　　人
AP　＝　N	ts'uŋ min ＝ moi ñin 33　11　　11　11 33　33　　33　11
c.　　NP	南　　門　　牌　　樓
NP　＝　N	nam mun ＝ p'ai leu 11　11　　11　11 33　33　　33　11
d.　　NP	花　盆　　大
NP　＝　A	fa p'un ＝ t'ai 33　11　　55 33　33　　55
e.　　VP	傲　慢　　講
AvP　＝　V	au man ＝ koŋ 33　11　　31 33　33　　31
f.　　AvP	半　小　時　久
QP　＝　Av	pan seu çi ＝ kiu 55　31　11　31 55　31　33　31

g.   NP
       AP
   AP = AP   N
	有 錢 有 勢 的 人
	ju tɕian = ju ɕi je ñin
	33 11 33 55 55 11
	33 33 33 55 55 11

h.   S
   NP   AP
        AP = AP
	那 人 聰 明 斯 文
	ke ñin ts'uŋ min = ɕi vun
	55 11 33 11 33 11
	55 11 33 33 33 11

i. PP NP = P	大 門 後 t'ai mun = heu 55 11 55 55 33 55
j. NP QP = N	一 頭 芒 果 jit teu = han son 3 11 33 55 3 33 33 55

    以上(55)所列舉的應該是所有可能的句法結構，範疇C-管轄的理論都能預測陽平變調的產生，結果都有了變調。範疇C-管轄的理論同時也預測：只要不符合範疇C-管轄的句法結構，即不會有客家話的陽平變調產生，而這種結構下的陽平調絕不會變。底下三種結構，正好都沒有合乎範疇C-管轄的條件，也正好沒有陽平變調的產生。換言之，完全符合範疇C-管轄理論的預測。

(56)

a. S NP # VP	大 王 尋 錢 t'ai voŋ = tɕ'im tɕ'ian 55 11 11 11 55 11 33 11
b. AP AP # conj. AP	聰 明 又 斯 文 ts'uŋ min # ju ɕi vun 33 11 55 11 11 33 11 55 33 11
c. VP NP NP # NP	分 娘 紅 鞋 pun ñioŋ # fuŋ hai 33 11 11 11 33 11 33 11

　　總結而言，臺灣南部四縣客家話的陽平變調有幾個特性：(a)不會運作在詞基與後綴之間。(b)與句法結構大有關係，只要符合範疇C-管轄條件的任何兩個並列的句法單位或音節，都會有陽平變調的出現。

2. 東勢話的變調

　　臺中縣東勢地區的客家話，最近幾年逐漸引起許多研究者（董忠司1994、江俊龍1996、羅肇錦1997、張屏生1998、江敏華1998）的注意，特別是在聲調方面。為了討論方便，茲把前面(35)中的東勢客家話的六個基本聲調的調值複述於後：

(57) 東勢客家方言的調值表

方言		陰平	陽平	上聲	陰去	陽去	陰入	陽入
東勢	涂春景1998b	33	224	31	33		2	5
	江敏華1998	33	113	31	53		<u>31</u>	5

　　東勢客家的聲調有兩點值得討論，其一，東勢客家同時有陰平變調與陽平變調。其二，東勢客家有個異於其他客家方言的構詞性聲調（morphological tone），其調值是35，與國語的第二聲一樣，是個中升調。

　　先看陰平變調：

(58) 東勢客家的陰平變調

　　　[33] → 35 / ＿＿＿ {[113], [31], [31]}
　　　（陰平調在陽平、上聲、或陽入之前要變成35調）

　　字例（取自江敏華1998：17）

| 天時（33　113） | → | 35 | 113 | 包黍（33　31） | → | 35 | 31 |
| 雞卵（33　31） | → | 35 | 31 | | | | |

　　這個變調的語言條件與苗栗四縣話的陰平變調頗有相似之處，苗栗的陰平變調是「陰平在陰平、去聲或陽入之前會變成陽平」，只是苗栗陰平變調的結果是陽平，東勢陰平變調的結果是35調。

　　陰平變調之外，東勢客家話還有一個陽平變調：

(59) 東勢的陽平變調

　　　[113] → [33] / ＿＿＿ [113]

　　字例：

| 楊桃（113　113） | → | 33 | 113 | 祠堂（113　113） | → | 33 | 113 |
| 時常（113　113） | → | 33 | 113 | | | | |

　　與南部六堆的陽平變調比較，東勢陽平變調的條件較嚴格，出現

的環境較少，變調的頻率較低，兩者共通之處就是變化的結果都是陰平調。東勢的陽平變調與陰平變調彼此沒有次序上的關係。易言之，平常我們聽到的「楊桃」，其調值是[33 113]，絕不會因為陰平變調的規則，再變成*[35 113]調。

　　前面說過，臺灣客家話的聲調總充滿了有待挖掘的困惑：為什麼北部四縣的變調是由陰平變陽平，而南部四縣卻由陽平變陰平呢？現在東勢客家話的變調又呈現了另一種方式，即陰、陽平變調都有，只是變化的結果或環境不同。看來客家話的比對、分析、探研在在都有必要更多的心血投入。

　　東勢客家話還有一種變調：

(60) 去聲變調

[53] → [55] / ＿＿＿ {[31]、[53]、[31]、[5]}
去聲在上聲、去聲或入聲之前要變成55調。

字例：

看到（53　31）	→	55　31	磨穀（53　<u>31</u>）	→	55　<u>31</u>
麵線（53　53）	→	55　53	大力（53　5）	→	55　5

　　去聲變調只是尾音的提升，應該只是語音現象式的規律。臚列了東勢客家的三種變調之後，接著想問的是：這些變調是否會像國語（Shih 1986、鍾榮富1992）、臺灣閩南語（即Matthew 1987的廈門話、Lin 1995）、四縣客家話（Chung 1989，或見前面之分析）一樣，會與方向、構詞、句法結構有關呢？江敏華1998比較了下列兩種結構之後，發現變調情形相同，而認為「都是由左到右」的變化（見頁20）。

(61)

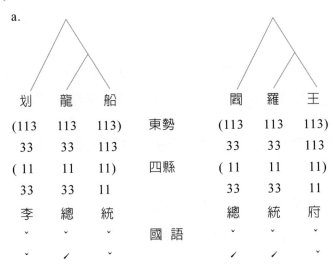

a.

划	龍	船		閻	羅	王
(113	113	113)	東勢	(113	113	113)
33	33	113		33	33	113
(11	11	11)	四縣	(11	11	11)
33	33	11		33	33	11
李	總	統		總	統	府
ˇ	ˇ	ˇ	國 語	ˇ	ˇ	ˇ
ˇ	ˊ	ˇ		ˊ	ˊ	ˇ

　　其實，在兩字組或三字組的結構上，東勢客語與南部四縣客語的陽平變調表現完全一樣，所以本質上客語的陽平變調與國語的三聲變調並不一樣，因為國語的三聲變調會因三字組之內在結構而變化，如(61a)的「李總統」是[A[BC]]（右邊分叉）的結構，而(61b)的「總統府」是[[AB]C]（左邊分叉），其變調結果因而有別。表面上看，客語的陽平變調是從左到右，不因內在結構而有所分別，但依前一小節的分析，在更大的句法結構中，變調是有範疇的。

　　現在且來檢視東勢客家話的聲調中，最吸引人的35調的本質。除了(57)的六個具有辨義作用的聲調之外，東勢客還有個35調，同樣具有辨義的功能（此部分語料取自江敏華1998）：

(61)

a. p'u35	薄（薄子）	c. jioŋ35	秧
b. p'u 113	瓠瓜	d. jioŋ33	癢

不但在單音節詞上有辨義功能，在兩音節共組的複合詞裡，35調也有別義作用：

(62)

| 天光 | 33 | 33 | 天亮了 | 33 | 35 | 明天 |
| 牛鞭 | 113 | 33 | 打牛的鞭子 | 113 | 35 | 牛的生殖器 |

另外，有些35調的字另有33調的念法，但語意卻不盡相同：

(62)

| a. si33 | 師父 | : | si35 | 徒弟 |
| b. jien33 | 菸 | : | jien35 | 菸（葉） |

有些33調的動詞，其相對應的名詞是35調：

(63)

動詞		名詞	
a. tʃ'ia33	車（作動詞）	tʃ'ia35	車（名詞）
b. pau33	包	pau35	包子
c. ten33	釘	ten35	鐵釘

最後，我們應該還記得35調是33的變調。

總結前面的觀察，東勢的35調具有兩種身分或來源。第一種是由33調變化而來，這種情形下，35調是變化調（derived tone），所以它是可預測的，可以經由音韻規則來掌控。在兒童的語言習得裡，這種可由規則預知的聲調，被認為是不用逐字學習的，而是經由音韻規則衍生而來（Chomsky 1986）。35調的另一種身分卻是字詞本身的調（lexical tone），因此是不能預測的，是字詞本身就擁有的。在語言習得過程中，必須每個字詞逐一學習，因為毫無規則可循。

這種具有雙重身分（即變化調與本調），而又難以獨立的聲調，在漢語方言裡屢見不鮮。例如國語（或者更正確地說是北京話）的輕聲，同樣具有辨義作用，如「東西」可唸[55 •]（• ＝ 輕聲），也可唸[55 55]，兩者意思不同。也像東勢的35調一樣，北京話的有些輕聲是頗有規律可循的（見Chao 1968、Cheng 1973）。有趣的是，北京話的輕聲，其地位在語言學上一直還沒得到正名，有人認爲是字詞調，是第五聲，有人卻遲遲未能接受第五聲的提議（參見鍾榮富1993之討論）。

現行對東勢客語的35調有關的研究文獻，不論是主張與調尾有關（董忠司1994、羅肇錦1997），或主張分析成名詞構詞單位（張屏生1998），或把35調的構詞用字看成小稱詞尾（江敏華1998），究其本質都相同，因爲這些稱呼都不是明確的音韻名詞。換句話說，無論用那個名稱，事實上還是克服不了「某些東勢客語的字詞35調是無法預測，但某些字詞的35調卻是可以預測」的眞相。

但是至今所看到的東勢客語35調的字詞有一個共通性：都是名詞或以名詞結尾的用句。基於此，把35調看成名詞的構詞調（morphological tone）應未離語言事實太遠。

3. 其他方言的變調

除了南部四縣及東勢兩個客家方言點的田野調查或研究文獻，對聲調的連讀變調有足夠的記載可供分析論證的討論之外，其他客家方言的記音都還在起步階段。因此，本小節只是整理相關的語料，希望未來有更詳實的記音。

首先是桃園永定客語的變調（語料取自呂嵩雁1995）。永定有兩個變調規律，其一是陽平變調，其二是陰入變調。陽平變調的規則是：

(64) 永定客家話的陽平變調

[53] → [55] / ＿＿＿ {[53]，[31]，[44]}
（陽平調在陽平、上聲或陽入之前要變成55調）

字例：

團圓（53	53）	→	55	53	鑼鼓（53	31）	→	55	31
和平（53	53）	→	55	53	牛肉（53	44）	→	55	44
鞋底（53	31）	→	55	31	民族（53	44）	→	55	44

永定客語的陽平變調有兩點值得玩味。第一，永定的陽平調是高降調，因此雖與六堆的陽平有相同的調類，但調值全然不同，兩者之間相似之處很少。第二，永定的陽平與東勢的去聲有相同的調值53，而且兩者的變化結果也完全一樣，都是為原本沒有的55調。兩者的變化條件也幾乎一樣：東勢是在[31]、[53]及兩個入聲之前，而永定是在[31]、[53]及陽入之前。這種巧合在語言分析上應該會有某種特別的意義，只是目前語料的缺儉，尚無法顯現出來。

永定客語另一個變調是陰入變調：

(65) 永定的陰入變調

[24] → [44] / ＿＿＿ T（T = 任何聲調）

字例：

北方（24	33）	→	44	33	法院（24	11）	→	44	11
國旗（24	53）	→	44	53	法國（24	24）	→	44	24
屋頂（24	31）	→	24	31	節日（24	44）	→	44	44

結語

本章主要是介紹與討論了臺灣現有的各客家次方言的語音差異現象，分別從輔音、韻母、聲調等三個傳統聲韻學的音節結構單位著眼。結果發現臺灣各客家次方言中，輔音的差別最小，除了絲音[ts、ts'、s]，與顎化絲音[tʃ、tʃ'、ʃ]等的分合或有無之外，其他的相似性大於相異性。

比較之下，韻母的差別就很大。首先，舌尖元音[ɨ]可說是重要指標之一，不但能區分海陸、四縣、詔安等大的方言類屬，更可區別四縣的南北不同。其次是入聲音節的韻尾，大多數客家話都保持完整的[p、t、k]韻尾，但在詔安只剩下[p、t]，而沒有了[k]。永定的入聲韻尾都已經中立化成為喉塞音[ʔ]，雖則每個客家方言都還留有[m、n、ŋ]等三個舒聲韻尾。韻尾中還有[ian/ien/en]、[i/ui]、[ai/e]、[ia/e]，及V/iV的對應與變化，這些幾乎都可以找出理論上的變化規律，只是在各方言裡，各種變化都尚在進行，還無法見到完全規律的彼此對應。

一如其他漢語方言，客家話各方言之間的聲調調值差別很大，但值得注意的應該是，共時音韻中的低平調及高平調在各方言裡的調類歸屬不同。比如說，同一個低平調[11]在四縣、東勢、卓蘭是為陽平調，在饒平、詔安是為陰平調，在海陸及永定卻是去聲調。為什麼會有如此巨大的差別呢，實在有必要更多的研究才能澄清這些問題。此外，各方言的變調也很有趣，我們討論了四縣陽平變調與東勢的35調，其他方言由於方言調查的缺乏，其變調尚無法進一步的分析。

第六章

客家話的音韻現象

引言

　　音韻現象是關於客家話的整個音韻的系統。前面二章談的是都是客家話的語音和各次方言在語音上的分歧現象，本章則是談這些個別的語音單位在整個客家話裡，是如何共同組織一個完整又有機的系統。語音和音韻的差別在於語音只是語言的表層音，也即是我們聽到的實際音值，而音韻則在探究這些語音在整個系統內的角色，也可以說是音的深層音。有人更認為音韻系統即是我們頭腦內部對語音聽覺、運作與輸出的規律，是肩負語言溝通的內在機制。

　　為了能更清楚語音與音韻的差別，在下一節先提供一些基本背景。其餘部分談臺灣境內各客家次方言的音韻差異與共通現象，每部分再分為兩節，分別從聲母與韻母的角度來論述與剖析。另一個有趣的音韻層面是聲調，主要是變調方面的相關主題，都已經在第五章作了目前的語料所能提供的研析，因此本章不再談聲調的問題。

基礎背景

一、音韻學與語音學

　　音韻學（phonology）與語音學（phonetics）並不相同。前者是研究某個語言的語音系統，而後者專注在語音的產生（發音的方法與方式）與聲音的聲學原理。比如說，如談及客語元音[i]、[a]與輔音[n]的發音方法，這是語音學的描述對象。但是為什麼在有些客家方言裡，/ian/唸[ien]（如「菸」）而不直接唸*[ian]呢？既然要唸[ien]，為何不直接注[ien]呢？要回答這兩個問題，就必須具備音韻學的知識了。

　　首先，我們知道[i]是前高元音，而[a]是後低元音，[n]也是前輔音（因為只有[ŋ]才是後輔音]，因此從i-a-n三個音的發音過程中，我們的舌位必須由前高再低後再往前，形成發音的困難。於是基於

方便，便在發音時把後低元音[a]往前往上拉，結果產生了前中元音
[e]。以上是從語音學的角度來解釋，如果從音韻學的角度，可說由
於我們負責語音結構的頭腦內部有個規則：/a/→[e]/[i] ＿＿ [n]（/a/
這個音位如果出現在[i]與[n]之間便會變成[e]，這裡我們用/ /來表示
音位，用[ ]表示實際上聽到的音值）。[1]

　　其次，為什麼不直接注[ien]呢？理由是整個語言系統的考量。
換言之，從整個語言系統上來看，客語的/ian/雖然唸[ien]，但是它
的本質事實上依然是/ian/，且從兩方面來說明。第一，/ian/與/an/押
韻，這可由(1)的客家山歌的押韻可以證明（取自張紹焱1983）：

(1)

	例字	深層音	表面音
A:	年	ñian$_{11}$	[ñien$_{11}$]
	難	nan$_{11}$	[nan$_{11}$]
	賢	hian$_{11}$	[hien$_{11}$]
B:	蘭	lan$_{11}$	[lan$_{11}$]
	間	han$_{11}$	[han$_{11}$]
	憐	lian$_{11}$	[lien$_{11}$]

要說明(1)的押韻現象，必須由/ian/韻的本質（也即衍生音韻學上所
謂的深層結構）來著眼，否則很難解釋為什麼/an/會與[ien]押韻。

　　第二，從其他客家方言來看，客語的[ien]韻和其他方言的[ian]
韻相同，例如「菸」在高樹唸[ien]，在美濃唸[ian]，由此可見[ian]
與[ien]的關係。

　　以上簡單的說明音韻學與語音學的區分。接著來說明幾個音韻學
上常用的觀念與術語。實際上所聽到的音，語音學上把這種音叫作音

1　有關音位的說明，且見本節之後半部。

素（phone），也稱爲表層音（phonetic representation），音素並不一定具有區別語意的功能。具有區別語意功能的音素叫作音位（phoneme），因此，音素包含了音位，而音位只是音素的一種。

　　什麼叫作具有區別語意的功能呢？且舉個例子來說明。以國話的元音系統而言，表面上我們有/i、u、ü、e、ə、o、a/（即注音符號中的ㄧ、ㄨ、ㄩ、ㄝ、ㄜ、ㄛ、ㄚ）等七個[2]，但是其中只有[i、u、ü、ə、a]等五個元音具有區別語意的功能：[3]

(2)

a.	i_{55}	ㄧ	衣	d.	$ə_{55}$	ㄜ	婀
b.	u_{55}	ㄨ	屋	e.	a_{55}	ㄚ	阿
c.	$ü_{55}$	ㄩ	淤	f.	$*e_{55}$	ㄝ	
				g.	$*o_{55}$	ㄛ	

　　前面(2a)到(2e)均爲第一聲，但卻由於元音的不同而有了不同的意義。易言之，這五個元音具有區別語意的功能。反觀(2f)與(2g)，顯示國語的ㄝ與ㄛ並不能單獨成音節，也即沒有區別語意的功能。因此，就國語而言，[i、u、ü、ə、a]等五個元音是爲音位，但/e/與/o/並不是音位。[4]

　　一個音素是否爲音位，通常可用音素的分布來判斷。[5]例如臺灣閩南語的[b、l、g]和[m、n、ŋ]在聲母的分布上呈互補配對（com-

---

[2]　爲方便討論，暫不把只出現於[ts、ts'、s]等輔音之後的[i]納入。

[3]　依語音的實際音值，「衣」應唸[yi]而「屋」應是[wu]，在此先不談高元音之前的滑音現象（請參見鍾榮富1991a。另外，少數辭書如《辭海》列有o_{55}「喔」音，應是後來受閩南話而發展出來的。

[4]　有關國語音位之說明，請參閱鍾榮富1996b。

[5]　這部分可參考第五章的(3)，有關客家話[tɕ、tɕ'、ɕ]與[ts、ts'、s]的互補配對。

plementary distribution）：前者只出現在口元音之前（3a、b、c），
而後者只出現在鼻化元音之前（3a'、b'、c'）：

(3)

a. bi_{33}	味道	a'. $m\tilde{i}_{33}$	麵	*$b\tilde{i}$
b. le_{13}	犁田	b'. $n\tilde{e}_{13}$	掠（乾衣物）	*$l\tilde{e}$
c. ga_{13}	牙	c'. $\eta\tilde{a}_{53}$	雅	*$g\tilde{a}$

　　基於互補配對的關係，我們把/b/與/m/、/l/與/n/、/g/與/ŋ/分別看
成同一個音位。由於/b、l、g/的分布面較廣，可以出現的環境較多，
因此被視為基層音（basic phone），而把[m、n、ŋ]看成變體音（al-
lophone）。也就是說，[m、n、ŋ]是分別從/b、l、g/變來的。

　　要注意的是，並非所有呈互補配對的音素都可以看成同一音位，
有時兩個音素雖呈互補配對，但是兩者卻都是音位。例如英語的[h]
與[ŋ]在分布上完全呈互補配對：[h]不出現在音節尾，[ŋ]不出現在音
節之首。但一般音韻學家都不把[h、ŋ]看成同一音位，主要是這兩個
音並沒有相同的語音特徵。反觀臺灣閩南語的[b/m、l/n、g/ ŋ]中，
每對都有相同的特徵，分別是[+ 唇音]、[+ 舌尖]、及[+ 後]。這種含
有同一區別性特徵的音素，稱為自然類音（natural class），因此，
自然類音才比較可能來自同一音位。

二、音韻學的基本假設

　　自從Chomsky & Halle於1968年所出版的*The Sound Pattern of
English*（簡稱SPE）問世以來，衍生音韻學的基本假設便是：音韻
學是研究某個語言的語音系統，而這個系統是我們頭腦裡面內化
（internatlized）的語音知識，也即整個語言知識（linguistic compe-
tence）的一部分。這個假設其實是建立在Chomsky對語言學所持的
「語言學是心理學的分支」的基本理念之上的。

在這個基本理念的前提之下，任一語音規則都有其心理學的意義。例如閩南語有個單一鼻音律：

(4) 閩南語的單一鼻音律

$$* \{[+N][+N]\}_\delta \quad N=鼻音，\delta=音節$$

(4)的意思是說：閩南語不允許一個音節內有兩個或兩個以上的鼻音存在。這個單一鼻音律是由我們對閩南語鼻音分布的觀察而得來的，因為遍觀閩南語的語料，找不到像*NVN（鼻音＋元音＋鼻音）之類的音節。換言之，(4)已足以對閩南語的鼻音分布作個良好的描述。然而，現代語言學之鵠的並不以作好描述為滿足，更希望能企及解釋的境界。

要達到解釋的境界，便需要把像(4)之類的音韻規律假設為人腦語言機制的一部分，然後發揮其進一步的解釋力量。比如說，如果(4)真是閩南人內化後的音韻規律，則該規律不但可以預測閩南語不會有*NVN的音節，也可以預測閩南人對任何語言中的NVN音節都會產生排斥現象。事實上果然如此，為省篇幅，只以閩南人學習國語的觀察作為佐證。我們發現大多數以閩南語為第一語言者，遇到國語的NVN音節時，都會唸成濁塞聲母＋元音＋鼻音，如：[6]

(5)

	國語	閩語人之唸法	
a.	man_{51}	ban_{51}	慢
b.	$maŋ_{35}$	$baŋ_{35}$	忙
c.	nan_{35}	lan_{35}	難

---

[6] 這種現象普遍存在於較年長或教育較低的閩南人之中，年輕的閩南人由於從小學國語，並且國語成了較常用的語言，所以比較少這種現象。

　　當國語的/man$_{51}$/「慢」以NVN的音節形式進入閩藉學生的頭腦時，違反了(4)的規律，於是重新調整，使我們得到了[ban]的結果。當然，會改以[ban]的音節形式也是另有原因的，因為閩南語的/b/與/m/是同一個音位（見前面或Chung 1996的討論）。

　　綜合以上的討論，我們發現音韻的規律是有心理真實性為依據的。所謂心理真實性，指的是語言的心理知覺，也就是語言知覺（linguistic intuition）的本質。

臺灣各客家次方言間的音韻現象

　　這部分談臺灣各客家次方言之間的音韻變異，這些變異分從兩方面來探討：聲母及韻母。

一、聲母：高元音的強化

　　關於聲母在臺灣各次方言之間的差別，主要是零聲母位置上的前高音之強化現象。前面兩章都已說過：臺灣的客家方言裡，零聲母位置上的前高元音有兩種可能：零聲母（如苗栗客語）及濁摩擦音[j]。但是後高元音在零聲母之位而強化成[v]的現象，在臺灣的各客家次方言裡，除了南部客家話略有參差外，卻幾乎很一致：

(6)

例字	四縣				海陸	永定	饒平		詔安		東勢	卓蘭
	苗栗	六堆		長樂			桃園	卓蘭	桃園	雲林		
		高	其他									
醫	i	ji	ji	i	ji							
仁	in	jin	jin	in	jin							
烏	vu											
文	vun											

　　就南部的六堆客家而言，零聲母位上的前／後高元音強化程度不

一。依羅肇錦1990，美濃客家話是沒有[j]的（頁108）；千島英一和桶口靖1986、楊時逢1971的美濃客話也持相同的看法，然而依我們的實地調查，美濃地區的客家話對[j]、[v]之有無，各有差異，而且六堆其他地區的高元音強化也各有參差，請看(7)表：

(7) 六堆各次方言的高元音零聲母

例字	美濃	竹頭背	高樹	長治	佳冬
衣、醫、雨	ji	i	ji	i	ji
烏、竿、武	vu	u	vu	u	vu

這個表顯示了六堆內部各方言點對高元音在零聲母的強化程度有別。高樹、佳冬的前高元音的摩擦很強烈，但卻沒有明顯的圓唇，這可能就是過去研究南部客家的文獻（如羅肇錦1990、千島英一和桶口靖1986、楊時逢1971、Chung 1989）認為南部四縣客家話沒有舌尖後摩擦濁音[ʒ]的原因。然而鍾榮富1995b早已指出南部四縣話的前高元音有三級摩擦：類於無聲母者（如(7)中的竹頭背）、類於半元音者，如萬巒、內埔、竹田（羅肇錦1990：108用[j]、鍾榮富1995b用[y]來表示半元音），及具有較強列摩擦的[j]，如高樹及新埤方言。如果再用[ʒ]表海陸的前元音前的摩擦音，則需要四種音標來表示客家方言中的前元音之前的摩擦音。這在語音描寫上，不會形成問題，因為語音描述越清楚越好。但在音韻的分析上，徒然增加了許多問題，因此本文一律用[j]代替部分文獻上的[ʒ]音，要注意的是，南部客家話的[ʒ]是不圓唇的（參見第四章之說明）。

釐清了音標的問題之後，且來探研[j]與[v]的本質。如果把[j]與[v]看成獨立的音位，至少有幾個疑問無法解決。首先，為什麼客家話的其他元音可以單獨成音節，但是高元音[i]與[u]卻不能單獨出現，而且也不能出現在零聲母的音節？

(8)

a.	a_{33}	阿		$aŋ_{33}$	甕
b.	e_{33}	矮小		en_{33}	恩
c.	o_{31}	襖		on_{33}	安
d.	*i			*in	
e.	*u			*un	

而且，為什麼[j]與[v]]總是與高元音[i]與[u]零聲母一齊出現呢？

(9)

a.	ji_{33}	衣		jin_{33}	英
b.	vu_{33}	烏		wun_{33}	溫

第二個問題是：為什麼客家話的[j]與[v]絕不能出現在含有介音的韻母之前，而其他的聲母卻都可以，試比較：

(10)

a.	pia_{55}	跑		*via
	$p'ian_{55}$	騙		*vian
	$k'ioŋ_{11}$	強		*vioŋ
b.	kua	瓜		*jua
	k'uan	款		*juan

客家話沒有像*uau、*ueu之類的韻母結構，為什麼正好也沒有 *vau、*veu之類的音節？

以上這些問題及所觀察到的這些分布和聲韻結合的特性，使我們認為：[j]與[v]應該是分別由高元音[i]和[u]強化而來。所謂強化，指的是高元音發生了強烈的摩擦，使原本口腔內部沒有摩擦的元音變成

了輔音。易言之，客家話的[j]與[v]在本質上是由高元音[i]和[u]變來的。

　　但是，是如何變來的呢？接著在此提出個人的分析。首先，依自主音段的音韻理論（Autosegmental Phonology）之基本看法（見Kenstwoicz 1994及其內之引用文獻），高元音與半元音（一般稱為滑音）其實是一樣的，不同的只在它們的表現方法（X＝任何一種音段，N＝音節的核心，也即主要元音）：

(11)

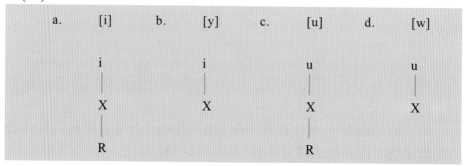

　　從(11)的表示法（representation）可知：高元音與半元音的本質完全一樣，都是[i]或[u]，差別只在於它們所出現的位置。如果[i]或[u]出現在音節的核心位置，或者說如果[i]或[u]作為音節的主要元音，他們在表層的語音上就被認為是高元音。如果[i]或[u]不出現在音節的核心，換句話說是作為介音或元音韻尾，[i]或[u]就被認為是半元音。這種表示法很吻合中國傳統音韻學家的基本認知。

　　其次，依傳統音韻學的理論，漢語的音節可以劃分成聲母、韻母及韻尾，這些位置是固定的，即使有一個位置沒有音段去填，該位置便空著，所以零聲母之意即聲母的位置上沒有音段。基於此，客家話的[ji]「依」、[jan]「煙」、[vu]「烏」和[van]「灣」本來的音節形式應該是：

(12)

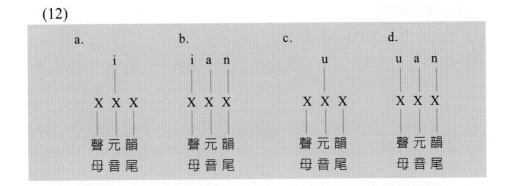

　　後來由於兩個規則的陸續運作，才以[ji]「依」、[jan]「煙」、[vu]「烏」和[van]「灣」的結果出現。第一個規則是：

(13) 高音展延

　　「高音展延」是說主要元音的[+高]特徵，會展延到其前的零聲母位置。在聲母位置上的非輔音而且是含有[高]特徵，那一定就是[u]或[i]了。至於是[u]是[i]得依主要元音的[前]特徵而定，有[+前]便是[i]，含[-前]是[u]。

　　另一個規則是摩擦。語言學上通常用摩擦來區分音段的性質與類型，比如含有[響度]（sonorant）的音，如元音（a、e、o、u、i）、滑音（j、w）、邊音（l）、鼻音（m、n、ŋ）被視為沒有多大的摩擦，其他的音，如摩擦音（f、s、v、j）、塞音（p、t、k、p'、t'、k'）等是為有摩擦的音。因此，摩擦的規則寫成：

(14) 摩擦規則

前面的摩擦規則使滑音[y]與[w]分別變成[j]及[v]。摩擦規則也稱為強化（strengthening），這是歷史語言學的名稱，指發音由非摩擦朝摩擦方向的音變過程。語言裡，強化的音變頗不乏其例，如波蘭語就有[w]變成[v]的規則（見Kisseberth and Kenstowicz 1979）。兩個規則說明了客家話的[i]、[u]變成[ji]與[vu]的過程：

(15)
    a.　i → 高音展延 → yi　→ 摩擦 → ji
    b.　u → 高音展延 → wu → 摩擦 → vu

由於臺灣客家方言裡，零聲母前高元音的摩擦有三種不同程度，而後高元音有兩種摩擦程度，因此我們應該說客家方言有四種類型。第一種都沒高音展延又沒有摩擦，其結果自是唸[i]和[u]，如美濃的竹頭背。第二種沒有前高音展延，但後高元音有展延也有摩擦，其結果是唸[i]和[vu]，如苗栗的四縣話。第三種有前高音展沿，但只有後滑音有摩擦，其結果是唸[yi]和[vu]，如萬巒、內埔、竹田、美濃方言。最後一種是前後高元音都有展延又有摩擦，如海陸、饒平、東勢、卓蘭、永定、詔安及六堆地區的高樹、新埤、佳冬等方言。

二、韻母

　　臺灣地區的客家各次方言之間，在韻母方面的差異大都已於第五章談過。這裡要討論的有二：[ɨ]的音韻來源及[ie]韻的岐異。

1. [ɨ]的音韻來源

　　在第五章已陳述了[ɨ]在臺灣各客家方言的分布，現在想探討的是[ɨ]的來源。音韻上而言，客家話的舌尖前元音[ɨ]有三個特性：(a)不單獨成音節，(b)只出現在舌尖絲音[ts、ts'、s]之後，及(c)不接具有舌根音韻尾（k、ŋ）的韻母。本節旨在探討這些特性。

　　舌尖前元音[ɨ]不能單獨成音節和高元音[i]、[u]不能單獨出現，在本質上並不相同，因為高元音只要伴著摩擦音[j]、[v]即可成音節，所以我們說[j]和[v]是分別由[i]和[u]衍生而來的。但是舌尖前元音[ɨ]在任何情況下都不能成音節，因此必須另找解決之道。

　　以共時的語音現象來觀察，客家話有[ɨ]的方言，其出現環境都一樣：只出現在舌間絲音[ts、ts'、s]的後面：

(16)

a.	$tsɨ_{33}$	資
	$tsip_3$	汁
b.	$ts'ɨ_{55}$	自
	$ts'im_{33}$	深
c.	$s ɨ_{33}$	私
	$s ip_3$	濕

　　這種分布與國語的[ɨ]很相同，就語音本質而言，國、客語的[ɨ]也很近似，但是就整個語言系統而言，國、客語之間還是有所不同。在國語裡，只有一組顎化音[tɕ、tɕ'、ɕ]，而且顎化音只出現在前元音之前，雖然這組顎化音的音韻地位還有許多爭論（見Cheng 1973、鍾榮富1991b），但把他們看成顎化而來，基本上不會有問

題。因此Lin 1989才認爲國語[ɨ]元音是由[ts、ts'、s]的[高]特徵延展而來的。[7]

客語除了由[ts、ts'、s]顎化而來的[tɕ、tɕ'、ɕ]外,還有一組[tʃ、tʃ'、ʃ],而且這組勢必看成音位,因爲它們有辨義功能:(茲以東勢話爲例,語料取自江敏華1998:10)

(17)

a.	tsin$_{33}$	精	vs.	tʃin$_{33}$	真
	tsiaŋ$_{31}$	井	vs.	tʃiaŋ$_{31}$	整
a.	ts'u$_{33}$	粗	vs.	tʃ'u$_{33}$	柱
	ts'iuŋ$_{113}$	松	vs.	tʃ'iuŋ$_{113}$	蟲
a.	si$_{53}$	寺	vs.	ʃi$_{53}$	市
	siu$_{33}$	修	vs.	ʃiu$_{33}$	收

基於這個道理,前面第四章討論輔音的特徵值時,把[tʃ、tʃ'、ʃ]劃爲含有[+高]特徵。更重要的是,很多在四縣話唸[ts、ts'、s]加[ɨ]元音的字,在有[tʃ、tʃ'、ʃ]的方言裡,元音都改成了[i],例如「眞」在苗栗四縣是[tsin],東勢唸[tʃin],顯示[+高]特徵並沒有展延的現象。

我個人認爲客家話的舌尖元音是由(18)的規則衍生而來的:

(18) 空元音規則

```
    [+舌尖]



    聲母  空元音
```

---

[7] 鍾榮富1998曾用Lin 1989的方法來解釋六堆地區的舌尖元音,但從臺灣整個客家方言的音韻系統而言,那樣的分析並非最合適的,所以才改爲現在的分析。

「空元音規則」說[ts、ts'、s]的[+舌尖]特徵會展延到後面的空元音位置上。質言之，我的分析假設客語本來並沒有舌尖前元音[ɿ]的，它的出現完全是因爲其前的絲音之故。另方面，舌尖絲音[ts、ts'、s]發音時，舌尖在前，所以它們還是含有[-後]的徵性，這正好說明爲什麼客家話的舌尖前元音[ɿ]只接n/t與m/p兩組韻尾，因爲正如後面會談到的，客家話的韻尾與其前的元音呈同化限制，含有[-後]特徵的元音只可接n/t與m/p兩組韻尾。

　　簡而言之，客家話的舌尖前元音[ɿ]是由絲音[ts、ts'、s]的[+舌尖]特徵延展而來，雖然表面上它會與[i]具有對比作用（如tsi₅₅「濟」與tsɿ₅₅「制」），卻必須看成非音位性的元音，因爲它並不存在於深層結構。換言之，tsi₅₅「濟」與tsɿ₅₅「制」的深層結構不同，前者是/tsi₅₅/，後者是/ts₅₅/，舌尖元音[ɿ]是由(18)的規則賦予衍生而來。

2. [ie]韻的岐異

　　客家話裡的[ie]韻一直是個難於定位的音。茲以四縣話爲例，幾個方言點的音都呈[ie]及[e]之間的搖擺：

(19) 四縣話的ie/e

	桃園	苗栗	中部	卓蘭	美濃	高樹	內埔
雞	ke	kie	kie	kie	kie/e	ke	kie
街	kiai	kie	kie	kie	kiai/ke	kiai/ke	kie

　　桃園音以楊時逢1957爲依據，該書認爲不論是海陸或四縣，都只有「螞蟻」一個字是用[ie]韻，此外沒有其他[ie]韻字，這點和我在記六堆的高樹客家話（見Chung 1989a）是一致的，但與羅肇錦1990的看法與記音很不相同。羅的觀點是「蟹攝字（雞、街）等，四縣話唸[ie]，海陸唸[ai]，所以[kie]（雞）是四縣一致的音，而[kai]（雞）則是海陸一致的唸法」（羅肇錦1990：110）。在這個觀點之下，(19)裡的內埔[kie]（雞）依的是羅肇錦1990的記音，中部與卓蘭

四縣則依涂春景1998a、1998b。

　　由楊時逢1957與Chung 1989a的比較，四縣或海陸內部對「雞、街」的記音並沒有一致。比如卓蘭食水坑（上新里）海陸話的「街」唸[kie]（涂春景1998a：140）。依據我自己後來作六堆各客家話調查時，也把內埔等其他六堆客家話的「雞」記成[ke]，為的是兩個理由：(a)現有四縣話的[ie]韻只出現在舌根音[k]和[k']之後，依協同發音（co-articulation）的理論（參考Ladefoged 1982），任何音的實際音值都會受其前後音的影響。而且舌根音發音時，舌位都很高，而[e]又是前元音，因此有高又有前，很容易產生[kʸ]（表帶[i]音的[k]）的音值。但這只是語音現象，在音位處理上可以不論。(b)把/ie/韻看成[e]韻，會使整個語音系統更有規律。後面會談到的異化限制就與此有關。

　　我個人認為，有關客家話[ie/e]韻的記音，與其說是語言事實的反映，不如說是記音人心中的理論或觀點的投射。再者，「雞」與「街」在各方言的唸法並不相同，且比較：

(20)

	桃園	食水坑	美濃	高樹	東勢
雞	ke	kai	kie/ke	ke	kie
街	kiai	kie	kiai/ke	kiai/ke	kie
解	ke	kai	kiai	ke	kai

因此，並取「雞」與「街」兩字，作為各客家方言比較[ie] ≈ [e]的指標，其實也不是最恰當的。特別是「街」、「解」等音，從[iai]、[ai]、[ie]、[e]都有。對於這種分布，可能的解釋是：最早的時候，客家話本來就有[iai]韻，特別是四縣系的客家方言。之所以作此推論是因為現在的梅縣客家話就還保存了[iai]韻（請參閱黃雪貞1992），後來由於整個漢語逐漸形成「介音與元音韻尾不能相同」（$*G_iVG_i$）的結構限制，而使[iai]變成了[ie]。再後來，又由於客家

內部的共識，認爲雙合元音組成時有異化限制：其內的兩個元音不可以同爲前元音，也不可以同爲後元音，因此[ie]又逐漸變成了[e]韻。[8]這些不同的方言，究其來源可用(21)之規則來說明：

(21)

輸入音 →*G_iVG_i→ 元音提升 → 異化限制				
a.	kiai	kiai		（東勢）
b.	kiai	kai	kie	ke	（高樹、美濃）
c.	kiai	kia	kie		（食水坑）

可見各方言間對/iai/韻的讀音不同，肇因於規則及限制的排列層次或運作方式不一致。由(21)的各種音韻規則或限制的運行方式而言，我們實在無法取用「雞」與「街」兩字作爲臺灣各客家次方言差異的指標。

　　第五章曾從發音的角度來解說由[iai]變成[ie]的現象，因爲[a]是低元音，[i]是高元音，發音時舌位爲了方便發音，常在發下一個音時預先把[a]拉到中間，結果就是[e]音。[9]現在，我們從音韻理論角度審視/iai/韻在各地方音的差別，主要是由於規則運作的次序不同。或者從更近的優選理論來解說，也可以把各地方音在語音結構限制的排比層次不同，所得之結果自然有別。總而言之，從語音或音韻的角度都可以說明臺灣客語對/iai/韻讀法不同的原因。

　　本節討論了臺灣地區各次方言間對[ie]/[e]韻之不同唸法，雖說目前尚無法解說爲何有這樣的不同讀音，但從語言學的角度來看，這種現象應該是記音人所採取的角度與觀點不同所致。從音韻理論的層面

8　關於雙合元音內的兩個元音不可以同爲前元音，也不可以同爲後元音之結構限制，將在後面討論。

9　低元音[a]在高元音[i]的前或後變成[e]的音韻現象，在語言之間毋寧說是常見的，例如國語（Cheng 1973、鍾榮富1990a）、閩南語（Chung 1996）、英語（Schane 1987）均有。

分析，含有[ie]韻的次方言，其異化結構律——「雙合元音組成時，其內的兩個元音不可以同為前元音，也不可以同為後元音」尚未發展成語言的限制，而不允許[ie]韻的次方言則已經把異化結構律納為語言知識（language faculty）之一部分。[10]

共通的音韻現象

　　臺灣地區的各次方言之間，雖然有音韻上的差異，但就整個客家話而言，仍然有其共通之處。本節的著眼便是臺灣地區各客家次方言之間在音韻上的共通現象。我們依然從聲母與韻母兩大類音來歸類。

一、聲母

　　本小節談兩點：顎化及[f]、[v]的對比。

1. 顎化現象

　　顎化的對象主要有兩個：舌尖前的絲音[ts、ts'、s]及鼻音[n]和[ŋ]。我們先看絲音，所謂顎化是指某些音由於發音時舌尖或舌位必須往前，以至於在硬顎處產生了摩擦，比如說國語的[tɕ、tɕ'、ɕ]（ㄐ、ㄑ、ㄒ）便是顎化音。

　　前面說過，一般音韻學上把音的互補分布看成兩個音具有同音位的徵兆。而客家話的舌尖前的絲音[ts、ts'、s]及舌面音[tɕ、tɕ'、ɕ]便有互補分布的現象：絲音只出現在非齊齒韻母之前，換言之，絲音可以接[e、o、a、u]等元音，而舌面音[tɕ、tɕ'、ɕ]則只接齊齒韻母[i]：

---

[10] 請參閱King 1969、Kiparsky 1968與Chomsky 1986之相關討論。簡而言之，Chomsky 1986承續其早期之看法，認為語言知識包括語言內在的各種規則。King與Kiparsky則認為語言之變異應該是由於某個方言已有了某個規則的產生，而其他的方言尚未有該規則。

(22)

[ts] 接非齊齒韻母	[tɕ] 接齊齒韻
a. tsuŋ₃₃　鐘	*tsu
tsoŋ₅₅　壯	*tso
tsa₃₃　傘	*tsa
tse₅₅　姐	*tse
b. * tsi	tɕian　贈
	tɕiaŋ　覯

為了節省篇幅，(22)只以[ts] ≈ [tɕ] 例，其他[ts'] ≈ [tɕ']，[s] ≈ [ɕ]的例子散見於後：

(23)

[ts']	[s]
ts'un₅₅　寸	sun₅₅　順
ts'oŋ₅₅　唱	soŋ₅₅　尚
ts'am₃₃　慘	sam₃₁　閃

由舌尖前的絲音[ts、ts'、s]及舌面音[tɕ、tɕ'、ɕ]的互補分布，於是我們認為他們為同音位，換言之，舌面音是從舌尖絲音衍變而來的。衍變的顎化規則是：

(24) 顎化規則

絲音[ts、ts'、s]在齊齒韻之前，變成[tɕ、tɕ'、ɕ]。

除了(22)及(23)中所看到的互補分布之外，我們另有語料來證明顎化的存在。首先，我們且看一組由雙聲疊韻的構詞方式所組成的客家擬聲詞。所謂「雙聲」指第一、第三音節和第二、第四音節的聲母相同。所謂「疊韻」是說，第一、第二音節和第三、第四音節的韻母相同：

(25)

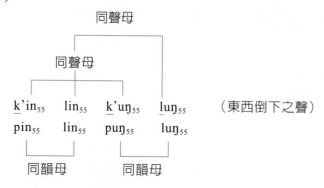

（東西倒下之聲）

　　有趣的是，如果第一、第三音節的聲母是個絲音，那麼這些絲音在第一音節就會變成舌面顎化音：

(26)

a. çin₅₅　lin₅₅　suŋ₅₅　luŋ₅₅　　東西倒地撞擊之聲
b. tɕ'in₅₅　lin₅₅　ts'un₅₅　luŋ₅₅　　東西搖晃之聲

　　依(25)的構詞規則，(26a)的第一和第三音節的聲母應該同為[s]，可是第一音節的[s]接了齊齒音之後，結果變成了[ç]。由此可證明，[s]在[ç]本來是同一個音，只是由於出現環境的差別而衍生了[s]及[ç]的變體音。同樣地，由(26b)也看出[tɕ']是[ts']在[i]之前顎化而來的。另有一種四字擬聲詞的結構是四個音節的聲母相同，但是前兩音含相同的韻母，後兩音節有相同的韻母，如pi₅₅pi₅₅po₅₅po₅₅（必必剝剝之聲）。然而在絲音聲母與含有介音[i]的韻母裡，便可看出[ts] ≈ [tɕ](26c), [ts'] ≈ [tɕ'](26d), 及[s] ≈ [ç](26e)的變化：

(26)

c.	tɕi₅₅tɕi₅₅tsa₅₅tsa₅₅	（吱吱喳喳的聲音）
d	tɕ'i₅₅tɕ'i₅₅ts'a₅₅ts'a₅₅	（炒菜聲）
e.	ɕi₅₅ɕi₅₅so₅₅so₅₅	（大風急吹的聲音）

　　由此可推知：客語的[tɕ、tɕ'、ɕ]是由[ts、ts'、s]變化而來。另一個支持顎化現象的是文白異讀，請看：

(27)

	白讀	文讀	例字
a.	k'iaŋ₃₃	k'in₃₃	輕
	saŋ₃₃	sen₃₃	生
	miaŋ₁₁	min₁₁	名
b.	ts'uŋ₃₃	tɕ'ioŋ₃₃	槍
	tsaŋ₃₃	tɕian₃₃	爭

　　由(27a)的三個例子，大概可以歸納出一個規律：文白異讀之間只有聲母保持相同，韻母則異。[11]準此，則我們希望「槍」在文白異讀中會有相同的聲母，事實上卻分別是[ts']及[tɕ']兩個不同的聲母。如果要解釋這種現象，最好的辦法是把[ts']及[tɕ']看成同一個音，只是[ts']在齊齒韻[ioŋ]之前時，因顎化而變成了[tɕ']。

　　以上三個語證，即互補分布、擬聲詞的聲韻現象及文白異讀，足以說明客家話的舌面音[tɕ、tɕ'、ɕ]是由[ts、ts'、s]衍生而來的。

　　接著我們來探討鼻音之顎化現象。就分布而言，顎化鼻音[ñ]只出現在齊齒韻母之前，而[ŋ]和[n]則只出現在非齊齒音之前，彼此呈互補分布，因此也可說[ñ]是由[ŋ]或[n]顎化而來的。

---

[11] 這並不表示客語的文白異讀只有這種規律。

　　有兩個語言學習上的例子可以用來支持[ñ]及[n]為同一個音，一個取自客家人學習國語的觀察，王力（1951）說：客家學生在學習國語時，常把齊齒韻母之前的[n]唸成了[ñ]，這點可說完全適用於臺灣地區客家學生的國語發音上：

(28)

國語	客家學生的讀音	客家話
你	ñi$_{35}$	ŋ$_{11}$
娘	ñiaŋ$_{35}$	ñioŋ$_{11}$
寧	ñin$_{35}$	nen$_{11}$

由這些例子知道：客家人的頭腦裡有個規則：「凡是齊齒韻之前的[n]都要顎化成[ñ]。」即使唸國語時，也把齊齒韻之前的[n]唸成了[ñ]。另外，很多客家地區的國中英語老師跟我說客家學生常把[i]之前的[n]唸成[ñ]：[12]

(29)

a. morning[mɔ'rñiŋ]
b. burning [bɜrñiŋ]

　　除了這兩個建立在語言學習上的觀察之外，也可從語音的古今流變中獲得[n]與[ñ]是同一音位的證據。從歷史語音的發展來看，中古「泥母」字，在共時的音節中呈兩極化的唸法：在齊齒韻前唸[ñ]，而在其他韻之前唸[n]。底下僅依董同龢1968的語音擬構來看這些例子：

---

[12]　我因任職高師大，有很多機會接觸到國中生英語學習的情況。

(30)

　a. 在齊齒韻之前

中古音	現代客語	字例
nieu	$\tilde{n}iau_{55}$	尿
nju	$\tilde{n}iu_{11}$	牛
$\tilde{n}ia\eta$	$\tilde{n}io\eta_{11}$	娘

　b. 不在齊齒韻之前

nau	nau_{55}	鬧
$na\eta$	$no\eta_{11}$	囊

　　最後，我們從共時的客家話的韻尾延展來看，也發現[n]與[ñ]是同一音位。所謂韻尾延展是指前一音節的韻尾會延展成為後一音節的聲母：

(31)

a. ten_{33}	e_{31}	→ ten_{33}	ne_{31}	（癲子，發癲的人）
b. $ta\eta_{33}$	e_{31}	→ $ta\eta_{33}$	ηe_{31}	釘子
c. kam_{33}	e_{31}	→ kam_{33}	me_{31}	柑子
d. $\tilde{n}it_3$	e_{31}	→ $\tilde{n}it_3$	te_{31}	日子
jap_5	e_{31}	→ jap_3	pe_{31}	葉子
sak_5	e_{31}	→ sak_5	ke_{31}	石子
e. lai_{55}	e_{31}	→ lai_{55}	ye_{31}	男兒子
keu_{31}	e_{31}	→ keu_{31}	we_{31}	狗
f. ki_{33}	e_{31}	→ ki_{55}	ye_{31}	鋸子
ku_{33}	e_{31}	→ ku_{55}	we_{31}	蛄子

客語名詞詞尾一般都是－e₃₁，但在南部客家的高樹、佳冬、新埤及長治部分地區是用－i₃₁。特別引人注意的例子是(31f)。在(31f)中的音節並沒有韻尾，而是以高元音[i]和[u]作開口韻的韻母，這種情形之下，高元音也會產生同化現象。這種韻尾展延現象可以用圖表示如後：

(32) 客家話的韻尾展延

CVC　V　→　CVC　(c)V

有了韻尾展延的概念之後，再來細觀(33)的例子。注意(31)的例子是前一字的韻尾變成後綴的聲母，底下(33)的例子雖同為輔音韻尾的延展，但是卻是後一音節的聲母延展成前一音節的韻尾。

(33)

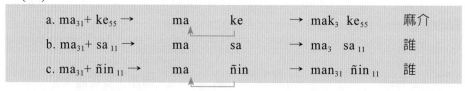

a. ma₃₁+ ke₅₅ →	ma	ke	→ mak₃ ke₅₅	麻介
b. ma₃₁+ sa₁₁ →	ma	sa	→ ma₃ sa₁₁	誰
c. ma₃₁+ ñin₁₁ →	ma	ñin	→ man₃₁ ñin₁₁	誰

顯然(33a)的mak從後一字的聲母中取得了韻尾。(33b)是由於[s]並不能當作韻尾，所以沒有韻尾展延的現象。(33c)表示man ñin中的man字的韻尾，是由ñin的聲母同化而來的，因而可說[n]與[ñ]基本上是同一個音，只是ñin的聲母必須顎化，因為它在[i]之前。

另一個可以輔助支持[ñ]是由[n]顎化而來的證據是四字擬聲詞結構。客語有一組擬聲詞結構是四個音節的聲母相同，但韻母則是前兩個音節相同，後兩個音節相同，例如「tiŋ₅₅tiŋ₅₅ tiaŋ₅₅ tiaŋ₅₅」（叮叮噹噹之聲音）。在這種擬聲詞結構裡，[n]在介音[i]之前會變成[ñ]，如「ñit₃ ñit₃ nak₅ nak₅」（婆婆聲），可見[n]在[i]之前，的確會變成[ñ]。

從前面幾個語料來看，[n]與[ñ]確是同一個音位，最後是從自然

類音的角度上著眼，前述會發生顎化的音節是齒齦音[ts、ts'、s]，
而鼻音[n]也正好是齒齦音，換言之，[ts、ts'、s、n]都具有[＋舌尖]
的特徵，形成一組自然類音。這些音同時會在[i]之前顎化成[tɕ、
ɕ'、ɕ、ñ]，從學理上來看，不僅合理，而且也屬必然。然而客家話
之奇特，在於[ñ]與[ŋ]也是同一個音位，這個看法可從兩方面來說。
一方面，[ŋ]也與[n]一樣，絕不出現在齊齒韻之前。易言之，[ñ]與
[ŋ]也呈互補分布。另一方面，有兩個語證足以支持[ñ]與[ŋ]應是同一
音位。

　　第一個語證是：在六堆地區的客方言裡，第二人稱代名詞是
[ŋ₁₁]，但是在山歌的押韻裡會唸成[ñi₁₁]（請見(34)），可見[ŋ]、[ñ]
在客家人的語感裡是同一個音。

(34)

五想度子你愛知[ti]
愛知爺娘度大你[ŋ → ñi]
長大成人無孝順
無才爺娘介心機[ki]

按：〈度子歌〉押[i]韻，因而把「你」唸成/ŋi/後，聲母顎化成
[ñi]，由此可見[ñ]與[ŋ]之關係。

　　第二個語證來自於第二人稱代名詞和所有格之合併。所謂音節合
併是指兩個音節在快速或特殊的語音環境中合而成為一個音節，如閩
南語的：ho laŋ → hoŋ（給人）。這裡要看的是第二人稱代名詞與所
有格的合併現象：

(35)

ŋ₁₁（你）＋ia（所有格後綴）→　ñia₃₃（你的）

　　前面(35)的合併過程明顯地表示：當[ŋ]和[ia]合併成一個音節
/ŋia/時，結果變成了[ñia]，這種現象正好說明了客家話中的某些顎

化鼻音[ñ]是由舌根鼻音[ŋ]變來的，換言之，[ñ]和[ŋ]應該是同一個音位。[ŋ]與[ñ]的關係，也可從自然類音中獲得進一步的佐證。美濃地區的客家話會有[ian]/[ien]的變化：/ian/韻在[k、k'、ñ]作聲母時唸[ian]，其他聲母之後唸[ien]。如果[ñ]是由[ŋ]顎化而來，則[k、k'、ŋ]共組自然類音，因為這三個音都是舌根音。據此，[ŋ]與[ñ]的關係也獲得自然類音的支持。

從本節的論述與分析，我們的結論是：[ñ]分別來自[n]及[ŋ]在齊齒韻（即含有介音[i]或含有前高元音[i]的韻母）之前所產生的的顎化結果。更明確地說，[n]、[ŋ]及[ñ]的關係呈下圖之表示：

(36)

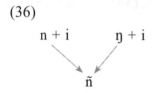

不過，這個分析有待說明，原因是持這種看法者只有Hashimoto 1972、Chung 1989a、鍾榮富1997a，其他的客家文獻則很一致地認為客家話的[ñ]是完全由[ŋ]顎化而來，與[n]無關，因此，他們建議用[ŋi]或[ngi]來表[ñ]音。持這種看法者有楊時逢1957、羅肇錦1984、1990，及教材編者如宋細福1998、鍾有猷1999等。後面先看他們為什麼持這種觀點，其次再說明我們的立場。

認為客家話的[ñ]是完全由[ŋ]顎化而來，與[n]無關者，主要的論點是：客家話的[ni]有辨義作用：[13]

(37)

a.	ñi$_{55}$ ku$_{33}$	二姑
b.	ni$_{33}$ ku$_{33}$	尼姑

---

[13]　請參見第五章。

　　有趣的是，每個客家方言講到[ni]的辨義作用時，都以「尼姑」
為例，彷彿再也沒有其他字例。按：「尼姑」應為國語發音，因為
在許多客家地區沒有[ni ku]的唸法，而用[tsai ma]（齋嫲）來稱「尼
姑」。翻開相關文獻的同音字表，只有楊時逢1957列了最多有[ni]音
的字，如「泥、尼、呢、宜、爾、你」共六字，這些字共同的特徵是
都為陽平調，而且都有另一種唸法，如「泥」可唸[nai]，「你」可
唸[ŋ]等。以此推論，發音人可能是依這些字的國語音來唸這些字，
或者說是用讀音（現代文讀，即用國語來唸客家話。）

　　另外，在六堆地區至少有三個方言點（高樹、佳冬、新埤）是以
[i]作名詞詞綴，但是詞綴之前的[n]或[ŋ]都沒有顎化：

(38)

a.	pan$_{31}$	ni$_{31}$	棛子
b.	taŋ$_{33}$	ŋi$_{31}$	釘子

　　於此可知，客家話的鼻音顎化與陽平變調一樣，都不出現在詞
基與詞綴之間。這種因後綴之添加而產生的[ni]音有兩個啟示：第
一，從音韻學的角度而言，這是構詞的次序與音韻規則之互動而衍生
的結果，並無法因此肯定[ni]音在客語的存在。第二，文獻上用[ni]
（如尼）來表[n]在[i]之前不顎化的例證，並不一定確切，因為正如
(38b)，[ŋ]有時在[i]之前，也沒有顎化的現象。

　　總而言之，由前面的語料及相關的討論來看，把[ñ]看成[n]及[ŋ]
在[i]之前的顎化應該是沒有問題的。換個角度而言，把[ñ]看成只是
[ŋ]在[i]之前的顎化結果，必然會有些語料無法得到說明。

2. [f]及[v]的對立

　　[f]和[v]由於發音部位相同（同為唇齒音），只是[f]是清音，
[v]是濁音，因此，以往的客家研究文獻都把他們看成音位上的配對
（請參見鍾榮富1991a。而且他們同樣不接合口韻（即介音是u的韻
母）：

(39)

	ua	uai	uan
[f]	*	*	*
[v]	*	*	*

基於「古無輕唇」（所謂輕唇便是唇齒音）的語音規律，[f]與[v]應該都是後來才發展出來的音。問題是他們是怎樣發展出來的？[f]和[v]的本質又如何才能釐清呢？本節旨在探索這兩個問題。

　　本質上，[f]是由於[h]與合口韻的[u]合流而成，而[v]卻是由合口韻的零聲母強化而來的。但是爲何還有[hi$_{33}$]（希）、[vi$_{33}$]（威）及[fi$_{33}$]（飛）的對立呢？我們假設這三個音節的本來形式是(40)：

(40)

a. / hui$_{33}$/　→　fi$_{33}$　　　　　（飛）

b. / ui$_{33}$/　→　vi$_{33}$　　　　　（威）

c. / hi$_{33}$/　→　hi$_{33}$　　　　　（希）

　　換言之，[fi]本來是/hui/，但/h/與/u/連在一起時，發生了合流（fusion），結果使兩個音併成一個唇齒音[f]，這就是爲什麼(40a)出現成[fi]的原因。關於(40b)，演變過程稍微不同，本來是[ui]的零聲元音節，後來由於[u]的強化，產生了摩擦就變成了[v]。(40c)本來就是[hi]的形式，並沒有任何規則的運作，所以沒有任何變化。

　　這樣的分析需要兩個音韻規則：合流及強化。合流的規則是：

(41) 合流

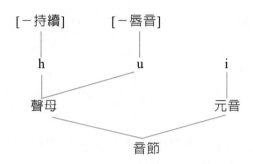

　　漢語的方言中有關[h]與[u]合流成[f]的例子並不少，例如平江方言（見何大安1998之詳細討論）。當然其他語言中也有相反方向的例子，也即本來是[f]的演化成了[h]，例如波莉尼西亞語（Polynesian）（Fromkin & Rodman 1998）。如果「古無輕唇」的古音規律是正確的，那麼客家方言中的[f]及[h]，理應由合流的規則來詮釋。

　　至於強化（strengthening）規則，我們已在前面6.2.1中討論過。簡而言之，[v]是由零聲母位置上的[u]元音經過音節化（syllabification），再摩擦強化而來。

　　以上的分析，說明了客家話唇齒音[f]與[v]的本質，同時也足以說明了為何[f]、[v]、[h]都不出現在合口韻之前的原因。同時，[f]與[v]也都不出現在含有介音[i]的韻母之前。

二、韻母

　　韻母方面，有兩個主題值得探究：複合元音（包括雙元音及三元音的構成），元音和輔音韻尾的結構。為了談論方便，我們再把六個元音，依舌位的前後高低音重複於後：

(42)

客語元音表

	前	央	後
高	i	ɨ	u
中	e		o
低		a	

　　有了(42)的概念之後，我們接著來討論客語韻母的結構，先談複合元音，再談元音與韻尾組成的韻母。

1. 複合元音的結構

　　在漢語的音節結構裡，介音與元音韻尾只能是高元音[i]或[u]，換言之，客語的結合韻母之中，至少要有一個高元音。基於這個通性，元音共存的第一限制是：

(43) 高音限制

　　*韻母

　　[－高]　[－高]

　　這個限制的意思是韻母內的元音，不可能兩個都是非高元音，否則便不合客語韻母的結構要求。在這個原則限制之下，客家話內不可能有下列的韻母，因為這些韻母形式中都沒有高元音在內：[14]

---

[14] 其實這個結構規律應是漢語各方言所共有的限制，依優選理論（Optimality Theory）（參見 Prince & Smolensky 1994），高音限制是排位很高的限制。

(44)

> a. *ae、*ao、*ea、*oa
> b. *eo、*oe

　　此外，客家話的結合韻母還有一個重要的通性，那就是複合元音的結構具有異化特性：複合元音內的兩個元音不可以含相同的後音區別特徵（請參見鍾榮富1990b之詳細討論）。明乎此，客家話元音共存的第二個限制是：

(45) 異化限制

異化限制說：韻母內的元音不能同為前音，也不可以同為後音。 [α]表示任何相同的特徵值，即同為正值或同為負值。換言之，韻母內的元音必須依(45)圖示中的結構才合乎客語音韻：

(46)

```
    [- 後]      [+ 後]
      i ⇄ u

      e       o
          a
```

上圖中，[i]和[u]的來回雙向配對構成了(46a)中[iu]及[ui]兩個雙元音，[i]和[o]的往還來回產生了(46b)的[io]及[oi]，[u]及[e]的彼此共存衍生了(46c)內的雙元音[ue]及[eu]：

(47)

a.	iu		如：ñiu$_{11}$	牛	
	ui		kui$_{31}$	鬼	
b.	io		k'io$_{33}$	瘸	
	oi		hoi$_{55}$	害	
c.	ue		k'ue$_{55}$	碗打破之聲	
	eu		keu$_{33}$	嬌	

　　由於低元音位於中央，既不屬前亦不屬後。換言之，當異化限制開始運作之時，低元音是沒有後音值的，它的後音值是空的，所以它不受異化原則的限制，因此它可以和[i]結合，又可以和[u]相結合：（有關空特徵理論，請參閱鍾榮富1991b）

(48)

a.	ai	lai$_{55}$		兒子
	ia	kia$_{33}$		他的
b.	au	nau$_{33}$		惱
	ua	kua$_{33}$		瓜

　　至於其他方式的結合都會違反異化原則而不合語法，如：

(49)

a.	*uo	，*ie
b.	*ie	，*ei

其中，(49a)的複合韻母內兩個元音都同為後元音，而(49b)的兩個結合元音都為前元音，兩種結合都違反了異化限制，同遭到客語語法的排除。但是有些客家還是存有[ie]的韻母，如苗栗、中部四縣、卓

蘭四縣及六堆的美濃、長治有kie$_{33}$（雞）的音，面對這個問題，有三
種可能的解釋。第一，這些方言可能是異化限制下的殘存音，因為
在很多客家方言裡（如吉東、高樹），「雞」只唸[ke]。但也有很多
方言是兩者（[kie]及[ke]）都可以的。前面也說過，也可能是觀念不
同使記音有差異。第二，異化限制是後來才發展起來的結構條件，
有些方言尚未具這個條件，因而不受此條件之制約（請參見Kiparsky
1968）。第三，語音的結構限制並非絕對不能違反的，而是每個
語言或方言的結構限制有其層次性，最不能違反的結構限制層次最
高，語言從這些層次與結構限制中去挑選最好的、或最宜於該語言的
語音限制（參見鍾榮富1995c或Kager 1999）。

　　依據漢語音節的結構，高元音[i]與[u]分別可以作介音或韻尾，
如此則三合元音的數目必定非常龐大。而事實上客家話只有兩個三合
元音：

(50)

a. iau　　liau$_{55}$（料）
b. uai　　kuai$_{55}$（怪）

　　在某些有[tʃ、tʃ'、ʃ]的方言裡還有[ieu]韻，如東勢客語，但正如
江敏華1988：55所作的研究，這個[ieu]韻可以看成出現在[tʃ、tʃ'、ʃ]
之後的[iau]所演變而來。易言之，(51)裡的三合韻母應該是臺灣的客
家話所共有的。這種現象明顯地表示異化限制也在三合元音裡發生了
作用，因此像(51)中的結構，都違反了異化限制而被視為不合客語音
韻：

(51)

a. 同為前音	b. 同為後音
*iui	*uuu
*ioi	*uou

*iei	*uau
*iii	*ueu
?iai	*uiu

我在[iai]韻上面打個問號，因為[iai]仍然殘餘在某些客家方言裡（見前面5.2.2.2），最常引用的字是：

(52)

a. $kiai_{33}$　街
b. $kiai_{31}$　解
c. $kiai_{55}$　介

這些字也可唸[kie]/[ke]，而且[kie]/[ke]還是較常用的字音。另外還有一個很奇特的字音，普遍存在於南部的客家話裡，那就是$[joi_{11}]$，是任何有相同名字的人相互之間的稱謂。例如：某人叫陳太平，而我也正好叫梁太平，則「我」講話提到陳太平時，不會叫他名字，而說「$ŋa_{33}joi_{11}a_{31}$」（我的joi_{11}）。按：$[joi_{11}]$本是/ioi/，後來介音產生摩擦而有了[j]聲母。在共時的客家話裡，就只剩下這個字音，而且意思也很特別，因此特別值得注意。

現在的問題是，為什麼會有這兩個違反異化限制的韻母呢？可能的解釋便是各客家方言裡，異化限制的重要層次不同，有些方言（即沒有[iai]與[ioi]兩韻的方言）把異化列為較高層次的制約條件，而有該兩韻的方言則把異化列為較低層次的制約條件（請參閱Prince & Smolensky 1994）。

總結而言，客家話的複合元音之結構是有規則可循的，元音共存必須遵守「異化限制」，也即結合元音（包括複合及三合元音）內的元音不允許有相同的後音值，這個規則使我們能很快地理出客家話為什麼只允許十個雙元音及兩個三合元音。

3. 元音和輔音韻尾

客家話的音韻尾有三對：m/p、n/t及ŋ/k。其中m/p是雙唇音，也是所有發音部位中最前面的是前音。而ŋ/k是後輔音，因為舌根音發音時，舌位很高很後面，因此我們把這三組輔韻尾看成：

(53)

	m / p	n / t	ŋ / k
後音特徵值	—		+

易言之，m / p是前音，ŋ / k是後音，而n / t則是不前不後，類似低元音[a]。有了(53)的概念後，我們發現客家話的元音和輔音韻尾的結構原則是一種同化原則：

(54) 同化限制

$$* [\ 元音 \quad 韻尾]_{韻母}$$

$$[\alpha 後] \quad [-\alpha 後]$$

同化限制的意思是韻母內的元音和韻尾，如果有不同的後音特徵，則不合語法。依據這個原則，m/p只能接前元音[i]、[e]及中元音[a]，所以我們有(55)中的韻母：

(55)

a.	im	kim_{33}	金
	ip	kip_3	急
b.	em	kem_{11}	掩蓋
	ep	lep_3	笠
c.	am	kam_{33}	柑
	ap	kap_3	鴿
	iam	$kiam_{33}$	兼
	iap	$ñiap_3$	貶眼

在有舌尖元音[ɨ]的四縣方言裡，[ɨ]由於也是[-後]的音類，也能與m/p結合成韻母：

(56)

a.	ɨm	ts'ɨm$_{33}$	深
	ɨp	sip$_3$	濕

根據同化限制，ŋ/k只能接後元音[o]、[u]及央元音[a]。這些音構成了(57)內的韻母：

(57)

a.	uŋ	kuŋ$_{33}$	功
	uk	kuk$_3$	谷
b.	oŋ	koŋ$_{33}$	光
	ok	kok$_5$	敲
c.	aŋ	haŋ$_{11}$	行
	ak	kak$_3$	格
	aŋ	kiaŋ$_{33}$	驚
	iak	kiak$_3$	快

最後，依同化限制，n/t可以接任何元音，因為它沒有後音標記（如果我們稍加注意，也會發現沒有後音標記的低元[a]也是可以接任何元音、任何韻尾）。基於這個道理，(58)中的韻母都可以存在於各客家方言內：

(58)

a.	in	çin$_{33}$	新
	it	tç'it$_3$	漆
	en	en$_{33}$	恩
	et	het$_3$	住
b.	un	nun$_{55}$	嫩
	ut	kut$_3$	骨
	on	son$_{33}$	酸
	ot	sot$_3$	讚美
c.	an	san$_{33}$	山
	at	sat$_3$	殺
d.	in	sin$_{33}$	身
	it	sit$_3$	識

　　總之，元音和輔音韻尾的結構完全和結合元音的構成一樣，是有規則可循的，而這個規則便是同化原則，也即韻母內的元音和後面的韻尾絕不可以含相異的後音特徵值。

唇音異化

　　前面我們談到了聲母、韻母的結構原則，本小節簡單地談論整個音節的結構限制。一般而言，客家話跟閩南話、北京話一樣，普遍有個唇音異化的原則（鍾榮富1994a）。簡而言之，唇音異化的原則是：

(59) 唇音異化

　　用文字敘述，「唇音異化」的意思是說，如果韻尾是唇音，則音節內絕不可再有其他的唇音。所謂唇音包括後元音及雙唇音：

(60) 唇音音段

    a. 後元音：o、u
    b. 雙唇音：p、p'、m

　　基於這個原則，客家話沒有像(61)內的結構形式：

(61)

    a.　*　　p/p'/mVm / p
    b.　*　　uam / p
    c.　*　　om / p

　　前面(61a)的意思是元音前後的聲母與韻尾不可同為雙唇音中的任何一個，(61b)意為合口韻的韻尾不能是雙唇音，(61c)排除了元音[o]之後再接雙唇音韻尾。在(60)中，我把唇音介定在雙唇音，是因為唇齒音在客語裡是可以和唇音韻尾共存的：[15]

(62)

    a. fam_{55}　　　犯
    b. fap_3　　　法

　　在國語裡，所謂唇音聲母包括唇齒音[f]，因為國語沒有像(62)中的音節存在。其實客家話的唇音異化也逐漸在加強其影響力，在很多方言裡，「犯」、「法」已分別唸[fan]、[fak]了。

---

[15] 唇音異化是個有趣的主題，在此不擬多費篇幅，有興趣者請參考鍾榮富1994a。

音節的合併

所謂音節合併是指兩個各自獨立的音節，在某種情況之下會合併成為單一的音節，例如臺灣閩南語tsa_{31}的本意是「早」的意思，可以單獨存在，也可以與其他音節組成複合詞，如tsa_{33} $tŋ_{31}$（早餐）、$tsa_{33}am_{31}$（早晚）、tsa_{33} po_{31}（早報）等，但是和$k'i_{31}$（起）si_{11}（時）在一起時，便很自然地會合併成$tsay_{33}si_{11}$（早晨），也即tsa_{33}（早）與$k'i_{31}$（起）合成了一個音節。國語也有音節合併的情形，例如pu_{51}（不）與yun_{51}（用）合成$puŋ_{51}$。客家話自然也有音節合併的例子。

客家話的音節合併分為兩類，一類是必要性的合併（obligatory），另一種是選擇性的合併（optional）。必要性的合併也見於人稱代名詞與複數後綴，或與所有格後綴：

(63)

		代名詞	複數後綴	合併
a	第一人稱	$ŋai_{11}$	ten_{33}	$ŋan_{33}$
b	第二人稱	$ŋ_{11}$	ten_{33}	nan_{33}
c	第三人稱	ki_{11}	ten_{33}	kan_{33}

(64)

		代名詞	所有格後綴	合併
a	第一人稱	$ŋai_{11}$	ia	$ŋa_{33}$
b	第二人稱	$ŋ_{11}$	ia	$ñia_{33}$
c	第三人稱	ki_{11}	ia	kia_{33}

對於(63)及(64)中的語料，有兩點說明。第一，所謂必要性合併指的是在某些客家方言裡（如南部四縣客家中的高樹、佳冬、新

埤），像ŋan₃₃（我們）、nen₃₃（你們）、ken₂₃（他們）成為唯一的複數代名詞的用語，故把這種合併稱為必要性合併。然而，臺灣各客家次方言的代名詞，差異很大，請先看(65)表之比較：[16]

(65)

	南部四縣		北部四縣	東勢	海陸	詔安
	美濃	高樹	苗栗			
我	ŋai	ŋa	ŋai	ŋai	ŋai	ŋai
你	ŋ	ŋ	ŋ	hṇ	ñi	hen
他	i	ki	ki	kai	ki	kui
我們	ŋai nen	ŋan	ŋai teu	ŋai nen	ŋai teu	ŋai ñin
你們	nen	nen	ŋ teu	ñia nen	ñi teu	hen ñin
他們	i nen	ken	ki ke	kia nen	ki teu	kui ñin
我的	ŋai (ke)	ŋa (ke)	ŋa ke	ŋai ke	ŋai kai	ŋai kai
你的	ñia e	ñia	ñia ke	ñia kai	ñi kai	hen kai
他的	i ye	kia	kia ke	kia kai	ki kai	kui kai
我們的	ŋai nen ne	ŋan ne	ŋai teu ke	ŋai nen kai	ŋai teu kai	ŋai ñin kai
你們的	ŋ nen ne	nen ne	ŋ teu ke	ñia nen ne	ñi teu kai	nai ñin kai
他們的	i nen ne	ken ne	ki teu ke	kia nen kai	ki teu kai	kui ñin kai

　　因此，客家話的人稱代名詞複數與所有格之音節要不要合併，完全是因方言而異。這種差異在語言變遷上頗有重要的啟示。質言之，語音與構詞之間的交互變易，促使各客家方言的代名詞及其相關語音產生了變化，變化的過程起因於某個方言點，而後朝著語言內部結構的完整性，漸趨一致。因此整個變化原則似乎有個規律與方

---

[16] 有關臺灣客家各次方言的人稱代名詞的差異及其語音上的隱涵義義，一向無人注意，我也是行文至此才發現，可是由於時間及篇幅的關係，無法納入本書，希望將來另文撰寫。

向，只是演變的時間可能很久，其間各個次要規則相互競爭，相互影響，而終於完成全面的目標（linguistic conspiracy）。

　　第二點必須要說明的是人稱代名詞複數及所有格的後綴。由於在某些方言裡，像(63)及(64)的合併是必要的，所以我們無法得知複數後綴及所有格後綴的語音或形式，因爲它們從不出現。但是透過各客家次方言的比較，我們大概可以推知客家話的人稱代名詞複綴可能是ten或teu，因爲在不合併的方言裡，明確地表示這兩種詞素的存在，例如(65)表中，苗栗是用teu，四縣是用ten。

　　至於取ia$_{31}$作爲所有格後綴，則不如複數後綴明確，因爲大部分次方言用ke$_{55}$作所有格表徵，只是由(66)的三個音變中推測而來。

(66)

(a) ŋai	→ ŋa
(b) ŋ	→ ñia
(c) ki	→ kia

由前述語料，很可以推知所有格後綴必然以－a結尾。再者會使第二人稱[ŋ]變成[ñ]音者，只有介音[i]，基於這些考慮，才把所有格後綴定爲[ia]。

　　以上是有關客語必要性的音節合併所作的說明。接著我們來看選擇性合併的語料：

(67)

a. tɕin$_{33}$（親）+ ka$_{33}$（家）→ tɕia$_{33}$（親家）	
b. pun$_{33}$（分）+ ki$_{11}$（佢、他）→ pi$_{11}$（分給他）	
c. m$_{11}$（毋）+ oi$_{55}$（愛）→ moi$_{55}$（毋要）	
d. ki$_{11}$（幾）+ to$_{33}$（多）→ kio$_{33}$（幾多）	
e. t'i$_{55}$（第）+ jit$_3$（一）→ tit$_3$（第一）	

選擇性的合併表有時可以合併，有時卻可以不合併，至於要不要合併，一般與語言的使用（pragmatics）有關，即深受說話的速度、場合的正式與否，說話者的語氣、態度等因素的影響，無法純由語言的結構來判斷。在此我們比較感興趣的是音節合併的原則。換言之，音節合併時，哪些音要保存，哪些音要刪除，是有規則可循，還是任意呢？透過(63)、(64)、(67)中的語料分析，顯然是有規則的音韻現象。

首先，我們注意到合併後的音節必然從合併前之第一音節取聲母（第一個輔音），同時也從第二音節取最後一個音，有時是元音（如64a），有時是韻尾（如63a），因此合併的第一個規則是兩側取音：

(68) 兩側取音

合併音節分別從最左側及最右側取用音段。

如果第一音節是高元音（[i]或[u]）結尾，第二音節又有[i]、[u]以外的其他元音，則第一音節是高元音會變成介音，如(67d)ki＋to → kio。再者，如果兩側所取之音是輔音，則主要元音之選取也是從左到右逐一索尋，直到找到響度最大的元音為止，如(67e)，因此需要一個從左到右的索尋規則：

(69) 左右索尋

兩側選音之後，從左到右逐一索尋非輔音作介音或主要元音。

以上兩個規則自然是在客語音節結構的大前提下運作。我們在第四章述及客語語音時，已講明客家話的音節和其他漢語方言並沒有不同，最多只可以允許四個音段，以聲母、介音、主要元音、韻尾的面貌呈現，也可把這四個位置縮成CVX的結構，其中C＝聲母，V＝主要元音，X＝輔音或元音韻尾。而且，介音加主要元音可以同連到V的位置（更詳細的討論，請參見Chung 1996）。

底下是兩個合併的過程解說：

(70)

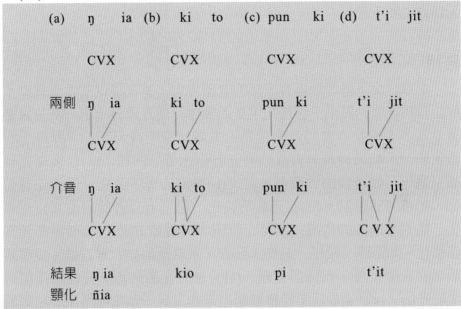

	(a) ŋ ia	(b) ki to	(c) pun ki	(d) t'i jit
	CVX	CVX	CVX	CVX
兩側	ŋ ia CVX	ki to CVX	pun ki CVX	t'i jit CVX
介音	ŋ ia CVX	ki to CVX	pun ki CVX	t'i jit C V X
結果	ŋ ia	kio	pi	t'it
顎化	ñia			

　　前面(70a)在兩側時，原第三音節的結尾是低元音[a]，自然連到V的位置，這時其間還有個高元音[i]，依左右索尋規則，可以再把[i]連到V之上，成為介音，本來的結果應是[ŋia]，但是由於客語的[ŋ]在[i]之前都會顎化（參見本章6.1.1.1之詳細討論），結果是[ñia]。依此過程，有點問題的是(70c)，因為在兩側連接之後，尚有一個高元音[u]，為什麼[u]不會連接呢？事實上，有些方言真的是唸[pui]，有些方言是唸[pi]，可見選不選用[u]，端依各次方言而定（對[pui]、[pi]的變易，請回頭參考第五章的5.2.5節）。最後是像(70d)的例子，在兩側取音時，取用的是兩個輔音，這是尚有高元音在中間，依左右索尋規則把高元音連到新音節V的位置，得到[t'it]的結果。

　　以上是有關客語音節合併的分析。客語的音節合併有必要性合併，如人稱代名詞之複數及所有格；也有選擇性合併。不論是那種合併，都遵循了兩個規則：兩側取音及左右索尋，前者使新音節從原音

節之左右兩側開始取音，後者從左到右索尋一個高元音作介音或一個元音作主要元音[17]。

結語

本章討論了臺灣地區客家話的音韻現象。首先提供基本背景以了解語音和音韻的區別，然後把主要的論述分成五部分，第一部分談臺灣地區各客家次方言的音韻差異，主要是探究高元音在零聲母上的強化狀況，結果發現各方言的高元音強化可分四種：(a)前後高元音都不強化，如美濃的竹頭背方言，(b)前高元音不強化，但後元音強化，如苗栗四縣話，(c)前元音不強化，但呈半元音狀，後高元音強化，如六堆地區的內埔、萬巒、竹田、長治等方言，(d)前後高元音都強化，如海陸、饒平、東勢、詔安、永定及部分六堆方言。接著談韻母的音韻差異，有兩個主題：[ɨ]元音的音韻來源，被視爲是從舌尖絲音[ts、ts'、s]的舌尖特徵展延而來的。另一個主題是[ie]/[e]韻的區別，經比對與分析，認爲這種語音差別源於記音者的觀念大於語言實質的反映。

第二部分討論了客家話共同的音韻現象，集中於聲母的顎化及顎化鼻音的音韻本質，後者認爲客語的[ñ]應該是由[n]及[ŋ]兩個音而來。其次討論了[f]/[v]的對比及[v]的音位特性，認爲[f]與[v]雖然發音上屬同一部位，但前者來自於[h]與[u]的合流，而[v]則是由後高元音在零聲母的位置上，經強化而來。韻母方面則主要討論各個韻母結構的原則，結果發現「異化原則」及「同化原則」分別支配了雙元音及韻母和韻尾的組成。所謂「異化原則」指構成雙合元音的元音不能同時含有相同的後音值，而元音與韻尾的結合是遵守「同化原則」，即元音與韻尾不能含不同的後音值。

了解了聲母及韻母的音韻現象之後，我們繼續看整個音節的結

---

[17] 有關客語語音合併的詳細分析，請參見Chung 1996。

構，發現客家話與閩南語、國語一樣，具有唇音異化的音韻特色，所以聲母與韻尾絕不能同為雙唇輔音。最後，我們探討了音節合併的現象，主要的發現是：合併有兩類，其一為必要性合併，如人稱代名詞複數後綴與所有格後綴，在某些次方言裡，合併是必要的，但在其他方言卻不然。另外，合併是有規則可循的，主要的規則是兩側連接及左右索尋，尋找最有響度的音段，連到元音的位置。

第七章
客家話的構詞

引言

　　本章主要是探討客家話的構詞原則與方式。所謂構詞，指的是字、詞等文法單位的內部結構，例如英語的freedom一字，可以分析成兩個構詞單位：free與dom。像free與dom之類的構詞單位稱爲詞素（morpheme）。語言學文獻通常把詞素定義爲「最小而且具有文法意義」的單位，因此詞素具有兩種特性：(a)不能再加以細分的結構單位，(b)具有文法上的某種功能。例如freedom中的free不但能單獨使用，而且也具有本身的語意。Dom則表示由形容詞轉變成名詞的文法功能指標。

　　客家話與其他漢語方言一樣，在構詞的過程之中，音節與詞素扮演了重要的角色。基本上，客家話裡爲數最多的詞是由單音節、單詞素所組成，例如「民、人、動、姓」這也叫作「單純詞」。其次，客家話也有些多音節單詞素的用詞，如「$fan_{55}ken_{31}$（番卷，香皂）」、「$ka_{33}pi_{33}$（咖啡）」、「$ka_{33}na_{33}tai_{55}$（加拿大）」等外來語或借詞，或「$io_{55}po_{31}$（鸕婆）」、「$ian_{33}ioŋ_{33}$（鴛鴦）」等本土用語。[1]前面所述的單音節、單音素及多音節詞素，共同的特性是「單詞素」。既然是單詞素的結構，應該視爲構詞的最基本、最原始的單位，依衍生語法（Generative Grammar）（參見Chomsky 1986）的看法，它們都是孩童語言習得過程中，必須要學習及背誦、記憶的對象，然後儲在個人的詞彙庫中，形成個人的詞素（lexicon）。

　　客家話的構詞還有四種手段或方法，這是客語詞彙增加的主要方式，這四種方式分別是：重複、附加、複合及合併。所謂重複是指單一詞素之重複，如「行」（$haŋ_{11}$）重複成「行行」（$haŋ_{11}haŋ_{11}$）。所謂附加，相當於英語的affixation，即在詞基（stem）上附加前綴詞（如在「婆」之前加「阿」形成「阿婆」一詞），後綴（如在

---

[1]　其實這兩個用詞是否為本土也待考。

「刀」之後加「嬤」形成「刀嬤」一詞）。所謂複合是指兩個獨立的詞素結合而成爲另一個新詞，例如「青菜」（ts'aŋ₃₃ts'oi₅₅）是由「青」和「菜」兩個詞素所組成，但是「青菜」並不一定是指青色的菜，而是所有蔬菜的泛稱。因此，「青菜」在構詞上迥異於「青芒果」（ts'aŋ₃₃fan₃₃son₅₅），前者兩個詞素之間不能插加任何語詞，即「青菜」並不是「青色介菜」，但是「青芒果」卻是「青色介芒果」或是「青介芒果」（客語「青」指尙未成熟之意），由此可見複合詞並不純是兩個詞素的併列，而是有其密不可分的構詞特性。第四種構詞方式稱爲合併，例如tɕ'in₃₃（親）ka₃₃（家）唸快時變成tɕ'ia₃₃（親家），這種合併結果是單音節多詞素的構詞，客家話的主要合併並不多見，我們已在第六章的6.5節討論過。基於此，本章主要的重點是附加、重複及複合三種構詞方式。

重複構詞

　　重複（reduplication）是漢語諸方言的構詞形式中，極爲重要的一種。重複後與重複前的語意大不相同，可見得重複是擴充詞彙的重要手段。重複構詞的種類繁多，不及一一備記，我們按詞類細分，並於每個重複類別之後，以句例討論其語意的擴充或延伸。

一、AA型

　　這種AA型的重複，即每個單音節詞素再增加一個，例如「teu₃₁teu₃₁」（每次之意），以詞性分之如後：

1. 名詞的重複

年年	ñian₁₁	ñian₁₁
隻隻	tsak₃	tsak₃
行行	hoŋ₁₁	hoŋ₁₁
頭頭	t'eu₁₁	t'eu₁₁

　　細加探之，這種名詞大都是量詞，例如「年」是時間量詞，「頭」是算計樹林之量詞（客語「一棵樹」是 $jit_3t'eu_{11}su_{55}$）。重複之後的名詞（量詞）表「每一」的意思，可以作主語(1a)，或副詞(1b)：

(1) a. 行行都壞做　（主語）（每一行都難做）
　　 b. 擺擺他都m來（副語）〔接：$pai_{31}pai_{31}$表「每一次」〕。

2. 形容詞的重複

舊舊	$k'iu_{55}$	$k'iu_{55}$
光光	kon_{33}	kon_{33}
暗暗	am_{55}	am_{55}
□□	hen_{11}	hen_{11}　（很緊之意）

　　形容詞的AA重複構詞，有兩種方法。第一，在重複構語之後加形容詞詞綴－e_{55}，修飾名詞(2a,2b)。第二，在動語a_{55}之後作形容詞，表示「到……之程度」(2c)，也即所謂的動補結構。

(2)

a. 舊舊介（e_{55}）衫褲mo人愛。	（舊舊的衣服沒人要。）
b. 佢愛食冷冷介（lan_{33} lan_{33} e_{55}）冰水。	（他要喝涼涼的冰水。）
c. 衫褲愛洗 a_{55}白白（$p'ak_5$ $p'ak_5$）。	（衣服要洗成白白的。）

　　前面(2c)是「要衣服洗得白白的」之意，在動詞＋a_{55}之後的重複形容詞不需加－e_{55}，這是補敘用法與限定用法的差異之所在。

3. 動詞的重複

a.	作作	（ts'o$_{33}$	ts'o$_{33}$）		
	料料	（liau$_{55}$	liau$_{55}$）		
	行行	（haŋ$_{11}$	haŋ$_{11}$）		
b.	洗洗	（se$_{31}$	se$_{31}$）		
	食食	（sit$_5$	sit$_5$）		
	收收	（su$_{33}$	su$_{33}$）		
	挖挖	（jet$_3$	jet$_3$）		
c.	□□	（ñiam$_{33}$	ñiam$_{33}$）	（嘮叨）	
	□□	（lau$_{33}$	lau$_{55}$）	（嘮叨）[2]	

　　動詞的AA重複，約可分為三類。第一類是不及物動詞，一般會在AA之後加－e$_{31}$（副詞詞類），類於國語的AA動詞結構，試比較：

(3)

　　a. 有閒ŋaŋ$_{55}$（才）過來haŋ$_{11}$haŋ$_{11}$e$_{31}$。（客語）
　　b. 有空請過來走走。（國語）

同為AA式的動詞結構，國語在AA之後不再加任何語素，但客語則必須要加個副語後綴－e$_{31}$。第二類是及物動詞的重複，其用法有兩種：(a)是把賓語提前，這時的AA不必加－e$_{31}$(4a)。(b)是把賓語提前，這時的AA必須要加－e$_{31}$(4bc)：

2　這兩個都像擬聲詞，但兩者之意很相同，但以lau lau比較常用。

(4)

> a. 在屋下，佢會洗洗碗筷，收收東西。
> b. 飯食食e_{31}（請把飯吃一吃）。
> c. 東西收收e_{31}，$\eta a\eta_{55}$去聊（東西收一收，才出去玩）。

　　第三種動詞的AA重複是擬聲詞，這種重複結構的聲調固定都是33、55，很有節奏，意思都表「非常……之意」，如：

(5)

> a. 佢蓋　　　lau_{33} lau_{55}　　　　　　　　（他很嘮叨）。
> b. 做人　　　m mo 恁 $\tilde{n}iam_{33}$ $\tilde{n}iam_{55}$　　　（做人不用如此嘮叨）。

　　客語的動詞AA擬聲詞也可以延展成四音節的重複，這時的聲調結構變成：33 33 55 55，顯然是AA重複之後，再分別向左右兩方重複，客語這種例子繁多，常見者有：

(6)

a.	$\tilde{n}iam_{33}$	$\tilde{n}iam_{33}$	$\tilde{n}iam_{55}$	$\tilde{n}iam_{55}$	（嘮叨）
b.	lau_{33}	lau_{33}	lau_{55}	lau_{55}	（嘮叨）
c.	$t\varsigma io_{33}$	$t\varsigma io_{33}$	$t\varsigma io_{55}$	$t\varsigma io_{55}$	（聲音吵雜之意）
d.	$nu\eta_{33}$	$nu\eta_{33}$	$nu\eta_{55}$	$nu\eta_{55}$	（呢喃抱怨，不願接受事實之意）
e.	so_{33}	so_{33}	so_{55}	so_{55}	（風很大的狂掃）

　　像(6)中的重複結構很特殊，首先是它的聲調，固定為33-33，55-55。其次是音節都相同。第三是每個音節是擬聲詞，表示某種聲音持續不段的之意。這種結構應是客語的特色之一，值得注意。

4. 副詞的重複

a.	慢 慢	t'in$_{55}$	t'in$_{55}$	
	臨 臨	lim$_{33}$	lim$_{33}$	
	匄 匄	tem$_{33}$	tem$_{33}$	（悄悄地）
b.	輒 輒	tɕiap$_5$	tɕiap$_{55}$	
	時 時	sɨ$_{11}$	sɨ$_{11}$	

　　副詞的AA式重複約可分為兩類。第一類表「樣子」（manners）的副詞，其用法一般都必須加－e$_{33}$，置於動詞之前(7a)或句首(7b)。第二類是頻率副詞，其用法也是置於動詞之前(7c)或句首(7d)，但頻率副詞之後不再加e$_{33}$：

(7)

a. 佢匄匄e$_{33}$行走了。（他悄悄地走了）
b. 匄匄e$_{33}$，佢ts'u$_{33}$（就）行走了。
c. 阿爸輒輒同我帶飯來。
d. 輒輒阿爸會這樣講。

　　前面幾種AA式的重複結構中，有三個不同的詞尾後綴，分別是形容詞尾－e$_{55}$、名詞詞尾－e$_{31}$，及副詞詞尾－e$_{33}$。這三個後綴詞尾的聲調各不相同，其共同點卻是：(a)都是e音，(b)都有韻尾延展的現象：

(8) 韻尾延展

[韻 尾]
（前一字的韻尾會延展成為後綴之聲母）

例子：

A. 形容詞：

a.	生生	$e_{55} \rightarrow$	$saŋ_{33}$	$saŋ_{33}$	$ŋe_{55}$
b.	扁扁	$e_{55} \rightarrow$	$pian_{31}$	$pian_{31}$	ne_{55}
c.	甘甘	$e_{55} \rightarrow$	kam_{33}	kam_{33}	me_{55}
d.	窄窄	$e_{55} \rightarrow$	hap_{5}	hap_{5}	pe_{55}
e.	辣辣	$e_{55} \rightarrow$	lat_{5}	lat_{5}	te_{35}
f.	白白	$e_{55} \rightarrow$	$p'ak_{5}$	$p'ak_{5}$	ke_{55}
g.	矮矮	$e_{55} \rightarrow$	ai_{31}	ai_{31}	je_{55}
h.	舊舊	$e_{55} \rightarrow$	$k'iu_{55}$	$k'iu_{55}$	ve_{55}

B. 動詞：

a.	聽聽	$e_{31} \rightarrow$	$t'aŋ_{33}$	$t'aŋ_{33}$	$ŋe_{31}$
b.	等等	$e_{31} \rightarrow$	ten_{31}	ten_{31}	ne_{31}
c.	撳撳	$e_{31} \rightarrow$	$k'im_{55}$	$k'im_{55}$	me_{31}
d.	疊疊	$e_{31} \rightarrow$	$t'iap_{5}$	$t'iap_{5}$	pe_{31}
e.	漆漆	$e_{31} \rightarrow$	$tç'it_{3}$	$tç'it$	te_{31}
f.	熠熠	$e_{31} \rightarrow$	iak_{5}	iak_{5}	ke_{31}
g.	犁犁	$e_{31} \rightarrow$	lai_{11}	lai_{11}	je_{31}
h.	交交	$e_{31} \rightarrow$	kau_{55}	kau_{55}	we_{31}

　　有關副詞的例子，不再舉例。但由形容詞及動詞的重複詞尾，可以看出客語的後綴詞有自己的聲調，不論前面的詞基是哪種聲調，後綴的聲調都不變。另一點要再說明的是：(8)的韻尾延展指明只有中國傳統聲韻學上所謂的韻尾（包括輔音及元音韻尾），因此不包括元韻，因為元音結尾的詞基並沒有延展的現象：

(9)

a.	加加	$e_{31} \rightarrow$	ka_{33}	ka_{33}	e_{31}
	□□	$e_{31} \rightarrow$	lo_{33}	lo_{33}	e_{31}
	解解	$e_{31} \rightarrow$	ke_{31}	ke_{31}	e_{31}
b.	高高	$e_{55} \rightarrow$	ko_{33}	ko_{33}	e_{55}
	斜斜	$e_{55} \rightarrow$	$t\varphi'ia_{11}$	$t\varphi'ia_{11}$	e_{55}
	齊齊	$e_{55} \rightarrow$	$t\varphi'ie_{33}$	$t\varphi'ie_{11}$	e_{55}

　　以上是有關AA式的重複結構。由於這類的結構數目繁多，不能一一備記，但我們的重點是由幾個抽象的例子，歸納及探討各種詞類在AA式重複結構中的衍生、應用及其相關的變化，藉以理解客語AA式構詞的本質。簡而言之，AA重複構詞與A構詞不但在語法、語用上有所區別，而且語意上也大不相同。

二、ABB型的重複結構

　　ABB式的重複構詞至少可以分為四類，有些類別的孳生力很強，有些類別則日漸消失。這四類別可以從內在結構區分成：(a)器官接修飾語所組成的主謂結構，如「眼金金」（$\tilde{n}ian_{31}kim_{33}kim_{33}$）。(b)動詞接形容詞或副詞的動補結構，如「丟淨淨」（$t'iau_{31}t\varphi'ia\eta_{55}t\varphi'ia\eta_{55}$）── 把東西丟得乾乾淨淨。(c)顏色、大小、長短等形容詞接修飾之擬聲詞所組成的偏正結構，如酸咚咚（$son_{33}tu\eta_{11}tu\eta_{11}$）。(d)由AABB結構簡化而成的ABB構詞，形式上AA與BB性質相近，頗似並列結構，例如$o_{33}o_{33}tso_{33}tso_{33} \rightarrow o_{33}tso_{33}tso_{33}$（骯髒髒）。這是四類ABB結構中，孳生能力最低，現存數目最少的是(d)類。以下僅就這四類結構，分別細述之：

1. 器官接修飾與之ABB結構

　　此類的A指人體各器官，如頭、眼、耳、鼻、口、目、牙、毛、肚、聲等，BB則為擬聲詞。一般而言，BB既非常用詞，更不能單獨

使用，顯然是狀其模樣的狀詞。以頭爲例，常見的有：

(10)

頭	lai_{11}	lai_{11}	（頭口口，用以指某人心不在焉或靦腆、害羞之模樣）。
頭	$tɕ'in_{31}$	$tɕ'in_{31}$	（頭低低，用以指「自卑或害羞」之模樣）。
頭	$ŋo_{55}$	$ŋo_{55}$	（頭昂昂，抬頭之意）。
頭	$ŋau_{11}$	$ŋau_{11}$	（頭歪傾一方，不屑一顧的模樣）。
頭	tam_{33}	tam_{33}	（頭晃動，東張西望的樣子）。

　　前面ABB結構中的B，有些也會延伸成動詞，例如「$tɕ'in_{31}$」和「$ŋau_{11}$」都可作動詞用，「頭$ŋau_{11}$過來」，「不要$ŋau_{11}$頭」等。又像(10)中的ABB通常都用於補敍用法，即置於名詞之後，因此所接的詞尾是$-e_{33}$或$-i_{33}$（用$-e_{33}$或用$-i_{33}$依方言而定，南部高樹、佳冬、新埤長治等地區之四縣客用$-i_{33}$，其他用$-e_{33}$）：

(11)

a. 那個人頭lai_{11} lai_{11} yi_{33}，一點精神都沒有。

b. 行路，$m_{11}mo_{31}$（不要）頭$tɕ'in_{31}$ $tɕ'in_{31}$ ni_{33}（走路不要頭低低的）。

(12) 其他更多的例子見於：（仔尾用$-e_{33}$，因爲多數客家方言用$-e_{33}$）

頭	$tɕ'in_{55}$	$tɕ'in_{55}$	ne_{33}	頭低低的
眼	kim_{33}	kim_{33}	me_{33}	眼睛很亮很專注地看
眼	$taŋ_{33}$	$taŋ_{33}$	$ŋe_{33}$	眼睜睜地
目	mi_{33}	mi_{33}	je_{33}	睡眼之狀
目	ia_{31}	ia_{31}	e_{33}	眼神不集中之樣
鼻	set_{3}	set_{3}	te_{33}	不聞不問的樣子
鼻	liu_{33}	liu_{31}	ve_{33}	鼻涕直流的樣子

嘴	k'ut$_3$	k'ut$_3$	te$_{33}$	不太說話的樣子
嘴	ia$_{31}$	ia$_{31}$	e$_{33}$	想吃的樣子
耳	taŋ$_{33}$	taŋ$_{33}$	ŋe$_{33}$	豎耳傾聽的樣子
手	ia$_{31}$	ia$_{31}$	e$_{33}$	伸手想拿東西的樣子
腳	k'ia$_{55}$	k'ia$_{55}$	e$_{33}$	兩腳張開的樣子
尾	taŋ$_{31}$	taŋ$_{31}$	ŋe$_{33}$	高興的樣子
背	k'u$_{11}$	k'u$_{11}$	ve$_{33}$	背彎曲不直
背	kiuŋ$_{31}$	kiuŋ$_{31}$	ŋe$_{33}$	弓背的樣子

有些主語會是五官所表現出來的動詞，如：

(13)

笑	mi$_{31}$	mi$_{31}$	je$_{31}$	笑咪咪的樣子
驚	p'at$_5$	p'at$_5$	te$_{31}$	很惶恐的樣子
興	lot$_5$	lot$_5$	te$_{31}$	興致高昂
氣	tu$_{55}$	tu$_{55}$	ve$_{33}$	氣急敗壞的樣子

修飾五官模樣的AAB結構都用於補敘用法，不置於名詞之前，且有時含有延伸的語意（如14b）：

(14)

a. 佢講話講a$_{55}$頭ŋau$_{11}$ŋau$_{11}$we$_{33}$（他講話講得傲氣淋漓）。

b. m̩ mo$_{55}$鼻set$_3$set$_3$te$_{33}$（不要鼻塞塞地，引伸：不要任何事都不聞不問，置身身於外）。

2. 動詞接形容詞──動補結構

依張雁雯1998，本類型之ABB結構可以再細分成兩型。第一型是可以用AB來表示者，如

(15)

a.	$çi_{31}$	$tç'iaŋ_{55}$	→	$çi_{31}$	$tç'iaŋ_{55}$	$tç'iaŋ_{55}$（死淨，死淨淨）。
b.	mau_{55}	$k'uŋ_{33}$	→	mau_{55}	$k'uŋ_{33}$	$k'uŋ_{33}$（全部帶走）。
c.	$t'ot_3$	$koŋ_{33}$	→	$t'ot_3$	$koŋ_{33}$	$koŋ_{33}$（脫光）。
d.	mai_{55}	$tçiat_5$	→	mai_{55}	$tçiat_5$	$tçiat_5$（賣絕）。

其實這類ABB中的BB都是指某種動作可能帶來的結果，其中以$tç'iaŋ_{55}tç'iaŋ_{55}$（淨淨）與$k'uŋ_{33}k'uŋ_{33}$（光光）所接的動詞最多，因為任何一種動作的結果是空的或完全不在者，即可用$tç'iaŋ_{55}$，如讀$tç'iaŋ_{55}tç'iaŋ_{55}$（讀完了）、剎$tç'iaŋ_{55}tç'iaŋ_{55}$（砍光光）、賣$tç'iaŋ_{55}tç'iaŋ_{55}$（賣完了）。

3. 第三型是只有ABB結構才成詞，AB本身無以成詞的，如：

(16)

a.	硬	$k'eu_{55}$	$k'eu_{55}$	（很硬很硬的樣子）。
b.	貴	sem_{33}	sem_{33}	（貴得像蔘）。
c.	詐	$ŋoi_{55}$	$ŋoi_{55}$	（假外外，假裝推得一乾二淨）。
d.	$t'on_{33}$	li_{55}	li_{55}	（完全斷掉）。

本型的BB結構不能單獨使用，因此ABB是個不能再加析分的單一詞，而且就整個客語而言，孳生量不大，用詞也不多。

另一種ABB是形容詞接擬聲詞的固定結構，如「高天天」，羅肇錦1984：72列為「形容詞＋重疊字→謂語或副詞」，張雁雯1998：117-8列為「偏正結構」，認為BB用來修飾A。其實這是非常武斷的歸類，因為從文法功能上看，這類BB大部分都是擬聲詞，其本質與A類（如頭$lai_{11}lai_{11}$）中的BB相類。結構上則與B類（如貴$sem_{33}sem_{33}$）中的BB相同，都是表結果式的補語，試以(17)中的例子來說明：

(17)

a.	酸	tiu$_{11}$	tiu$_{11}$
b.	酸	tuŋ$_{11}$	tuŋ$_{11}$
c.	酸	kit$_5$	kit$_5$
d.	酸	mi$_{33}$	mi$_{33}$

　　前面(17)中的四種BB都用以修飾「酸」的程度，因此(17a)的內部語意應是「酸到一個叫作tiu$_{11}$tiu$_{11}$的程度」，而非「tiu$_{11}$tiu$_{11}$」式的酸法。換言之，(17a-d)都是指同一種酸度，只看說者選用哪個擬聲詞作爲臨界的基準點。可見內部結構上，「形容詞＋擬聲詞」式ABB也是動補結構。

　　第二型客語ABB式的重複結構非常有特性，其A都是形容詞，BB則爲擬聲詞或狀聲詞，而且BB中的B不能單獨成立，BB也無法單獨使用，因此ABB結構頗類於單詞素的基本詞。又ABB結構後面必須要加詞尾，如果是置於名詞之前則加形容詞詞尾－e$_{55}$(18a)，如果是在句尾作副詞用，則必須接副詞詞尾－e$_{33}$(18b)，不論是形容詞或副詞詞尾，都有韻尾延展的情形，如：

(18)

a. 酸 tiu$_{55}$tiu$_{55}$ve$_{55}$han$_{33}$son$_{55}$（酸溜溜的芒果）
b. 佢食 a$_{55}$圓 kun$_{31}$kun$_{31}$n$_{33}$（他吃得圓滾滾的）

　　更多的例子：

(19)

淨	kit$_5$	kit$_5$	te$_{55}$	很乾淨
紅	lut$_3$	lut$_3$	te$_{55}$	滿面紅光的樣子
靚	ne$_{55}$	ne$_{55}$	e$_{55}$	很漂亮的模樣

白	çia_{33}	çia_{55}	e_{55}	很潔白
高	t'ian_{33}	t'ian_{33}	ne_{55}	很高大的樣子
臭	p'aŋ_{33}	p'aŋ_{33}	ŋe_{55}	很臭很臭的樣子
香	p'ut_{3}	p'ut_{3}	te_{55}	香噴噴
肥	lut_{3}	lut_{3}	te_{55}	肥胖且動作困難
瘦	kiap_{5}	kiap_{5}	pe_{55}	瘦巴巴
矮	tut_{3}	tut_{3}	te_{55}	很矮很矮
高	k'ia_{11}	k'ia_{11}	e_{55}	很高很高
黑	so_{11}	so_{11}	e_{55}	很黑
黑	tu_{55}	tu_{55}	ve_{55}	很黑
紅	tçiu_{33}	tçiu_{33}	ve_{55}	很紅很紅
紅	mi_{33}	mi_{33}	je_{55}	很紅的樣子
甜	ie_{11}	ie_{11}	e_{55}	很甜的樣子
酸	tiu_{55}	tiu_{55}	ve_{35}	很酸很酸
酸	tuŋ_{11}	tuŋ_{11}	ŋe_{55}	很酸很酸
光	va_{11}	va_{11}	e_{55}	很明亮
圓	kun_{31}	kun_{31}	ne_{55}	圓滾滾的

　　一般而言，除了把ABBe置於名詞之前作限定修飾（如（18a））之外，ABBe多用於補敘修飾，即置於名詞之後，或置於含有$-\text{a}_{55}$的動詞片語之後，表結果的關係。按：客語的$-\text{a}_{55}$相當於國語的「得」（騎馬騎得很累），其後的語詞都用以表結果的情態。不過要注意的是，除了在「ABBe＋名詞」的結構中，$-\text{e}_{55}$唸去聲之外，其他的ABBe的$-\text{e}_{33}$唸陽平，試比較：

(20)

> a. 淨 $kit_5kit_5te_{55}$ 衫褲
>
> b. 衫褲洗 a_{55} 淨 $kit_5kit_5te_{33}$
>
> c. 佢著的衫褲淨 $kit_5kt_5te_{33}$，蓋好看

　　客語、閩南語、國語三者都有ABB的構詞，且BB都為擬聲詞，但客語最大的特色是ABB之後必須要接詞尾，且置於名詞之前或之後，詞尾的聲調不同，國語則一律用「的」，閩南語在名詞之後不加詞尾。試比較如後：

(21)

名詞之前					名詞之後				
客語	son_{33}	$tuŋ_{11}$	$tuŋ_{11}$	e_{55}	梅子	梅子	son_{33}	$tuŋ_{11}$	$tuŋ_{11}$ $ŋe_{11}$
國語	酸	溜	溜	的	梅子	梅子	酸	溜	溜　的
閩語	sŋ	kit	kit	e	梅子	梅子	sŋ	kit	kit

　　透過比較，可以顯現客語的ABBe式構詞有其獨特性。以上是客語有關ABB式的重複結構，共分為四類：器官接狀詞、動詞接形容詞、BB無法自成結構的ABB，及形容詞BB結構。

三、AAB式重複構詞

　　客語AAB式的重複構詞可以分為二類，其共同點是B都是狀詞，表AA之樣子。茲分述於後：

1. AA kun

　　這種結構裡的A本身也是一種擬聲詞，如 $va_{55}va_{55}kun_{31}$（哇哇叫的樣子）中的 va_{55} 即是「哭聲」，而且AA的聲調固定為去聲55，kun_{31} 是固定上聲，形成一種特殊的韻律結構。更多的例子見於(22)：

(22)

va$_{55}$	va$_{55}$	kun$_{31}$	哇哇叫
nak$_5$	nak$_5$	kun$_{31}$	指甲劃到東西的響聲
taŋ$_{55}$	taŋ$_{55}$	kun$_{31}$	吹噓之想
p'iak$_5$	p'iak$_5$	kun$_{31}$	鞭炮之響聲
ve$_{55}$	ve$_{55}$	kun$_{31}$	哭叫聲
ha$_{55}$	ha$_{55}$	kun$_{31}$	哈哈笑
tçiuk$_5$	tçiuk$_5$	kun$_{31}$	窸窣之聲
so$_{55}$	so$_{55}$	kun$_{31}$	風吹竹葉聲
kiu$_{35}$	kiu$_{35}$	kun$_{31}$	大叫之尖銳聲
tçio$_{55}$	tçio$_{55}$	kun$_{31}$	吵鬧之聲

　　既然都是狀聲詞，AA kun$_{31}$的結構都用於V＋a$_{55}$之後，表結果的情狀：

(23)

　　　a. 芒果跌 a$_{55}$po$_{55}$po$_{55}$kun$_{31}$（芒果一直掉，掉得持續不斷）。
　　　b. 風吹 a$_{55}$so$_{55}$so$_{55}$kun$_{31}$（風吹的娑娑叫）。

　　有時AA kun$_{31}$也會加形容詞詞尾e$_{55}$，置於名詞之前作限定修飾。

(24)

keu$_{55}$ wa$_{55}$ va$_{55}$ va$_{55}$ kun$_{31}$ ne$_{55}$ se$_{55}$ ñin$_{11}$ ne$_{31}$。
哭　　得　哇　哇　叫　　的　小　孩　　子　。

2. AAB型的動詞結構

　　這類結構的AA都是副詞，用以修飾其後的動詞：

(25)

日日大	ñit$_3$	ñit$_3$	t'ai$_{55}$	（每天都長高）
粒粒紅	liap$_3$	liap$_3$	fung$_{11}$	（每粒都變紅）
□□轉	tiŋ$_{33}$	tiŋ$_{33}$	tson$_{31}$	（一直轉）
□□行	t'in$_{55}$	t'in$_{55}$	haŋ$_{11}$	（定定走）
慢慢看	man$_{55}$	man$_{55}$	k'on$_{55}$	（慢慢看）
直直行	tsɨt$_3$	tsɨt$_5$	haŋ$_{11}$	（直直走）

這種類詞能產（productivity）性很高，可以自由創作運用，如：

(26)

　a. ho$_{31}$ ho$_{31}$ t'uk$_3$，ñit$_3$ ñit$_3$ t'uk$_3$，tsɨ$_{55}$ jan$_{11}$ ts'u$_{55}$ voi$_{55}$
　（好　好　讀，　日　日　讀，　自　　然　　就　　會）
　b. 山哥愛夜夜唱

　　迄今我們檢視了客語的二種AAB式的重複結構，其中有狀聲詞、情狀詞，也有動詞結構，這種結構依然能產性很高，隨時都能為客語增加大量的詞彙。

四、AABB型

　　AABB型的重複結構是漢語方言中非常常見的構詞方式，歷來作構詞分析者大多運用詞類的性質來分類，例如名詞型「風風雨雨」，形容詞型「省省撿撿（saŋ$_{11}$saŋ$_{11}$k'iam$_{55}$k'iam$_{55}$）」，動詞型「吝吝嗇嗇（ku$_{33}$ku$_{33}$sui$_{33}$sui$_{33}$）」，副詞型「潦潦草草（lo$_{31}$lo$_{31}$t'so$_{31}$ t'so$_{31}$）」。本文希望能從結構來分類。

　　結構上，AABB型的重複結構，大抵可分為：

1. AB → AABB

　　這類型的結構中，其AB可以單獨使用，因此大可以看成由AB分別往左右兩方重複而來：

(27)

la$_{31}$	sap$_3$	→	la$_{31}$	la$_{31}$	sap$_3$	sap$_3$	（邋遢）。
liau$_{31}$	seu$_{55}$	→	liau$_{31}$	liau$_{31}$	seu$_{55}$	seu$_{55}$	（liau$_{31}$eu$_{55}$指不知羞恥，要求不滿足之意）。
liu$_{33}$	liap$_3$	→	liu$_{33}$	liu$_{33}$	liap$_3$	liap$_3$	（liu$_{33}$liap$_3$：偷偷摸摸之意）。
tɕ'in$_{55}$	tsai$_{33}$	→	tɕ'in$_{55}$	tɕ'in$_{55}$	ts'ai$_{33}$	ts'ai$_{33}$	（tɕ'in$_{55}$ts'ai$_{33}$：隨便之意）。
laŋ$_{11}$	li$_{55}$	→	laŋ$_{11}$	lŋ$_{11}$	li$_{55}$	li$_{55}$	（laŋ$_{11}$li$_{55}$伶俐：作事明快，巧捷）。
ñiu$_{31}$	tɕiu$_{55}$	→	ñiu$_3$	ñiu$_3$	tɕiu$_{55}$	tɕiu$_{55}$	（ñiu$_3$tɕiu$_{55}$：不乾脆但又有所堅持）。
vut$_3$	tsut$_3$	→	vut$_3$	vut$_3$	tsut$_3$	tsut$_3$	（vut$_3$tsut$_{31}$鬱卒）。
tɕ'it$_5$	tɕ'iap$_5$	→	tɕ'it$_5$	tɕ'it$_5$	tɕ'iap$_5$	tɕ'iap$_5$	（tɕ'it$_5$tɕ'iap$_5$：作事明快，手腳俐落）。
tɕ'iu$_{33}$	tɕ'ip$_5$	→	tɕ'iu$_{33}$	tɕ'iu$_{33}$	tɕ'ip$_5$	tɕ'ip$_5$	（tɕ'iu$_{33}$tɕ'ip$_5$：整齊之意）。
tɕ'ioŋ$_{31}$	koŋ$_{33}$	→	tɕ'ioŋ$_{31}$	tɕ'ioŋ$_{31}$	koŋ$_{33}$	kŋ$_{33}$	（搶光：好管閒事之意）。
se$_{31}$	t'oŋ$_{33}$	→	e$_{31}$	se$_{31}$	t'oŋ$_{33}$	t'oŋ$_{33}$	（洗湯，表廚房內之擦擦洗洗的事）。
mi$_{33}$	mia$_{33}$	→	mi$_{33}$	mi$_{33}$	mia$_{33}$	mia$_{33}$	（mi$_{33}$mia$_{33}$：手腳很快，很伶俐之意）。

jen_{33}	$k'en_{33}$	→	jen_{33}	jen_{33}	$k'en_{33}$	$k'en_{33}$	（$ien_{33}k'en_{33}$：拖拖拉拉之意）。
van_{33}	vat_3	→	van_{33}	van_{33}	vat_3	vat_3	（$van_{33}vat_3$：曲折、彎曲之意）。
o_{33}	$nuŋ_{11}$	→	o_{33}	o_{33}	$nuŋ_{11}$	$nuŋ_{11}$	（$o_{33}nuŋ_{11}$：虛假、騙人之意）。
$kaŋ_{33}$	ke_{55}	→	$kaŋ_{33}$	$kaŋ_{33}$	ke_{55}	ke_{55}	（尷尬：做事不理智，常常無理取鬧）。
liu_{33}	$p'iu_{55}$	→	liu_{33}	liu_{33}	$p'iu_{55}$	$p'iu_{55}$	（$liu_{33}p'iu_{55}$：表生活毫無目標，東晃晃西晃晃之意）。

　　以上我們很明顯地看出AB→AAAB的衍生過程，同時為了保存客語詞彙，我們的例子盡量用客語固有的詞彙，一者可以看出客語構詞的內部結構，一者可以記錄及保有客語日益消失的語彙。

　　另一種AABB結構中的AB並不能單獨成詞，這種AABB的結構是從何而來呢？邏輯上有兩種可能：首先，AABB是由AA及BB之並列結構，例如「花花綠綠（$fa_{33}fa_{33}liuk_5liuk_5$）」中的「花綠」不是客語的詞彙，但「花花」和「綠綠」卻分別見於客語的AA結構中，因此這類結構可以看成AA與BB之並列結構。另一種無法由AB重複而來的AABB，應該是由整個AABB看成一個詞素，不能再加細析，例如「挨挨磨磨（$ai_{33}ai_{33}mo_{55}mo_{55}$）」中的「挨磨」不能成詞，「挨挨」、「磨磨」均不能單獨使用，因此整個「挨挨磨磨」勢必看成一個單一詞素，表達「慢吞吞」的意思。

2. AA＋BB → AABB

(28)

a.	liau$_{11}$	liau$_{11}$	tut$_3$	tut$_3$
b.	tiau$_{31}$	tiau$_{31}$	tun$_{55}$	tun$_{55}$
c.	vaŋ$_{11}$	vaŋ$_{11}$	vak$_3$	vak$_3$
d.	lit$_5$	lit$_5$	k'it$_5$	k'it$_5$
e.	ñi$_{55}$	ñi$_{55}$	ñia$_{55}$	ñia$_{55}$

　　前面這些用詞必須再加解釋，因爲都沒有適當的文字可以表達。

　　a. liau$_{11}$：客語指「用手去撫摸而故意引起對方之不快」叫作liau$_{11}$，後來也引申爲「挑逗、挑情」之意。tut$_3$也是用手去碰之意，例如tut$_3$ tut$_3$（碰到），因此liau$_{11}$ liau$_{11}$ tut$_3$ tut$_3$是指戲弄之意。

　　b. tiau$_{31}$：客語用來罵人之語，本來男女之交媾行爲叫作tiau$_{31}$。tun$_{55}$則是用力碰撞之意，一般用以罵人，因此tiau$_{31}$ tiau$_{31}$ tun$_{55}$ tun$_{55}$指不論是非，胡言亂罵之意。

　　c. vaŋ$_{11}$vaŋ$_{11}$：是「橫、躺」之意，vak$_3$ vak$_3$也是交錯雜亂之意。

　　d. lit$_5$：客語「粒」之意，k'it$_5$是指結塊之意。lit$_5$ lit$_5$ k'it$_5$ k'it$_5$都是指成塊，四個音結合在一起表「凸凸凹凹不平，各有塊粒」之意。

　　以上之用詞，其特色是A及B，或AA及BB都可以單獨成詞，獨立使用，明顯地是由AA及BB並列而成的構詞。

3. AABB是一個語意單位

(29)

a.	ñi$_{55}$	ñi$_{55}$	ñia$_{55}$	ñia$_{55}$	（雜亂無章、四處散放之意）
b.	lap$_5$	lap$_5$	kap$_5$	kap$_5$	（髒亂不乾淨）
c.	tɕ'it$_3$	tɕ'it$_3$	pat$_3$	pat$_3$	（不乾脆，講話總是閃爍其詞）

| d. | hau$_{44}$ | hau$_{44}$ | hot$_3$ | hot$_3$ | （對人粗魯無禮，吆吆喝喝之意） |
| e. | çiau$_{11}$ | çiau$_{11}$ | p'i$_{55}$ | p'i$_{55}$ | （不乾脆，作事不果斷） |

　　以上四音節用詞中，雖然可以分成AA及BB，但AB、AA或BB都不能單獨成詞，因此，整個AABB必須看成一語意獨一詞素的單純詞。

　　最後一種AABB的結構是擬聲詞，也可分為三種結構：

1. AB → AABB

(30)

tçit$_5$	tçit$_5$	tsut$_5$	tsut$_5$	窸窸窣窣。
p'it$_5$	p'it$_5$	p'iat$_5$	p'iat$_5$	火裂破之聲。
piŋ$_{55}$	piŋ$_{55}$	poŋ$_{55}$	poŋ$_{55}$	乒乒乓乓。
tiŋ$_{33}$	tiŋ$_{33}$	tiaŋ$_{55}$	tiaŋ$_{55}$	金屬互碰之聲。
çit$_5$	çit$_5$	sut$_5$	sut$_5$	沙沙之聲。
ñit$_5$	ñit$_5$	nak$_5$	nak$_5$	輕而遙遠的婆娑之聲。
k'iŋ$_{55}$	k'iŋ$_{55}$	k'oŋ$_{55}$	k'oŋ$_{55}$	金屬互碰之聲。

　　前述這些擬聲詞中的AB都可以自成結構單位，如tçit$_5$ tsut$_5$（窸窣），piŋ$_{55}$ poŋ$_{55}$ kun$_{31}$（乒乓叫）。按：kun$_{31}$在客語是「之樣子，之聲音」的意思。因此，這些擬聲詞可以看成是由AB各自向左、右重複，一個音節而來的結果。

　　前述的擬聲詞中，音韻結構有其特點，因為AABB中的聲母都相同，但是韻母則AA相同，BB相同，而AB不同韻。這類擬聲詞結構足以幫助我們判斷[tç、tç'、ç]分別由[ts、ts'、s]變化而來。以「tçit$_5$ tçit$_5$ tsut$_5$ tsut$_5$」為例，AA的聲母由[ts]變成了[tç]，因為其韻母有高元音[i]，反之在沒有高元音[i]之前，聲母則保存了[ts]。

2. AA ＋ BB → AA BB

(31)

pi_{55}	pi_{55}	po_{55}	po_{55}	（必剝聲）
ςi_{55}	ςi_{55}	so_{55}	so_{55}	（大風急吹的呼叫聲）
$t\varsigma i_{55}$	$t\varsigma i_{55}$	tsa_{55}	tsa_{55}	（吱吱喳喳的聲音）
$t\varsigma'it_5$	$t\varsigma'it_5$	$ts'a_{55}$	$ts'a_{55}$	（油水滾燙燙的聲音）
$t\varsigma i_{55}$	$t\varsigma i_{55}$	$t\varsigma io_{55}$	$t\varsigma io_{55}$	（吱吱喳喳的聲音）

　　前述的AABB擬聲詞中的AA或BB都可以各自獨立，例如「大風 so_{55} so_{55} kun_{31}」中用的是so_{55} so_{55}，又如指老鼠之類的雜音也可用「那個聲音ςi_{55} ςi_{55} kun_{31}」，這時ςi_{55} ςi_{55}是個單獨使用的象聲詞。因此，這類型的擬聲詞大可以看成是由AA與BB並列而成的結構。

3. AA BB是個密不可分的單詞素

(32)

$liok_3$	$liok_3$	ςiok_3	ςiok_3	（風吹雜草和稻禾之聲音）
lit_3	lit_3	luk_3	luk_3	（忙碌不已的樣子）

　　這類的擬聲詞數目不多，可能是用以表示聲音的象聲詞本來就是AA或BB各可以象聲之故，因此很少用四個字音再分為AA/BB的結構來傳達一的聲響。

　　以上是客家話中有AABB重複結構的討論，我們分別把AABB的結構析分成由AB左右各重複一個音節的AABB構詞，由AA及BB並列而成的結構，及把AABB看成單一詞素的結構，這三種結構分別見於象聲詞及一般詞語的AABB構詞之中。從內在結構的角度來分析AABB的構詞，本質上稍異於文獻上的詞類劃分法（見羅肇錦1984，1990、張雁雯1998），可能因此可以更明白漢語構詞的內在結構。

五、ABAB型

ABAB型的重複結構，本質上與AABB有某些相同點，例如國語的「高興」可以重複成「高高興興」，也可以重複成「高興高興」（「大家高興高興即可」）。又如客語的$lan_{11}li_{55}$（伶俐），可重複成$lan_{11}lan_{11}li_{55}li_{55}$，也可以$lan_{11}li_{55}lan_{11}li_{55}$。換言之，ABAB的重複取決於AB為詞基，再經由AB整個構詞的重複而來的。因此，羅肇錦1984：74說「這些詞組可以中間停，都沒有改變字面的本意，所以不能算是詞。因此ABAB型並不是客語的構詞法」。

羅的看法有幾點值得討論。首先，客語ABAB的重複形式並非是由AB停頓AB而來的，即如羅的例子「一矗一矗」（$jit_3\tilde{n}iap_3 jit_3\tilde{n}iap_3$）而言，客語的「一矗」並不能單獨使用（相關討論請參見張雁雯1998：96-97），可見「一矗一矗」並非「一矗」停頓「一矗」，而是整個構詞是不可析分的ABAB結構。其次，有了AB結構，並不表示都可以有ABAB的重複，例如前面(27)中的AB就僅有$lan_{11}li_{55}$、vut_3tsut_3、$se_{31}t'on_{33}$、$o_{33}nun_{11}$等四個可以有ABAB的重複，因此，把ABAB重複排除在客語的構詞法之外，不但某些構詞方式無以得到說明，更有損客語詞彙的能產性。第三，客語ABAB的結構中，其語意斷非AB-AB的合組而成，例如以羅1984本身所舉的V＋nen（表示客語進行意味的結構）來說明，先看語料：

(33)

a. $kon_{11}\ nen_{31}\ kon_{31}\ nen_{31}$（講著講著）
   $ki_{33}\ kon_{31}\ nen_{31}\ kon_{31}\ nen_{31}\ ts'iu_{55}\ van_{55}\ lok_3\ hi_{55}\ je_{33}$
   （他　說　著　說　著　就　倒　下　去　了）
b. $ki_{33}\ kon_{31}\ nen_{31}\ fa_{55}$，$mok_5\ hi_{55}\ ts'au_{11}\ ki_{11}$
   （他　講　著　話，莫　去　吵　他）

前面(33a)是ABAB結構，表示動作的進行持續之意，同時也表示他倒下去之前的動作，時間上只限於那一刹那。但是(33b)則是指

某個定點時間上正在進行的動作，兩者的語意不完全相同，語法上兩者也不可互易，否則令人無法理解，為何客語沒有像(34)類的例子：

(34)

> *a.　ki_{11} $koŋ_{31}$ nen_{31} fa_{55} $ts'iu_{55}$ $vaŋ_{55}$ lok_3 hi_{55} je_{33}
>
> *b.　ki_{11} $koŋ_{31}$ nen_{31} $koŋ_{31}$ nen_3，mok_5 hi_{55} $ts'au_{11}$ ki_{11}

　　再者(33b)的V＋nen 可以在前面加介詞$ts'oi_{33}$（在），但是(33a)中的ABAB結構並不可在其前加個$ts'oi_{33}$。由這兩個層次的語法比對，顯然可以看出V＋nen與V＋nen V＋nen在語法上的角色、功能不同，正好說明ABAB的詞法結構有其獨立存在的必要性。

　　從前面三點來看，把ABAB的重複排除在客語的構詞法之外，並非明智之舉。基於此，我認為應該把ABAB的構詞分類來分析。原則上，ABAB是由AB為詞基，再經過整個詞基的重複而成，粗分為三類：

1. AB → ABAB的結構

(35)

$ŋoŋ_{55}$	$mian_{55}$	→	$ŋoŋ_{55}$	$mian_{55}$	$ŋoŋ_{55}$	$mian_{55}$	（憨面憨面，罵人「不聰明」的樣子）
au_{33}	man_{11}	→	au_{33}	man_{11}	au_{33}	man_{11}	（傲慢傲慢，表不講理、粗暴之模樣）
au_{55}	pau_{55}	→	au_{55}	pau_{55}	au_{55}	pau_{55}	（傲暴傲暴，表倔強、固執又不明事理之模樣）
$ŋoŋ_{55}$	$t'sit_5$	→	$ŋoŋ_{55}$	$t'sit_5$	$ŋoŋ_{55}$	$t'sit_5$	（憨直，表很正直、直率之意）

　　AB與ABAB的語意不同，用法也大異其趣。以(35)的例子而言，AB都是形容詞，其用法可以置於名詞之前作限定修飾，這時通

常加形容詞詞尾－e$_{55}$(36a)，或者是置於名詞之後作補敘用法(36b)。比較之下，ABAB的構詞表「AB的模樣」，而且大多用於補敘用法(36c)。

(36)

a.	阿宗是	au$_{33}$	man$_{11}$	ne$_{55}$	人（阿宗是個傲慢人）	
b.	阿宗蓋	au$_{33}$	man$_{11}$	（na$_{33}$）		
c.	阿宗	au$_{33}$	man$_{11}$	au$_{33}$	man$_{33}$	na$_{33}$
d.	阿宗	au$_{33}$	au$_{33}$	man$_{33}$	man$_{33}$	na$_{33}$

　　上述(36a)及(36b)非常肯定地表明阿宗是個au$_{33}$ man$_{11}$的人，但是(36c)只是表示說話者的感覺，並未作最後的判斷，因此常在(36c)之後加上類似「沒想到作人卻如此謙虛」。(36d)也是相處之後，對事實的描述。由此可見，AB式的形容者重複成ABAB之後，在語意上大不相同。

2. ABAB是V＋nen V＋nen的結構

　　這時的V（動詞）必須是及物動詞，但在AB結構時，卻是及物、不及物動詞均可，試比較：

(37)

a. 佢 k'i$_{33}$nen$_{31}$食飯（他站著吃飯）
*b. 佢 k'i$_{33}$nen$_{31}$ k'i$_{33}$nen$_{31}$，就倒下去了（他站著站著，就倒下去了）
c. 佢食nen$_{31}$飯
d. 佢食nen$_{31}$食nen$_{31}$，就倒下去了

　　可見在V＋nen與V＋nen V＋nen之結構間還是有些差別，其他的差別請回頭參考(33)之比較及說明。

3. ABAB結構中的AB是單位量詞＋名詞時

(38)

一	聶	一	聶
半	塊	半	塊
五	家	五	家
kui$_{33}$	隻	ku$_{33}$	隻

　　這時的AB與ABAB在與法上的分布及用法不同。首先AB作名詞或量詞時，都置於動詞之後，但是ABAB結構卻必須置於動詞之前：

(39)

a. 佢買半塊豬肉
b. 豬肉佢買半塊
*c. 豬肉半塊佢買
*d. 佢買半塊半塊豬肉
e. 豬肉佢半塊半塊買

　　前面(39c)不好，因為「半塊」被置於動詞之前，但是(38d)不好卻是因為「半塊半塊」置於名詞之前、動詞之後。由此可見AB與ABAB在語法結構上的角色不同。

　　再者AB與ABAB的語義也有別。在(39a)及(39b)中的「半塊」是量詞，用來修飾或限定其後名詞之量，但是(39e)中的「半塊半塊」顯然是指「買」的動作，是以「半塊」來算計，頗有移為副詞性的用法。

　　前面討論了ABAB結構的用法及其功能，重要的發現是：ABAB在結構、語法、語用、語意上都異於AB，因此不能把ABAB的重複結構排除在客語的構詞法之外，而必須納為客語構詞法的一部分。

六、ABAC型

ABAC型的重複源頭顯然是BC，因此這類型的重複中，BC都是並列的複合詞而且可以單獨成詞使用。至於A則必須視BC的詞性而定，如果BC是名詞，A可爲否定詞如「聲說」→ 無聲無說（$san_{33}sot_3 →mo_{11}san_{33}mo_{11}sot_3$），也可以是動詞如「傳聲傳說」。如果BC是動詞，則A可以爲名詞「生長」→ 土生土長（$sen_{33}tson_{31} → t'u_{31}sen_{33}t'u_{31}tson_{31}$），可以是動詞「來去」→ 想來想去（$loi_{11}hi_{55} → cion_{11}loi_{11}cion_{31}hi_{55}$）。底下先看相關之語料，才進行討論。

1. BC是名詞者

(40)

兄弟 → 難兄難弟	nan_{55}	iun_{33}	nan_{55}	$t'i_{55}$
手腳 → 賊手賊腳	$tc'iat_5$	su_{31}	$tc'it_5$	$kiok_3$
→ 綁手綁腳	pon_{31}	su_{31}	pon_{31}	$kiok_3$
→ 動手動腳	$t'un_{33}$	su_{31}	$t'un_{33}$	$kiok_3$
山海 → 人山人海	$ñin_{11}$	san_{33}	$ñin_{11}$	hoi_{31}
→ 滿山滿海	man_{33}	san_{33}	man_{33}	hoi_3
聲說 → 無聲無說	mo_{33}	san_{33}	mo_{33}	sot_3
煩惱 → 無煩無惱	mo_{33}	fan_{11}	mo_{33}	no_{31}
影跡 → 無影無跡	mo_{33}	jan_{31}	mo_{33}	$tciat_3$

2. BC是形容詞者

(41)

生長 → 土生土長	$t'u_{31}$	sen_{33}	$t'u_{31}$	$tson_{31}$
出入 → 行出行入	han_{33}	$ts'ut_3$	han_{33}	ip_3

來去 → 算來算去	son_{55}	lai_{11}	son_{55}	hi_{55}
→ △來△去	pan_{31}	loi_{31}	pan_{31}	h_{55}
（拖來拖去）				
→ 想來想去	$\text{ç}ion_{31}$	loi_{11}	$\text{ç}ion_{31}$	hi_{55}
→ 無來無去	mo_{33}	loi_{11}	mo_{33}	hi_{55}
→ 直來直去	$ts'it_5$	li_{11}	$ts'it_5$	hi_{55}

3. BC是副詞者

(42)

早夜 → 半早半夜	pan_{55}	tso_{31}	pan_{55}	ja_{55}
→ 無早無夜	mo_{33}	tso_{31}	mo_{33}	ja_{55}
→ 透早透夜	$t'eu_{55}$	tso_{31}	$t'eu_{55}$	ja_{55}
→ 打早打夜	ta_{31}	tso_{31}	ta_{31}	j_{55}
→ 作早作夜	tso_{55}	tso_{31}	tso_{55}	ja_{55}

　　由前所舉的例子可知：A是很隨意的詞，但能否嵌入BC的結構裡，卻沒有多大的線索。也由於A的類別很多，客語構詞中的ABAC結構良多，無法一一盡舉。但是我們比較有興趣的是ABAC構詞的步驟，試比較：

(43)

BC → ABC	BC → ABAC
來去 → 無來去	→ 無來無去
→ 想來去	→ 想來想去
→ *比來去	→ 比來比去
→ 行來去	→ 行來行去

　　由前面的比較，BC可以在其前加A以形成ABC的結構，但並非所有ABAC都有ABC的結構，比如說，「比來比去」是常用的ABAC構詞，但是「比來去」卻不能存在。據此，BC→ABAC中A詞之重複，並非由於ABC先構詞，而可能是由字構（即原始）層次的BC直接重複而成爲ABAC，過程如後：

(44)

七、ABCB型

　　無獨有偶，客語有ABAC的結構，也有ABCB的重複結構，其中ABAC是由於BC是個雙音節詞，而ABCB正好是AC本身也足以單獨成詞。但是依前面之討論，ABAC中的ABC並不一定成詞，而ABCB中的AB與CB一般可以單獨成詞，因此ABCB應是由AB與CB並列而成的結構。例如在「口服心服」中，「口服」固然成詞，而「心服」也爲常用詞（見於「我心服其人久矣！」）字例見於後：

(45)

手短腳短
買空賣空

八、結語

　　我們在本節裡共分析了七種重複形式：(a.)AB型，(b.)ABB型，(c.)AAB型，(d.)AABB型，(e.)ABAB型，(f.)ABAC型，及(g.)ABCB型，每一種重複方式都可以探討其源流及重複前、後在語意上的區

別。由這些重複形式，可以明瞭客語重複結構的繁複。

不過迄今為止，我們對客語以至於其他漢語方言的重複構詞法，都還僅止於分類、列舉，以及作些理論上的臆測及討論，但我們對重複結構的理解還是很有限。首先我們不明白為什麼「$au_{55}pau_{55}$」可以重複成「$au_{55}au_{55}pau_{55}pau_{55}$」，也可以是「$au_{55}pau_{55}au_{55}pau_{55}$」，「$ju_{55}au_{55}ju_{55}pau_{55}$」、「$au_{55}pau_{55}pau_{55}$」、（即有AABB、ABAB、ABB、ABAC型重複），但「洗湯」只可以「洗洗湯湯」呢？易言之，我們很難找到可以從AB變成AAB或ABB類型的用詞有何共通性，是什麼特性或內在結構使某些用詞享用共同的重複形式呢？這是個饒富趣味的問題，可惜我們目前尚無法回答這個問題。不過我們還是希望日後的研究者能朝此方向作更深入的研究與探討，以啓開更具體的研究領域。

附加結構

附加構詞法英語稱為affixation，即在詞幹或詞基（Stem）前後或中間加上某個詞素，以增加詞彙。加在詞幹之前的稱前綴詞（Prefix），例如英語的likely可以前加un-形成unlikely一字，客語的a_{33}（阿）可以加在親屬稱謂之前，如：「阿伯」（$a_{33}pak_3$）、「阿叔」（$a_{33}suk_3$）等。加在詞幹後面的稱作後綴（Suffix），例如英語的–ly可以使like變成likely，客語的ku_{31}（古）可以加在「憨」之後形成「憨古」（$ŋoŋ_{55}ku_{31}$），加在人名之後，如「阿德古」（$a_{33}tet_3ku_{31}$）表更親切之意。

像英語之類的西方語言，附加構詞的主要方式有屈折（inflection）與派生（derivation）兩種。所謂屈折是指在動詞之後附加某些後綴以形成時態（tense）、時貌（aspect），或在名詞之後加詞綴，以區分單、複數。例如：He walks, I walk, They walked 等句中的 –s, -ed 等即為屈折式後綴。派生則是在字的型態上加後綴，以變化詞類，例如 president + al→presidential，presidential +

ity→presidentiality，像 –al，-ity之類的後綴，不但使president的詞
類改變，也使字形產生變化，這種附加叫作派生。

　　如果以上述的定義或角度來看，漢語方言的派生與屈折構詞都
不很突出，倒是詞頭或詞尾式的添加更顯漢語的特色。例如前面提
過的「阿叔、阿伯、阿婆」等「阿」，形式上類於英語的前綴（Pre-
fix），但功能與用法上卻不相類。又如「刀嬤、笠嬤、杓嬤」中的
「嬤」，形式上是添加詞幹之後，類於英語的suffix，但功能上既
沒有明顯的詞類標誌功能，也無法理出各個「嬤」之間有何共同的
特性，因此文獻上（羅肇錦1984、張雁雯1998）的分類，與其說是
學理上的思考，不如說是香火的延續，因為從陸志韋1975、趙元任
1968、湯廷池1988以降，都持這種分類法。

　　漢語的構詞法迭經百年的探研與摸索，雖然已有很多問題獲得
合理的解釋，但仍然還有許多盲點（參見潘文國等1993）。如此繁
複的問題，自然無法在此得到解決，因此本小節把附加構詞分為屈
折、派生、詞頭、詞尾四部分，一探客語的附加結構。

一、屈折

　　所謂屈折綴詞是附加在動詞之後，表時式之變化或時貌（as-
pect）之完成、進行等標記。客語這部分的討論仍然在初期階段，尚
有待更多的關懷。

1. nen_{31} → 表「進行」

　　客語表動作正在進行，用V＋nen_{31}。按：nen_{31}有個變體ten_{31}，
依各方言不同而別，例如北部四縣客用ten_{31}（張雁雯1998：41、羅
肇錦1984：86），南部四縣客用nen_{31}。用法上，nen_{31}有三類：

A. 及物、不及物動詞 ＋nen_3

及物：	$tsok_3$	nen_{31}	sam_{33}		（著著衫）
	$tç'ia_{31}$	nen_{31}	$tsok_3$	$ñiap_5$	（寫著作業）

不及物：	haŋ₁₁	nen₃₁	（走著）
	ten₃₁	nen₁₁	（等著）

及物動詞後的受詞也可以提前：

(46)

a.	佢在背	nen₃₁	se₅₅	ñin₁₁	ni	（他在背著小孩子）
b.	se₅₅		ñin₁₁	ni	佢在背	nen₃₁	（小孩子他在背書）

這種情形下，nen₃₁一般都會（但不一定必要）和「在」（ts'oi₃₃）連用，如(46a,b)。但是並非每個動詞都可以有像(46a)與(46b)的對應，例如(47b)、(48b)都不是很可以接受的句子：

(47)

a.	佢 在 讀 nen₃₁ 書
*b.	書，佢 在 讀 nen₃₁

(48)

a.	佢 在 唱 nen₃₁ 歌 （e₃₁）
*b.	歌（e₃₁），佢 在 唱 nen₃₁

目前，哪些句子或動詞可以有像(46a、b)之對應，哪些動詞卻不能，尚無固定的準則。但比較明顯的傾向是客語的nen₃₁多用於副句，類於英語的分詞構句（participle construction），試比較：

(49)

a.	看nen₃₁電視，佢sa₅₅睡著了（sa₅₅：竟）
b.	Watching TV, he　fell asleep.

因此，客語與英語的進行時貌，除了表進行外，也可以作分詞構句，用法很近似。

B. 兩動作的同時

客語在兩個動作之同時，其表現手法頗類於英語的分詞構句，如「佢 k'i$_{33}$nen$_{31}$t'uk$_5$su$_{33}$（他站著讀書）」相當於英語的「He stood reading.」這類句型常用者有：keu$_{55}$nen$_{31}$koŋ$_{31}$（哭著講）、k'ui$_{31}$nen$_{31}$keu$_{55}$（跪著哭）。

這種V$_1$nen V$_2$結構中的V$_1$通常是不及物動詞，而且均為單音節：

(50)

a.	k'ui$_{31}$ nen$_{31}$ çit$_5$ fan$_{55}$（跪著吃飯）
*b.	çit$_5$ nen$_{31}$ fan$_{55}$ keu$_{55}$（吃著飯哭）

C. V nen ＋ V nen

這種結構已在ABAB的重複結構談及，多用於表示的動作之前位修飾：

(51)

koŋ$_{31}$ nen$_{31}$ koŋ$_{31}$ nen$_{31}$，佢 sa$_{55}$哭起來了
（講　著　講　著　）

以上是有關客語進行貌－nen$_{31}$的用法。

2. het$_3$（歇）→ 表「完成」

南部四縣客的het$_3$在北部用t'et$_3$，主要表示動作的完成，因此也常與le$_{33}$（了）連用。主要的用法有：

A. V＋ het$_{31}$（V＝不及物動詞）

juŋ$_{55}$	het$_{31}$	（用掉）
çit$_5$	het$_{31}$	（吃掉）
t'on$_{33}$	het$_{31}$	（斷掉）

B. V＋ het_{31} ＋O（V＝及物動詞，O＝受詞）

çit_5	het_{31}	fan_{55}	（吃了飯）
lai_{11}	het_3	$t'ian_{11}$	（犁了田）
çi_{55}	het_{31}	vo_{11}	（蒔過禾）

　　當然在句子中，V＋het_3＋O也可以改用O＋V＋het (le_{33})表示，如：

(52)

a.	佢	çi_{55}	het_{31}	vo_{11}	i_{31}	（他蒔過禾）
b.	vo_{11}	i_{31}	佢	çi_{55}	het_{31} le_{33}	（禾，他蒔完了）

　　由前面客、國語之對比，明顯地看出het_{31}相當於國語的「過」和「完」。其實客語的het_{31}也可以用ko_{55}（過）來代，也表完成，只是het_{31}表動作，ko_{55}表經驗，兩者的語法、語意均大不相同：

(53)

a.	佢	çi_5	het_{31}	fan_{55}	（他吃完了飯）
b.	佢	çi_5	ko_{55}	fan_{55}	（他吃過飯）

　　客語表完成的綴詞還有le_{33}，但這是屬於句子層次的標記，不在此細述。張雁雯1998：41論及客語的het_3（她文中的$t'et_3$），以爲涉及詞組層次，而不把它列爲附加成分。然而我還是認爲het_3是構詞層次的語法結構，理由有二。首先，het_3都附加在動詞之後，可以成爲獨立的詞語，如çit_5het_{31}（食了）可用於各種結構：

(54)

a.	佢	有	çit_5	het_3	
b.	你	敢	çit	het_3	mo_{11} ?
c.	佢	mo_{11}	çit_5	het_3	
d.	佢	m_{11}	çit_5	het_3	

因此這種情形之下的V＋het相當於英語的V＋en（如beaten）。
再者，het$_3$與nen$_{31}$一樣，頗有英語分詞構句的況味：

(55)

a.	çit$_5$	het$_3$	fan$_{55}$，	佢就去上班
b.	Finishing eating, he went to the office.			
c.	Having eaten（the rice）, he went to the office.			

　　與(51)比較，我們發現客語的nen$_{31}$類於進行，而(55)的het$_3$類於
完成，兩者輝映，更可以看出同為屈折構詞的共通性。而且兩者之用
法與英語表進行、完成的分詞構詞相對應。西方構詞學家（Aronoff
1976, Selkirk 1982, Spencer 1991）把－ing及－en看成字構層次
（lexicon level）的構詞，客語的nen$_{31}$及het$_3$也勢必看成構詞的主要
部分。

　　過去文獻常把與時式、時貌有關的標記或詞綴劃到詞組成句法層
次（參見Chao 1968），原因是漢語的附加成分與詞幹在書寫形式或
語音成分上，都是各自獨立，因此哪些歸為構詞，哪些歸入句法，往
往紛爭迭起（參見潘文國等1993、湯廷池1988），本文固然無法詳
論這個議題，但是就客語的nen$_{31}$與het$_3$的用法而言，明顯地應該劃入
構詞，因此nen$_{31}$與het$_3$必然是附加成分。

3. nen$_{33}$／teu$_{33}$（表名詞的複數）

　　最後要討論的屈折性詞尾是表複數的nen$_{33}$、ten$_{33}$或teu$_{33}$，三者
主要是方言性的變異。試比較：

(56)

	你	我	他	你們	我們	他們
南部（美濃）	ŋ	ŋai	i	ŋ nen	ŋai nen	i nen
南部（萬巒）	ŋ	ŋai	i	ŋ en	ŋai ten	i ten
北部（苗栗）	ŋ	ŋai	ki	ŋ teu	ŋai teu	ki teu
北部（海陸）	ñ	ŋai	ki	ñi teu	ŋai teu	ki teu

	你的	我的	他的	你們的	我們的	他們的
南部（美濃）	ñia ke	ŋai ye	ja	ŋ nen	ŋai nen ne	i nen ne
南部（萬巒）	ŋ ye	ŋa ya	i ye	ŋ ten ne	ŋai ten ne	i ten ne
北部（苗栗）	ñia ke	ŋa ke	kia ke	ŋ teu ke	ŋ teu ke	ki teu ke
北部（海陸）	ñia ke	ŋa ke	kia ke	ñi teu ke	ŋai teu ke	ki teu ke

　　由前表之比較可知：客語人稱代名詞的複數詞尾分別有 nen_{33}、ten_{33}及teu_{33}等三種形式。另外，所有格的詞尾分別是e、ie、及ke三種基底形式，再由於詞尾延展的結果，使e以ne的形式出現。當然更仔細分析，所有格不只是原來的人稱代名詞e、ie、或ke，而是有/ia/的詞尾，例如「你」本來是[ŋ]，但「你的」卻是「ñia」或「ñia ke」：

(57)

a.	$ñia_{33}$	pa_{55}	ju_{33}	loi_{11}	lo_{11} ?	
	你的	爸爸	有	來	否？	
b.	$ñia_{33}$	ke_{55}	a_{55}	pa_{55}	ju_{55}	loi_{11}	mo_{11} ?
	你	的	阿	爸	有	來	否？

　　前面兩句中，(57a)是最常使用的形式，有親近之意味。(57b)是很正式的說法，用於年長者對小輩之間的正式用語理。我們的重點是：在像「ñia」的結構形式中，隱含了「$ŋ_{11}$」（你）及所有格標記（或詞尾）—ia的合併（請參見第六章）。

　　基於前述的分析及簡短的討論，我們獲得的結論是：客語人稱代名詞的複數、所有形式，都是由代名詞與固定的詞尾合組而成，非常有規律。

　　除了人稱代名詞外，teu_{33}也是指示代名詞的複數詞尾：

(58)

	近指	遠指	不定指
單數	le_{31}	ke_{55}	ne_{55}
複數	$le_{31}teu_{33}$	$ke_{55}teu_{33}$	$ne_{55}teu_{33}$

　　近指的le_{31}與不定指ne_{55}的是南部四縣客的用語，北部是ia_{31}及nai_{55}，但是在指示代名詞的複數上，卻是南北四縣客都相同。有趣的是，南北四縣客的指示代名詞中也會加個ke_{55}，如$le_{33}ke_{55}$、$ne_{55}ke_{55}$，可是ke_{55}（那個）只用個ke_{55}，而非*$ke_{55}ke_{55}$。

(59)

a.	le_{31}	ke_{55}	m_{11}	mo_{31}，	von_{55}	ke_{55}	ho_{31}	e
	這	個	不	好，	換	那個	好	了。
b.	le_{31}	keu_{33}	$ñin_{11}$	tap_3	m_{11}	te_{31}，	mok_5	kon_{31}	ken_{33}
	這	些	人	理	不	得，	莫	（再）管	他們。

　　以上是代名詞複數詞尾nen_{33}與teu_{33}的用法，除了各方言間有用字差別外，在語法、語用上有其一致性。

4. 結語

　　迄今我們討論了客語三種屈折式詞尾：nen_{31}、het_3、及nen_{33}，分別表示進行、完成及代名詞元複數。若再更詳細的探研，客語有關屈折性詞尾應不只此數，但以本文之主題與範圍而言，這三個詞尾的介紹已能顯示客語構詞上的基本風貌。

二、派生附加

　　派生附加主要是使詞語的詞類產生變化，這種附加成分又可分為固有的與借入的兩種。固有的客語派生附加成分有名詞詞尾－i_{31}、形容詞詞尾－e_{55}，及副詞詞尾－e_{33}/－i_{33}。其中名詞詞尾－i_{31}頗有方言

之間的變化，饒平客語用ə，南部四縣客語中有新埤、長治、佳冬及高樹等地區用－i_{31}，其他各方言均用－e_{31}。同樣地，副詞詞尾－i_{31}也只出現在南部的新埤、長治、佳冬及高樹等四個鄉鎮，其他均爲－e_{33}。應該要注意的是這些詞尾雖同爲－e，但聲調卻不相同，可見客家話的詞尾有其獨立的聲調，並沒有輕聲的現象產生。目前認爲客語詞尾有輕聲現象的只有黃基正1965，是否基於年齡層及方音的變異，必須再進一步的研究。

在這三個派生詞尾中，我們先看名詞詞尾－i_{31}，它至少有三種特性值得討論。第一，它與英語的派生詞尾一樣，會使詞類產生變化，如果接在動詞之後，使動詞變成了名詞：

(60)

動　詞		動 詞 ＋ i_{31} ＝ 名 詞		
set_3	（塞）	set_3	ti_{31}	（塞子）
$ts'an_{31}$	（鏟）	$ts'an_{31}$	ni_{31}	（鏟子）
$k'ap_3$	（蓋）	$k'ap_3$	pi_{31}	（蓋子）
$p'ian_{55}$	（騙）	$p'ian_{55}$	ni_{31}	（騙子）

第二，有少數客語的詞彙，必須要加－i_{31}：

(61)

a.	se_{55}	meu_{33}	vi_{31}	（小貓）	* se_{55}	meu_{33}
b.	han_{31}	ni_{31}		（蛤蜊）	* han_{31}	
c.	tsa_{31}	i_{31}		（傘）	* tsa_{31}	

即使這些用詞與其他語詞形成複合詞時，這個名詞詞尾－i_{31}也不可少，例如an_{31} ni_{31} $t'oŋ_{33}$（蛤蜊湯）、tsa_{31} i_{31} $p'ian_{55}$（傘的柄），其他的用詞中，名詞詞尾往往不見，例如$tsok_3ki_{31}$（桌子）、$ten_{55}ni_{31}$（凳子），但是$tsok_3ten_{55}$（桌椅），很少人說* $tosk_3ki_{31}ten_{55}$。客家

語詞彙中，有非常少數的語詞是由名詞詞尾－i_{31}來區分語意的，字尾有沒有－i_{31}很是重要：[3]

(62)

a.	se_{31}	sin_{33}	（洗身、洗澡）
b.	se_{31}	sin_{33}	ni_{31} （游泳）

　　第三，大多數的情況下，名詞詞尾－i_{31}與其說具有語類變化的標示作用，不如說是各詞類之標記，因為加－i_{31}的名詞，當它沒有加－i_{31}時，也是名詞，試比較：

(63)

a.	ten_{55}	ni_{31}		ten_{55}	ni_{31}	mo_{11}	la_{55}
	（凳	子）		（凳	子	不	夠）
b.	$tsok_3$	ten_{55}		$tsok_3$	ten_{55}	mo	la_{55}
	（桌	椅）		（桌	椅	不	夠）

　　由前面的用例及語料可知：客語的名詞詞尾兼具了詞類變化、語意區辨，及詞類標示等三種功能，明顯地比英語等印歐語系的派生詞尾更具多角的用法，同時也可以反映出漢語派生詞尾的特殊性。
　　同樣地，副詞詞尾i_{33}/ e_{33}也能使詞類產生變化，通常是使形容詞或動詞產生變化：

(64)

a.	fun_{11}	$tçiu_{33}$	$tçiu_{33}$	ve_{55}	han_{11}	son_{55}		（形容詞）
	紅	都	都	的	芒	果。		
b.	han_{11}	son_{55}	von_{11}	a_{55}	fn_{11}	$tçiu_{33}$	$tçi_{33}$	vi_{33}
	芒	果	熟	得	紅	都	都	的。 （副詞）

---

[3] 客家話以[-i]來區辨語意者很少。

(65)

a.	ηai_{11}	hi_{55}	$t'a\eta_{33}$	$t'a\eta_{33}$	kia_{33}	fa_{55}		（動詞）
	我	去	聽	聽	他的	演講。		
b.	kia_{33}	fa_{55}	ςi_{31}	tet_3	$t'a\eta_{33}$	$t'a\eta_{33}$	ηe_{31} i_{33}	（副詞）
	他的	話	可	以	聽	聽		
	（他的話只可以聽一聽，不可以太相信）。							

前述兩句之(a)句都是未加副詞詞尾－i_{33}的形容詞或動詞，但是在(b)句中，都因副詞詞尾－i_{33}而產生了變化。至於形容詞詞尾－i_{33}大都用於詞類的標示作用，頗類於名詞的第三種用法，由於用法較少變化，不再贅論。

簡而言之，客語有三個詞尾具有詞類的標示、變化及語意的分辨等功能，在此概稱為派生詞尾。此外，有許多外借而來的派生性詞尾，如「家」（藝術家、鋼琴家）、「度」（合法度）、「性」（可行性）等，與國語之外表借詞大抵相同，因此也不多贅述。

三、詞頭

除了屈折與派生兩種詞尾外，客語的附加成分中最多而且最有特性的附加成分還有兩類。一類附加於詞基之前，概稱為詞頭；另一類附加在詞基之後，概稱為詞尾。客家話常用的詞頭有兩個，分別是「阿」與「老」。

1. 阿

客家話的詞頭「阿（a_{33}）」有兩種用法，第一種是置於親屬長輩名稱之前，表示親近與尊敬之意：

(66) 阿叔、阿伯、阿婆、阿爸、阿姨、阿姑、阿嫂

這種「阿」是固定的，為必要性（obligatory）詞頭，因為像「阿嫂」是客語對嫂嫂的唯一稱呼，此「阿」不能少。客語對親屬關係，除了用「阿」作詞頭外，也可在親屬名稱之後加－a_{31}，例如

「阿叔＝叔 a_{31}」、「阿伯＝伯 a_{31}」，一般而言，「阿叔」比較正式、「叔 a_{31}」必較親密。

第二種「阿」的用法是置於人名之前，其後並可接其他綴詞用語。例如有個叫「陳錦得」的人，朋友、親屬可用底下的稱呼來叫他：

(67) 阿得、阿得、阿得哥、阿得伯、阿得叔

用「阿得」的情形是長輩對下輩或平輩對平輩，爲很不正式的用語。比較之下，「阿得i_{31}」是長輩對下輩或平輩對平輩，且表親屬、熟悉的語氣，因此如有客語人用「阿＋名＋i_{31}」來叫你，那表示說話者欲表示他與你的親密之意。「阿得（伯）」等明顯的是年齡較小者對年齡較大者之稱呼，用「哥」用「伯」全依輩分、年齡而定。

2. 老

客語的「老」作詞頭出現於三種情形。第一，「老」用於「老弟」（弟弟）、「老妹」（妹妹）、「老公」（先生）等稱謂上。近年來臺灣盛行老公、老婆之老公並非源自客語，而應是從粵語借來，一者與國語之老婆對稱，再者表親密。客語之「老公」與「$tçia_{31}i_{31}$」（姐子）（南部客）或$pu_{33}ñioŋ_{11}$（脯娘）（北部客）對稱指夫妻之稱謂，但客語用「老」來稱謂的，只限於這幾個字。第二，「老」可以唸「no_{55}」作詞頭，如$no_{55} fu_{31}$（老虎）、$no_{55} t'su_{31}$（老鼠）、$no_{55} hai_{31}$（老蟹，螃蟹）。南部四縣客的no_{55}，北部四縣客讀成lo_{55}（見張雁雯1998：23），但作詞頭以形成動詞之名，也只限於少數幾個字詞。第三種「老」的用法，孳生力很強，置於人名之前，表親密之意，如老得、老阿得、老得古等可以用來稱名叫阿得的人。

來臺後，客語受到國語影響很深，因此很多國語老字輩的稱謂也漸爲客語所沿用，如老師（昔日客語稱老師爲「先生」）、老大、老李等。也有從閩南語借用來的稱謂，如老貨i_{31}（相當於閩南語之lau hoi a）、老番顚等。

張雯雁1998發現：「老」與「阿」的語用「大致上是互補的」，「阿」成分用以尊輩，「老」則用於平輩或晚輩。這個「大致」很有點問題，因為「阿」也只有在表親屬稱謂上（如「阿伯」、「阿公」）有敬老之意，其他「阿」的用法也用於平輩或對後輩的稱謂，與「老」的用法相同。因此，有關「阿」與「老」的區隔，不如從結構上看。在必要性構詞（obligatory prefixation）如「阿公」、「老鼠」、「老弟」等用法上，「阿」與「老」的字構意義（morphemic meaning）不同，但在非必要性構詞上如「阿得」、「老得」等，「老」與「阿」的語法、語意功能完全相似。

四、詞尾

詞尾指接在詞基之後的「綴詞」，有些有特別的功能，但大多數只是作為客家語構詞上分類的方便而已，並無法找出這些詞基與詞委之間的共通性。

1. 頭（t'eu$_{11}$）

連金發1996論臺灣閩南語有關「頭」字的構詞，並追述其歷史淵源，歸納之：「頭」的構詞具有某種語意的標示作用，因為「頭」概指人、事、物之根頭、起源或取其一端。衡諸客語的「頭」字構詞，並未完全與連文之分析相同，但約可粗分如後：

(68)

A. 國、客、閩同「頭」者：[4]

man$_{11}$ t'eu$_{11}$	（饅頭）、	sak$_5$ t'eu$_{11}$	（石頭）、	tsin$_{55}$ t'eu$_{11}$	（症頭）
kut$_5$ t'eu$_{11}$	（骨頭）、	t'çit$_5$ t'eu$_{11}$	（膝頭）、	nit$_3$ t'eu$_{11}$	（日頭（太陽））、
so$_{31}$ t'eu$_{11}$	（鎖頭）、	k'en$_{11}$ t'eu$_{11}$	（拳頭）、	tiam$_{55}$ t'eu$_{11}$	（店頭（店鋪））、

---

[4]　在解說文字之後加括弧者，表只有閩南語和客語才有。

kiok₃ t'eu₁₁　（鋤頭）、　pu₃₁　t'eu₁₁　（斧頭）、　tsoŋ₃₃　t'eu₁₁　（莊頭（村莊））

su₃　　t'eu₁₁　（手頭〔「手頭好」指很順手〕）、　　t'iam₁₁ t'eu₁₁　（甜頭）

B. 客語專有之頭：

kien₃₃	t'eu₁₁	（肩頭）	toŋ₅₅	t'eu₁₁	〔當頭（耐力）〕
tam₃₃	t'eu₁₁	〔擔頭（擔子）〕	tso₅₅	t'eu₁₁	（灶頭）
tun₅₅	t'eu₁₁	〔頓頭（小凳子）〕	p'un₁₁	t'eu₁₁	（昔時放湯之大口鍋）、
k'ioŋ₃₃	t'eu₁₁	〔腔頭（腔調）〕	pi₃₃	t'eu₁₁	（陂頭）
kin₃₃	t'eu₁₁	（筋頭）、	su₃₁	tsi₃₁　t'eu₁₁	（手指頭）
ho₅₅	t'eu₁₁	〔號頭（號碼）〕、	heu₁₁	lien₁₁　'eu₁₁	（喉嚨頭）
vok₅ t'eu₁₁ （鑊頭）					

C. 客語專有之頭用於表時間

tseu₃₃	sin₁₁	t'eu₁₁	〔朝晨頭（早上）〕
ñit₃	s₁₁	t'eu₁₁	〔日頭時（白天）〕
toŋ₃₃	su₅₅	t'eu₁₁	〔當晝頭（中午）〕
ha₃₃	tu₅₅	t'eu₁₁	〔下晝頭（下午）〕
am₅₅	pu₃₃	t'eu₁₁	〔暗晡頭（晚上）〕
lim₁₁	m₅₅	t'eu₁₁	〔臨暗頭（傍晚）〕

前面(68B)中客語專有之頭，像「灶頭」表「廚房內用於煮飯的大口灶」，並沒有專指灶的「頭」，也不指灶之一端，因此不能用連金發之論點來解說。但細看這些以「頭」結尾的客語用詞，卻無法找出其共同點，顯然這些用詞之所以有「頭」，應該是任意的結構。至於(68C)中的「頭」，可能指時間。這就牽涉到客家人對時間的觀念與空間的態度了，在這些文化性的認知還無法完全了解之前，我們僅能說客語常用「頭」作為時間構詞的語尾。

2. 公、嬤

　　一般而言，客語用「公」與「嬤」表男女或陰性及陽性，例如「雞公」與「雞嬤」分別表「公雞」與「母雞」。但是客語裡有許多是「公」與「嬤」字尾的構詞，究其本意，並無法推出爲何用「公」，爲何用「嬤」，顯然這種詞尾只便於用詞之分類，並沒有語法上的意念。

　　以「公」作詞尾者：

(69)

lui_{11}	$kuŋ_{33}$	（雷公）、	von_{31}	$kuŋ_{33}$	〔碗公（大碗）〕	
$ñie_{55}$	$kuŋ_{33}$	（蟻公）、	su_{31}	tsi_{31}	$kuŋ_{33}$	〔手指公（大拇指）〕
$p'i_{55}$	$kuŋ_{33}$	（鼻公）、	lui_{31}	$kuŋ_{33}$	（小口大肚的竹籠，用於補魚或放青蛙）	
$ñi_{31}$	$kuŋ_{33}$	（耳公）、	ha_{11}	$kuŋ_{33}$	（蝦公）	
$hian_{31}$	$kuŋ_{33}$	（蚯蚓）、				

　　以「嬤」作詞尾者：

(70)

set_3	ma_{11}	（蝨嬤）	$kioŋ_{33}$	ma_{11}	（薑嬤）	
sat_5	ma_{11}	〔舌嬤（舌頭）〕	sok_5	ma_{11}	〔勺嬤（用於裝水的葫蘆瓢）〕	
lip_5	ma_{11}	（笠嬤）	$kien_{11}$	teu_{11}	ma_{11}	（拳頭嬤）
li_{33}	ma_{11}	（鯉嬤）	to_{33}	ma_{11}	〔刀嬤（柴刀）〕	

3. 其他

　　除了「頭」、「公」、「嬤」外，還有少數幾個用詞享有共同的詞尾，但是數目不多。例如以「哥」結尾者有：$sa_{31}ko_{33}$（蛇）、$tsu_{33}ko_{33}$（豬哥，即種豬）。有時罵男人或小男生也會用$heu_{11}ko_{33}$（猴哥），顯見「哥」字在心理構詞上有其孳生性。更少的例子是「婆」，如$pit_5p'o_{11}$（蝙蝠）、$io_{55}p'o_{11}$（老鷹）等。

　　以上是客語派生與屈折之外常見的詞尾，綜而言之，「頭」、「公」、「嬤」、「哥」及「婆」的選用，都是任意（arbitraray）成分居多，至於是否有文化、歷史上的切確源流，則待日後更進一步之研究。

複合詞的構詞法

　　客語和其他漢語方言一樣，構詞法中最具孳生能力的是複合構詞。所謂複合構詞就是由兩個或兩個以上的單純詞結合而成的新詞，且具有獨立詞義者。傳統中國語法研究的文獻中，對「單純詞」或「複合詞」的名稱頗有異見，其各種看法與辯證請參考潘文國等1993。本文所謂的單純詞是單詞素（mono-morphemic）且具獨立語意的用詞，例如「刀、菜、門、天、地」等。單詞素但不獨立使用的是爲詞綴（affix），作詞頭、詞尾，如「t'eu, nen, -e$_{55}$, -e$_{31}$, a$_{33}$（阿）」等，已見於7.2小節之討論。

　　複合詞與詞組也有區別，複合詞內的兩個單詞之間大多不能添加任何字詞，但是詞組卻可以。以客語的「搶光」（ç'ioŋ$_{31}$koŋ$_{33}$）與「搶店」（tç'ioŋ$_{31}$tiam$_{55}$）爲例，前者是VO（述賓）結構的複合詞，因爲「搶光」有獨立的語意，指「撈過界，不屬於他分內的事也搶著去管去作」，而且在「搶」與「光」之間，不能添加任何修飾詞，所以客語沒有*「搶大光」、*「搶天光」之類的用語。反之，「搶店」是詞組，兩詞雖構成述賓結構，但兩詞並沒有內在的語意，而且其間可以隨意增加飾語，如「搶了阿明的店」，「去搶大店，不要搶小店」，十足是個詞組特性。

　　當然，複合詞與詞組之間總有一個模糊地帶，無法用前述的學理來釐清。例如「搶劫」（tç'ioŋ$_{31}$kiap$_3$）屬於複合詞，因爲它也有獨立的語意，且可以作主詞(71a)、受詞(71b)、也可以量化（用量化詞修飾，如(71c)前有「很多」）：

(71)

> a. 那場搶劫很可怕。（主詞）
> b. 他很怕搶劫。　　（受詞）
> c. 近來有很多搶劫。（主詞）

　　但是「搶劫」可以插加其他飾語，如「他搶過二擺劫」（他搶過兩次劫）。所以像「搶劫」之類的構詞是處於灰色帶，也一直是漢語構詞學內的問題（見陸志韋等1982、朱德熙1976、潘文國1993）。

　　本文將循漢語構詞的文獻，把複合結構依句法關係分成「主謂式」（SV），如「地動」（$t'i_{55}t'uŋ_{33}$）；「述賓式」（VO），如「結舌」（ket_3sat_5，表說話不清楚或吞吞吐吐之意）；「述補式」（VC）如「講明」（$koŋ_{31}min_{11}$）；「並列式」（justaposition），如「清淨」（$tç'in_{33}tç'iaŋ_{55}$乾淨之意）；「偏正式」如「天公」（$t'ian_{33}kun_{33}$）等項目列次說明及討論。

一、主謂式複合結構

　　主謂式結構形同一個句子，同時有主語（主詞）和謂語（動詞），如「嘴焦」（$tsou_{55}tsau_{33}$），其特性是(a)可看成獨立的句子，因此可以接副詞修飾語(72a)，(b)可以形成單一複合詞作形容詞（或其他詞類）(72b)，(c)具形容詞特性，可以作動詞(72c)：

(72)

> a. 嘴很焦了，想要喝水。
> b. 講話講a_{55}（到）盡嘴焦（$tç'in_{55}tsou_{55}tsau_{33}$，$tç'in_{55}=$ 非常）。
> c. 佢$tç'in_{55}$嘴焦了。

　　主謂結構的複合詞可以是形容詞（Adjective）、動詞（Verb），或名詞（Noun）：

A：NV ＝ A

肚渴	（tu₃₁hot₃，口渴之意）	面熟	（mian₅₅sut₅）
心酸	（çim₃₃son₃₃）	鼻酸	（p'i₅₅son₃₃）
時行	（çi₁₁haŋ₁₁）		

B：NV ＝ V

根據	（ken₃₃ki₃₁）	狗吠	（keu₃₁p'oi₅₅）
酒醉	（tçiu₃₁tçui₅₅）	情願	（tçin₁₁jan₅₅）
面甲青	（mian₅₅kap₅tç'ian₃₃，臉色蒼白）		

C：NV ＝ N

才調（ts'oi₁₁t'iau₅₅，才能之意）

由這個簡單的分類，清楚地看出主謂作名詞的成分不多，大部分是形容詞和動詞。如果把句子看成是動詞的最大映界（maximal projection）（參見Chomsly 1986，1994），則主謂結構自然是屬於[＋V]的動詞或形容詞居多，這點清楚地反映在客語的構詞之中。

二、述賓結構

「述」指動詞，「賓」指賓語，也是受詞，所以述賓是VO結構，這類結構數目龐大，分述於後：

A：VO ＝ V

k'et₃₁ŋa₁₁p'a₁₁（缺牙）、k'io₃₃ su₃₁（瘸手）、p'ai₃₃kiok₃（跛腳）、pian₅₅ mian₅₅（變面，指因事而翻臉）、tet₃（çin₅₅）kau₅₅（跌筊，以筊卜吉凶）、p'an₅₅ tsok₃（辦桌，指喜宴客）、tsu₃₁ ts'oi₅₅（煮菜）、tç'ioŋ₃₁ koŋ₃₃（搶光，指不需他作的事，他作了）、tç'im₁₁ liau₅₅（尋聊，找人閒談）、tç'iam₃₃ çioŋ₁₁（參詳，討論）、het₃

ja_{55}（歇夜，過夜）、ki_{55} fu_{55}（寄付，幫忙之意，特指金錢上之幫忙）、$t'iau_{55}$ mi_{31}（糶米）、$t'at_5$ mi_{31}（糴米）、$kiun_{33}$ hen_{11}（弓恒，指看管緊一點，特別指對小孩管教而言）、$tsim_{33}$ $ts'a_{11}$（斟茶）、$tsit_5$ $ts'a_{11}$（食茶）、son_{55} si_{55}（算事，算帳之意）、ten_{31} lu_{55}（等路，等遠遊者之禮物）、$tson_{31}$ mun_{11}（轉門，回娘家）、$t\varsigma'ia_{55}$ $\tilde{n}iau_{55}$（洩尿，怕的樣子）、kon_{31} ku_{31}（講古，講故事）、$tson_{31}$ pai_{31}（轉擺，休息之意）、fat_3 lok_5（發落，分配管理之意）、ko_{55} ςin_{33}（過身，死去）、ko_{55} $\tilde{n}ian_{55}$（過願，滿足）、$tson_{31}$ $\tilde{n}iu_{11}$（掌牛，牧牛）、$tson_{31}$ kan_{55}（掌更，看守更亭）、$k'oi_{33}$ $tsok_3$（開桌，開始用餐）、$k'oi_{33}$ $tiau_{31}$（開屌，開始罵人）、$k'oi_{33}$ kon_{33}｛開光，開業或作完一件事開始使用，如：fun_{33} sui_{31} koi_{33} kon_{33}〔風水開光，（即風水可以使用，開始祭拜）〕｝、tsa_{55} ςi_{55}（假試　假裝）、tsa_{55} non_{55}（假憨，裝蒜）、lo_{11} luk_3（勞碌）、lok_5 ji_{31}（落雨，下雨）、lok_5 tsu_{55}（落注，賭博下注）、kua_{55} tsi_{31}（掛紙，清明掃墓）、kua_{55} fun_{11}（掛紅，喜事）、kua_{55} li_{55}（掛慮）、$ts'ut_5$ $mian_{55}$（捽面，擦臉）、tso_{55} $\tilde{n}iat_5$（作月，作月子）、tso_{55} $t\varsigma ia_{33}$（討妻）、$t'o_{55}$ ςit_5（討食，乞食）、au_{55} pau_{55}（拗暴，剛愎不講理）、ke_{55} kau_{31}（計較）、teu_{55} ki_{55}（鬥句，押韻之意）、teu_{55} tap_3（鬥答，合作）、ςion_{33} $tiau_{31}$（相屌，作愛）、ςion_{33} lam_{31}（相攬，相抱）、ςion_{33} $p'an_{33}$（相舉，互毆）、$ts'u_{33}$ $t'eu_{11}$（抽頭）、pau_{33} mi_{33}（包尾，最後）、pau_{33} ςit_5（包食，包下整喜宴）、kau_{33} kon_{33}（交干，有買賣關係）、su_{33} $kian_{33}$（收驚）、ta_{31} son_{31}（打賞，浪費）、ta_{31} pon_{33}（打幫）、$ts'ut_3$ son_{33}（出山，出殯）、$tsut_3$ ten_3（出丁，生男孩）、$ts'ut_3$ $tsok_3$（出桌，開始上菜）、kot_3 vo_{11}（割禾，稻穀收成）。

　　這部分例子舉比較多，主要是裡頭有很多客家用語逐漸消失了，留在此作一份資料保留。

B：VO ＝ A

熱人	（ñiat₅ñin₁₁，很熱之意）	寒人	（hon₁₁ñin₁₁，很寒冷之意）
無影	（mo₁₁jaŋ₃₁，假的）	無彩	（mo₁₁ts'ai₃₁，可惜）
失望	（si₃₁ moŋ₅₅）	有名	（ju₃₃ miaŋ₁₁）
像人	（tɕ'ioŋ₅₅ ñin₁₁）	短命	（ton₃₁ miaŋ₅₅）

C：VO ＝ N

算盤（son₅₅p'an₁₁）	行路（haŋ₁₁lu₅₅）

　　由此可見，述賓結構大都是保留了述詞（動詞）之特性，其他詞類的用法相對就少了許多。

三、述補結構

　　「補」是補語（complement），因為補語一般都是形容詞，所以「述補」是VA結構，分述如後：

A：VA ＝ V

su₃₃	tɕ'iu₃₃	（收拾）
liau₅₅	lioŋ₁₁	（料涼、乘涼之意）
ki₅₅	tet₃	（記得）
tsu₃₁	suk₅	（煮熟）
共下	（k'iuŋ₅₅ha₅₅，一起之意）	
賣淨	（mai₅₅tɕ'iaŋ₅₅賣光了）	

B：VA ＝ N

行壞	（haŋ₁₁fai₃₁走歧路）

C：VA ＝ A

sot$_3$	min$_{11}$	（說明）	k'on$_{55}$	k'iaŋ$_{33}$	（看輕）
jip$_5$	loi$_{11}$	（入來）	ts'ut$_3$	hi$_{55}$	（出去）
foŋ$_{55}$	t'ai$_{55}$	（放大）	t'eu$_{55}$	ts'on$_{33}$	（穿透）
k'on$_{55}$	mo$_{11}$	（看無，看不懂）	haŋ$_{11}$	t'uŋ$_{33}$	（行通，大便之意）
k'i$_{33}$	ho$_{31}$	（企好，站好）			
haŋ$_{11}$	tɕ'ian$_{11}$	（行前，參與或走到前面）			

　　以上是VA的述補結構，這種結構明顯地存有述詞或補語的特性，因此述補結構通常作形容詞（補語）或動詞（述詞）用，這兩種的孳生力也強。

四、並列結構

　　並列式指兩種相類的詞並列在一起，形成另一個新詞，如「白淨」之中，「白」和「淨」意思相同，詞類一致，但兩個詞常合在一起使用。並列式種類繁多，可以由名詞、形容詞、動詞或副詞組合而成。而且並列式中的兩個詞有意思相反，如 「姐妹」等。底下就以這些分類舉例：

1. 同義詞並列

名詞：t'i$_{35}$ p'an$_{11}$（地盤）、san$_{33}$ liaŋ$_{33}$（山嶺）、ho$_{11}$ ts'on$_{35}$（河川）、t'iau$_{11}$ k'ian$_{55}$（條件）。

動詞：pan$_{33}$ tɕ'ian$_{33}$（搬牽）、t'in$_{33}$ t'uŋ$_{33}$（動）、jok$_3$ sut$_3$（約束）、kui$_{33}$ hi$_{55}$（歸去）、fat$_3$ tsok$_3$（發作）、vaŋ$_{55}$ to$_{31}$（橫倒）、k'ui$_{31}$ pai$_{55}$（跪拜）、ji$_{33}$ ko$_{35}$（倚靠）、tsi$_{55}$ tsok$_5$（製作）、tɕ'in$_{33}$ kiat$_3$（清潔）、tsu$_{31}$ toŋ$_{31}$（阻擋）、saŋ$_{33}$ sot$_3$（聲說）。

形容詞：fon$_{33}$ hi$_{31}$（歡喜）、tɕ'in$_{33}$ tɕ'iaŋ$_{55}$（清淨）、ŋaŋ$_{55}$ tsit$_3$（硬直）、ts'u$_{33}$ lu$_{11}$（粗魯）、lu$_{11}$ man$_{11}$（魯莽）、

$kon_{11} min_{11}$（光明）、$ki_{11} kuai_{55}$（奇怪）、$vu_{33} am_{33}$
（烏暗）。

副詞：$kin_{33} pun_{31}$（根本）、$tian_{33} to_{55}$（顛倒）、$tsun_{11} k'iun_{55}$
（總共）、$k'ok_3 sit_5$（確實）。

2. 反義並列詞

名詞：$kin_{33} lion_{33}$（斤兩）、$t\varphi i_{31} moi_{35}$（姊妹）、$su_{31} kiok_5$（手
腳）、$kok_3 t'eu_{11}$（角頭）、$t'eu_{11} mi_{33}$（頭尾）、lo_{31}
nun_{35}（老嫩）。

動詞：$loi_{11} hi_{55}$（來去）、$tson_{31} loi_{11}$（轉來）、$ts'ut_3 \tilde{n}ip_5$（出
入）。

形容詞：$t\varphi ian_{33} ts'ut_3$（靚醜）、$ts'un_{33} k'ian_{33}$（重輕）、$vu_{33}$
$p'at_5$（烏白）、$t'ai_{55} se_{55}$（大小）、$to_{53} \varphi iau_{31}$（多
少）、$son_{33} ha_{33}$（上下）。

副詞：$fan_{11} tsin_{35}$（反正）、$tso_{31} man_{35}$（早慢）、$ka_{33} kam_{35}$
（加減）。

3. 近義詞並列

名詞：$fun_{33} ji_{31}$（風雨）、$t'eu_{11} mian_{35}$（頭面）、$\varphi im_{33} kon_{33}$
（心肝）、$fun_{33} sui_{31}$（風水）、$mian_{55} jun_{55}$（命運）、
$t'ian_{11} k'iu_{33}$（田坵）、$ho_{11} pa_{55}$（河壩）、$san_{33} ho_{11}$（山
河）。

動詞：$san_{31} k'iam_{55}$（省儉）、$sat_3 si_{31}$（施捨）、$pia_{55} kiok_3$（用
力工作）、$sat_5 man_{33}$（煞忙）。

形容詞：$non_{55} tsit_5$（戇直）、$son_{33} t'un_{55}$（痠痛）、$ko_{33} t'ai_{55}$
（高大）、$ta_{31} pon_{31}$（打幫）。

這些並列詞有時意義會轉變，如「上下」本是形容詞，但是句法
中常看成名詞，「佢不知上下」（表：他不知事情之重要性），此時
「上下」是「知」（ti_{33}）的謂語，有名詞的成分。

五、偏正結構

　　所謂偏正，指複合詞內的兩個用語中，有一個小於或必須依賴另一個。

　　例如，$ts'o_{31}$ $t'i_{55}$（草地）的「草」必須生長在「地」上。偏正結構又可分爲幾類：

A. 名詞 + 名詞	met_5 $p'an_{11}$（墨盤，硯臺）、fan_{55} $tçian_{55}$（飯籤，放飯的器具）、$t'ian_{55}$ fo_{31}（電火）、$muŋ_{55}$ $p'ai_{11}$（墓碑，也唸：mut_3 $p'ai_{11}$）、jan_{33} $ts'uŋ_{33}$（煙囪）、mut_3 tsu_{33}（目珠）。
B. 形容詞 + 名詞	$ts'oŋ_{11}$ kun_{33}（長工）、$k'iu_{55}$ fan_{55}（舊飯）、$kian_{33}$ $hiuŋ_{11}$（奸雄）、ho_{31} si_{55}（好事，指婚禮慶典）、$maŋ_{55}$ $ŋ_{55}$（滿女，最後一個女的，一般也用「滿妹」$maŋ_{33}$ moi_{55}）、$ŋaŋ_{55}$ $kiaŋ_{31}$（硬頸）。
C. 動詞 + 名詞	注意，這種名詞不會是動詞的謂語，因此動詞一般都是指狀態而沒有明顯之動作。如：kun_{55} su_{31}（滾水，沸騰的水）、$çi_{31}$ $kiat_3$（死結）、fat_3 $ts'ut_3$（發臭）、$pian_{55}$ $tsɨn_{33}$（變真，表變成與平常不一樣，一般指變壞）。
D. 名詞 + 動詞	kui_{33} $t'in_{55}$（規定）、$t'in_{55}$ pan_{33}（定班，指「一定」也可用$t'in_{55}$ $ts'ok_5$）。
E. 動詞 + 動詞	jim_{33} $ñiun_{55}$（忍耐）、$p'an_{11}$ son_{55}（盤算）、$ts'on_{55}$ sit_3（賺食）、$tçieu_{33}$ hu_{33}（招呼）、$tçiat_3$ son_{55}（折算）、$haŋ_{11}$ $t'uŋ_{33}$（行通，指大便）、$tson_{31}$ loi_{11}（轉來）。
F. 形容詞 + 動詞	ka_{31} voi_{55}（假會）、$ŋaŋ_{55}$ $ts'aŋ_{55}$（硬稱，指不服輸的精神）、lo_{11} kau_{31}（勞教）、$ts'ut_5çiau_{33}$（臭臊，指飯變酸了，不能再吃了）、ho_{31} $tiau_{31}$（好屌，表很有本事）。
G. 副詞 + 動詞	man_{55} $haŋ_{11}$（慢行）、$ŋu_{55}$ fi_{55}（誤會）。

H. 名詞＋形容詞	san₃₃ tçian₁₁（山前）、ts'ok₅ ŋaŋ₅₅（硬，指東西很硬或意志很緊張）、tçiuk₃ tç'ion₅₅（足像）、fun₃₁ fuŋ₃₁（粉紅）。
I. 動詞＋形容詞	san₃₁ si₃₁（省便，省得）、tap₅ soi₃₃（塔衰，非常歹運）、t'o₅₅ t'an₅₅（道嘆）、ts'ot₅ kin₃₁（作緊，非常著急之意）。
J. 形容詞＋形容詞	vu₃₃ tç'iaŋ₃₃（烏青）、ts'u₃₃ siuk₅（粗俗）。

有一些偏正結構與數目字連在一起，如：pat₅ si₅₅（八字）、pat₃ kua₅₅（八卦）、pak₃ ñit₃（百日）、sam₃₃ kaŋ₃₃（三更）、pan₅₅ ja₅₅（半夜）、ŋ₅₅ hioŋ₃₁（五香）、si₅₅ vi₅₅（四處）、ha₅₅ ja₅₅（下夜）。

另外有些則與方位有關，如：t'eu₁₁ tç'ian₁₁（頭前）、heu₅₅ poi₅₅（後壁）、mian₅₅ tçian₁₁（面前）、su₅₅ t'eu₁₁（樹頭）、ñian₁₁ t'eu₁₁（年頭）、ñian₁₁ mi₃₃（年尾）、san₃₃ tu₃₁（山肚）、san₃₃ hoŋ₅₅（山上）、ka₃₃piat₅（隔壁）、vuk₃ k'a₃₃（屋內）、pa₅₅ t'eu₁₁（壩頭），這些用語形成時間、方位的諸多用語。

六、其他

有些複合詞不限於兩音節，如k'iat₃ ŋa₁₁ p'a₁₁（缺牙）本是述賓結構。又如ŋat₅ ŋa₁₁ sen₅₅ tsi₃₁（咬牙切齒）是「ŋat₅ ŋa₁₁」之後產生「sen₅₅ tsi₃₁」的狀態，所以是補述結構。又如kiok₃ t'eu₃₁ pun₅₅ ki₃₃（腳頭畚箕）是「腳頭」和「畚箕」的並列詞，因此複合結構不限於兩個用詞，基於這個道理，我們依上面之結構把客家話常用的三字詞再作個分類。

1. 動賓式（VO）

ta₃₁ tsoi₅₅ ku₃₁（打嘴咕，聊天也）、ta₅₅ p'i₅₅ lon₃₁（放屁）、ta₃₁ fan₃₃ ts'a₃₃（打翻車）、tso₅₅ sen₃₃ li₃₃（作生意）、k'oi₃₃ fo₃₁ tso$_{55}$（開火灶，分家之意）、tu$_{31}$ ŋa$_{33}$ lin$_{31}$（賭我零，意不平看不慣也）、pot$_3$ t'ai$_{55}$ tsoŋ$_{55}$（博大脹，罵人不中用）、pot$_3$ ts'u$_{55}$ ñin$_{11}$（作臭人，當壞人）、o$_{55}$ lim$_{31}$ si$_{31}$（屙零屎，罵人之話）、ta$_{55}$ tso$_{31}$ t'eu$_{11}$（打早頭，一大早）、tet$_3$ ñin$_{11}$ çiat$_3$（得人惜）、tet$_3$ ñin$_{11}$ nau$_{33}$（得人惱，討人厭）、tson$_{31}$ ŋoi$_{55}$ ka$_{33}$（轉外家，回娘家）、ten$_{55}$ nau$_{55}$ ñiat$_3$（鬥熱鬧，指參加喪禮）、t'ian$_{11}$ keu$_{31}$ p'oi（天狗吠，人云亦云）、pot$_3$ ŋa$_{11}$ kau$_{55}$（牙教，好辯）、pot$_3$ su$_{55}$ kau$_{55}$（博壽教，罵人沒教養，沒天良）。

2. 述補結構

tso$_{55}$ t'eu$_{11}$çian$_{11}$（作頭先）、tso$_{55}$ k'iuŋ$_{55}$ ha$_{55}$（作共下，在一起）、k'i$_{33}$ ho$_{55}$ loi$_{11}$（企好來，站好）、au$_{31}$ tson$_{31}$ loi$_{11}$（拗轉來）、fa$_{55}$ fu$_{31}$ lin$_{31}$（話虎零，吹牛）、tsa$_{55}$ ki$_{11}$ tsoŋ$_{31}$（乍巨轉，講他好話，幫他講話）、haŋ$_{11}$ soŋ$_{11}$ tçian$_{11}$（行上前，來幫忙）。

3. 偏正式

pan$_{55}$ t'uŋ$_{31}$ sui$_{31}$（半桶水，半調子）、t'eu$_{55}$ toŋ$_{33}$ tsu$_{55}$（透當晝，正中午）、lin$_{11}$ fo$_{11}$ ts'ok$_5$（零火著，生氣了）、kui$_{31}$ fo$_{31}$ foŋ$_{11}$（歸夥房，整個夥房）、t'ai$_{55}$ tçian$_{11}$ ñit$_3$（大前日）、toŋ$_{33}$ tsu$_{55}$ t'eu$_{11}$（當晝頭，正中午）、ho$_{55}$ lo$_{31}$ ma$_{11}$（河洛麻，沒有婚姻關係之情人）、pot$_3$ su$_{55}$ kau$_{55}$（不受教，罵人之語）、fa$_{55}$ lo$_{11}$ çim$_{33}$（花羅心，不專情）、han$_{11}$ si$_{11}$ tçiat$_3$（閒時節，有空的時候）、fan$_{33}$ ne$_{31}$ ju$_{11}$（番仔油，煤油，也指用情不久之男人）、ts'ot$_3$ pa$_{31}$ hi$_{55}$（撮把戲）、saŋ$_{33}$ liun$_{11}$ heu$_{31}$（生龍口，好風水之所在）、ñion$_{33}$ kiok$_3$ hai$_{31}$（軟腳蝦）、ts'oŋ$_{55}$ ñin$_{31}$ lo$_{31}$（丈人老，泰山大大）。

七、四字詞的結構

除了二字、三字的複合結構外，客家話也有不少四字詞頭的結構，有其特別的意義。例如o$_{33}$nuŋ$_{11}$vat$_5$tiu$_{55}$（表一個人好誇大其辭，而能力奇差）的前兩字可以單獨成詞，因為o$_{33}$nuŋ$_{11}$也可以

表「不中用」之意，但vat₅tiu₅₅卻絕不成詞，從不單獨使用，因此o₃₃nuŋ₁₁vat₅tiu₅₅就無法拆解，必須當作單一語意的用詞來歸類。又如mian₅₅fuŋ₁₁tçi₅₅tsa₅₅（面紅吱喳），表「臉很紅」之意。其中tçi₅₅tsa₅₅是狀詞，面是主詞，紅可以看成謂語，因此是主謂結構。但像an₃₁t'ai₅₅sɨn₃₃hi₅₅（恁大身去）表「大的心情或功夫」，整個是作動詞用，內部結構卻不清楚。例句：

> ne₅₅ju₃₃an₃₁t'ai₅₅sɨn₃₃hi₅₅〔哪有這樣的時間（功夫）〕
> mo₁₁an₃₁t'ai₅₅sɨn₃₃hi₅₅　（沒有那樣的閒功夫）

因此，客語四字詞的結構有必要整理分析，底下就是初步的分類與討論：

一、主謂結構

主謂結構是主語和謂語，在四字詞中，常常就是一個句子。

t'ian₃₃keu₃₁sɨt₃ñiet₃： 　天　狗　食　月	月蝕，古稱「天狗吃月」，也指機會很少。
san₃₃ko₃₃liu₅₅t'ian₃₃： 　山　歌　溜　天	到處都是山歌。liu₃₃（溜）也有人用p'oŋ（澎），表「震天」之意。
lo₃₁ñiu₁₁vun₅₅jok₅： 　老　牛　渾　浴	老年在瀾泥沼裡休息泥浴。老年不耐工作，一有休息即不想再起來，喻懶散。
keu₃₁paŋ₃₃lai₁₁je₅₅： 　狗　拉　犂　子	用狗來拉犂，其慢可知，喻不合時宜、不合身分。
k'oi₃₃hai₁₁çin₅₅to₅₅： 　△　△　盡　多	k'oi₃₃hai₁₁就是藉口。整句意思是藉口很多，推三阻四之意。也用以表花樣很多。
ñi₃₁luŋ₃₃taŋ₃₁tui₅₅： 　耳　聾　△　對	聽不清楚（或不用心聽）而且好問以使人不耐煩時，人家就會用這句詞來罵！
mut₃tsɨp₃₁nam₅₅ts'ui₅₅： 　目　汁　湳　脆	愛哭的樣子，動不動眼淚就像西北雨。

tu$_{31}$ts'oŋ$_{11}$nak$_5$t'uŋ$_{55}$： 肚　腸　呐　痛	非常傷心之意。
ŋa$_{11}$kau$_{55}$koi$_{55}$ŋaŋ$_{55}$： 牙　骸　蓋　硬	嘴巴很硬，死不認錯又很喜歡辯。
çin$_{33}$ñioŋ$_{11}$mia$_{33}$lin$_{31}$： 新　娘　摸　Δ	指初次經驗而又愛又怕的心情。
ñion$_{33}$tçi$_{33}$lap$_5$t'ap$_5$： 軟　齊　Δ　Δ	初作好的齊粑很軟很黏，因此這個詞意為黏黏膩膩之意，也用以指新手作事拖泥帶水。
keu$_{31}$kap$_{55}$vu$_{33}$jin$_{33}$： 狗　咬　烏　蠅	狗咬蒼蠅，喻說話不值得聽，胡說。

2. 述賓結構

jon$_{33}$sa$_{11}$sɪt$_3$ke$_{33}$： 養　蛇　食　雞	指花心血養育，不但沒有用反而有害，與「養老鼠咬布袋」同意。
ts'u$_{31}$keu$_{31}$çioŋ$_{33}$ŋau$_{33}$： 掇　狗　相　咬	兩隻狗互咬，指心腸壞，只會叫對方互咬互鬥，自己旁觀自娛。
k'on$_{55}$ñin$_{11}$p'u$_{31}$p'u$_{31}$： 看　人　樸　樸	把人看得扁扁，這句常用反諷對人不要看錯別人，更不可以看輕別人，或用以指人不懂事，不知人。
t'o$_{31}$seu$_{33}$m$_{11}$to$_{31}$： 討　燥　不　到	沾不到邊，走不上前之意。
koŋ$_{55}$na$_{55}$ çin$_{55}$ne$_{33}$： 看　Δ　信　Δ	試試看。
saŋ$_{33}$lu$_{33}$ta$_{31}$t'ai$_{31}$： 生　鹵　打　Δ	生鏽很多。

3. 並列結構

kien$_{31}$p'i$_{11}$t'ok$_{11}$tɕ'ieu$_{55}$： 撿　肥　擇　瘦	很挑剔之意。
ŋa$_{11}$ñien$_{31}$mut$_3$tɕiu$_{55}$： 牙　Δ　目　皺	很痛苦的樣子。
vu$_{33}$tian$_{33}$am$_{55}$t'i： 烏　天　暗　地	天昏地暗之意。
ŋak$_{55}$ŋa$_{11}$ɕien$_{55}$tsɨ$_{31}$： 吱　牙　切　齒	很生氣之意，也可用以指「非常忍耐，強自壓抑，不便發作」。
ñiam$_{33}$ŋa$_{11}$tai$_{55}$tsɨ$_{11}$： 黏　牙　帶　齒	指很黏的東西，吃過後殘渣尚留牙縫。
ts'oi$_{11}$to$_{33}$sɨn$_{33}$ñiok$_3$： 財　多　身　弱	空有財富，身體卻羸弱不堪。喻有機會卻無法享受！
paṇ$_{35}$kan$_{33}$put$_3$ke$_{55}$： 半　尷　不　尬	半桶水，難以理會。
lin$_{11}$sɨ$_{11}$ts'ok$_3$kip$_3$： 臨　時　著　急	很著急之意。
t'eu$_{11}$jun$_{33}$no$_{31}$hin$_{11}$： 頭　暈　腦　眩	頭暈目眩之所謂也。
heu$_{11}$him$_{11}$kui$_{31}$ɕioŋ$_{55}$： 猴　形　鬼　相	形相猥瑣，或是看起來不可靠的樣子。
ŋa$_{11}$li$_{33}$ŋa$_{11}$ɕian$_{11}$： 牙　裡　牙　Δ	東西不光滑，不整齊之意。
kon$_{11}$seu$_{33}$ko$_{11}$ñiet$_3$： 趕　燒　趕　熱	打鐵趁熱也。
o$_{33}$o$_{33}$pa$_{11}$pa$_{11}$： 屙　屙　Δ　Δ	事情作得不好，或話講得不好，因而不令人信賴。o$_{33}$o$_{33}$pa$_{11}$pa$_{11}$是句很常用的客家四字詞。其中pa$_{11}$pa$_{11}$也有人用nuŋ$_{11}$nuŋ$_{11}$。

$mo_{11}kat_3mo_{11}sat_3$： 無　結　無　煞	坐立不安而又不知所措。
$mian_{55}au_{33}mian_{55}se_{31}$： 面　凹　面　凸	兩種意思。其一，指面貌不好看，凸凸凹凹之意。其二，給予人難堪，不留情面。
$pian_{55}ku_{31}pian_{55}kuai_{55}$： 變　古　變　怪	花樣很多，通常用於所作之事大違常規，令人不所措。
$\varsigma ian_{33}ho_{55}\varsigma ian_{11}jaŋ_{11}$： 先　Δ　先　贏	先搶到先取之意。

4. 其他

$maŋ_{11}t\varsigma'ian_{11}ts\dotlessi_{55}kian$： 盲　前　致　間	突然之間。
$fa_3li_{11}pi_{31}pok_5$： Δ　Δ　Δ　Δ	到處是斑點或烏青。
$kon_{33}ŋ_{11}ma_{31}ts\dotlessi_{55}$： 干　你　麼　事	干卿何事？與你何干？
$lam_{55}pa_{11}t\varsigma it_5t\varsigma iok_5$： 爛　巴　Δ　Δ	爛泥巴裡，走路時會有$t\varsigma it_5t\varsigma iok_5$之聲。整句用以指爛泥巴又黏膩之意。
$ŋa_{11}tsa_{33}lin_{11}kin_{33}$： 牙　渣　Δ　根	用以指不令人喜歡的人。
$tu_{31}lin_{31}ts'ok_{55}fa_{55}$： 賭　Δ　著　話	姑且一試。

　　以上是客語常用的四字詞之結構分析。有些四字詞是整個句子，如$keu_{31}kap_5vu_{33}jin_{11}$（狗咬蒼蠅），此句類於英語的成語Put his foot in his mouth，有其固定的用字、語法及內在結構，雖然表面上是句子，但是一般的辭書編者（lexicographers）大都同意這是構詞的一部分，儲存於每個人的心理詞彙（mental lexicon）之中，因此我們

也把這種成語式的四字詞結構列爲構詞的一種，這是本文異於別的客家話構詞文獻之處。

結語

本章討論了客語構詞的原則與方法，我們所據以討論的方言，主要是南部四縣客語中的高樹方言，但除了名詞詞尾－i_{33}/ e_{33}及副詞詞尾i_{33}/ e_{33}有方言之區別外，大體而言，整個客語的構詞原則是非常相近的。

我把構詞的方式分爲重複、附加及複合等三種方式，每種方式再依其內部的原則加以分類並進行討論。在重複方面，我們著重在重複的形成規則，例如AABB的重複中，有些是先有AB，再由左右各去重複一個音節而形成的結果；有些則是AA，BB可以成詞，但AB不能成詞者，這類結構理應看成AA與BB並列之結構；有些是AABB是不可分割的單一詞素。透過內部結構的分析，我們應該會更了解客語構詞的特性。

在附加構詞上，我肯定屈折與派生的存在，這是異於大部分漢語構詞文獻的看法，但我以英語、客語的結構比之中，論證這兩種附加的存在。最後，我認爲客語之詞頭「阿」、「老」之別並非在年齡輩分，而是在結構本質，最後我更指出以「頭」、「公」、「嬤」等詞尾來分析客語的詞彙，只是分析上的方便和歸類上的可行性，否則這些以詞尾形成的用詞並無法找出其通則。如「蝦」稱「公」（$ha_{33}kuŋ_{11}$），但「蟹」卻稱「老」（$no_{55}hai_{31}$），其間差異應是武斷的。

最後是複合構詞，這是種類最多、孳生力最強，且所形成的構詞用字最多構詞方式，但分析上，我並沒有重大的發現，只是依循傳統上之分類加以探論並列出客語常用詞。

第八章

客家話的疑問句

引言

　　傳統文法（Chao 1968、湯廷池1981）把國語的疑問句分成四類：語助詞問句、選擇問句、正反問句、疑問詞問句。客語疑問句除羅肇錦1984：273稍加整理外，可說尚未起步，因此本章將按傳統分類依次討論。在討論過程中，我們把語尾問句附加在正反問句內。除探討四種問句外，本章還討論了疑問句的焦點問題，及答話時所使用的各種語助詞。因此，本章分七部分，前六部分分別談語助詞問句、選擇問句、正反問句、疑問詞問句、疑問句的焦點，及答話的語助詞，最後是結論。

　　臺灣的客家話有許多次方言，本章據以討論的只限於高雄、屏東地區的四縣客家話，但爲了行文方便，一概用「客家話」稱之。

語助詞問句

　　語助詞相當於英語的particle，語助詞問句即爲particle question。客家話的問句語助詞最常用是mo_{11}，應該是由否定詞轉用而來。時下文法學家大都認爲漢語各方言的語助詞多可以看成源自於否定詞，如唐詩「晚來天欲雪，能飲一杯無？」的「無」即爲現代客語疑問語助詞的根源。此外，客家話還有其他的疑問語助詞，如ha_{31}、mia_{33}、ho_{33}、ka_{33}等。這些語助詞都置於句尾，作問句的表徵，並沒有聲調上的變化，爲行文方便，後文將不再標注聲調。這些語助詞都可以用在含有一般動詞的疑問句中：

(1)

　　a. 佢來過le（這裡）mo_{11}？（他來過這裡嗎？）

　　b. 佢來過le（這裡）ha_{11}？

　　c. 佢來過le（這裡）mia_{33}？

　　d. 佢來過le（這裡）ho_{33}？

　　e. 佢來過le（這裡）ka_{33}？

在含有情態助動詞（modal auxiliary）如oi$_{55}$（愛）、voi$_{55}$（會）、ju$_{33}$（有）、çi$_{11}$tet$_{31}$（使得）、he$_{55}$（是）等句子裡，也同樣可以用這五個疑問詞作為問句的表徵：

(2)

> a. 佢使得出去liau（玩）mo？（他可以出去玩嗎？）
> b. 佢使得出去liau ha？
> c. 佢使得出去liau ho？
> d. 佢使得出去liau mia？
> e. 佢使得出去liau ka？

這五個疑問語助詞中，mo與ha表中性的疑問，ho表說話者期望得到肯定回答的疑問句，而mia表問話者對問題能得到肯定的成分不大，至於用ka則表示驚訝、強烈懷疑，或輕蔑之意。我們將先探討中性疑問句，其次談各疑問語助詞在語氣、語用、問話者之態度上的不同，接著比較肯定疑問句及否定疑問句的表達方式。最後是談自我問句的使用。

表中性疑問的語助詞問句有三個：mo、me及ha。前兩個來自於否定詞，其中mo不能接在含有動詞he（是）的句子裡(3a)，而其他句子都能用me或ha來形成問句，所以其實應該算只有兩個中性疑問語助詞：[1]

(3)

> a. 佢是你的同學me/ha？　　　　d. *佢是你的同學mo？
> b. 你會見到阿文me/mo/ha？
> c. 你有去看電影me/mo/ha？

---

[1] 或許我們可以把me與mo看成同一詞素（allomorph），一如湯廷池1993之處理閩南話的否定詞，因為me與mo呈互補分布（complementary distribution），me只出現在句中有he（是）的句子，其他情態助動詞則用mo。

　　語助詞疑問句與英語的yes-no問句一樣，唸時語調在近結尾處微微提升，回答也一概用是或不是、會或不會為先導。一般而言，回句的先導詞是依問句所使用的動詞而定[2]，試舉數例以明之：

(4)

客語問句	可能的回答
a. 佢會去郵局 mo？	會啦，佢會去郵局啦。 不會，佢不會去郵局。
b. an ni（這樣）作著（對）mo？	著啦，an ni（這樣）作就著。 不著，an ni（這樣）作不著。
c. 你代他去好mo？	好啦，我代他去。 不好，我不代它去。
d. 你有讀書了mo？	有啦，讀過了。 mo啦，man tç'ian（尚未）讀。

　　肯定回答時，可能是單音節的關係，通常都會加個語助詞「啦、jo、o」等語尾詞，我們將另闢一節談回答的語氣與語助詞的選用。既然客家話的疑問語助詞由否定詞轉用，疑問語助詞的種類不會只有一個，不像國語那麼整齊劃一。國語的「嗎」已經虛詞化或文法化（grammaticalization）成為單一功能的疑問語助詞，因此不論句中的動詞是哪一個，疑問語助詞總是「嗎」。比較之下，客語的疑問語助詞並未文法化，所以疑問語助詞得依句中的動詞而定，如在句中動詞是「he，是」的時候，語助詞只能用me：

(5)

佢he（是）國代me？	是啦，佢是國代。 m me（不是），佢m me國代。

---

[2]　更明確地說應是動詞與情態助動詞。

　　其實更進一步的探討，會發現這三個表中性的疑問語助詞中，也可作更細的劃分，比如用ha時，其語氣頗顯得懷疑，用mo比較正式，用me表說話者與聽話者關係較親密。可見同一個句式會因疑問語助詞的不同而引起語意和語氣的區別。

　　客家話另有一種疑問語助詞，表示問話者心中對肯定回答的期望遠超過五十個百分點，那就是ho。試比較：

(6)

　　　a. 佢是你的同學ho？

　　　b. 佢有食過飯了ho？

　　　c. 你會來ho？

　　　d. 你已經是大學生了ho？

(6a)與(3a)的句子形式都完全相同，兩者的區別在疑問語助詞。客家話的疑問語助詞mo表中性的問句，說話者只提出心中的疑問，並希望對話者能依其問題或問句回答，如此而已，沒有語氣或語意的暗示或表示。[3]但是用ho作疑問語助詞時，說話者已對問題或問句的內容有了先入為主的觀念，認為對該問題的答覆有七、八成是肯定的，因此使用ho作問句，是希望得到肯定之答覆。客家話的mo與ho，與國語的「嗎」與「吧」在疑問句中的區別很類似：

(7)

國語	客語
a. 他會來嗎？	a'. 佢會來mo？
b. 他會來吧？	b'. 佢會來ho？

---

[3]　關於疑問句的問話功能，見湯廷池1981、1984。

如果加了表推測副詞（如大概、恐怕、也許等），國語與客家話的疑問句也一致地只可以用「吧」與ho：[4]

(8)

國語	客語
a.（?）大概他會來嗎？	a'.（?）大概佢會來mo？
b. 大概他會來吧？	b'. 大概佢會來ho？

　　基於這些相同點，我們接受Chao 1968的見解，認爲說話使用國語的「吧」與客語的ho時，表明說話者希望對話者用肯定來回答問題；而使用「嗎」和mo時，表明說話者只是純粹的對某件事提出疑問，是很中性的問句。除了ho之外，客家話還可用no_{33}作疑問語助詞，要注意的是：no用在疑問語助詞的問句（即類於英語的yes-no問句）時，都是附加在mo/me之後，而不可接在ho之後：

(9)

　　　a. 佢會來mo no？
　　　b. 佢是客人me no？
　　　*c. 佢會來ho no？

　　在語助詞mo之後加了no的句子，其語氣大致上與接ho結尾的疑問句相同，都表示說話者極想得到肯定的回覆，只是在mo之後加no，還表示一種不耐煩的口氣。客家話有很多語助詞，每種都表達了說話者不同的語氣、態度與對事、對人的不同熟稔程度，這些都可由前面對疑問語助詞的討論獲得些許啓示。

　　客家話第三層級的疑問詞表說話者對問句內容期許要比中性還低，這種疑問句用mia作結尾：

4　句前加（?）表該句聽起來怪怪的。

(10)

> a. 佢會來mia？
>
> b. 佢是客人mia？
>
> c. 你同新來的老師有相識mia？
>
> d. 佢去了mia？

　　用mia作疑問語助詞時，表示說話者對所問的內容充滿了否定，只是以一種半嘲諷半質疑的態度來提疑問，事實上的期望是能得到否定的回覆。例如說(10a)時，問話者對「佢會來」表示懷疑，甚至於認爲「佢會來」是不可能的。以mia來結尾的問句，其回答一樣以主句所用的動詞來作參酌。(11)就是(10)諸句的可能回答：

(11)

a. 是或會，佢會來。	不會，佢不會來。
b. 是，佢是客人。	不是，佢不是客人。
c. 有，我同新來的老師有相識。	mo，我同新來的老師沒相識。
d. 是，佢去了。	不是，佢m tç'ian（尚未）去。

　　客家話還有一個問句的語尾助詞ka，這也是表示問話者對所問的內容不願置信的助詞，但它遠比mia還要多懷疑，且語氣充滿了對問題的否定態度。如「佢會來ka？」充分表示說話者對「佢會來」不帶任何希望，語氣比(10a)的否定意味還高。

　　迄今爲止的討論，都僅限於主句是肯定句加疑問語助詞的問句，其實，主句是否定時，也可以形成疑問句，即否定疑問句。在這種情況下，不論主句的動詞或所使用的否定詞（如m + 動詞(12a)、雙音節否定詞m + 會(12b)、使m te(12c)，或mo(12d)），疑問語助詞都可以從mia、he mo、ha、ho及ka等五個疑問語助詞中選用一個，視說話者對問句內容知道的多寡而定。應該注意的是：否定疑問句的疑問

語助詞不能單獨用mo，因爲主動詞之前已有一個否定詞。

如果問話者對問話的主題很有信念或概念，則用mia：

(12)

　　a. 佢m tap（理）你mia？

　　b. 佢m會來mia？

　　c. 阿珠使m te出國mia？

　　d. 阿文mo去買菜mia？

主句是否定的疑問句，都一致使用he（是）或m me（不是）來作肯定或否定的回答，如(12)中的問句，其可能的回答是：

(13)

a. 是ja，佢m tap（理）我。	不是，佢有同我打招呼。
b. 是啦，佢m會來。	m me la（不是啦），佢會來。
c. 是，阿珠使m te出國。	不是，阿珠使te出國。
d. 是 a，阿文mo去買菜。	不是，阿文有去買菜。

一如前面所講過的，肯定句的回答可能是單音節之故，往往都會在是後面加個助詞，有時是a有時是e，全依對話者的心情或對話進行的環境，並沒有固定的語法或語用規則可以遵循。[5]另外，我們也注意到，「是不是」的使用正好與後面的肯定與否相反，也即用「是」表同意問話者的否定主句，這是與英語的否定問句的回答最不相同之處。

主句是否定的問句，客家話也可以用he mo（是不是）來結尾：[6]

[5]　目前尚未有人從事客語語尾詞之研究，但李櫻1998應該是很好的參考文獻。

[6]　這種在句後加he mo的問句是語尾問句（tag question）的一種，請參考第四節之討論。

(14)

> a. 佢m會來，he mo？
>
> b. 佢m tap（理）你，he mo？
>
> c. 阿文mo去買菜，he mo？
>
> d. 阿珠使m te出國，he mo？

　　其他四個疑問語助詞me、ho、ha、ka也可以用在主句是否定的疑問句裡：

(15)

> a. 佢m會來me/ho/ha/ka？
>
> b. 佢m tap（理）你me/ho/ha/ka？
>
> c. 阿文mo去買菜me/ho/ha/ka？
>
> d. 阿珠使m te出國me/ho/ha/ka？

　　用he mo、ho、ha、ka、mia作結尾的否定疑問，其回答方式都相同，肯定用「是」，否定用「不是」。由於否定疑問句多了一個否定，對發問人的態度需要稍為解說。以（14a及15a）為例，如果發問人認為「佢會來」的信念很強，以致對「佢不會來」便沒有多大的期許，這種情況下，問話者會用mia，也即會選用(12b)來發問。基於此，用mia結尾的否定疑問句表示問話者希望得到否定的回答（不會，佢會來）。這與ka的使用相同，差別的只是兩者的語氣。

　　否定疑問句裡，表中性的疑問語助詞是he mo和ha。對問句的肯定抱持懷疑態度者，其否定疑問語助詞用ho，所以在否定疑問上，五種語助詞也代表三個層次的期許，與肯定疑問句很類似。

　　鄭良偉1971把閩南語的問句區分成六種，其中有些頗類於前面所討論的句式，在此，我們也以他的六種疑問句來檢視客家話的疑句：

(16)

客語問句	相當的國語意思
a. 佢會來mo/ha？	他會來嗎？
b. 佢kam（甘）會來？	他真的會來嗎？
c. 佢會來he（是）mo？	他會來是嗎？
d. 佢會來he m me？	他會來是不是？
e. He m me 佢會來？	是不是他會來？
f. 你知佢會來he mo？	你知道他會來是嗎？

　　質言之，(16a)就是前面討論的語助詞問句，但(16b-f)不同於(16a)的句型，這些疑問句型也都有其疑問語助詞或疑問的指標詞（indicator）。(16b)用「kam」作問句的助詞，表達的語氣和態度便有所不同。[7]而且我們注意到，用「kam」時不再接疑問語助詞mo。「kam」在客家話問句裡多帶有懷疑、猶豫或不太肯定的態度，如「kam會這樣」（即事情依常理應該不會這樣，現在竟然這樣，實屬意外）。易言之，(16b)的說話者對「佢會來」這個動作抱著相當的保留態度，但可能是由於對話者揚言「佢會來」，所以才會有如此的問句。

　　相較於(16b)的遲疑，(16c)的說話者對「佢會來」心中的寄望很肯定，可是客觀的環境卻沒有如此樂觀，極希望有人（對話者）能給予肯定的鼓勵，所以(16c)的說話者的信心不夠，然而對於肯定的答覆頗有期盼，顯得有點恍惚，(16c)正好表明了這種驚恍的語氣。比較之下，(16d)的說話者對肯定的答覆抱持樂觀的態度，而且也極度相信「佢會來」，發此問話，只不過作徵詢的表面動作而已，對話者的回答不論是肯定或否定，似乎不會有多大的關係。(12e)的語氣及

---

[7] 敬請參考比較鄭良偉1991有關閩南語「敢」的用法。

語意應該和(12d)大致相同，只是焦點不同，不過焦點的轉移不會影響兩者語意的內涵。(12f)是用間接問句的方式，表明說話者已然深知「佢會來」這件事，只是問你知不知道這件事。因此，就問話的內容而言，(16f)問的是「你知不知」，而並非「佢會不會來」。

對(16)中的六種問句，我們也各有相對的否定疑問形式：

(17)

> a. 佢m會來mia？
>
> b. 佢kam m 會來？
>
> c. 佢m會來he mo？
>
> d. 佢m會來he m me？
>
> e. He m me 佢m會來？
>
> f. 你知佢m會來mia？

結果我們發現，否定疑問句跟肯定疑問一樣，都有六種表現方式，這些表現方式的差別只在語氣、語用之上，因為語法結構都為疑問句。(17a)與(17c)的差別已見於前面的討論，(17d)與(17e)應該與他們對當的肯定疑問一樣，並沒有多大的差別。職是之故，要討論的只有(17b)與(17f)。

說(17b)者，心中一直認為「佢會來」，所以對「佢不會來」頗感到不可置信，以致很猶豫，很存疑，才會問這個句子。試比較(17b)與(18)：

(18)

> 佢真實（tɕin ɕit）／有影不會來mia？　　　　（他真的不會來嗎？）

這兩句話都表達了說話者對「佢不會來」的懷疑態度，所以否定疑問句用「kam」來問，語氣及語意都近似用mia結尾的否定疑問。

(17f)則與間接問句有關，我們作為聽話者，最先思考的是問話

者是在問「你知不知」還是問「佢會不會」。不過，每個客家人都很單純的以為(17f)顯然是在問「你知不知」，所以回答時多會用「知啦」、「當然知a」或「m知，怎會知」。很少人會回答「會啦，佢會來啦」或「不會，他鐵定不會來」。不過，常用在間接問句的主動詞，約略可分為兩類。一類像「知、講」等所為的事實動詞（factive verbs），聽話者會把問句的焦點放在主動詞之上。另一類像「認為、看、想、感覺」等非事實動詞（non-factive verbs），問句的焦點會被認為在次要子句：[8]

(19)

　　　a. 你認為佢可以出來選總統mo/ho/mia？

　　　b. 你看阿文有希望mo/ho/mia？

　　　c. 你看阿文不會出錢he mo/ho/mia？

　　對於像(19)中的疑問句，大部分的回答是以後面的子句為焦點。以(19a)為例，可能的回答會是「可以a，佢當然可以出來選總統」或「m mo，絕對不可以」。由此可知，間接問句並不會在溝通上產生任何問題，因為每個客家人都知道間接問句的焦點由動詞的類型來區分。

　　總而言之，迄今為止的討論顯示，客家話疑問句的不同語氣可由兩種層面來作區分。一種是藉由同一句式，但不同的疑問語助詞來表示，如前面(3)-(15)的討論。另一種卻是由不同句式的疑問形式來呈現各種語氣與期許，如(16b-f)。

　　最後要注意到，並非所有的疑問句都是問話者在向對話者提出疑問，很多情形下，問話者的對象就是自己。這種自我問句在日常生活中，毋寧說是相當常見的，如：

8　在此只作描述，文獻上對事實動詞與非事實動詞之討論，請見Tsai 1994、Kuo 1992。

(20)

> a. 我愛幫忙佢mo？
>
> b. 我有需要在屋下等佢歸來食飯mo/mia？
>
> c. 我會這樣歹運mia？

　　自我問句應該只是自我思考或探索的現象，每個問句雖然也可由mo、ho、mia等使用窺探心底對問題的態度，但整體而言，自我問句並沒有確切的答案，或者答案就在行動或生活之中自然展現。

　　總結疑問語助詞問句的討論，我們發現客家話共有五個常用的疑問語助詞：mo、ha、mia、ka及ho。其中，me/mo/ha、ho、mia/ka形成三個級次以表達問話者對問句所期望的回答，中性的問句用me/mo/ha，期望肯定答覆者用ho，期望否定回答者用mia/ka。同理，he mo、ho、mia、ka也在否定疑問句裡扮演語氣、態度、語用方面的差別。除了運用不同的疑問語助詞之外，不同的問句也可以展現不同的問話語意，不論是肯定或否定疑問句，都可以用六種不同的句型來表現。

選擇問句

　　所謂選擇問句是指在問句中，提供兩個或兩個以上的可能選項，供對話者選擇，如：

(21)

> a. 你愛食飯ja he（也是，還是之意）食麵？
>
> b. 你有去過日本也是美國mo？

　　在(21a)裡，問話者提供給對話者「食飯」還是「食麵」兩種選擇，所以對話者只需從這兩個選項裡作他的回答即可。同理，(21b)也有兩個選項：日本還是美國。這種在問句中就含有選項作為回答參酌的問句是為選擇問句。

　　依湯廷池1981的分類，選擇的項目有主語名詞(22a)、時間狀語(22b)、處所狀語(22c)、工具狀語(22d)、狀態副詞(22e)、動貌副詞(22f)、情態助動詞(22g)、直接賓語名詞(22h)、間接賓語明詞(22i)、述語動詞(22j)、趨向補語(22k)、（期間補語(22l)、回數補語(22m)、情狀補語(22n)、結果補語(22o)：

(22)

a. 你愛去也是佢愛去？	no
b. 今年去也是下二年去？	no
c. 在鄉下也是在都市買屋？	no
d. 開路有用腳頭（鋤頭）也是刀嘛？	mo
e. 佢t'in t'in（慢慢）行（走路）也是kiak kiak（很快）行？	no
f. 你看het le（歇了）也是m tɕ'ian（還末）？	no
g. 你是自願也是該當（應當）愛去參加？	no
h. 佢有愛買衫褲也是買化妝品？	mo
i. 錢愛還給阿文也是阿香？	no
j. 你愛sot（讚賞）佢也是罵佢？	no
k. 你愛出去也是入來？	no
l. 佢去看你兩擺也是三擺？	no
m. 佢在這裡歇（het, 住的意思）了兩年也是五年？	no
n. 佢是恨得ŋat ŋa sen ts'i（咬牙切齒）也是t'ioŋ（高興）得 fak fak t'iau（蹦蹦跳）？	no
o. 佢t'ioŋ（高興）得nak（笑）也是keu（哭）了？	no

　　有些重複的用語在選擇問句中可以刪除，如(22a)可以簡單地說成「你也是佢愛去」，但在為了溝通清楚也往往不刪除任何語詞。選擇問句裡的選項可以超過兩個，如「你想買弓蕉、鳳梨、龍眼也是葡萄？」。

如果要用疑問語助詞，在選擇問句裡只能用no或mo（見(22)右側）。規則應是含有「有」的句子，如(22d)及(22h)，如要加語助詞就要用mo，其他的句式用no即可。

與英語的語調近似，前一節用語助詞的問句，其語調是在結尾處微微上揚，但是在選擇問句裡，語調是上升再下降，也就是所謂的231調型（2＝中平調，3＝高調，1＝低調）。

正反問句

正反問句是漢語各方言的特殊問句結構，主要的正反結構發生在動詞與形容詞間，又因漢語的形容詞往往可作動詞用（如：佢當高興），所以正反問句也被稱為V-not-V（V＝動詞）問句。[9]先看例句：

(23)

> a. 佢he m me（是不是）你的同事？
>
> b. 佢到底高興ja m高興？
>
> c. 你想介紹的se moi（小姐）靚ja m靚？
>
> d. 那個問題會不會麻煩？

客家話的正反問句的形成遠比國語要受限制。國語幾乎任何動詞、形容詞都可以變為正反問句，客家話的正反問句出現的環境不多，大略可分為三類。第一類是V-ja-m-V，但這種V-ja-m-V的結構也只能置於句尾。為了明白客語與國語的差異，後面的例子採客、國對照：

---

[9] 國語的正反問句X-not-X之中的X除了動詞外，也可以是介詞如「他在不在？」但客語的介詞並不用於正反問句裡。

(24)

客語	國語
a. 你愛去ja m 去？	a'. 你要不要去？
b. 這件衫褲你愛買ja m買？ 　*這件衫褲你愛買ja m愛買？	b'. 這件衣服你要不要買？ 　這件衣服你買不買？ 　你要不要買這件壹服？
c. 那坵田你愛耕ja m耕？	c'. 那塊地你要不要耕？
d. 你高興ja m高興？	d' 你高興不高興？ 　你高不高興？

　　細看(24)國、客之比較，有兩點值得注意。第一，客語重複的是主要動詞，而國語是情態助動詞、主要動詞都可以重複。如果是雙音節動詞，客語的兩音節都需要重複，但國語可以重複兩個音節，也可只重複單一個音節(24d')。第二，客語重複結構只能出現在句尾，客語不能說「*你耕不耕那坵田」，國語的正反結構出現的語境很自由，句首（如：能不能幫個忙？），句中(24a')、句尾(24b')。

　　羅肇錦1984：275有像(25)句中的V-m-V結構：

(25)

　　a. 這本書你看 m（唔）看？
　　b. 你驚m（唔）驚別人笑你？

　　這可能是由於方言的不同。[10]至少在南部的六堆方言裡，除了少數助動詞如「會m會」、「是m是」之外，並沒有V-m-V的結構，而只有V-ja-m-V。

---

[10]　本章於國家圖書館宣讀時，也有一位臺中東勢客家聽眾私下向我表示，東勢客家話也可接受像(25)中的例句，可見這種句型的判斷取決於方言之別。

　　客語第二種V-ja-m-V用於整個述語部分的重複，而不能只重複動詞之部分。如果眞要省略，則只能以ja m結尾。這種特性使客語的正反結構也稱爲VP-ja-m-VP（VP = 動詞片語），而非單純的V-ja-m-V：[11]

(26)

> a. 你愛跟我食苦ja m跟我食苦？
>
> b. 你愛跟我食苦ja m？
>
> c. 你愛跟我食苦mo？

　　(26a)是沒有經過任何省略的VP-ja-m-VP結構，如果要省略就是(26b)，如再省刪，結果會是前面討論過的語助詞疑問句。不過，從(26a)到(26c)的省刪過程，也可讓我們追溯與了解客家話疑問句形成的來龍去脈。

　　但是有少數客語的雙音節動詞可以用V-ja-m V，如：

(26)

> d. 你了解ja m了解佢不選雲林縣長的原因？
>
> e. 你同意ja m同意妹子（女兒）嫁給美國人？
>
> *f. 你檢查ja m檢查佢的證件。
>
> *g. 你回答ja m回答這種問題。

　　這組動詞的行爲同時違反了前面所說的兩個特性，因爲這個V-ja-m V並不在句尾，也非VP-ja-m VP之結構。我個人認爲這是受了國語正反問句的影響，原因是這些用語正好與國語的用詞一樣。很多在國語可以用V-ja-m V的相當客語，都不能直接用V-ja-m V，如(26f-g)，但其相當的國語卻可以有V-not-V問句，如「你檢不檢查佢的證

11　有關VP-not-VP及V-not-V之分辨，請參見Lin 1974。

件」，「你回不回答這種問題」。其他可以用在V-ja-m V結構的客家雙音節動詞還有「滿意、鼓勵、讚美、清楚」等用語。

　　第三種正反問句是直接套用「會不會」和「是不是」兩個可以有正反結構的助動詞結構，以造更多類句：

(27)

> a. 佢會不會來借書？
>
> *b. 佢來借書會不會？
>
> c. 佢是不是想出國讀書？
>
> d. 佢想出國讀書是不是？
>
> e. 是不是佢不想來了？

　　這兩個可以組成正反結構的客語助動詞，並不一定要出現在句尾。可是從(27b)與(27d)之比較，發現只有「是不是」最像國語的用法，可以出現在句首(27e)，也可以出現在句中(27c)、句尾(27d)，「會不會」就不能出現在句尾(27b)。其他的客語助動詞都不能形成正反結構，更談不上形成疑問句了。

　　如果用更寬鬆的角度來分析客家話的正反結構，如此則帶mo、me為疑問句表徵的問句，都可以解釋成具有正反結構的問句，試比較：

(28)

> a. 佢有打電話過來mo？
>
> b. 佢有打電話過來ja mo？
>
> c. 佢有打電話過來ja mo打電話過來？

　　前面各句是與(28a-c)的排列呈相反之順序，我們的用意是要指出帶mo、me等由否定詞轉變而來的疑問語助詞問句，其實也是一種正反問句，因為(28a)可以延伸為(28b)，進而(28c)。因此我們應該說，客家話的正反問句中的句尾否定詞，已漸漸往文法化或虛化的過

程邁進。

如果正反問句要加語尾助詞，都可以加no：

(29)

> a. 那坵田你愛耕ja m耕no？
> b. 佢是不是想出國讀書no？
> c. 那個問題會不會麻煩no？

對正反問句的回答與帶疑問語助詞的問句相同，都因句中的助動詞而定，分別使用是不是、愛不愛、會不會等。如(29)的三個問句，其可能的回答是：

(30)

問句	答句
a. 那坵田你愛耕ja m耕no？	愛呀，我愛耕。 不愛啦，我不想耕那坵田。
b. 佢是不是想出國讀書no？	是a，佢想出國。 不是啦，佢不想出國。
c. 那個問題會不會麻煩no？	會，會有盡多麻煩。 不會，不會有麻煩啦。

另外，有一種相當於英語語尾問句（Tag Question）的結構，也可視爲正反問句的一種：[12]

(31)

a. 你想愛同佢結婚，he mo（是嗎）？	m me ha？
b. 佢不會來講親，he mo（是嗎）？	m me ha？

---

[12]　請參考Kuo 1992。

c. kioŋ k'uai（儘快）來，ho mo（好嗎）？

d. m mo pi hi（不要讓他去），ho mo（好嗎）？

e. 使 m te pi hi（使不得讓他去），he mo（是嗎）？　　　　　m me ha？

f. an ni t'i kong（這樣跟他講），m mo ha？（不好嗎？）　　ho mo？

g. ñioŋ ki hi（讓他去），m mo ha？（不好嗎？）　　　　　ho mo？

　　客家話語尾問句的語助詞有幾組。第一組是 he mo（是嗎？）/m me ha（不是嗎？）、ts'ok mo（對嗎？）/m ts'ok ha（不對嗎？）這組可以彼此交互使用，並不像國語（見湯廷池 1981）或英語，需要有「主句肯定，語尾問句就否定；主句是否定，語尾問句就肯定」的限定。(31a-b)後面附加了 m me ha（不是嗎），即是肯定或否定可以交互使用之意。用 he mo 等作語尾問句的句子，其通性是都可以在主動詞之前插加「是」、「會」等助動詞，比如(31a-b)可以是：

(32)

a. 你是（會）想愛同佢結婚，he mo（是嗎）？　　　　m me ha？

b. 佢是不會來講親，he mo（是嗎）？　　　　　　　　m me ha？

　　另一個使用 he mo 等語助詞是以「使 m te」引導的命令句(31e)。關於 he mo 等組的語尾問句，有一點要注意，那就是肯定詞（he、ts'ok）用 mo 作問句表徵語；否定詞（m me、m ts'ok）用 ha 作問句表徵語。

　　第二組語尾問句的助詞是 ho mo（好嗎？）此組不可與其相對否定詞 m mo ha（不好嗎？）交互使用，而只可用 ho mo (31c-d)，或用「k'o ji mo（可以嗎）」。但不論主句是肯定(31c)或否定(31c)，都同樣用 ho mo 作語尾問句的表徵語。用 ho mo 作語尾問句的表徵語的句子，都是一般的命令句或祈使句。所謂「一般命令句」，即為不用助動詞「使 m te」或加強副詞「an ni」等開始的命令句。

　　第三組語尾問句的助詞是ho mo（好嗎？）與m mo ha（不好嗎？）可以交互使用的句型(31f-g)。這組句型都是以an ni為加強詞，或以「讓」為始的祈使句。需注意的是，主句都是肯定句。如果主句為否定句，則語尾助詞便可用前面提過的任何一種肯定語助詞：

(33)

> a. m mo（不要）an ni t'i kong（這樣跟他講），ho mo/he mo/ ts'ok mo？
> b. m mo ñioŋ ki hi（不要讓他去），ho mo/he mo/ ts'ok mo？

　　以上是對客家話正反問句的討論，主要的發現是客家話的正反問，除了已虛化為疑問助詞的mo外，能產力（productivity）都不高，大部分的正反結構都僅止於句尾。只有極少數音、詞類於國語的結構，其V-ja-m V結構才不限於句尾。另外，與正反問句相類的是語尾問句，探究的結果發現客家話的語尾問句的特性，與國語、英語之語尾問句不同，因為並沒有規律的遵守「主句是肯定，語尾就否定；主句是否定，語尾即肯定」的規則，而是需看句型與用字而定。

疑問詞問句

　　疑問詞問句即像英語的wh-question，每個問句都有一個疑問詞，只是英語的疑問詞都置於句首，客家話的疑問詞卻沒有固定的位置，而要視語法及語意的結構而定。疑問詞問句的共通點是，回答時不必用「是／不是」、「會／不會」等來引導答句，只需依所問的人、事、時、地、物或方法等直接回應即可。

　　客家話的疑問詞表列於後：

(34)

類別	疑問詞
人	$man_{31}ñin_{11}$（誰），$ma_{31}sa_{31}$（哪位）
事	$mak_3 ke_{55}$（什麼）
時	$ne_{55}kiu_{33}$（哪久），jit_3kiu_{33}（幾久），$mak_3ke_{55}si_{11}tçiat_3$（什麼時候）
地	nai_{31}（哪裡），ne_{31}（哪裡）。
方法	$ñioŋ_{31}$（怎樣），$ñioŋ_{33}pan_{33}$（怎麼樣？），$ñioŋ_{31}voi_{55}$（怎麼會？）

接著我們逐一討論這些疑問詞的用法。

一、表「人」的疑問詞

客家話表「人」的疑問詞主要是$man_{31}ñin_{11}$（誰），它是個名詞，所以在句子裡可以作主語(35a)、賓語(35b,c)、補語(35d)：

(35)

 a. $man_{31}ñin_{11}$拿我的手錶（no）？

 b. 去開會遇到$man_{31}ñin_{11}$（no）？

 c. 你愛vo（叫）$man_{31}ñin_{11}$去（no）？

 d. 企（站）在那裡的人是$man_{31}ñin_{11}$（no）？

$man_{31}ñin_{11}$在某些方言唸ma sa，這是一般客家話裡比較常用，也比較正式的用語，否則在客家話裡，還有許多表「人」的疑問用詞，如ne ñin（哪人）、ne tsak（哪隻）、ne vi（哪位）、mak ke ñin（什麼人）等不正式的人稱疑問詞。不過，不論正不正式，這些表人的疑問詞或疑問用詞，都可以出現在(35)的$man_{31}ñin_{11}$所占用的位置（即主語、賓語、補語）。

在國語的研究文獻上，漢語語法學家（Chao 1968、湯廷池

1981）都認為疑問詞問句有兩個共通點：(a)用「呢」，而不用
「嗎」作疑問句的表徵語；(b)不需要用「是／不是」、「會／不
會」來作答。這兩個規律使國語的問句直接可以用語助詞來作分類的
依據，並與英語的問句作對當的比較。國語結尾是「嗎」的問句，
相當於英語的yes-no問句，回答用「是／不是」、「會／不會」。結
尾是「呢」的問句，相當於英語的wh-question，回答不用「是／不
是」、「會／不會」等情態副詞。

　　由(35)的問句可以看出，客家話的疑問詞問句也分享了這兩個特
性：(a)疑問語助詞都用no，而不是mo、ne、ha等疑問句表徵語；(b)
不需要用「是／不是」、「會／不會」來作答。

　　但是，客家話的疑問詞$man_{31}ñin_{11}$與國語的「誰」一樣，不僅作
疑問詞，也能賦予「定指」（definite）的個人，這時就能接其他的
語尾助詞了，試比較：[13]

(36)

	客語		國語
a.	$man_{31}ñin_{11}$有來me?	a'.	誰有來嗎？
b.	你來尋 $man_{31}ñin_{11}$me?	b'.	你來找誰嗎？
c.	佢不是$man_{31}ñin_{11}$的兒子嗎？	c'.	他不是誰的兒子嗎？
d.	$man_{31}ñin_{11}$有來呢？	d'.	誰有來呢？
e.	你來尋 $man_{31}ñin_{11}$no?	e'.	你來找誰呢？
f.	佢是$man_{31}ñin_{11}$的兒子no?	f'.	他是誰的兒子呢？

　　前面(36a-c)三句的$man_{31}ñin_{11}$分別充作主語、賓語與補語，但是
這三句的$man_{31}ñin_{11}$都不是作疑問詞，而是個定指。與此三句相當的
$man_{31}ñin_{11}$，如作疑問詞時，其語尾助詞會用no，例子分別見於(36d-

---

[13]　請參考Li 1992，Lin 1992。

f)。後面以(36a)爲例，作更詳細的說明。客家話(36a)的man$_{31}$ñin$_{11}$和(36a')的國語「誰」，都不是個疑問詞，而是指一個問話者和對話者彼此都知道的某一個人，所以稱爲定指（有指特殊的某人之意）。而且，(36a)的問話者也不是眞的想知道那個man$_{31}$ñin$_{11}$是誰，因爲問句的焦點是「有沒有」，而不是「誰」，因此用mo（無）結尾，以呼應句子前面的有。再者，對(36a)的回答也是用「有啦，佢來過了」或「無啦，他根本沒來」。比較(36d)，那才是眞正把疑問焦點放在「誰」上的問句，這種情況之下，語助詞就自然用no了。國語的情形也一樣，(36d')也用「呢」而(36a')用「嗎」。其他兩句(36b)、(36c)與其相當的(36e)、(36f)，其差異也是基於同樣的道理。

　　要特別注意的是：作定指的man$_{31}$ñin$_{11}$，其問句的語尾助詞也會因選詞不同而表達了問話者的態度：

(37)

a.	man$_{31}$ñin$_{11}$有來mo/ha？
b.	man$_{31}$ñin$_{11}$有來ho？
c.	man$_{31}$ñin$_{11}$有來mia？

前面三句中，(37a)表中性的問句，(37b)則充滿了問話者對誰會來的信心，但(37c)表示問話者不太相信誰會來。可見作爲非問句語助詞的man$_{31}$ñin$_{11}$，在語用上是與一般語助詞問句完全相同的。

　　表定指的man$_{31}$ñin$_{11}$也可用在一般陳述句，如「man$_{31}$ñin$_{11}$講你出國去了，怎還在這裡」。不過，這種用法的語境並不多。客家話的man$_{31}$ñin$_{11}$作非疑問詞，有時表「無論是誰」之意，這時可以出現在非問句裡頭：

(38)

a.	man$_{31}$ñin$_{11}$來勸，佢都不放棄選總統	（主語）
b.	我現在man$_{31}$ñin$_{11}$都不見	（賓語）
c.	不論佢是man$_{31}$ñin$_{11}$，請佢離開	（補語）

　　簡而言之，客家話表人的疑問詞是man$_{31}$ñin$_{11}$，基本上它是個名詞，能出現在句子的主語、賓語或補語的位置上。它同時也能用於非疑問句裡，表「無論是誰」的意義。

二、表「事」的疑問詞

　　客家話表事的疑問詞是mak$_3$ ke$_{55}$（什麼）。mak$_3$ ke$_{55}$也是個名詞，所以也在句子裡作主語(39a)、賓語(39b)、補語(39c)。mak$_3$ ke$_{55}$也可作形容詞，接在名詞之前。這種mak ke +名詞的結構可以作主語(39d)、賓語(39e)或補語(39f)：

(39)

a. mak$_3$ ke$_{55}$來讓你這樣生氣（no）？		（主語）
b. 你買mak$_3$ ke$_{55}$送佢（no）？		（賓語）
c. 那包是mak$_3$ ke$_{55}$（no）？		（補語）
d. mak$_3$ ke$_{55}$事情讓你這樣生氣（no）？		（主語）
e. 你買mak$_3$ ke$_{55}$東西送佢（no）？		（賓語）
f. 那包是mak$_3$ ke$_{55}$寶物（no）？		（補語）

　　也由於mak$_3$ ke$_{55}$的形容詞性質，使它可以在接了名詞之後，用以替代「人、時、地、方法」的任何一種疑問詞。(40)是個簡單的表，列記mak$_3$ ke$_{55}$+名詞可以更代的其他疑問詞：

(40)

類別	疑問詞
人	mak$_3$ke$_{55}$ñin$_{11}$（什麼人）
時	mak$_3$ke$_{55}$（時間、日、月、年、星期……）
地	mak$_3$ke$_{55}$（地方、所在、村、鄉……）
原因	tso$_{55}$mak$_3$ke$_{55}$
方法	mak$_3$ke$_{55}$（情形、方法、程度、樣子……）

(40)表中的用詞在這裡只談$mak_3ke_{55}\tilde{n}in_{11}$（什麼人）與$tso_{55}$ mak_3ke_{55}（爲什麼），其他的將在後面各節討論。$mak_3ke_{55}\tilde{n}in_{11}$與$man_{31}\tilde{n}in_{11}$的用法相同，但所表達的態度則大有區別：

(41)

　　a. 這句話$man_{31}\tilde{n}in_{11}$講的no？

　　b. 這句話$mak_3ke_{55}\tilde{n}in_{11}$講的no？

　　c. 佢是$man_{31}\tilde{n}in_{11}$no？

　　d, 佢是$mak_3ke_{55}\tilde{n}in_{11}$no？

以無標（unmarked）的情況而言，(41a, c)都是純粹的問句，但(41b, d)則顯示問話者對那個$mak_3ke_{55}\tilde{n}in_{11}$頗不以爲然，或是在很生氣、憤怒的情形下才會使用的表達方式。所謂「無標」是指一般的環境，否則即使用$man_{31}\tilde{n}in_{11}$來問，語調、語氣也會有不同。如果不是直接稱「人」，而用「mak_3ke_{55}哥」、「mak_3ke_{55}嫂」、「mak_3ke_{55}伯」等尊稱，那情形又不一樣，對話者至少不會有受嘲弄的感覺。

客家話相當於國語「爲什麼」的只有$tso_{55}mak_3ke_{55}$。當然，tso_{55} mak_3ke_{55}也有兩種歧義，一種是作什麼(42a)，另一種才是爲什麼(42b-d)：

(42)

　　a. 佢去$tso_{55}mak_3ke_{55}$？

　　b. $tso_{55}mak_3ke_{55}$佢會去no？

　　c. $tso_{55}mak_3ke_{55}$佢$\tilde{n}io\eta$（怎）講不聽no？

　　d. 佢$tso_{55}mak_3ke_{55}\tilde{n}io\eta$（怎）不自己作no？

　　e. 你要去那裡$tso_{55}mak_3ke_{55}$no？

表「爲什麼」的$tso_{55}mak_3ke_{55}$，通常會在該句中用$\tilde{n}io\eta$（怎）這個字以襯出問句的語氣，可是這並非必用的，如(42b)就沒有，也能

表「爲什麼」。由於tso₅₅mak₃ke₅₅本身就有歧義，因此出現在兩種語法都能使用的語境中，像(42e)，既可解成「你要去那裡作什麼？」也可解成「爲什麼你要去那裡？」，取決之道只能依上下文而定。

　　客家話的「爲什麼」也能用mak₃ke₅₅原因（什麼原因）。mak₃ke₅₅原因是比較文言的用法，但它的語境比tso₅₅mak₃ke₅₅還要寬，既可作主語(43a)、賓語(43b)、補語(43c)，有可像副詞一樣(43d)：

(43)

> a. mak₃ke₅₅原因ñioŋ（讓）佢這麼生氣no？
> b. 我ñioŋ（怎）知mak₃ke₅₅原因no？
> c. 佢講的是mak₃ke₅₅原因no？
> d. mak₃ke₅₅原因佢ñioŋ（怎）講不聽no？

　　簡而言之，客家話的mak₃ke₅₅正如國語的什麼，可以直接作名詞疑問詞也可作形容詞，語境很廣。另外，客家話沒有國語直接對應的爲什麼，而要用作什麼來表達，用法及語意有時會有歧義。

三、表「時間」的疑問詞

　　客家話表「時間」的疑問詞有ne₅₅kiu₃₃（哪久）、jit₃kiu₃₃（幾久）、mak₃ke₅₅sɨ₁₁tɕiat₃（什麼時候），這些用詞都是作副詞，修飾整句（如(44a-d)），有時可以出現在賓語的位置(44e)：

(44)

> a. 你ne₅₅kiu₃₃（哪久）開始對運動有興趣了（no）？
> b. ne₅₅kiu₃₃（哪久）你可以作het（歇，作完）你的功課（no）？
> c. 你愛ne₅₅kiu₃₃才會跟我講實話？
> d. 你愛我等jit₃kiu₃₃（幾久）才要嫁我（no）？
> e. 佢愛jit₃kiu₃₃（幾久）才會來（no）？

　　mak₃ke₅₅si₁₁tɕiat₃（什麼時候）與ne₅₅kiu₃₃的意思及用法很相同，所以(44a-c)的ne₅₅kiu₃₃可以用mak₃ke₅₅si₁₁tɕiat₃替代。mak₃ke₅₅si₁₁tɕiat₃與ne₅₅kiu₃₃都相當於國語的「什麼時候」或英語的when，而jit₃kiu₃₃相當國語的多久，或英語的how long（soon）。這兩種語意經由(44c)及(44e)的比較會更瞭然。

　　其實表時間的疑問詞遠比這些例子所呈現的還要複雜，因為時間已有各種的定位詞，如星期、年、月、日等時間。這些時間定位詞都可以接在ne（哪）之後形成問句：

(45)

　　a. 你ne₅₅禮拜愛去尋佢（no）？

　　b. ne₅₅日我們來見面過（較）好（no）？

像星期幾的時間單位是放在後面，這樣把jit₃to₃₃（幾多）接在禮拜或拜之後，也能形成問句：

(46)

　　a. 今本日拜mak ke（no）？（今天星期幾？）

　　b. 你拜jit₃to₃₃愛去（no）？（你禮拜幾要去？）

　　概言之，客家話表時間的疑問詞，除了與日期有關之名稱外，最常用的是ne₅₅kiu₃₃和jit₃kiu₃₃，前者表時間的定點，後者表時間延續的期限，這兩種概念足能涵蓋與時間有關的表達方式。

四、表「地點」的疑問詞

　　客家話表「地點」疑問詞主要是ne₃₁（哪裡），有些方言會唸成nai₃₁，其實用法都完全一樣。表「地點」與表時間的疑問詞有許多共通點，比如他們主要是作副詞，也都能接在動詞之後作賓語，但似名詞之處也僅止於此，既不作主語也不作補語。我們先看這兩個地點疑問詞之用法：

(47)

> a. 你今本日愛去ne（哪裡）買菜（no）？
>
> b. ne 有舊書好買（no）？
>
> c. 你頭先（剛才）走去ne（no）？

　　表「地點」疑問詞也像表時間的疑問詞一樣，變化很多。如指地點方位的「角、點、位、所在、地方」等名詞都可以和ne放在一起，形成疑問詞問句：

(48)

> a. 阿文會走去ne位避（no）？
>
> b. ne所在才有我生存的空間（no）？
>
> c. 愛去ne地方同佢見面（no）？

　　表地點的疑問詞既然都作副詞，所以可以出現在句(48b)、句中(48c)、句尾(48c)。出現的地方有彈性，但疑問的焦點都隨著方位詞移轉，絕不會弄錯。

五、表「方法或性狀」的疑問詞

　　「方法或性狀」是個很大的歸類，所以表「方法或性狀」的疑問詞種類稍多，但基本用法卻與表時間、地點之疑問詞相去不遠，都屬於副詞，主要是修飾動詞、形容詞或整個句子。

　　我們在(34)的表裡，在表方法與性狀的疑問詞內列了三個：ñioŋ$_{31}$（怎樣）、ñioŋ$_{33}$pan$_{33}$（怎麼樣）、ñioŋ$_{31}$voi$_{55}$（怎麼會），究其實際，ñioŋ$_{31}$（怎樣）才是主軸，很多其他形容詞如an ts'oŋ（如此長）、an kiu（如此久）等，都容許與ñioŋ$_{31}$（怎樣）在一起，形成更多的疑問詞。現在且先看例子：

(49)

> a. 整個事情ñioŋ$_{31}$（怎樣）會變得an ni（如此）no？
>
> b. 佢去屙尿ñioŋ$_{31}$（怎樣）會an kiu（如此久）no？
>
> c. ñioŋ$_{31}$（怎樣）作你才會高興？
>
> d. 我已經盡力了，還愛我ñioŋ$_{31}$（怎樣）no？

　　這些用法顯然和表時間與地點的疑問詞相同，可以很自由地出現在句子的任何地方，但是都與它所修飾的形容詞、動詞緊緊連構成整個問句的焦點，使對話者回話時，有個清楚的標的。

疑問句與焦點

　　前面討論每種疑問句型時，偶爾會談到焦點的問題，但是每種問句的焦點都很集中，不太會有嚴重的議題。然而問句之中，有所謂間接問句者（如12f），便顯出問句的焦點問題。後來在(37f)裡，我們更比較了底下兩種間接問句：

(50)

> a. 你知佢會來mo？
>
> b. 你認為佢會來mo？

　　我們說過，(50a)的焦點應在主句「你知不知」，因為其回句通常為「知啦」或「不知啦」來引導。像(50b)的間接問句，焦點卻在次句（subordinate clause），因為回答時會用「會啦」或「不會啦」來引導。我們並以此為基礎，把會用於間接問句的動詞分為兩類，一類像「知、相信、希望」，其焦點在主句的動詞上。一類像「認為、猜、感覺、想」，其間接問句的焦點在次要問句上。現在我們已經討論了客家話所有的疑問句型，應該可以作最後的驗證，看這樣的分析是否可行，還是只限於(50)的特殊例句。

　　試比較：

(51)

> a. 你知佢會來mo（he mo）？
>
> b. 你知佢會來ja m會來no？
>
> c. 你知佢會來ja m會來mo？
>
> d. （?）你知佢會m會來no/mo？
>
> e. 你知man$_{31}$ñin$_{11}$會來no？
>
> f. 你知man$_{31}$ñin$_{11}$會來mo？

　　這幾個句子的比較，透露出幾個頗值的玩味的議題。首先，這四個間接問句中，(51a)由於不論焦點在主要子句或次要子句，其語尾助詞都是mo/he mo，所以問句只有一種型式。(51d)則不論語尾助詞是no或mo，都不是所有的人可以接受的問句，可能是認知動詞如「知」等不太接V-not-V的正反問句。(51b,c)與(51e,f)的語尾助詞可以用no或mo，顯示問句的焦點事實上取決於語尾助詞。如果焦點在主要子句，用mo；如果焦點在次要子句，用no。這樣的認知也可由答句來得到應證：

(52)

> a. 你知佢會來mo（he mo）？　　　知ja，我知佢會來。
>
> b. 你知佢會來ja m會來no？　　　會啦，佢會來。
>
> c. 你知佢會來ja m會來mo？　　　知ja，我知佢會來。
>
> d. 你知man$_{31}$ñin$_{11}$會來no？　　　阿文並阿珠都會來。
>
> e. 你知man$_{31}$ñin$_{11}$會來mo？　　　知ja，我知阿文並阿珠會來。

　　所以，與「知」同組的動詞，其問句的焦點可說完全取決於語尾助詞的運用。對話者也可以由語尾助詞，很清楚地掌握問話者的疑問焦點，這使問話者與對話者在溝通上不會有任何困難。

　　其次，我們來看與「認爲」同組的動詞的焦點問題。先看(53)的語料：

(53)

a. 你認爲佢會來mo（he mo）？	會ja，佢會來。
b. 你認爲佢會來ja m 會來no？	會啦，佢會來。
*c. 你認爲佢會來ja m 會來mo？	
d.（?）你認爲佢會m會來no？	
d. 你認爲man$_{31}$ñin$_{11}$會來no？	阿文並阿珠都會來。
*e. 你認爲man$_{31}$ñin$_{11}$會來mo？	

　　(53)語料說明，像「認爲」這樣的動詞，其間接問句的焦點很集中，只能放在次要問句，所以只有no可以作語尾語助詞。每種間接問句的可能回答也在在表明焦點是在次要問句。

　　比較(52)和(53)還有個有趣的現象：(52)的每個句子都可以在「知」的前面加個「有」，但(53)只有(53a)才可以在「認爲」前面加「有」（你有認爲佢會來mo (he mo)？）。這是很容易理解的，因爲客家話的「有」作助動詞時，其可能形成的問句，都只能用mo作語尾助詞，由於(52)的每個句子都可以用mo結尾，是以(52)的每個句子都在「知」前加「有」。但(53)的句子中，明顯的只有(53a)的次要子句含有接mo的可能，所以也只有(53a)可以在主動詞之前加助動詞「有」。

　　關於「知」和「認爲」在間接問句形成之中的另一種差別是：「認爲」可以放在疑問詞之前(54a)，也可放在疑問詞之後(54b)，但「知」卻只能放在疑問詞之前：

(54)

a. 你認爲man$_{31}$ñin$_{11}$來作總統最好（no）？
b. man$_{31}$ñin$_{11}$你認爲最適合作總統（no）？

c. 你知man₃₁ñin₁₁愛出來選總統（mo）？

*d. man₃₁ñin₁₁你知愛出來選總統（mo）？

在沒有疑問詞的間接問句裡，「認為」的位置也比「知」要自由：

(55)

a. 你認為佢會來mo（he mo）？

b. 佢你認為會來mo（he mo）？

c. 你知佢會來mo（he mo）？

*d. 佢你知會來mo（he mo）？

由以上的幾個角度來比較「知」與「認為」，可以很清楚的明白這兩類動詞在本質上潛在著許多不同，難怪所形成的間接問句會在疑問焦點上有所區別。不過，也由這些比較，讓我們對客家話的問句多了一層了解，那就是「知」組動詞的間接問句，焦點可在主要子句也可在次要子句，但「認為」組的動詞，前間接問句的疑問焦點則只限於次要子句。

回答的語氣

問句的討論不能沒有談到答句，所謂「問答」幾乎已經把問和答看成一體之兩面了。事實上也是如此。前面每談一種問句，都會提及問句所用的語助詞所表示的語氣與態度，現在就來討論客家話答句時，所用的語助詞在語用上的功能。答句會與語助詞有關的主要是/不是、會/不會，也即與語助詞問句、語尾問句、正反問句有關的答話。這並表示選擇問句與疑問詞問句的回答，便沒有不同的語氣，不過後者多半與語調的起伏等超音段的因素有關，暫時不想在此細說。

　　我們先看肯定的是或會，共有八種語助詞，每個語助詞各有其聲調：

(56)

佢會來mo？	a. 會ja_{33}，佢會來ja。
	b. 會la_{31}，佢會來la。
	c. 會na_{33}，佢會來na。
	d. 會wa_{55}，佢會來wa。
	e. 會jo_{31}，佢會來jo？
	f. 會$_{55}$，佢會來。
	g. ka會$_{55}$，佢會來。
	h. ka會na_{33}，佢會來na。

　　前面各種語助詞都各有其特性，不能不分開逐一討論：(56a)是很中性的回答方式，並不帶任何語用色彩，有問有答，不過通常也只用於中性的語助詞問句（帶mo/ha之句），或沒有任何語助詞之問句。(56b)表示兩種可能的情緒，如果把la的語調唸得很長，很高昂，表示答話者不耐煩或對問句中的「佢會來」感到不很高興。如果把la唸得很短，或語調下降，則表示答話者在對問話者作內心的安撫、勸慰或關心。(56c)是比較強烈的安撫或肯定，通常用於mia結尾的問句，由於問話者對答句沒有多大信心，所以答話者給予極大的正增強（positive reinorcement）。

　　(56c)也會被用於表示答話者的不耐煩，這時的na通常都拉的很長。(56d)表答話者對問話是否要回答肯定不確定，但據說（據第三者對答話者說）「佢會來」是肯定的，所以用(56d)時，答話者會說「（聽講）會wa，（某某說）佢會來wa」。(56e)是一種反問句，通常用以會答以ho，或mo no結尾的問句，由於這種問句對肯定回答的期許很高，答話者又極不願意這個問句竟會有肯定的答覆，是以用反諷的語氣反問問話者。這種回答方式一般只用於鬥嘴、口角、相罵

或辯論之中。(56f)的語調都先向上拉在往下降，語氣充分表示答話者之極度不滿，至於不滿什麼，並不一定與該問句有直接關係，但大致也是因為該問句惹起的情緒性反應。(56g)是在肯定的回答前加個ka，表示雙音節的肯定外，還表示答話者對此肯定的回答充滿了自信，並有進一步安慰發問者之意，是個正面值很高的回話用語。最後，(56h)是在肯定用語之前之後各加一個音節，是(56)中所有肯定語助詞中，最具正面意義的回答，不但表示肯定的自信，用語的熱情，高度的關懷，也有對問話者鼓勵之意。

　　由這些肯定語助詞各種語意的差別，可以看出語言溝通的困難，也由此知道客家話語助詞的繁多及語用的重要性。比較之下，用於否定的語助詞便少了三個：

(57)

佢會來mo？	a. m會la$_{31}$，佢m會來la。
	b. m會na$_{33}$，佢m會來na。
	d. m會wa$_{55}$，佢m會來wa。
	e. m會jo$_{31}$，佢m會來jo？
	f. m會$_{55}$，佢m會來。

　　用於否定的語助詞的語意與其相對肯定的語意是相同的，故不再多加著墨。但關於有沒有「m會ja」的用詞，與方言大有關係，有些方言保留了與（56a）相對應的ja語助詞，有些方言則不再使用。

結語

　　我們在這節裡探討了客家話的各種疑問句，主要區分成四種：疑問語助詞問句、選擇問句、正反問句及疑問詞問句。此外，我們還討論了疑問句的焦點與答句的語助詞，共有六個主題。

　　經過仔細的討論與解析，得到的初步結論是：這四種疑問句各有

交疊之處，如選擇問句與疑問詞問句之共同處，在於兩者都以no爲語助詞，且兩者的回答都不用是不是之類的助動詞引導，而直接講出所選的標的答案。疑問語助詞及正反問句也有共同之處，兩者其實本質相同，因爲有些客家話的疑問詞源自於正反句之最後的否定詞。

　　疑問語助詞問句裡，各種不同的疑問語助詞如mo/ha、mia、ho等代表問話者對回答的期許不同，語氣、語意也因而有別。一般而言，mo/ha代表的是中性的問句，ho表示問話者充滿了肯定的盼望，mia者表示問話者對問的內容不太有肯定的期許。其他的三種問句中，選擇問句在問句裡，提供兩個或兩個以上的可能回答供對話者選用，基本上與一般問句沒大區別。正反問句之結構很特殊，但就客家話而言，正反問句頗有侷限，不是限於句尾，就是限於幾個助動詞，能產力不高。最後是疑問詞問句，特點是用no作爲問句之表徵，回答時直接答出所問的標的。

　　至於疑問句的焦點，特別顯現在間接問句之中，我們研探的結果是：動詞粗分爲兩種，「知」類的焦點可以在主要或次要子句；但「認爲」類的動詞，其焦點只在次要問句。

　　最後是答句的語助詞，與問句的語助詞一樣，它們都能在語用的層次上，表現答話者的各種不同的語氣與態度。其中，肯定的語助詞有八種，但否定的語助詞只有五種。

第九章
客家話的否定句

引言

　　客家話的否定詞有m（唔）、mo（沒）、m moi（不會）、m moi（不愛）、m mo（不好）、m çit（唔需）、maŋ（未）、mok（莫）、put（不）、çi（tso）mu tet〔使（作）不得〕等八個。其中，m（唔）、mo（沒）是最主要的單音否定詞，兩者都是陽平調(11)。另外三個單音否定詞maŋ（未）、mok（莫）、put（不）的用法較偏限於特殊用法，maŋ（未）是陰平調(33)，用於表完成的時貌。mok（莫）是陰入調，用於祈使句。put（不）是陽入調，只有較文言的語句中才會使用。其他的都是兩個音節的合併詞，但他們的用法跟前面幾個單音否定詞一樣，而不類於句法上的「唔 + 動詞」，因此歸爲否定詞。細分之，合併的來源是：

(1)

a.	m_{11} + voi_{55}	→	m_{33} moi_{55}	不會
b.	m_{11} + oi_{33}	→	m_{33} moi_{33}	不愛
c.	m_{11} + ho_{31}	→	m_{33} mo_{31}	不好
d.	m_{11} + $çit_{11}$	→	m_{33} $çit_{\underline{31}}$	不需

　　由(1)的觀察得知，「唔」本來是陽平調，基於南部四縣客語「陽平在任何聲調之前都會變成陰平」的規則，「唔」與其他用語在一起時變成了陰平調。其次我們發現voi、ho等聲母都因m音的展延而失，傳統的文獻把這種現象稱爲韻尾同化（見丁邦新1985）。[1]

　　雖然前面我們給每個客語否定詞都找一個約略相當的漢字，可是爲了避免國、客語在漢字上的混淆，我們還是採用IPA的標音來表客

---

[1] 否定詞的語音合併到目前爲止，還鮮有詳細的分析。比如湯廷池1993認爲閩南語的莫好（m mo）源自於m hō，但音韻上卻仍然有待進一步的論證。

語的否定詞。其他的用詞，除非與國語的用詞不同，否則一律用漢字表達。客語特有的用詞則用盡可能接近的漢字，配加IPA的標音。

　　本章依序談(a)客家話的有/mo句，(b)否定詞m的用法，(c)由m所形成的否定詞，(d)不的否定用法，(e)客家話否定的焦點與範疇等五個主題，最後是簡短的結論。

有/mo句

　　漢語各方言的某些句法結構頗有共通之處，即使是相異點也可以過去對國語的研究為鏡，逐一取得其他方言的特殊結構，我想這是目前用於研究客家話句法的最好辦法。基於這個了解，客家話的「有/mo」句法的探討，基本上是參考國語的「有／無」或閩南話的「u/bo」的過去相關研究，所以我們先評述鄭良偉1979與湯廷池1994兩家的分類，再來談我們的看法。

一、文獻回顧

　　依Cheng 1979（鄭良偉）的分類，閩南語與國語的有／無句共通部分可分四大類，十九分項。由於客家話也擁有這些分類特性，我們直接用客語的句子為例，作為討論的基礎：

(2)

> I. 表「擁有」（possession）
>
> 　1. 所有：我有一間屋。
>
> 　2. 包含：人有兩隻腳。
>
> 　3. 親屬：佢有四兄弟。
>
> 　4. 賓語＋補語：佢有親戚添手（幫忙）。
>
> 　5. 抽象賓語：佢有可能出國。
>
> II. 表「存在」
>
> 　6. 地方或時間：今本日有落雨。

7. 無定：這種事情常有。

8. 部分：有兜（有些）東西當壞食。

9. 全稱：愛it to（多少）就有it to。

10. 變化：有電ne（了）。

11. 事件：有學生睡著了。

12. 結果：牆上有畫。

13. 焦點：佢需要的有牛奶、冰糖、杯子，並調羹。

14. 集合：跳舞的有阿文、阿珠並佢。

III. 助動詞（只用於否定）

15. 事件之無：我bo看到佢。

16. 過程之無：m mo盡看我。

17. 經驗之無：我mo去過日本。

IV. 驅向（approximative）

18. 動詞：這間屋有十尺長。

19. 複動詞：你的兒子有你an（如此）高了。

　　另外，閩南語有而國語沒有的有／無句特性有四點。這四點在客家話裡也有相當的句子，因此例子依然用客語的句子：

(3) 有／無＋動詞便片語

a. 昨本日佢有來這裡。

b. 我們客家人有勤儉。

(4) V＋有／無＋結果

a. 佢keu（哭）有目汁（眼淚）。

b. 佢社會行有／無透。

(5) V＋有／無＋賓語

> a. 佢買有屋在那裡。
>
> b. 鞋子佢買有。

(6) V＋有／無＋量詞

> a. 佢賺有兩間屋。
>
> b. 佢食有三碗飯。

　　湯廷池1993的對象只是閩南語，因此只對閩南語有／無句作歸類，共分爲八大類別：

(7) 表「擁有」之意，多置於名詞之前

> a. 我有/mo盡多朋友。
>
> b. 佢有/mo閒（han, 有空之意）陪你講話。

(8) 表「存在」之意，用於引介句中

> a. 屋外面有/mo盡多花。
>
> b. 有/mo樹就還有/mo根
>
> c. 天下就有/mo這種人。

(9) 表「已經發生」的動作或狀態

> a. 佢有/mo去求你。
>
> b. 我有/mo育雞仔。
>
> c. 佢有/mo同我講你會來。（同我講＝跟我說）

(10) 表「變化後」的情況

    a. 佢有/mo比nuŋ-pai（以前）ko p'i（過肥，還要肥）。

    b. 衫褲（衣服）有/mo 燥（tsau，乾）。

(11) 與到（to）、歇（het）、過（ko）等表完成時貌詞連用

    a. 昨本日佢有/mo看到你。

    b. 飯，佢有/mo食het。

    c. 佢有/mo去過日本。

(12) 用於抽象名詞之前，並能加其他副詞作修飾語之有/mo句

    a. 國代延任有/mo意思。

    b. 那種作法，客家人感覺（盡、相當）有/mo面子。

(13) 數量詞之前的有/mo

    a. 這間屋有/mo一百坪。

    b. 我等有/mo兩點鐘。

    c. 咱（ŋan，我們）一禮拜見有/mo五擺（面）（取自湯廷池(60b)）

(14) 疑問句中的有/mo

    a. 佢有去mo？

    b. 你hen（肯）代佢去mo？

    c. 你的錶會準mo？

　　湯廷池認為(14)是閩南語（及客語）的「有」和「無（mo）」表面上看似不對稱之分布，因為句尾雖可接「mo」但卻不能接「有」。但實質上，這些句子都是「有與mo」的配對，再經虛詞化

的文法變化而來，因此自然不能再以「有」結尾。

　　接著，我們來分析這兩家分類的異同，及客家話的有/mo句的特性。鄭良偉的分類是以句法及語意功能為基準，且分類很細，頗有重複之處；湯廷池則以句法的結構單位為依歸，比較精簡。底下且列表看兩者之異同（/ 表未提及）：

(15)

湯之分類	鄭之分類
(7)，(12)	I.
(8)，(10)	II
(9)	III
(11)	(10)
(13)	IV
(14)	/
/	(9)

　　由前表之比較，發現兩者所涵蓋的內容與句型，幾乎都沒有大的區別。其中，鄭認為閩南語有而國語沒有的四點，其實可以簡化成兩點，因為(4)、(5)、(6)三點其實就是「動詞 + 有／無」的句型。有趣的是這兩點，湯都沒有特別提及。不過這並不表示湯沒有注意到這些用法，而是就句法的結構單位而言，這些結構並沒有必要特別歸成一類。而湯的第(14)點也是鄭所沒注意到的，其實這點鄭可能也已經納入了「動詞 + 有／無」的分類中，所以沒再多費筆墨。不過我們發現這些閩南語的「有／無」句，客家話都有，所以我們在引述這些句型時，都能直接用客家話的語料作為例子。這是否表示客家話的「有／無」句都分享了閩南語「有／無」句的所有特性呢？答案顯然並非如此，因為閩、客固然有很多相同點，卻也有許多不同之處。

二、客語的有/mo句型

經過比較、整合兩家之看法，我把客語的有/mo句看成九種句型：

(16)

> a. 表擁有：我有一介好姐子（太太）。（I have...）
>
> b. 表存在：今本日有風。（There is wind today.）
>
> c. 表經驗：我有食三碗飯。（I have eaten...）
>
> d. 表趨向：這間屋有六十坪。（N V Q）
>
> e. 表能力（V＋有／無）：買有，看有。（ability to buy）
>
> f. 作軸語（Operator）：佢有會去看你。（Will he...）
>
> g. 表部分：一個禮拜有七日。（In a week, there are seven days.）
>
> h. 泛指：有人講佢會作總統。（people say...）
>
> i. 表萬一：有事情我負責。

接著來詳談為何作這九種句式的分法，並列舉每種句式內可能包含的句子，同時闡明其句法、語意之特性。最重要的是透過這個劃分法來探討客家話否定詞mo的用法及其與「有」之間的對應。最後再討論客家話的有/mo句與國語、閩南語之有/無句的分歧點。

1.「擁有」的有/mo句

客家話的第一種「有」，語意上表「擁有」之意，這與鄭良偉的I點大抵相同。這種「有」有四種可能的句型，我們將逐一討論。第一種有領屬關係的擁有，被擁有之物或人都與擁有者本來都是各自獨立的個體：

(17)

有句	mo句
a. 我有兩本書。	a'. *我mo兩本書。
b. 我有那本書。	b'. 我mo那本書。
c. 我有錢。	c'. 我mo錢。
d. 我有朋友好講。	d'. 我mo朋友好講。
e. 我有朋友好講話。	e'. 我mo朋友好講話。

　　(17)中的主語「我」與其所領屬的「書」、「錢」、「朋友」等本來相互之間並無任何無關係，但現在的關係是「擁有」。仔細再分，會發現(a-c)的擁有與(17d-e)的擁有在本質上並不相同，因為「我的朋友」也同時可以是「別人的朋友」，但「我的書」（我擁有的，並非我寫的）應該不會同時又是別人擁有的書。

　　由(17a)與(17a')之比較，發現有/mo並沒有絕對的對應（所謂對應是指可以用「有」之處也可以有「mo」）。mo通常只用於殊指（definite），如(17b')，但有些卻可用於殊指及泛指，故(17a)、(17b)均可。不過很有意思的是，「殊指」也並非特指（特別指定那一個），例如(17b)並非指擁有相同的那本書，而是指與那本書有相同書名（或相同的外貌等）的書，因為在很多無法複印（copies）的東西裡，也很少用有/mo，如「*我有那間屋」、「*我有那個太太」。

　　如果在「我mo兩本書」可用的語境裡，如「我mo兩本書，naŋ一本ni」（我沒有兩本，我才一本而已！）否定的並不是書，而是量詞（沒那麼多）。但(17a)的意思卻是「那兩本書是我的」，擁有的是書，而非只是數量。可見即使同時有(17a)與(17a')的方言裡，有/mo也並不絕對的對應。

　　有/mo具有對應關係的語境，只有在沒有限定詞（determiner）的句子中(17c-e)。前面說過，(17d-e)的擁有與(17a-c)不同，可能

這就是鄭良偉把(17d-e)劃成另一類別的原因。但我把這些句子都放在一起，因爲與其對當的英語句子，如I have three books. I have friends to talk with. 一般都視爲同一句型，且有相同的動詞。又(17d)與(17e)不同之處在於：(17d)的「朋友」是「講」的賓語；而(17e)的「朋友」卻是「有」的賓語。前者(17d)是I have friends to talk（about）. （我有很多朋友，我可以講他們的閒話），但(17e)是 I have friends to talk with (to). （我有很多朋友，他們可以跟我聊天）。

　　第二種句型是部分與全體的關係：

(18)

有句	mo句
a. 人有兩隻腳。	a'. *人mo兩隻腳。
b. （?）那個人有兩隻腳。	b'. 那個人mo兩隻腳。
c. （?）一兜（有些）人有兩隻腳。	c'. （?）一兜（有些）人mo兩隻腳。

　　部分與全體中的擁有關係是共存而不能細分的，這是自然界的定則，可視爲無標形式（unmarked）。這種擁有關係中的主語在肯定句一般都是泛指(18a)，在否定句卻是定指(18b')，所以有/mo也不是絕對的對應。在表部分的主語裡，接受否定形式(18c')的人遠比接受肯定形式(18c)的人還多，因爲無標形式總比否定的有標形式（marked）更能讓大家接受。

　　第三種句型的擁有特指親屬關係：

(19)

有句	mo句
a. 人都有父母。	a'. *人都mo父母。
b. 佢有兩兄弟。	b'. *佢mo兩兄弟。
c. （?）佢有姊妹。	c'. 佢mo姊妹。

　　親屬關係的擁有很特殊，「父母、兄弟」等與「書本、朋友」一樣，都與領屬主語各別獨立，但他們與「書本、朋友」不同的是，親屬關係是抽象的，卻又不能斷的。這是語意上的區別。

　　句法上，血親親屬可分為兩種，直系與旁系。直系親屬是自然的關係，無法用否定句(19a)，但其否定可以用「已經」之類的表完成時貌的副詞連用，如「我已經mo阿姆（媽媽）了」（表媽媽已過世）。旁系親屬可以用mo否定，但一般不與量詞共存使用(19b')。比較之下，肯定句在親屬的有字句裡較傾向於有量詞。所以從親屬的擁有來看，客家話有/mo是不對應的，也即同一個句型不能同時用於肯定與否定之中。

　　表現親屬關係之有與表部分與全體之有或與表示物之擁有的有最大的不同是，後兩者之有可以用於現在式或過去式，因為我們不能說「*佢昨本日mo阿母」或「*佢天光日mo阿母」，但卻可以說「佢昨本日mo那本書」或「佢天光日會有那本書」。底下表抽象之有也可用於過去式、未來式和現在式中

　　第四種擁有用於表示抽象的賓語：

(20)

有句	mo句
a. 阿扁有機會作總統。	a'. 阿扁mo機會作總統。
b. 阿扁有作總統的可能。	b'. 阿扁mo作總統的可能。

　　抽象名詞如「可能、心、意思、信心」等作「有」的賓語，既不像「書本、朋友」那樣具體，也不像親屬有個血緣關係，而只存於心中和意念裡。因此，用肯定與否定似乎都只表示各一半的概率，是以肯定與否定呈現很有規律的對應關係。

　　以上四種句型，其共同的特性都相當於英語have/has的用法：

(21)

a. 我有兩本書。	a'. I have two books.
b. 人有兩隻腳。	b'. We have two feet.
c. 人都有父母。	c'. We all have parents.
d. 阿扁有機會作總統。	d'. John has chances to be president.

前面已指出，如再再細分，這四種句型也會在語意或在有/mo 的對應上有所區別。在句法上，(21)的也有其相似之處，在沒有量詞或數詞的情形下，(21d)的「有」都可以用「蓋、當、足滿（tsiuk man，很多之意）、忒」等副詞修飾：

(22)

    a. 佢足滿有錢。

    b. 佢足滿有信心入臺大。

(21b-c)的領屬關係已有特別的、抽象的限詞包含在語意之中，所以不再用蓋、當、足滿（tsiuk man，很多之意）、忒」等副詞修飾，也不能用表臆測之副詞如「可能、怕」來作修飾語。[2](22)的句子能用這些副詞修飾，正顯示「有」具有主要動詞的本質，像後面要討論的「存在」有就不能，如「*今本日足滿有落雨」。

綜合迄今為止的討論，表「擁有」的句型可細分為四種，但他們也都有其共同點，所以能劃歸為一類。

2.「存在」的有/mo句

在(12)裡，列為第二種「有」特性的是表「存在」的有。這種有也可再劃分為幾種句型，首先是時間、空間等名詞引介的「存在」：[3]

---

[2] 按：客家話的「怕」相當於國語的「可能」，也是表臆測之用語。

[3] 有關引介存在的名詞是定指、特指、殊指等，請參見湯廷池1977。

(23)

有句	mo句
a. 今本日有風。	a'. 今本日mo風。
b. 灶下有人。	b'. 灶下mo人。
c. 天下有an ni（這樣）的事。	c'. 天下mo an ni（這樣）的事。
d. 九月二十一臺灣有大地動。	d'. 九月二十一臺灣mo大地動。

　　表「存在」的有與「擁有」的有，共通處是都在描述已經存在的現象、狀況或事件，所以都只限於現在或過去時式裡。在未來時式中，要用「會」作為預測性的表徵，如「天光日會有颱風」，這表示颱風是否會來、猶在未定之天，不能作為既存的事實來描述。

　　像(23)的句子顯然在「有/mo」上有相當整齊的對應，不過，對於某種特有現象或事件，可能就語法結構是可以接受，但對事件本身卻不盡然正確，例如(23d)與事件、語法都吻合，是絕對可以接受的句子。但(23d')合乎語法卻不合乎實際現象，除非說話者認為那場地震不夠大。

　　第二種「存在」句型是沒有時間、空間的名詞為參酌點，只指出這種現象或事件的存在：

(24)

有句	mo句
a. 好人嘛有，壞人嘛有。	a'. 好人也mo，壞人也mo。
b. 這種事情常常有。	b'. 愛的時節，輒輒mo。
c. 冷的嘛有，燒的嘛有。	c'. 冷的ja mo，燒的ja mo.

　　湯廷池把這個句型與(23)合而為一，考量點可能是他們的句法結構相同。我依鄭良偉之看法，把兩者區分主要原因是：(a)像(24)的句子，其時間、空間的引介詞不明確。而且這些句子的肯定與否定在對應上沒有(23)那麼有規律。有/mo的分歧點，主要在類於俗語或對人

生的看法之類的恆常性事實，由於對肯定和否定的切入點不同，所以在肯定與否定的句法呈現上很不相同。例如，(24b)與(24b')應該可以看成有/mo的配對關係，但句法上便很不一樣。(b)這兩種句型的問句形式不同，(23)的句子一般以mo爲語尾助詞（當然也可用ho，但比較不常用），然而(24)的句子通常不用mo，而用ho作語尾助詞（有關客家話的疑問句，敬請參考前一章）：

(25)

> a. 今本日有風mo/ho？
>
> b. 灶下有人mo/ho？
>
> c. 天下有an ni（這樣）的事mo/ho？
>
> a. 好人嘛有，壞人嘛有ho？
>
> b. 這種事情常常有ho？

基於這樣兩個差異，我把(24)劃爲獨立的句型。

第三個關於「存在」的句型是部分量或數的有，這種句型一般沒有對應的否定句：

(26)

> a. 有兜（有些）學生m（不）聽話。　　a'. *mo兜（有些）學生m（不）聽話。
> b. 有時（節），我作a會懶。　　　　b'. *mo時節，我作a會懶。

表達部分的限詞，如「有兜、有時、有jit çit（有一些）、有we（有的）」等，都沒有對當的否定詞，因爲客家話部分否定的結構，都用「有兜……沒」來表示，如「有兜學生m（不）聽話」，這種句型的否定焦點是在動詞部分，這可由「m + 動詞」的結構來證明。也是基於這個特性，我把(26)劃爲另一種句型。

第四個表「存在」的句型是表全稱的有：

(27)

有句	mo 句
a. 人才 in ne（到處）都有。	a'. 人才in ne（到處）都mo。
b. 錢，你愛jit to（多少）就有jit to。	b'. 錢，你愛jit to（多少）就mo jit to。

　　這種句型的肯定句「有」往往可用「是」代替，如「人才in ne（到處）都是」。這種「有」似乎語意上就有「是」的成分在內，因為變成問句時，語尾助詞通常me，或he mo：

(28)

　　a. 人才 in ne（到處）都有me/he mo？

　　b. 錢，我愛jit to（多少）就有jit to me/he mo？

　　需知客家話用me、he mo作語尾助詞的句子，都是主動詞是「he，是」(29a-b)，或是該句隱含有「he，是」(29c)的句子：[4]

(29)

　　a. 佢是客家同鄉me？

　　b. 佢是在這裡上班me？

　　c. 佢（是）m會來me？

　　所以像(27)的句型，其所含的「有」頗與「是」相通之處。然而有趣的是其相當的否定句卻只能用「mo」，而不能以m來取代，在這方面很可以看出客家話的有/mo在某些情況下，真的並不互相對應。

　　表「存在」的第五種句型是從沒有變化到有的事件或情況：

---

[4]　me是來自於m+he，因此me是句中含有「he」（是）的句型中才可能使用的問句用詞。

(30)

有句	mo句
a. 佢有比以前過肥。（過＝比較）	a'. 佢mo比以前過肥。
b. 菜有熟。	b'. 菜mo熟。
c. 屋背種有幾頭han son（芒果）。	c'. 屋背種mo幾頭han son。
d. 佢生日來有兩桌人客。	d'. 佢生日來mo兩桌人客。
e. 佢有醒上來。（醒過來）	e'. 佢mo醒上來。
f. 佢有睡het（歇）。	f'. 佢mo睡het。

　　這種與事件變化有關的「有」，後面可接的動詞有形容詞(30a-b)、靜態動詞(30c-d)，及變化動詞(30e-f)。形容詞通常都會在前面加一個比較級（過）、程度副詞修飾語如「la（夠）、忒」等，以表示變化後的狀態。靜態動詞類於英語的連綴動詞（linking verbs），如Here comes a dog. There plants a lot of corn.句中的來、去、種等，也有「本來沒有，現在經過這個動作之後才存在」的涵義。以(30c)為例，「幾頭芒果樹」是「種」之後才存在的，這和「屋背有種幾頭芒果」中的「有」不同，因為這個「有」只描述了既存的現況，是屬於第一種表「存在」的動詞。(30e-f)的動詞本身就有變化的意味，通常都也都有完成的語意，因此其對當的否定句，除了用mo之外，也可用m tɕ'ian（尚未）表示。

　　就因為(30)中每個句子的「有」動詞都含有變化的語意，再者，這些句子的有/mo頗有整齊的對應，而且這些句子的疑問句都以mo結尾，因此把這些句型劃歸為同一類。

　　最後一種表「存在」的有句型是陳列式句型：

(31)

有句	mo句
a. 佢嫁妝有電視、冰箱並汽車。	a'. 佢嫁妝mo電視、冰箱並汽車。
b. 佢爸留給佢的有田有地又有屋。	b'. 佢爸留給佢的mo田mo地又mo屋。

有句	mo句
c.　*佢愛買的有書。	c.　*佢愛買的mo書。
d.　佢嫁妝有電視。	d'.　佢嫁妝mo電視

　　把這種結構稱為陳列式，因為在「有」之後的東西通常都不只一種。有時只有單一個名詞，反而無法接受，如(31c，c')都是很奇怪的句子，多數的客家人無法認同其合法性，或至少不會使用這種句子。如果要說(31c，c')時，「有」會改成「是」，然而(31d，d')卻又可以。這與「有」後面的名詞無關，因為同為單音節的詞如「佢爸留給佢的有田」都很常用的句子。我認為是與「有」前面的子句中的動詞有關。如果名詞子句（Nominal clause）的動詞是「買、恨、想、愛、賣」等，「有」後面的名詞至少要有兩個以上：

(32)

a.　佢最恨的人有阿文同阿珠。	a'.　*佢最恨的人有阿文。
b.　佢最想的東西有電腦、同手機。	b'.　*佢最想的東西有電腦。

　　但不論作主語的子句內的動詞是什麼，「有」後面的名詞只要陳列出至少兩個，句子的可接受度就大為增加。這個特性並非前面討論過的「有」所能包含的，是以有必要把這種句型獨立為一類。

　　鄭良偉另外加了一類稱為「集合與陳列」，所用的例句是「那兜（那些）人有阿文、阿珠同佢」。我個人認為這其實就是(31)的句型，因為「有」後面所陳列的名詞都是「有」之前的名詞裡的集合原素。

　　以上六種句型的「有」都屬於「存在」性質，也即都可以用英語的There is/are來作對當的翻譯句型。仔細探討，每種句型都有其特性，或是句法的特性，或是語意上的特性。但總括起來，這個「存在」意涵卻可以看出這些句型的共通之處，所以還是冠以「存在」的

總稱。

3.「完成時貌」的有/mo句

　　表「完成時貌」的有，依所接的副詞，可分為兩類：

(33)

> a.　佢有去過日本。
> b.　佢有去e日本。

　　「過」客語唸ko，應該與國語、閩南語的「過」字用法相同，表示「經驗過」的意思。含有過的有字句，其有一般都可以省略，例如(33a)也可唸成「佢去過日本」。(33a)相對的否定句有兩種可能：

(34)

> a.　佢mo去過日本。
> b.　佢m tɕ'iaŋ去過日本。[5]

　　用mo作否定詞的句子(34a)，純粹描述事實或現狀，即迄今為止他沒有去過日本的經驗。但是用m tɕ'iaŋ表否定的句型(34b)則表尚未之意，因此(34b)之意是他雖然沒去過日本，卻隱含著他可能最近會去。由有/mo及有/m tɕ'iaŋ的對比，可知表經驗的有句通常具有兩種意義，端視說話者之用語而定。

　　另一種表完成時貌的有與「e」連用。客語的「e」（相當於國語的「了」）有各種變體，如le、ke、pe、me、ne、ge等，全依其前動詞的韻尾而定，但在句法上，其功能與國語的「了」相似，因此(33)中的兩句客語類於(35)中的兩句臺灣國語：[6]

---

[5]　用於這個句型的否定詞，因南北之方言而異。北部客家話往往用maŋ來代南部的m tɕ'iaŋ，也有用man tɕ'iaŋ的方言。

[6]　客語的e或het之用於表完成時貌，可能也與動詞之分類有關，請參見Li2000。

(35)

臺灣國語	北京國語
a. 他有去過日本。	a'. 他去過日本。
b. 他有去了日本。	b'. 他去了日本。

前面(35a', b')是北京國語的典例，與(35a,b)的臺灣國語比較，明顯地發現臺灣國語多了個「有」，因為臺灣的閩南語與客語都會用「有」與「過」表經驗。[7]

再者，(35a)與(35b)的差別是：(35a)純粹表經驗，而(35b)較著重動作，因此(35a)只說他有去日本的經驗，現在是否人在日本，不得而知，而(35b)表示他人就在日本。據此而論，表完成時貌的有類似於英語表完成時貌的have，因為(33)中的兩句客語，其相當的英語句子分別是：

(36)

    a. He has been to Japan.

    b. He has gone to Japan.

但是並非所有「有……e」的句型都表示動作，有些也用於表經驗。試比較三種用e表完成的有句，及其肯定與否定句式：

(37)

肯定句	否定句
a. 佢有去e日本。	a'.（?）佢mo去e日本。
b. 佢有去日本e。	b'. 佢mo去日本e。
c. 佢去e日本。	c'. 佢m去日本e。

---

[7] 有關國語受閩南語及客語影響，見Kubler 1985、曹逢輔2000。

　　前面三句中，表動作的只有(37b)與(37c)兩句，故這兩句都可以
直接用否定詞mo或m來形成否定。特別是(37c)的否定用m，顯然表
動作的成分居多，因為m是專用於作動詞的否定形式（請參見下一小
節）。比較之下，(37a)就用以表經驗，因此其否定句用m tɕ'ian會比
較可以接受（佢m tɕ'ian去e日本）。

　　其實，「有+動詞」表經驗的有句，不一定要和e連用：

(38)

> 我有食三碗飯。

　　這種在動詞之前加有所形成的句型，能產力很高，在句法上與完
成時貌相若，如：

(39)

> a. 佢有去看電影。　a'. He has been to the movie.
> b. 佢有作花。　　　b'. She has made the flowers.

　　「有 + 動詞」所形成的句型可以再接「過」，也可與「e」同時
並用：

(40)

> a. 佢有去看過電影。
> b. 佢有去作過花。
> c. 佢有去看e電影。
> d. 佢有作e花。

　　有趣的是，(40a,b)的否定是用mo或m tɕ'ian：

(41)

> a. 佢mo去看過電影。　a'. 佢m tɕ'ian去看過電影。
> b. 佢mo作過花。　　　b'. 佢m tɕ'ian 作過花。

　　由前面的現象大概可以推知：(a)「有+動詞」與表動作時貌的e本質上相近。(b)「有+動詞」的句法及語意應是「有／動詞」。另外，過與e雖同時可和有形成經驗表達方式，但兩者共用時，只能「過」在前「e」在後(42a)，萬不能「e」在前「過」在後(42b)：

(42)

　　a. 佢有作過花e。
　　b. *佢有作e花過。

　　最後，客家話還有一個常與完成時貌共用的副詞「到」：[8]

(43)

　　a. 佢有看到阿文。
　　b. 你有捉到阿文mo？

　　與「到」共用的有字句，表兩種句法功能，這可由其兩對應的否定句看出來：

(44)

　　a. 佢mo看到阿文。
　　b. 佢m tɕian看到阿文。
　　c. 我mo捉到阿文。
　　d. 我m tɕ'ian捉到阿文。

　　(44a、b.)是(43)的兩種否定句式，其中(44a)對應(43a)，其「有」與表「擁有」的「有」用法相同，故否定時直接用mo。而(43b)的「有」與前述的「有 + 動詞」的結構相同，足以用來表經

---

[8]　有關客語「到」字的各種用法及其可能的演變，請參見Lai 1989。

驗。換言之，(43a)可解讀成：佢有「看到阿文」，或佢「有看到」阿文，兩種句法導致兩種語意。

　　簡而言之，與英語表完成時貌的have相同，客語的有也有兩種主要句型：一種與「過」並用，表經驗。另一種與「e」並用，或用於「有+動詞」的結構中，表完成時貌。

4. 表「趨向」的有/mo句

　　第四種有表「趨向」（approximate），這是借用鄭良偉的用法與歸類，湯廷池1993用N+V+Q（N=主語，V=動詞，Q=類量詞）的結法結構為討論基礎。典型的例句是：

(45)

> a. 這間屋有六十坪。
> b. 用le（這裡）到ke（那裡）有十公里。
> c. 佢有六尺高。

　　「趨向」意指由心中衡量外物的參照基準中衍生出來的臆測，這種「有」並不一定是「擁有」，而只是「大約是」的涵義。句法上，表「趨向」的「有」類於英語的There is/are…或It is…，屬於無定主語的句型。基於此，像(45)中的句式一般都會加上表臆測的「可能」、「或許」之類的副詞，譬如(45c)常說成「佢可能有六尺高」。另外，表「趨向」的句型，其否定句以mo為否定詞，如(45a)的否定是「這間屋（可能）mo六十坪」。

　　表「趨向」的有字句也常用於比較級，或兩者之間的比較：

(46)

> a. 這間屋有過大 ɕip pɑ（些）。（這間屋子太大了些）。
> b. 這棚戲有拖忒久兜i。（這齣戲拖太久了些）。
> c. 佢有比你過高的樣子。

　　(46a)的「有」表示說話者心中對房子的感覺,感到「太大」的趨向。同樣地,(46b、c)都是說話者以心中的臆測為基礎所講出來的「趨向」感覺。這與對事實或既存之狀態所作的描述不同,試比較:

(47)

> a. 佢有比你過高。
> b. 佢比你(有)過高。

　　前兩句均為事實之描述,換言之,說(46c)時,他並不一定真的比你高,只是有那種感覺而已,但(47b)則是指陳事實。兩者的情境不同,所表示的語氣也有別,因此我把(47)中的有歸於存在的表達,而(46)的有表「趨向」,這兩種有確有其本質上的區別。但是在否定句裡,表「趨向」的比較句與表事實的比較句,必須用「可能、或許」等表臆測的副詞來幫助,否則很難作區隔:

(48)

> a. 佢mo比你過高。
> b. 佢可能mo比你過高。

　　透過比較,我們發現客家語表「趨向」的「有」頗類於副詞,其句法特性是表說話者心中的臆測。除了前面討論過的趨向有之外,還有一種否定遠比肯定常用的N+V+Q句型。湯1993把這種「有」與(45)中的「有」作了區分,並把這種稱為「出現於動詞期間補語或回數補語之間,表示動作開始到完成所經過的時間或可發生的次數」,(頁160),借湯廷池之例如後:

(49)

> a. 我一日睡mo/有五點鐘。
> c. 佢一禮拜上mo/有三節課。

在此我把(49)中的句型納入趨向有，因爲該句型中的有與mo形成肯定否定對應，而且有/mo都可省略，完全吻合了前述趨向的有兩種特性。

5. 表「能力」的有/mo句

第五種有表「能力」：

(50)

> a. 阿文同阿城去市場買魚，結果阿文買有，阿城sa（竟）買mo。
> b. le（這）幅畫，你看有ja（也）看mo？

表「能力」的有，一般都以「動詞+有/mo」的結構來呈現，但並不一定置於句尾，因爲這種有也往往可以接表完成的副詞如「e、het（歇），到」等共用：

(51)

> a. 那本書佢尋mo/有到。
> b. 那塊地賣mo/有het。

但是更常用的「能力有」現於對比之中，而且用「it het、it到」來修飾。按：it本是「一」的意思，在與「能力有」共用的句型中，it都指完成之意：

(52)

> a. 那本書，佢尋有，你sa尋mo。
> b. 那本書，佢尋it到，你sa尋mo到。
> c. ke teu（那些）事，佢作it het，你sa作m het。

前面討論的幾種「有」之所以會被歸類爲表「能力」，主要原因是隱含著動作是否完成。例如(50b)的「看有」、「看mo」，指的並非字面上的有看或沒看，而是表達了字面上所無法解讀的語意，因爲

那是「看得懂」、「看不懂」的意思。因此句中的「有」，能與表完成的副詞共用。

　　現在值得進一步討論的有兩點：第一，是否所有的「動詞+有」的結構都表能力？第二，表能力的有字句與其他表完成的有句（即第四類型）有何區別？

　　首先，請看底下的句子：

(53)

> a. 後背種有兩頭檳榔樹。
> b. 佢在山下耕有兩分地。

　　前面兩句都含有「動詞+有」的結構，但句中的有顯然並非表能力，而是表有存在，因為句中的有只描述空間既有的現象，且比較「佢食有兩碗飯」（他有吃兩碗飯的能力）便知兩者的差別。

　　其次，且比較表能力的有字句與其他表完成的有字句：

(54)

肯定	否定
a. 那塊地賣有het。	a'. 那塊地mo het。
b. 那塊地有賣het。	b'. 那塊地mo賣het。
c. 那塊地有賣過。	c'. 那塊地m tɕʼiɑn賣過。
d. *那塊地賣有過。	d'. *那塊地賣m tɕʼiɑn過。

　　依句法來看，(54a)與(54b)著重點顯然不同。(54a)表示那塊地一直在拍賣中，後來終於有人有能力把它賣了出去。(54b)則是直陳一個事實，即那塊地的確賣出去了。這種區別更可由其相對的否定句顯現出來。(54a')表那塊地一直在拍賣中，迄今尚未有人能把它賣出去，而(54b')則強調那塊地的現狀，它沒有被賣出去，原因可能是首先想賣後來不賣了，或者根本就不想賣。因此，(54a')是表能力的有

字句，(54b)則是表動作時貌的完成狀態。

　　另外，客家話的「有……過」是表經驗的結構，因此(54c)是指那塊地曾經遭到拍賣的經驗，故其否定m tɕ'iɑn表「從未有過拍賣之經驗」。既然是經驗，應與能力無關，所以(54d)與(54d')均不是客家話。

　　以上我們探討了客家話表能力的有字句，其句法結構採用「動詞+有」來呈現，修詞語詞最常見的是表完成的副詞，特別是it het、it to等用語。但是它還是與其他表存在的「動詞+有」結構不同。

6. 作軸語的有/mo句

　　第六種有作句中的軸語（operator），依鄭良偉1977 [1983]引Quirk and Greerbaum 1973對「軸語」的定義是：軸語指的是用以形成是非問句（yes/no question），否定句及其他省略句中的情態助動詞，例如(55)中的should便是軸語：

(55)

> Should he have been questioned by the police?
> Yes, he should.

　　於此類推，像(56)中的客家話「有」也扮演了軸語的角色：

(56)

> a. 你有pak菸mo？（你有抽菸嗎？）
> b. 有，我有（pak）.
> 　　mo，我mo（pak）.

　　客家話在軸語的取用上，頗與臺灣閩南語相似，卻與北京國語不同。譬如與(56a)相對應的北京國語是「抽菸嗎？」，並不需要像(56a)中「有」一樣的軸語。其實就句法而言，(56a)中的「有」主要是用以形成疑問句。與英語常用的軸語相同，客家話的「有」也會在語氣上有別與其他軸語。試比較：

(57)

> a. pak菸mo？
>
> b. 有pak菸mo？
>
> c. 愛pak菸mo？

　　前述三句均為常用的客家問句，其中(57a)則可以有(57b)或(57c)的解讀。作軸語的「有」，常見的結構是：有+Aux（情態助動詞），如：

(58)

> a. 佢有會愛去mo？
>
> b. 佢有應該吃這杯酒mo？

　　客家話作軸語的「有」只出現在疑問句裡，否定句並不常用。可見作軸語的有在客語的使用上還是很受侷限。

7. 表部分的有/mo句

　　第七種有表部分與全體的人為既定關係：

(59)

> a. 一禮拜有七日。
>
> b. 一年有三百六十五日。

　　我們在9.1.2.1裡也談過部分語全體的擁有，當時的例句是：

(60)

> a. 人有兩隻腳。
>
> b. 面帕有四個角。

　　取(59)與(60)來比較，立即可以看出兩者之別。首先，(60)中的部分與全體的關係來自於自然的形成或認知，而且這種關係只形成於

「無標」的情況。易言之，「人有兩隻腳」是生物性的必然，並非任何人能掌控，而且有些人或因天生或因其他不幸而沒有兩隻腳。但是，(59)中的部分與全體是人爲的，比如說，一個禮拜有七天，是人爲定制的共約，而非天然的結果。再則，「一個禮拜有七天」是普遍的，並沒有「有標」的狀況。這樣的差別可能是使英語用there is/are句形表(59)，而用have/has表(60)的原因。至少，我們把(59)的部分全體之關係看成異於(60)。

除了極少數的「有標」如潤月、潤年之外，這種表抽象人爲定約的部分與全體，沒有相當的否定句，因爲我們不會說「一個禮拜mo七天」的句子。

8. 表泛指的有/mo句

第八種有是表泛稱的有：

(61)

> a. 有人講你在會議上公然反對我的看法。
> b. 有人講佢會支持你作總統。

這種「有人」的句型有其獨特的句法、語意及語用，故需把它視爲與前面幾種有句不同。語意上，這種有句頗類於存在的有（如「有兜人m信邪」（見(26)），但究其實際並不全然相同。最主要的特徵是(61)句中的「有人」表面上是定指（特定指某人），實際上是泛指，因爲是誰沒有人知道，只有說話者心中有數。在許多的情況下，該「有人」即爲說話者本人。偏偏在客語乃至其他漢語中，這種「有人」句型的語用情境特別多，尤其是政爭或卡位之時，上司最常用的句型便是「有人」的句型。

最後，就句法上而言，「有人」的句型相當於英語的「people say或it is said that」，而非一般存在句的there is/are。如果說存在句主要是描述既存的事實、情境及狀態，那「有人」的句型表的是既不存在也不可能存在的事，是以無法歸爲存在句。以上基於句法、語

用、語意上的特殊考量，把「有人」的句型獨立於其他的有句，有其
必要性。

　　這種「有人」的句型，事實上並沒有相對的否定句，因爲沒有一
種語用情境有可能用「mo人講」的句型。但有趣的是，客語（與其
他漢語相同）有「mo人會……」的句型，表的也可能只是說話者本
人之看法，如「mo人會反對我」、「mo人會吃這種東西」。由這兩
種句型之比較，會發現「有人」與「mo人會……」的確是很有意思
的配對。

9. 表萬一的有/mo句

　　最後一種有/mo句表「萬一」：

(62)

> a. 有事我負責。
> b. mo人才叫我添手。

　　表「萬一」的有字句，通常有肯定(62a)與否定(62b)兩種用法。
肯定句相當於「萬一（或如果）有……則……」的意思，如(62a)顯
然表「萬一有事的話，則我會負責」之意。否定句則表「萬一（或
如果）沒……那（或才）……」之意，如(62b)即表「萬一沒有人，
那就請我幫忙」。這種句型之句法結構約略等於英語「V, then」及
「Don't V, or…」之表達法。就句法或語用而言，這種有與前面所論
及之有都不同，理應把這種有劃爲另一種用法。

10.　結語

　　以上是客語有/mo句的九種結構和分布，大體而言，其分布與閩
南語極爲接近，只是閩、客語在有/mo的對稱及使用上稍爲不同。例
如客語的「有……e」句的肯定與否定（「佢有（mo）去e日本」）
就沒有相對的閩南語句型。可見漢語各方言之間，在句法上雖略爲相
同，可是區別差異還是很大。由客語的有/mo句的探討，相信日後可

以更進一步作閩、客句法的異同之比較。

　　就否定句法的了解而言，這九種有/mo句的逐一討論，也使我們更清楚的看到客語否定詞mo的用法。此外，我們將於討論m之用法之後，再回頭比較客語的mo與m之互動。

m的各種用法

　　Teng 1992認為閩南語的m有兩個特性：(a)在動作動詞（action verb）之前，表主事者（agent）的拒絕，(b)不在靜態動詞（state verb）或形容詞之前使用。後來湯廷池進一步詮釋並補充了這個觀點。基本上，客語的m也有這兩個特性，但還是有其相異之處，比如客家話m可以出現在動詞之後，形成否定形式，但閩南語卻不能。我們先看m在動詞之前的現象：

(63)

> a. 佢m講話。
>
> b. （？）佢 m 大方／高／蓋好。
>
> c. 佢 m 高興／認真／煞忙（sat maŋ，表工作勤勞）。
>
> d. 佢 m 高，但是（he）盡煞忙（盡：tçʼin，非常之意）。
>
> e. 在那地方，佢 m 大方，使不得（çi m te，行不通，或不行）。

　　對於像(63b)這種句型是否合乎語法，很難有絕對的判斷標準，但可以肯定的是通常很少單獨使用。替代的有可能三種句型，第一改用mo或m moi（不會），如「佢mo高」、「佢m moi高」。第二，添加個副詞，如「夠（la）、m tçʼian（還沒）」等，「佢m夠高」、「佢m tçʼian 高」。第三，把它用於(64d)或(64e)的情境中。明顯地可以看出來，(63d)頗含有「是」的意味在內，也即由「佢是m高，但是（he）盡煞忙」縮短而成。至於(63e)是客家話常用的雙重否定「m……使不得」（非……不可）句型，因此在這種環境裡，狀態動

詞或形容詞也都可以接在m的後面，形成否定句。除了(63d)與(63e)的情況，客語的狀態形詞除了「是、肯、好、著、識」（參見湯廷池 1993：137）外，還有像(63c)中的用語。

　　否定詞m可以用在各種時貌，包括現在(64a)、過去(64b)、未來(64c)等時貌，也能用在雙重否定句(64d)，或者是在加強語氣的連字句(64e-f)。

(64)

　　a. 佢今本日（kim pun ñit，今天）m講話。

　　b. 佢天光日（t'ian koŋ ñit，明天）m講話。

　　c. 佢昨本日（ts'o pun ñit，昨天）m講話。

　　d. 佢昨本日（ts'o pun ñit，昨天）m講話，使不得。

　　e. 連昨本日，佢都m講話。

　　f. 昨本日，連佢都m講話。

　　但是否定詞m卻不與表進行的nen（著）、表完成的het（歇）、le（了）等用語連用：

(65)

　　*a. 佢m食nen飯。

　　*b. 佢m食het飯。

　　*c. 佢m食飯ne。

　　最後，m不接名詞，名詞之前都用「有／沒有」：

(66)

　　*a. 佢m屋。

　　b. 佢有/mo屋。

　　表面上，m與mo成互補之分布，m出現在動詞之前，mo不出現在動詞之前（只出現在名詞之前），但兩者卻也有出現在同一環境之時，如：

(67)

　　　a. 佢昨本日m講話。
　　　b. 佢昨本日mo講話。

　　這種情況下，m表意願，mo表對適時的描述。因此，(67a)指他昨天沒有講話的意願，但是否有講並不清楚，比較之下，(67b)指出了他沒講話的事實。基於此，m與mo並不截然互補。再來比較其他例子：

(68)

　　　a. 佢mo/m煞忙。
　　　b. 佢mo/m去。
　　　c. 佢mo/m在這裡。
　　　d. 佢mo/m必要在這裡講話。

　　透過這些句子的對比可以發現，mo和m的用法不一定限於句法結構，而是在語意層次上也有所不同。mo由於隱含著「有」的否定在內，因此表達的是對現存動作、狀態、情意等的否定，不太表現主事者的意願或動向，因此描述性大於動作。但是m所表達的正好相反，顯現主事者意願的成分很高，例如「佢mo在這裡」只是說他不在這裡的事實，是一種現象的描述，相反的，「佢m在這裡」表他「不願」在這裡，明顯的表示「佢」作為主事者的個人意願。

　　迄今為止的討論都只限於「m/mo＋動詞/形容詞」的類例。其實，客家話的否定詞m/mo也可用於「動詞＋m/mo」的用法裡，但這種用法大都侷限於「V＋m＋M」之句型裡（按：V＝動詞，M＝狀

詞，客家話的狀詞有：得、het（歇）、去、來、通等）：

(69)

　　a. 講m得話

　　b. 料（休息）m 來

　　c. 行m 通

　　d. 講m 聽

　　試比較具體的例子：

(70)

　　a. 飯佢食m het。

　　b. 飯佢食mo het。

　　c. *飯佢m食het。

　　d. 飯佢mo食 het。

　　(70a)表示他沒有能力吃完這些飯，或許他也想把飯吃完，只是客觀的能力使他無法完成那件事。但在「m＋動詞」結構裡會變成他不願意去作那件事（吃完那些飯），可能客家人不會作「有能力但不願意」之事，所以沒有這種表達方式。比較之下，(70b)與(70d)的意思大抵相同，所以兩種否定的表達方式都可以。

　　如果狀詞是形容詞，如：靚、成、多等，則在「m＋動詞」結構中也可用mo。如：

(71)

　　a. 昨本日佢去m 成/去mo成/mo去成。

　　b. 佢話講m 靚/ mo 講靚。（靚＝漂亮）

　　c. 字，佢識m 多/識mo多/mo識盡多。

但是(69)例子中的m卻不能用mo代替，特別要注意的是，像(71)中的m與mo的使用也會使意思不同。用m的表能力，如「佢話講m靚」表他沒能力把話說漂亮，但「佢話講mo靚」表那次他沒把話說好。

另一種是「V m V」（V=動詞）的句型，也是客家話常用的：

(72)

> a. 愛講m講，tɕ'iaŋ（只）在那裡吞吞吐吐。
> b. 動m動，就ken（生氣）。

前面兩個句子其實代表兩種句型。(72a)是可以在「V m V」之間加「也係」（ja he），使之成為V還是不是V的句型(73)。(72b)卻不能在兩個V之間添加任何字，這是類於國語「動不動就砸東西」的「動不動」，是一種不可分的慣用語（idiomatic expression），表一種習性或脾氣。

(73)

> a. 愛講ja m講，tɕ'iaŋ（只）在那裡吞吞吐吐。
> b. 是愛講ja he m講，tɕ'iaŋ（只）在那裡吞吞吐吐。

總結而言，客家話的否定詞m表主事者的意願，可以接動作或靜態動詞，但不與表完成或表進行的用語連用。但在「動詞＋m」中，雖然語境較受限制，但用法則比較自由。至於客家話的mo，分布上頗類於閩南語的bo，都隱含了「有」的否定之意。m和mo的用法，表面上形似互補分布，但彼此也有交集，只是在語意上兩者大有區別。

其他與m有關的否定詞

客家話的否定詞m還和幾個情態助詞（voi「會」、oi「愛，即要的意思」、he「是」、ho「好」、ɕi「須」）等結成雙音節（bi-syl-

labic）或雙詞（bi-morphemic）否定詞。這些否定詞與一般m＋動詞
的句法結構不同，毋寧說他們是個否定單位，因爲他們與m一樣，可
以接在任何動詞之前，且以$m_{33}moi_{55}$（不會）爲例：

(74)

---

a. 佢$m_{33}moi_{55}$講英語。

b. 今本日$m_{33}moi_{55}$落雨。

c. 佢$m_{33}moi_{55}$出去。

d. 佢$m_{33}moi_{55}$在這裡。

e. 佢$m_{33}moi_{55}$高。

　　客家話的「會」與國語的「會」一樣，同時具有兩種特性與語
意（參見湯廷池1979）。第一種「會」的意思是「有能力作……
事」，如「佢會講英語」（他具備有講英語的能力），這種「會」
的否定正如(74a)。另一種「會」是指「可能」，這是一種判斷，一
種臆測，如「你看，今本日會下雨嗎？」這種「會」的否定句正如
(74b)。也因爲客家話的「會」有兩種，所以一般只用字表爲本的方
言調查中，可以見到一些唸法的分歧。如涂春景1998a的「不會」，
有些方言唸「不曉」（如內灣），有些方言唸「不會」。其實這可能
並非方言之別，而是取意的不同。表能力的「會」與「曉」可以通
用，如「佢會／曉講英語」，但是表臆測的「會」卻不可用「曉」來
代，比如我們不能說「*今本日不曉落雨」。

　　當然，大部分的情形下，含有「會」的句子可以作兩種解讀。
如(74c)可以解成「佢不曉得怎樣出去」，也可以是「我認爲佢不會
出去」。無論如何，(74)的例句顯示$m_{33}moi_{55}$是一個否定單位，正如
m一樣，可以置於動詞(74a-c)、形容詞(74e)、地方詞(74d)之前。也
像m與mo的分布，$m_{33}moi_{55}$不接名詞，可以接名詞的是$m_{33}moi_{33}$〔注
意：聲調不同〕，它可以接名詞(75a)、動詞(75b)、地方詞(75c)：

(75)

> a. 佢$m_{33}moi_{33}$錢。
>
> b. 佢$m_{33}moi_{33}$去尋（$tç'im$）你。
>
> c. 佢$m_{33}moi_{33}$在這裡。

前面已說過，這兩個m moi的聲調在語音層次上不同，來源也不同。$m_{33}moi_{55}$（不會）來自於m_{11}+ voi_{55}（不 + 會），但$m_{33}moi_{33}$（不要）來自於m_{11}+ oi_{55}（不 + 愛）。除了所接的詞類不同之外，$m_{33}moi_{55}$與$m_{33}moi_{33}$在相同的語境或句子中，差別主要在語意之上。且先看客家話的voi_{55}（會）與oi_{55}（愛）在肯定句的用法：

(76)

> a. 天光日佢會去臺北。
>
> b. 天光日佢愛去臺北。

前面兩句都是未來時式，(76a)的「會」顯然不表「能力」，而應該表說話者的推測，用英文來翻譯應是：He may go to Taipei tomorrow.。但(76b)表說話者已經確定「佢」要到臺北，相當的英文應是：He is going to Taipei tomorrow 或He will go to Taipei tomorrow。兩者的差別僅在於講話者對「佢」要不要去臺北這件事所作的不同的評論或陳述。相反的，對於否定句的評論所採取的態度是用「不會」比較武斷，語氣比較強，用「不愛」則稍為保留，語氣較委婉：

(77)

> a. 佢$m_{33}moi_{55}$去尋（$tç'im$）你。
>
> b. 佢$m_{33}moi_{33}$去尋（$tç'im$）你。

說話者之所以採用(77a)，表達了說話者對主事者的意願作了強烈的

判斷，至於主事者是否真有如此意願則無法由(77a)得知。很多情況之下，聽話者即使接到了像(77a)的訊息之後，還是看到「佢」去找他，所以說(77a)只是說話者對主事者行動的主觀判斷，英語相當的句子應是：He will not visit you。比較之下，說話者用(77b)表示對主事者去或不去存有很大的彈性空間，英語應該是：He may not visit you。

雖然$m_{33}moi_{55}$與$m_{33}moi_{33}$在語意上有所差別，但兩者都只能用於現在式或未來式，而不出現在過去式的句子：

(78)

a. la ha（現下，即現在）佢$m_{33}moi_{55}$/ $m_{33}moi_{33}$去屏東。　　　　現在式

b. ten ha（等下，即等一下）佢$m_{33}moi_{55}$/ $m_{33}moi_{33}$去屏東。　　未來式

*c. 上禮拜佢$m_{33}moi_{55}$/ $m_{33}moi_{33}$去屏東　　　　　　　　　　　　過去式

不過，在假設語句的過去式裡，兩者都可以出現：

(79)

上禮拜hen na（如果、假使）佢知你會來，佢就$m_{33}moi_{55}$/ $m_{33}moi_{33}$去屏東

最後，我們來檢視$m_{33}moi_{33}$的音韻與句法之間的問題。如果$m_{33}moi_{55}$是由m_{11}+ voi_{55}（不 + 會）的組合而來而 $m_{33}moi_{33}$是由m_{11}+ oi_{55}（不 + 愛）結合而成，那麼兩者的原來音節的聲調完全一樣，為什麼在句法上卻唸不一樣呢？對這個問題有兩個思考的方式。第一，$m_{33}moi_{33}$可能不是由m_{11}+ oi_{55}（不 + 愛）而來，所以oi的聲調才會不一樣。第二，$m_{33}moi_{33}$的確是由m_{11}+ oi_{55}（不 + 愛）的結合而來，只是在句法或構詞上必須與$m_{33}moi_{55}$（不會）作語意、語用及句法上的區別，所以才會在語音層次上把後一音節作調整，以達到訊息溝通的基本目的。這兩種思考其實是二而一，只要能證明$m_{33}moi_{33}$是由m_{11}+ oi_{55}（不 + 愛）而來，其他問題都自然迎刃而解。

目前能找到的語證是「V m V」的相關結構，試比較：

(80)

> a. 你oi$_{55}$去ja（抑）m$_{33}$moi$_{33}$去，愛盡快作決定。
>
> b. 對那些錢，你oi$_{55}$拿ja m$_{33}$moi$_{33}$拿呢？
>
> c. 你oi$_{55}$m$_{33}$moi$_{33}$同佢共下去（k'iuŋ ha hi，一起去）臺北？

所有(80)的句子都顯示m$_{33}$moi$_{33}$是由m$_{11}$+ oi$_{55}$（不 + 愛）而來的結構，因為客語「V(ja)m V」的內在結構都是肯定與否定動詞連成配對使用的，如「來m來」、「會m會」。另一種足堪證明m$_{33}$moi$_{33}$是由m$_{11}$+ oi$_{55}$（不 + 愛）而來的結構是「m V，（而是）V」或「V，（而是）m V」：

(81)

> a. 我oi$_{55}$去打球，m$_{33}$moi$_{33}$去學校。
>
> b. 我 m$_{33}$moi$_{33}$這間屋，oi$_{55}$那間靠路的。

前面兩個句子也提供了m$_{33}$moi$_{33}$是由m$_{11}$+ oi$_{55}$（不 + 愛）而來的語證。因此我們認為m$_{33}$moi$_{33}$的聲調變化只是語音層次的語用性或功能性的結果，而不是音韻層次所能解析的規則性變化，其主要的目的只是為了區隔m$_{33}$moi$_{33}$（不愛）與m$_{33}$moi$_{55}$（不會）的語法、語意及語用的差異。

簡而言之，m$_{33}$moi$_{55}$和m$_{33}$moi$_{33}$在句法上的差別主要在次類畫分屬性（subcaterization）上，前者不接名詞，後者可以接名詞。其他句法結構上，兩者的用法相同，不同的只是語意上的界定與使用。

接著討論的是m mo（不要）和m çit（不需）。前面談m$_{33}$moi$_{33}$時，也曾用「不要」作為漢字的表意，但國語的「不要」在客家話區隔成m$_{33}$moi$_{33}$及m mo。前者用於表說話者臆測主事者的態度，後者專用於命令句或規勸式的祈使句，試比較國、客語的用法：

(82)

客語	國語
a. 我m$_{33}$moi$_{33}$去學校。	a'. 我不要去學校。
b. 我m$_{33}$moi$_{33}$錢。	b'. 我不要錢。
c. 我m$_{33}$moi$_{33}$在大眾面前失面皮。	c'. 我不要在大眾面前丟臉。
d. m mo 去，mo會給人罵。	d'. 不要去，否則會被人罵。
e. m mo aŋ 憨。	e'. 不要這麼呆。
f. 你m mo 亂聽他的話，會沒命。	f'. 你不要亂聽他的話，（否則）會沒命的。

所以客語的m mo的用法很狹窄，僅在規勸或命令中使用，相當於國語的(82d'-f')的「不要」的用法。但也由於如此，客語的語意會比國語更清楚。

　由於祈使句和命令句的主詞語都是第二人稱，通常都遭到省略或刪除。與所有語言的祈使句或命令句一樣，句首都可以添加像「請」之類的表客氣的語詞。客語另有一個用於規勸或命令的否定詞「莫」，兩者的差別不大，只是後者顯得比較文言：

(83)

m mo	mok
a. m mo 去，mo會給人罵。	a'. mok去，mo會給人罵。
b. m mo aŋ 憨。	b'. mok aŋ 憨。
c. 你m mo 亂聽他的話，會沒命。	c'. 你mok 亂聽他的話，會沒命。

　客家話m mo與mok作為助動詞，用於「m mo/mok + V」的結構如(82)時都很相似。但是，m mo同時也兼具m + ho（好）的結構功能，所以m mo也可以作形容詞(84a-b)、副詞(84c)，這時的m mo就不能用mok來替代了：

(84)

> a. 那衫褲 m mo，愛換過。
>
> b. 這雙鞋子好（ho）ja m mo（好還是不好）？
>
> c. 那間屋 m mo 看。

　　另一個在用法上可與 m mo 相互比較的是 m çit（不需）。先看 (85)的語料：

(85)

m　mo	m çit
a. m mo 去。	a'. m çit 去。
b. m mo aŋ 煞忙。	b'. m çit aŋ 煞忙。
c.（?）m mo 著驚。	c'. m çit 著驚。
*d. m mo 知。	d'. m çit 知。
*e. m mo 錢。	e'. m çit 錢。

　　由前面的比較，m çit 也可以用於祈使句。比起(85a)的命令式語氣，(85a')的語氣緩和得多，只表示「不必」，至於去不去，聽話者依然有很大的伸縮空間。(85)的比較不但顯出 m mo 與 m çit 的語氣，也說明了兩者用法上的不同，比如說，像「知、敢、醒、破、沉、死」等含有「變化過程」的動詞，不能用 m mo, mok 之類的命令句，因為這些動作過程均非個人意志所能決定。但是語氣寬和的 m çit 卻可以接這些變化動詞，如「好好過日子，m çit 知如此多」。同樣的，m mo 及 mok 都不與表完成的語詞「到、歇、了、過」等連用，m çit 卻可以，如「*m mo 去過日本」，但「m çit 去過日本，ma（也）知道櫻花很好看）」。最後，m mo 不接名詞(85e)，m çit 則可以。如果是作述語，兩者都可以接在名詞（主語或主題）之後：

(86)

m　mo	m çit
a. 錢，m mo 啦。	a'. 錢，m çit啦。

　　原來(86)應是「用錢（來達到那個目的），m mo（不好）啦」的縮寫或縮講形式，但(86a')中的m çit只是作為主題的評論（comments）。兩者的句法功能還是有些許不同。

　　需知m çit與m mo最大的不同在於m çit不只用於祈使句或命令句，一般的陳述句也常常使用：

(87)

> a. 屋下（家裡）aŋ（這麼）有錢，佢m çit aŋ 煞忙。
> b. 今本日佢m çit去上班。
> c. 佢m çit在這裡等他們。

　　所以m çit與前面所討論的否定詞相同，可以置於任何動詞之前形成否定句。不過很有趣的一點是，m çit似乎沒有相對應的肯定詞，因為客家話沒有「çit」單獨使用的語詞，其意義與m çit中的çit對等的。這很像國語的「不必」，也沒有肯定的對應詞「必」。有之，則「必要」、「必然」、「必須」必須是個雙音節詞。因此，我們是否必須把m çit看成「需要」的否定呢？

　　客家話另一個也常用於命令句或祈使句中，表否定的是çi m tet（使不得），有時會有個變體tso m tet（作不得）。本來客家話的否定構詞裡就有「V m te」的結構形式，如「聽m te」、「睡m te」、「買m te」等，因此，「作m te」也可以表「不能作……事」，如在「那件事作不得」中，就可能是「不能作那件事」的意思。但在命令句如「作不得亂講話」裡，「作不得」和「使不得」是相同的。

　　使m te用於表命令或祈使的句型，頗類於m mo和mok，試比較：

(88)

> a.（你）使 m te出去。
>
> b. 使m te vo（叫）佢去選副總統。
>
> c. 使m te an 懶si（懶惰）。

前面的句型都可以用m mo或mok來代替使m te，而且意思與語氣也沒大的差別。然而，使m te用於命令句的範圍遠比m mo和mok還大，且看(89)的例句：

(89)

> a. 那個東西使m te/m mo/mok放在這裡。
>
> b. 佢使m te/*m mo/*mok食飯。
>
> c. 我使m te/*m mo/*mok/講這種話。
>
> d. 佢使m te/*m mo/*mok m 來。

　　(89a)雖然表面上是「那個東西」爲主語，其實原句應爲「（請）你不要把那東擺在這裡」，因此基本上是與其他命令句相同，故可以任意選用使m te或m mo或mok，因爲這三個否定詞在命令句法裡的語用、功能與語意都很接近。(89b)的主語是有意志的人（佢），在這種情況下只能用「使m te」作爲對第三者否定命令。如果(89b)改成「Vo（叫）佢m mo/mok食飯」（叫他不要吃飯），則句子便能合乎語法。於此可知，m mo及mok只行於直接對第二人稱或對話者下命令，可是使m te卻能用於對第二人稱或第三人稱的命令。了解這個觀念後，便不難理解爲什麼第一人稱的祈使命令句(89c)也只能用使m te，而不可用m mo和mok，因爲第一人稱同時是說話者又是主事者。(89d)說明主句是否定句時，也只能用使m te作爲整句的否定。總結而言，使m te的用法與語境要比m mo和mok寬廣得多。

　　最後兩個與m有關的否定詞是m me（不是）與m tç'ian（還沒

有），其中後者已在m與完成式用語的共存關係裡討論過，由於m tɕ'ian的使用範圍，就僅止於完成式的否定，在此也不再贅述。至於 m me與國語的「不是」在用法上很接近，雖也可視為單一個雙音節的否定詞，實在也沒有多少值得進一步談論的。因此， 客家話與m有關的否定詞共有：m moi（不會）、m moi（不愛）、m mo（不好）、m ɕit（不需）、使m te（使不得）、m tɕ'ian（還沒有）、m me（不是）七個，本小節一併討論的還有mok（莫）。

不的用法

客家話的put（不）的用法很受侷限，僅止於從國語借來的用詞、較文言的用語或傳統已久的諺語、俗語之中才會使用。後面列舉一些例子，並不需要更多解說：

(90)

　　a. 不良少年、不倫不類、不孝子、不三不四
　　b. 富從勤儉起，貧由不算來
　　c. 見樹不見林、食不知味
　　d. 上恤孤，而民不倍、不見而彰，不動而變

否定的範疇與焦點

細加思考，否定應該有其語意範疇，至於範疇多大或如何界定範疇，則與講話或用句的焦點有關。由於焦點與語用及語意都有密切關係，而語用要以更長更多語料才能充分掌握焦點的呈現，這些並非本文所能盡述的主題與範圍。本文想作的只是非常初步的觀察與分析，目的是希望日後有人會更深入地探討相關的研究課題。

關於客家話否定的範疇與焦點，且先看(91)的例子：

(91)

> a. 佢天光日$m_{33}voi_{55}$來。
>
> b. 佢$m_{33}voi_{55}$天光日來。
>
> c. 天光日$m_{33}voi_{55}$佢來。

　　前面三個句子所用的字詞完全一樣，只是次序不同，也因此使句子的敘述焦點有別，更使否定的範疇或對象（target）大大的差異。(91a)的否定顯然只限於動詞「來」，如果說否定的焦點與否定的範疇相同（在(91)的三句中都有這種特性，因為句子短，涉及的相關字詞也不多，也即變數不多），則(91a)的焦點也是否定詞。換句話說，(91a)應該劃分成「佢天光日（$m_{33}voi_{55}$來）」。如此的句法語意劃分，暗示著主語還是「佢」，時間仍然是「天光日」，只是來的動作被否定掉。整句主要傳達的訊息是不會來。以這樣的分析觀點出發，則(91b)的否定範疇是名詞「天光日」，焦點轉到「不會是明天」，至於哪一天應是聽話者最集中精神去關注的對象。在這種語境裡，主語與述語都不變，也都變成舊的訊息，新的訊息是與動詞有關的時間。同樣的，(91c)的焦點是「不會是他」，來的動作與時間都不變。

　　由上述之討論而言，(91)中的三個句子可以用(92)的問句來突顯焦點之所在：

(92)

> a. 佢天光日 voi_{55}來mo？　　　　　$m_{33}voi_{55}$（來）
>
> b. 佢voi_{55}天光日來mo？　　　　　$m_{33}voi_{55}$（天光日）
>
> c. 天光日voi_{55}佢來mo？　　　　　$m_{33}voi_{55}$（佢）

(92)中的mo相當於國語的「嗎」，簡而言之，可以看成「會來嗎？」、「不會」；「會明天嗎？」、「不會」；「會是他

嗎？」、「不會」等簡短的問答模式，更清處地呈現焦點之所在，也更明白否定的範疇。

　　最重要的是，我們都不會認為(90)諸句的否定範疇只是「voi₅₅」，也即我們絕不會接受「佢天光日[m₃₃voi₅₅]來」的否定範疇劃分法。這也是前面一再把像m₃₃voi₅₅這種由m及相關語助詞連結起來的雙音節否定詞看成單一個句法單位的原因。

　　有些句子的表面主語其實是賓語，在這種句子的結構裡探討否定的範疇與焦點，別有意義：

(93)

> a. 國代下二年（即明年）m çit選。
> b. 國代m çit下二年選。
> c. 下二年m çit選國代。
> d. （?）下二年m çit國代選。

(93a)是客家話的常用句型之一，依句子表面結構，主語是「國代」，而事實上（或語意上），「國代」應是動詞「選」的賓語。由於這種表面結構與語意結構的交互作用，使(93a)與(93c)的字詞次序雖然大異其趣，然而兩個句子的意義應該相同。如果這兩句有任何差別，那是焦點之上。(93a)的焦點應該在主語「國代」上，而(93c)的焦點在否定「m çit選國代」上。因此，(93a)提供了客家話否定範疇與敘述焦點不同的最佳例句。顯然，(93a)的否定範疇也只有動詞「選」，但由於焦點的關係，把賓語移到主語的位置，是為賓語提前（move）的結果。這種結構頗類於英語的不定詞，如John is not easay to please。事實上是由It is not easy to please John句裡把賓語往主語位置提前的後果。

　　回頭再來看(93a)，其結構單位與(90a)類似，都是由主語、動詞、時間詞組織而成，可是(90a)有三個可能的否定範疇，所以可以衍生出(90a-c)三個具有不同語意句子。如果(93a)與(93c)該看成有

相同否定範疇的句子，則(93a)只能衍生出兩種不同語意的句子，即(93a)與(93b)。(90a)與(93a)最主要的區別在前面分析過的主語、賓語的錯雜語意關係。或者有人會以(90)的字序來分析(93)，如此則多了像(93d)的句子，但(93d)不應看成與(93a-c)相當的句子，因為(93d)的「國代」變成語法及語意上的主語，由「國代」來選（選誰呢？）。

接著且看表主語意志的$m_{33}voi_{33}$及其否定詞範疇與焦點：

(94)

a. 佢天光日$m_{33}voi_{33}$講話。

b. 天光日$m_{33}voi_{33}$佢講話。

c. 佢$m_{33}voi_{33}$天光日講話。

在(94)句裡，「愛」是個意志動詞，其行動之執行與否完全取決於主語的意志，即「佢愛講話」是「他決定要講話」之意。以此度之，(94)的否定範疇是「佢天光日〔$m_{33}voi_{33}$講話〕」還是「天光日m_{33}〔佢voi_{33}講話〕」呢？這是頗值得再探究的問題。兩者的區別是：像「佢天光日〔$m_{33}voi_{33}$講話〕」的劃法，認為否定只及於動詞，而「天光日m_{33}〔佢voi_{33}講話〕」的劃法，是認為否定的範疇是〔佢voi_{33}講話〕整句。我個人認為：意志既然出於主語，則否定的範疇應是包括主語在內的整句。

除了(94a)因為與意志有關之外，(94)裡的其他句子的否定範疇界定，與(90)諸句不會有所不同。

從前面各句子的討論與研析中，可以清楚地感覺客家話的否定範疇與焦點的關係，頗值得更深入的探討。目前囿於相關文獻的匱乏，只能就結構簡單的句子作分析，希望日後有更多的人力投入這方面的研究。

結語

　　本章檢視與討論了客家話的否定詞，粗分為三種：m和mo、與m有關的雙音節否定詞、不的用法。m是這些否定詞裡最自由的，它可以置於動詞、形容詞之前形成否定，但不能置於名詞之前。相對的，mo是個隱含與有對當的否定詞，所以能接名詞形成否定句。是以m和mo幾乎有互補的分布，兩者其實交疊用法也很多，兩者都可以與形容詞及動詞並用，此時兩者的差別主要在主事者的意志或時式上，如「佢m來」和「佢mo來」，前者表意志，後者描述現狀。

　　與m有關的雙音節否定詞有七個：m moi（不會）、m moi（不愛）、m mo（不好）、m çit（不需）、使m te（使不得）、m tç'ian（還沒有）、m me（不是）。每個都有錯雜交互的共通點，也有相異點，但基本上這些雙音節否定詞都是語助詞，表達的語氣的急緩輕重或態度的強列與溫和，而與相關的句法結構關係不大。

　　客家話的不字只用於從國語借來之用詞（如不良少年）、文言（如有朋自遠方來，不亦樂乎）、諺語（不經一事，不長一智）等。莫字也只及於勸說或命令句之古雅者，如「莫亂三講」。

　　依否定詞之歸類作分析外，本章也談否定詞之範疇界定與焦點的關係，結果發現客家話的否定詞都可以有不同的範疇界定，因此使句子產生不同的語意及用法。

第十章

客家諺語的語言

引言

　　諺語是一個文化具體而微的展現，無論是生活形態、思考方式、年節禮俗、宗教信仰、語言精髓等構成文化整個的各個層面，無不一一鮮活地融入了諺語之中。因此，要了解一個種族或民族的整個文化風貌，研究與了解諺語是最基本的入門。

　　本文主要是從語言的層面來看客家諺語，另方面也可以從諺語中了解客家到底是怎樣的民族。先來看看羅香林的灼見（即使今天來看，他的話仍然是頗為恰當的）：「客家是一個急於事功進取，而又是重視先人禮俗和倫理的矛盾的民系。客人表面看時，似乎極其桀驚，極其剛愎，極其執拗，極其方板，極不知機，其實這是氣骨觀念所造成的脾氣。

　　客家社會凡年輕才強而不能自食其力的，最為朋輩或尊長所不齒，但有錢而沒有功名、地位及品德，尚不能見重鄉曲，捐納所得的功名，亦不為社會所重，故必有真字墨，能作詩文，能講幾句起碼經史，至少也要進學遊庠，到了相當的年紀才得稱為紳士，才有資格於春秋祭祖祠或祖墳時，列名在祭。說起話來才有斤兩，科舉廢後，群起鼓勵子弟外出就學，沒在中學以上學校畢業的人，就是有錢有勢也還是銅臭，不為社會所容；反之，就是貧苦一些亦無傷其人的社會地位，講究文墨，所以讀書人也就特別多。」

　　這些話無疑很可以代表客家人的文化，但諺語上兩句話即攫其精要——一等人忠臣孝子，二件事耕讀傳家。這是客家人自我期許，自我要求的生活境界，也是客家人用以勉勵子弟的座右銘。這兩句話的意思很瞭然，無非是希望每個客家子弟都能作國家的忠臣、家庭的孝子，要達到這個目標，即需晴時盡力田野農務，多收成，多貢獻；雨時用功讀書，多修心，多榮耀。由此可窺諺語的語言密度與文化張力。以下便從語言的角度來看客家諺語。

　　語言方面，客家諺語表現了兩種相對卻又很和諧的特性。其一是

純樸的語言，其二是文學的語言。客家有許多諺語是先賢從日常生活中信手拈來的純樸語言，完全是一種純眞感情的自然流露，可是每個含有純樸語言的諺語，細加玩味卻又擁有那麼深刻的人生感受，彷彿一個入世老僧對生命的體悟，深刻、準確而精要。無論是講感受、講生活、生命種種無不充滿了機智與幽默。例如「擔竿嘛作過嫩竹筍」淺淺一句，道出白髮人的警語。「擔竿」是農家生活中，日日都會相與的器具，如今入了諺語，卻也能擔負先賢的睿智，這種富哲理於平凡語言智慧，怎不令人敬佩？又如「樹愛軟枝，人愛硬程」道出柔有柔的道理，剛有剛的必要。

　　客家人長年的遷徙漂泊，人若不硬程，早就沒有了客家人了！「寧賣祖宗田，莫賣祖宗言」亦訓亦諺，人人都掛在心中，刻在骨裡，這就是爲什麼客家人如今能毅然存在的道理。更約樸，至而是粗魯的如「$mo_{11}t\varphi'ien_{11}$，$lin_{31}ko_{55}\eta a\eta_{55}$」（無錢Δ較硬），說沒錢人顧慮少，骨氣反而硬。按：客家話lin_{31}表男人的生殖器，生殖器硬是說沒骨的都硬了，有骨的當然更無須忌憚，這是爲何客家人時時自稱「硬頸」的主因。

　　另方面，客諺的語言也很美，近臻乎文學語言的境界，傳統文學語言有以賦、比、興爲類者，客家諺語的語言無類無之。賦者如「人愛靈通、火愛融空」（指作人必須靈活，不可拘泥小節而失大處，恰如燒火時，必須維持中空讓空氣暢流，火勢才能旺。），「借錢笑微微，討錢作毋知」（指有求於人時，低聲下氣，並且微笑迎人，換成別人有所求時，則假裝不知。）不但詞語美，涵義深，字字押韻。比者如「六月秋緊啾啾，七月秋慢悠悠」講農人播種，如果秋始於六月，則下田要早，分秒必爭；如逢閏月爲秋，則播種可以慢慢來。農事之務入了諺語，彷如詩句，押韻工整，句句含美，比意又深，發人深省。

　　興者如「兄弟分家成鄰舍，上晝分開下晝借」說明親如兄弟也必分明，上晝（上午）才分家，下午之東西有無之通已是借，不是給。整句除押韻之外，更能恰到好處地掌握事理。又如「出門一身紳

士樣，入門鑊頭無米放」（指出門在外虛張聲勢，即使家中一貧如
洗也需盡備衣裝，充胖子作門面；回到家時，沒米沒飯，苦淒過日
子。）也是很傳神的興之手法。

　　所以就語言而言，純樸與美並融於客家諺語之中。對生活之體認
而言，對人生之觀感極深刻，如「人生不完美，熱天少眠帳，寒天少
張被」說明人生就是如此，貪求者，事事不完美。務實者能「窮人無
麻介好，但得三餐早」凡事樂觀，「命中無一百，奈何求一千？」認
命知足是為人生存之道。

純樸與文雅的語言

　　諺語出自生活的體驗，經過時間的長期篩選過濾，兼以各語言之
交會融合，遂顯出民間的特色。從人類文化語言的角度觀之，所謂民
間的特色（localism）便具有兩相互動（antinomy）的包容，在語言
上兼具純樸無華與匠心經營的兩極，在天人的認知上也兼具天人合一
與怨天無奈的矛盾。本節且探討客家諺語的語言使用。

一、純樸的語言

　　諺語一方面是民間日常生活中所見、所得、所思的體驗，另方面
卻也是生活感想之紀錄，因此諺語的語言特色是純樸無華，忠誠寫
實。基於這個道理，天天見到的家畜動物均入了諺語，成為諺語的主
要素材。當然並非涉及雞鴨等動物即為樸實，而是用以呈現我們思想
感觸的語言具有不修飾，不浮誇，直接等特性。茲從雞、狗、牛及其
他動物分類而談。

1. 雞

(1) ke_{33} kun_{33} $t'ai_{11}$ he_{55} pun_{31} fun_{55}，ke_{33} ma_{11} $t'ai_{11}$ oi_{55} $tsam_{31}$ $t'eu$
　　　雞　公　啼　係　本　分，　雞　母　啼　愛　斬　頭
　　　（喻：不可逾矩作分外之事。另一個可能的涵義是男女有別，各有
　　　職司，不能亂了規矩。）

(2) jo_{55} $p'o_{11}$ m_{11} $sɨt_{55}$ $ŋ_{11}$ li_{11} ke_{33}

鷂　婆　不　食　五　里　雞

　　（喻：要吃也要先講安全，五里內戶戶皆人家，故不可只為吃而去
冒生命之險。另半句有人看成fu_{11} li_{11} m_{11} $sɨt$ ja_{55} $t'ai_{11}$ ke_{55}『狐狸不
吃夜啼雞』，也是怕雞叫啼，驚醒旁人招致危險也）。

(3) ke_{33} $kuŋ_{33}$ an_{31} $t'ai_{55}$ ma_{33} m_{11} voi_{55} tai_{55} $tsɨ_{31}$

雞　公　恁　大　嘛　不　會　帶　子

　　（喻：一個人不論多麼能幹，總有弱點，需要別人之助，這就是人
之所以必須群居之故。）

(4) leu_{55} ke_{33} ma_{33} io_{55} it_3 pa_{31} mi_{31}

獵　雞　嘛　愛　一　把　米

　　（喻：天下沒有不勞而獲的東西。leu_{55}是用餌引誘之意，意：即使
在家抓雞，也需要一把米吸引他們來。）

(5) $ñio_{55}$ $tsio_{33}$ ke_{33} $t'ok_3$ kuk_3 $sɨt_3$

△　嘴　雞　擇　穀　食

　　（喻：①不自檢討本身弱點，只會抱怨別人。②要知道自己短處，
隱之而去發揮長處。按：$ñio_{55}$即翹起之意，雞的喙因故翹起，吃
穀不方便，故必須善加選擇，然而一般的歪喙雞都只會抱怨食物之
劣，鮮少自我檢點。）

(6) pi_{31} $p'u_{55}$ lon_{11} ke_{33} ma_{11} han_{31} ko_{55} $tsip_3$ $çin_{55}$

比　孵　卵　雞　母　還　過　執　性

　　（喻：太固執。　$tsɨp_3$ $çin_{55}$是固執之意。孵卵的母雞不輕易離巢，
這是天性的執拗，如果有人比孵卵的雞還固執就難以溝通了。）

(7) ke_{33} $kuŋ_{33}$ $t'o_{33}$ mut_3 $kiak_5$，$moŋ_{31}$ $t'o_{33}$ $moŋ_{31}$ $kiak_5$

雞　公　拖　木　屐　△　抱　△　△

　　（喻：只能作表面之敷衍過日子，不會有實質之意思，一如雞公在
拖木屐。$moŋ_{31}$：拖拖拉拉的樣子。）

(8) $ŋon_{31}$ ke_{33} ma_{11} $p'u_{55}$ ap_3 $ts'un$，$ŋoŋ_{55}$ a_{33} $p'o_{31}$ $çiat$ $ŋoi_{55}$ sun_{33}

憨　雞　母　孵　鴨　春（蛋）憨　阿　婆　惜　外　孫

（喻：不要把力氣花在無意義的事上。客家人稱蛋為ts'un。阿婆即外婆之意，阿婆應疼內孫，此古之謂也，只有呆母雞才會替母鴨孵卵，也只有呆外婆才會捨內孫不顧，只顧外孫。）

(9) ke$_{33}$ ma$_{31}$ kiau$_{55}$ soŋ$_{55}$ ts'ok，m$_{11}$ me$_{55}$ tsam$_{31}$ t'eu$_{11}$ ts'u$_{55}$ tsam$_{33}$ kiok$_3$

　雞　母　跳　上　桌　不　是　斬　頭　就　斬　腳

（喻：不能強出頭。母雞如果跳上桌面即必須加以懲罰，否則亂了綱紀，禍亂更大。）

　　在文學上有寓言一類，取材於周遭的小動物，利用各類動物的習性、生活方式、個性為體材，而寓於人生的警惕。這種以物寓事的寫作方式，正好是各民族諺語呈現人生體驗的方式。從以上的九則客家諺語中，我們可以從自然清新的語言結構裡，獲知客家先賢對生活的態度。其中有警惕，有期許，有諷諫，也有啟發，在在都表現先賢們的良深寓意。

2. 狗

(10) kon$_{33}$ sɿ$_{33}$ ta$_{31}$ te$_{31}$，keu$_{31}$ sɿ$_{31}$ sɿt$_3$ te$_{31}$

　　官　司　打　得，狗　屎　吃　得

（喻：千萬不要打官司。）

(11) kon$_{31}$ keu$_{31}$ jip$_3$ hoŋ$_{55}$，put$_3$ te$_{31}$ put$_3$ pioŋ$_{55}$

　　趕　狗　入　巷，不　得　不　放

（喻：得饒人處且饒人。把狗趕入了死巷，要刻意放棄，莫再追逐，否則狗急反噬更不妙。）

(12) it$_3$ keu$_{31}$ poi$_{55}$ jaŋ$_{31}$，tɕ'iuŋ$_{55}$ keu$_{31}$ poi$_{55}$ saŋ$_{33}$

　　一　狗　吠　影　眾　狗　吠　聲

（喻：人云亦云。反映眾人大都欠理智，只會盲目跟從，這是群眾心理學之律則，卻早已見於客諺。）

(13) ñiam$_{33}$ keu$_{31}$ sɿ$_{31}$ ma$_{33}$ oi$_{55}$ tso$_{31}$ hoŋ$_{55}$ ts'oŋ$_{11}$

　　拈　狗　屎　嘛　愛　早　上　床

（喻：即使是作微末之事也有競爭，所以必須出手比人家早。）

第十章
客家諺語的語言　347

(14) keu$_{31}$ ta$_{31}$ hak$_3$ tɕiu$_{35}$ voi$_{35}$ lok$_{31}$ ji$_{31}$

狗　打　哈　啾　會　落　雨

（喻：某事要發生時，事先必有徵狀。）

(15) k'oŋ$_{11}$ keu$_{31}$ sai$_{33}$ mo$_{11}$ sɿ

狂　　狗　豺　無　屎

（喻：作事不可太急，否則作不好。）

(16) ŋoŋ$_{51}$ keu$_{55}$ ɕion$_{31}$ sɿt$_3$ joŋ$_{11}$ hak$_3$ lon$_{31}$

憨　狗　想　食　羊　△　卵

（喻：癩蛤蟆想吃天鵝肉。）

(17) keu$_{31}$ ju$_{33}$ jeu$_{11}$ mi$_{33}$ ku$_{31}$，ñin$_{11}$ ju$_{33}$ seu$_{55}$ mian$_{55}$ fu$_{31}$

狗　有　搖　尾　咕，人　有　笑　面　虎

（喻：狗有多種，恰如人有不同。一般的狗都忠貞，有骨氣，但是有搖尾乞憐的搖尾狗。同理，大部分的人都具有良心，然而也有人在你面前是一副模樣，在你背後又是另一種模樣，因此生活處事，周旋人事間，小心為事，害人之心不可無，防人之心不可缺。）

(18) tsu$_{33}$ ts'uŋ$_{55}$ t'ai$_{55}$，keu$_{31}$ ts'aŋ$_{55}$ fai$_{55}$，ñin$_{11}$ ts'aŋ$_{55}$ voi$_{55}$ pian$_{55}$ kuai$_{55}$

豬　△　大，狗　△　壞，人　掌　會　變　怪

（喻：不可吃太多，不可沒事作。「△」吃太多之意。豬吃多了，長肉而已；狗吃多了，只想休息，什麼事都不作；人有得吃，則思淫慾矣！）

　　客家人大都務農，每日離家下田，狗成了最好的朋友，可以幫忙看家，可以獵物，可以陪小孩，因此對狗的諺語自然較多，然而這些關於狗的諺語以勸世較多，例如第(13)句以撿狗屎為例，勸人必須時時早起，以便搶在競爭者的前面。客諺又有云早起三更勝一天，都是勉人早起之意。按：狗屎是非常無用的東西，不像牛屎、豬糞可以作肥料，然而即使是撿最無用的東西，都可能有競爭者，何況其他較有價值之事之物？

3. 牛

(19) to_{33} $ñiu_{31}$ $t'ap_3$ mo_{11} pun_{55}，to_{31} nin_{11} nan_{11} $p'ian_{11}$ fun_{33}

多　牛　踏　無　糞，多　人　難　平　分

（喻：人之慾貪乃無止無境，人多固然好作事，人多所得卻難以
平分。）

(20) $ñiu_{11}$ lan_{11} tun_{31} nui_{55} teu_{55} $ñiu_{11}$ ma_{11}

牛　欄　裡　面　鬥　牛　母

（喻：只會內鬥不會外爭。）

(21) sam_{33} $ñieu_{11}$ lan_{55} fan_{55} mai_{33} $tsak_3$ $ñiu_{31}$，

三　年　爛　飯　買　隻　牛，

sam_{33} $ñin_{11}$ sit_3 $tsuk_3$ tso_{55} $tsak_3$ leu_{31}

三　年　食　粥　作　座　樓

（喻：節省開支比努力賺錢更重要。只要吃三年爛飯即可省下錢
來買牛，只要吃三年粥即可以蓋一棟樓房。）

(22) $ñiu_{11}$ kok_3 m_{11} $tçiam_{33}$ m_{11} $ts'ut_3$ $ts'un_{33}$

牛　角　不　尖　不　出　村

（喻：有本事才敢外出與人爭生活。）

(23) $k'ut_3$ mi_{33} $ñiu_{11}$ hau_{55} fat_3 mi_{33}

△　尾　牛　好　掉　尾

（喻：有弱點不知遮掩，反而盡邀人看。$k'ut_3$即很短，幾乎沒
有。沒有尾的牛，偏好擺尾，其窘狀可想而知。）

(24) $ñiu_{11}$ $p'i_{11}$ oi_{55} $kiun_{33}$ hen_{11}

牛　皮　要　弓　緊

（喻：作了事，一切後果要擔當，不可臨陣脫逃。）

(25) tso_{55} $ñiu_{11}$ m_{11} $kian_{33}$ mo_{31} lai_{11} $t'o_{33}$

作　牛　不　怕　沒　犁　拖

（喻：如果不上進，不怕沒有苦日子可過。此諺用於警惕後生子
弟多勤勞，以免日後生活困苦。）

(26) ñiu$_{31}$ kin$_{33}$ oi$_{55}$ tui　poi$_{55}$ loŋ$_{11}$ ts'u$_{33}$

　　牛　肋　愛　從　背　囊　抽

　　（喻：作事要看準，才不至於空費力氣。）

(27) man$_{33}$ tɕien$_{11}$ mai$_{33}$ ñiu$_{11}$ ɕien$_{33}$ ta$_{31}$ lan$_{33}$

　　△　前　買　牛　先　打　懶

　　（喻：尚未開始工作就偷懶了。man$_{33}$ tɕien$_{11}$「尚未」之意也。）

　　牛是農家生活上的最大助手，也是最佳良師。臺灣牛吃苦耐勞，早為各界引為臺灣文化的一部分，因此與牛相關的客家諺語，大都用以勗勉、引惕或者示教，究其初衷無非是希望以牛為師，效其勤苦，仿其堅忍。刻苦自勵，一步一腳印，彷彿是客家人的本家。

4. 其他

(28) ap$_{31}$ ma$_{11}$ tsoi$_{55}$ moŋ$_{31}$ lu$_{33}$

　　鴨　麻　嘴　△　△

　　（喻：憑著一點機會，姑且試試看。ap$_{31}$ ma$_{11}$嘴很硬，有磨的本錢。moŋ$_{31}$：姑且試試。lu$_{33}$：推推看。）

(29) tsok$_3$ no$_{55}$ ts'u　kon$_{55}$ mieu$_{55}$ ma$_{11}$

　　捉　老　鼠　看　貓　嘛

　　（喻：各人有各人之長處。要抓老鼠，得看母貓之手段。）

(30) mieu$_{55}$ ve$_{31}$ vun$_{55}$ to$_{31}$ tsɿ$_{33}$ pa$_{33}$ e$_{31}$

　　貓　　　沾　到　齊　耙

　　（喻：難逃也。齊耙是客家典型的粄食，非常的黏，當貓沾到齊耙，注定難以脫逃。）

(31) mieu$_{55}$ ɕi$_{31}$ tiau$_{55}$ su$_{55}$，keu$_{31}$ ɕi$_{31}$ pioŋ$_{55}$ sui$_{31}$

　　貓　死　吊　樹，狗　死　放　水

　　（喻：各有各的處理方法。）

(32) sa$_{11}$ jip$_{55}$ tsuk$_3$ t'uŋ$_{11}$，m$_{33}$ koi$_{33}$ k'i$_{11}$ k'iuk$_3$

　　蛇　入　竹　筒　不　改　其　曲

　　（喻：習慣難改，本性難移。）

(33) sa_{11} $tseu_{55}$ het_3，nan_{11} loi_{11} pi_{55} kun_{55} ne_{31}

蛇　走　了，才　來　拿　棍　子

（喻：裝腔作勢，放馬後砲！按：pi_{55}即拿的意思，特指拿棍子之拿。）

(34) nam_{31} sa_{31} fan_{33} sin_{33} voi_{55} $pian_{55}$ $liun_{11}$

蟒　蛇　翻　身　會　變　龍

（喻：不可小看任何人，士別三日，刮目相看。）

(35) no_{55} fu_{11} an_{55} $t\varsigma in_{33}$ ma_{11} voi_{55} soi_{55} muk_3

老　虎　再　精　也　會　睡　覺

（喻：智者千慮，必有一失。）

(36) kam_{31} na_{33} si_{33} $t'eu_{11}$，oi_{55} heu_{31} te_{31} lun_{55}

敢　拿　獅　頭　愛　曉　得　弄

（喻：敢居高位，就應有能力解決問題。）

(37) tun_{33} kua_{33} $t'ai_{55}$ ho_{31} tso_{55} $ts'oi_{55}$，ham_{33} $ts'oi_{55}$ se_{55} ho_{31} son_{55} toi_{11}

冬　瓜　大　好　作　菜，鹹　菜　細　好　上　臺

（喻：人各有長處，大小胖瘦皆相宜。）

(38) fu_{31} $k'i_{11}$ $t'an_{33}$ sui_{31} lon_{55}，$t'o_{31}$ ςit_3 $t'an_{33}$ $p'au_{55}$ san_{33}

蝴　蜞　聽　水　浪，討　食　聽　炮　聲

（喻：各行各業均有其特別的知識，不能忽視。若要抓蝴蜞（一種長在稻田中會吸人血的小蟲（蛭）），得辨其游泳之水漪，才能抓到；同理，有炮聲之所在，必有大宴，乞食之人方不至空手而回。）

　　這類例子還很多，限於篇幅，不能一一列舉。可是要注意的是，由這些例子可以看出客家諺語的語言極其純樸、自然，是我們的先賢從日常生活中信手拈來的，代表了質樸的民族個性。從文學的角度來看，民間文學、民間歌謠，無不使用尚未擬練的純樸語言，如古詩：「山上採蘼蕪，下山逢故夫，長跪問故夫，新人復何如。」由此約略可知，舉凡文學的發軔無不起於民間，用以記述的語言也由純樸而華麗，由約簡而至於浮誇，這正好可由諺語的語言窺其本質。

二、文學語言

　　有些諺語的語言，典雅溫潤，雖不脫質樸況味，卻有文學的意象與經營，用字約而婉，用詞深而雅，講究排比、聯對與押韻，可能是文人雅士借周遭景物、影像或人物以載其道，以明其志。然而正如《三國演義》中的諸葛亮教附近村野唱〈梁父吟〉，久之自然成頌，我們在客家諺語裡也發現不少美句，聲韻盎然，眞可比美文學之語言。底下我們不分其賦比興之別，統一舉例於後：

(39) lui₁₁ ta₃₁ tuŋ₃₃，sɨp₃ pe ñiu₁₁ lan₁₁ kiu₃₁ ve₅₅ kun

雷　打　冬　十　個　九　欄　九　個　空
（如果冬天多雷多雨，則收成不好。）

(40) maŋ₁₁ lok₃ ji₃₁ ɕien₃₃ ts'oŋ₅₅ ko，ju₃₃ lok₃ ma₁₁ mo₃₃ to₃₃

△　落　雨　先　唱　歌　有　落　嘛　無　多
（喻：如果先打雷再下雨，雨不多。也用以指未作事先唱高調者，事情大多作得並不頂好。maŋ₁₁尚未。）

(41) sui₃₁ ta₃₁ ŋ₁₁ kaŋ₃₃ t'eu₁₁，haŋ₁₁ ñin₁₁ m₁₁ ɕit₃ seu₃₁

水　打　五　更　頭，行　人　m　使　愁
（喻：如五更天次方下雨，雨勢必不太大，行人不用愁。）

(42) soŋ₅₅ ja₅₅ ɕioŋ₃₁ to₃₁ tɕien₃₃ t'iau₁₁ lu₅₅，tian₃₃ koŋ₃₃

上　夜　想　到　千　條　路　天　光
pun₃₁ pun₃ mo₅₅ t'eu₅₅ fu₅₅

本　本　磨　豆　腐
（喻：坐而思不如起而行，也喻：沒辦法，沒能突破自己者。試想看，每日想作其他事，一想就有千百種，可是卻無法去作，最後依然作自己低微而又不能不作的老本行。）

(43) ñin₁₁ tɕ'in₁₁ oi₅₅ tso₅₅，t'eu₅₅ fu₅₅ ma₃₃ oi₅₅ mo₅₅

人　情　要　作　豆　腐　也　要　磨
（喻：作人固然重要，本職卻也不能疏忽。）

(44) $ŋ_{31}$ $ñin_{11}$ $çi_{31}$ $ŋ_{11}$ $tsoi$，$ñin_{11}$ $kien_{55}$ $ñin5$ oi_{55}

女 人 鯽 魚 嘴 人 見 人 愛

　（喻：漂亮的女孩子，人人喜歡。）

(45) seu_{33} jeu_{31} kon_{55} fo_{11} set_3，ken_{31} jam_{55} $tsɨ_{55}$ ka_{33} $tçiet_3$

燒 窯 看 火 色 經 驗 自 家 測

　（喻：經驗可得授，火僕卻必須自己去體會。）

(46) $kiun_{55}$ san_{33} ti_{33} $tiau_{33}$ jim_{33}，$kiun_{55}$ sui_{33} $sɨt_3$ $ŋ_{11}$ $çin_{55}$

近 山 知 鳥 音 近 水 識 魚 性

　（喻：環境很重要，耳濡目染，不會也難。）

(47) jun_{11} $voŋ_{31}$ $tuŋ_{33}$ ji_{31} lok_3 $k'un_{33}$，jun_{11} $voŋ_{31}$ $çi_{33}$ $tsok$ so_{33} ji_{33}

雲 往 東 西 落 空 雲 往 西 著 簑 衣

（喻：農夫必知天時，才能有好的收成。這是老農之經驗，如果雲層調往東，雨可能不會下；如果雲層往西，則雨勢必下來。）

　　以上數則諺語內的語言都是融合了純樸與典雅，需知用客家話傳誦的諺語，十之八九均來自於農民。讀書人雖多，卻離土地較遠，無法用他們洗練的語言來傳述莊稼經驗，因此有這麼優雅的語言，彌足珍貴。

結語

　　本文討論了客家諺語的語言，主要的發現是客家諺語的語言充滿了antinomy的況味，擺盪在相當樸拙，相當直接的未雕飾語言，與刻意經營，極力聯對、押韻的文學語言之間，兩者的表達方式，表面上看是個無法妥協的矛盾，但兩者之間的對比與張力（paradoxical tension）卻那麼自然地在客家諺語中取得平衡與和諧。

　　當然，諺語除了語言之外，文化內涵與生活的體認，特別是在農耕生活中的智慧，更可由諺語的字裡行間淋漓地表現出來，但這些且留在未來作進一步的探討。

參 考 文 獻

一、中文部分

丁邦新，1985（1979），《臺灣語言源流》學生書局。

千島英一和桶口靖，（1986），〈臺灣南部方言紀要〉，《麗澤大學紀要》第42卷95-148。

中原週刊社（編），（1992），《客家話辭典》。中原週刊社出版。

王力（1928），〈兩粵音説〉。《清華學報》Vol.1.1。1519-1565。

王力（1951），《漢語音韻學》。商務出版社。

北大（1962），《漢語方音字彙》。文字改革出版社。

北大（1964），《漢語方言詞彙》。文改革出版社。

古直（1928），〈述客方言之研究者〉。《中山大學語言歷史學研究所週刊》（5）：3452-3454。文海出版社。

古國順（1997），《臺灣客家話記音訓練教材》（第7版），臺北：行政院文化建設委員會。

朱德熙（1982），《語法講義》。商務印書館。

江俊龍（1996），《臺中東勢客家方言詞彙研究》。中正大學中國文學研究所碩士論文。

江敏華（1998），《臺中縣東勢客語音韻研究》。臺灣大學中文所碩士論文。

何大安（1988），《規律與方向：變遷中的音韻結構》。臺北：大安出版社。

何耿鏞（1965），〈大埔客家話的後綴〉。《中國語文》6：492-493。

何耿鏞（1981），〈大埔客家話的性狀詞〉。《中國語文》2：111-114。

何耿鏞（1993），《客家方言語法研究》。廈門大學出版社。

吳中杰（2002），臺灣漳州客家與客語〉，收入《第四屆客方言研討會論文集》，廣州：暨南大學出版社，2002475-488。

吳中杰（1999），《臺灣福佬客分布及其語言研究》，國立臺北師範大學華語文教學研究所碩士論文。

呂叔湘（1934），《漢語語法論文集》。商務印書館。

呂嵩雁（1993），《臺灣饒平客家方言》，東吳大學碩士論文。

呂嵩雁（1994），〈臺灣客家次方言語音探究〉，《客家文化研討

會論文集》40-57。客家雜誌社。

呂嵩雁（1995），《臺灣詔安客家話調查》。自印本。

呂嵩雁（1995），〈桃園永定客家話語音的特點〉，《臺灣客家語
　　會論文集》55-78。曹逢甫與蔡美慧（編），文鶴出版有限公
　　司。

李玉（1984），《原始客家話的聲調和聲母系統》。華中理工學院
　　碩士論文。

李作南（1965），〈客家方言的代詞〉。《中國語文》3：224-
　　231。

李作南（1981），〈五華方言形容詞的幾種形態〉。《中國語文》
　　5:363-367。

李厚忠（2003），《臺灣永定客家話研究》。臺北：臺北市立師範
　　學院應用語言學研究所碩士論文。

李盛發（1997），《客家話讀音同音詞彙》。屏東縣立文化中心出
　　版。

周日健（1990），《新豐方言日志》。廣東高等教育出版社。

周日健（1992），〈廣東新豐客家方言記略〉。《方言》1：31-
　　44。

周日健（1994），〈新豐客家話的語法特點〉。收於謝劍與鄭赤琰
　　1994:509-522。

周法高（1969），《桃園縣志卷二人民志語言篇》。桃園縣政府。

房子欽（1994），《客家話否定詞研究》。清華大學語言學碩士論
　　文。

林立芳（1994），〈梅縣話形容詞詞綴〉。收於謝劍與鄭赤琰
　　1994：533-546。

林立芳（1996），〈梅縣方言祈使句的研究〉。收於劉義章編《客
　　家宗族與民間文化》69-82，香港中文大學。

林雨新（1957），〈平遠話的名詞構詞法〉。《中國語文》11：
　　33。

林雨新（1958），〈平遠話裡的一種特殊格式〉。《中國語文》
　　10：448。

林英津（1993），〈客語上聲「到」字的語法功能〉。《中央研究院
　　歷史語言集刊》63.4：831-866。

林英津（1994），〈論《客法大辭典》之客語音系〉。《聲韻論
　　叢》第二輯，383-422。學生書局。

林運來（1957），梅縣方言代名詞、代詞、動詞的一些結構特點，

《中國語文》11：30-31。

邱香雲（2005），《臺灣海陸客家話與閩南話的詞彙比較》。高雄：高雄師範大學博士論文。

邱香雲（2010），《海陸客家話詞彙研究》。臺北：天空數位出版社。

金丸邦三（1965），〈客家語音韻略述〉。《中國語學》3。

雨青（1985），《客家人尋「根」》。武陵出版社。

南臺（1957），〈客家話人稱領屬代詞的用法〉。《中國語文》11：31-32。

哈瑪宛（1994），《印度尼西亞爪哇客家話》。中國社會科學出版社。

施文濤（1963），〈評《漢語方音字匯》〉。《中國語文》2，123：176-182。

胡景福（1931），《客音彙編》。前夜書店。

徐光榮（1998），《臺灣客家話同義詞比較研究》。輔仁大學國文系碩士論文。

徐建芳（2008），《新屋海陸客家話詞彙研究》。新竹：新竹教育大學碩士論文。

徐建芳（2009），《新屋海陸客家話詞彙研究》。新竹：新竹教育大學臺灣語言暨教學研究所碩士論文。

徐桂平（1996），《從句法與音韻的介面關係看客語的連續變調》。清華大學語言學研究所碩士論文。

徐清明（1994），〈漢語方言概要中梅縣音系詞彙語法特點與苗栗四縣話比較研究〉。曹逢甫與蔡美慧（編）。《臺灣客家語論文集》1-24。文鶴出版有限公司。

徐貴榮（2002），《臺灣饒平客家話研究》。新竹：新竹教育大學碩士論文。

徐貴榮（2005），《臺灣饒平客家話》。臺北：五南出版社。

徐瑞珠（2005），《苗栗卓蘭客家話研究》。高雄：高雄師範大學碩士論文。

涂春景（1998a），《苗栗卓菊客家方言詞彙對照》。自印本。

涂春景（1998b），《臺灣中部地區客家方言詞彙對照》。自印本。

袁家驊（1960），《漢語方言》。文字改革出版社。

馬希寧（1994），《婺源方言研究》。清華大學碩士論文。

張月琴（1995），〈從聲學角度來描述臺灣苗栗四縣客家話的聲調系統〉。曹逢甫與蔡美慧（編）。《臺灣客家語論文集》頁

　　　95-112。文鶴出版有限公司。

張光宇（1996），《閩客方言史稿》。南天出版社。

張屏生（1997），〈客家話讀音同音字彙音系——並論客家話記音的若干問題〉。臺灣語言發展學術研討會論文，新竹師院。

張屏生（1998），〈東勢客家話的超陰平聲調變化〉。第七屆國際暨十六全國聲韻學學術研討會論文。彰化師範大學。

張屏生（2003），〈雲林縣崙背鄉詔安腔客家話的語音和詞彙變化〉。《臺灣語文研究》1.1：69-89。

張紹焱（1983），《客家山歌》。苗栗縣政府。

張雁雯（1998），《臺灣四線客家話構詞研究》。臺灣大學中文研究所碩士論文。

張維耿（1995），《客家話詞典》。廣東人民出版社。

張維耿與伍華（1982），〈梅縣話的「動+e」和「形+ke」〉。《中國語文》171-6：46。

張雙慶，李如龍（1993），《客贛方言調查報告》。廈門大學出版社。

曹逢甫（2000），〈臺式日語與臺灣國語——百年來在臺灣發生的兩個語言接觸實例〉。臺灣語言學的創造力學術研討會。國家圖書館。一月十四至十五日。

曹逢甫與鄭縈。19

章炳麟（1917-19），〈嶺外三州語〉。《新方言》。

連金發（1996），〈臺灣閩南語「頭」的構詞方式〉，《第五屆中國境內語言暨語言學國際研討會論文集文》。政治大學。

閔克朝（1981），〈梅縣方言中的一★k尾詞〉。《中國語文》1981.2：119-122。

陳子祺（2001），《新竹海陸腔客家話研究》。新竹：新竹教育大學臺灣語言暨教學研究所碩士論文。

陳秀琪（2002），《臺灣漳州客家話研究——以詔安話為代表》。碩士論文，新竹教育大學臺灣語言暨教學研究所。

陳秀琪（2005），《閩南客家話音韻研究》。博士論文。國立彰化師範大學國文研究所。

陳修（1990），《梅縣客方言研究》。暨南大學出版社。

陳運棟（1978），《客家人》。臺北：太原出版社。

陳運棟（1989），《臺灣的客家人》。臺北：太原出版社。

陸志韋（1976），《漢語的構詞法語》。中華書局。

彭盛星（2004），《臺灣五華（長樂）客家話研究》。新竹：新竹

　　教育大學臺灣語言暨教學研究所碩士論文。

彭欽清（2005），〈《客英大辭典》海陸成分初探〉。《新竹教育
　　大學臺灣語言與語文教育》6:1-14。

湯廷池（1977），《國語變形語法研究：第一集，移位與變形》。
　　臺北：學生書局。

湯廷池（1979），《國語語法研究論集》。臺北：學生書局。

湯廷池（1981），〈國語疑問句研究〉。《師大學報》26：219-
　　277。又收於湯廷池（1988）《漢語詞法句法論集》241-
　　311。臺北：學生書局。

湯廷池（1982），〈國語詞彙學導論：詞彙結構與詞彙規律〉。
　　《教學與研究》4：39-57。

湯廷池（1984），〈國語疑問句研究續論〉。《師大學報》29：
　　381-435。又收於湯廷池（1988）《漢語詞法句法論集》。
　　313-399。臺北：學生書局。

湯廷池（1993），〈閩南語否定詞的語意內涵與句法表現〉。《國
　　科會研究彙刊：人文及社會學》3：2, 224-243。

菅向榮（1933），《標準廣東語典》。臺北：警察協會。1974重印
　　於古亭書屋。

黃有富（2001），《海陸客家話去聲研究》。新竹：新竹大學臺灣
　　語言暨教學研究所碩士論文。

黃佳雯（2004），《臺灣東勢客語表性狀詞的語義分析》。新竹：
　　新竹教育大學臺灣語言暨教學研究所碩士論文。

黃宣範（1988），〈臺灣話構詞論〉。《現代臺灣話研究論文集》
　　（黃宣範與鄭良偉編）文鶴出版社。

黃宣範（1993），《語言、族群與臺灣的社會》。臺北：文鶴出版
　　社。

黃釗（1863），《石窟一徵》。影印本重刊於1970。臺灣學生書
　　局。

黃基正（1969），《客家語言研究》。影印本。

黃雪貞（1982），〈永定（下洋）方言形容詞的子尾〉。《方言》
　　3：190-195。

黃雪貞（1983），〈永定（下洋）方言詞彙〉。方言2.148-160。
　　《方言》3.220-240。《方言》4.297-304。

黃雪貞（1987），〈客家話的分布與內部異同〉。《方言》2：81-
　　96。

黃雪貞（1988），〈客家方言聲調的特點〉。《方言》4：241-

246。

黃雪貞（1992），〈梅縣客家話的語音特點〉。《方言》4：275-289。

黃雪貞（1995），《梅縣方言詞典》。江蘇教育出版社。

黃雪貞（1996），〈成都市郊龍潭寺的客家話〉。《方言》2：116-122。

黃雯君（2005），《臺灣四縣海陸客家話比較研究》。新竹：新竹教育大學臺灣語言暨教學研究所碩士論文。

楊名龍（2005），《新屋水流軍話與海陸客家話方言現象研究》。臺北：臺北市立師範學院應用語言文學研究所碩士論文。

楊名龍（2015），《臺灣各客家方言的語音比較研究》。臺北：臺北市立師範學院應用語言文學研究所博士論文。

楊時逢（1957），《臺灣桃園客家話》 中央研究院歷史語言研究所單刊22。

楊時逢（1957），《臺灣桃園客家話》。臺北：中央研究院歷史語言研究所單刊22。

楊時逢（1971），〈美濃地區的客家話〉。《中央研究院歷史語言集刊》42, vol.3：405-456。

楊國鑫（1993），《臺灣的客家人》。臺北：唐山出版社。

楊毓雯（1995），〈客英大辭典內有音無字詞句翻譯草稿〉。中央研究院民族研究所。

楊鏡汀（1995），〈廣東語辭典有音無字之整理研究初稿〉。未刊稿。

溫仲和（1899），《光緒嘉應州誌。方言篇》。

董同龢（1948），〈華陽涼水井客家記音〉。收於丁邦新編《董同龢先生語言學論文選集》153-273。食貨出版社。

董同龢（1968），《漢語音韻學》。文史哲出版社。

董忠司（1991），〈臺灣地區客家語簡述〉。收於詹伯慧1983（1991），頁237-247。

董忠司（1994），〈東勢客家語音系及其音標方案〉。收於曹逢甫及蔡美慧編《臺灣客家論文集》。文鶴出版公司。

董忠司（1995），〈東勢客家話音系略述及其音標方案〉。《臺灣客家語會論文集》頁113-126。曹逢甫與蔡美慧（編）。文鶴出版有限公司。

詹伯慧（1983），《現代漢語方言》重刊於1991。新學識出版社。

廖俊龍（2010），《雲林福建地區之詔安客家話音韻比較研究》。

碩士論文。新竹教育大學臺灣語言與教學研究所。

廖烈震（2002），《雲林崙背地區詔安客家話音韻研究》。碩士論文。臺北市立師範學院應用語言學研究所。

廖偉成（2010），《雲林崙背地區詔安客家話音韻研究臺灣詔安客語介詞研究──以雲林縣崙背地區為例》。碩士論文。中央大學客家語文研究所。

廖偉成（2013），《音變中的客家話──談雲林縣崙背、二崙地區的詔安客家話的音變》。

劉添珍（1992），《常用客話辭典》。自立晚報社文化部出版。

劉綸鑫（1994），〈贛南客家話的語音特徵〉。收於謝劍與鄭赤琰1994：555-570。

劉還月（1999），《臺灣的客家族群與信仰》。臺灣：常民文化出版社。

劉還月（2000），《臺灣的客家話》。常民文化出版社。

潘文國、葉步榮與韓洋。1993。《漢語的構詞法研究》。臺北：學生書局。

鄧迅之（1982），《客家源流研究》。天民出版社。

蕭宇超和徐桂平（1994），〈從句法觀點看苗栗四縣客家話的陰平調〉。第三屆國際聲韻學會暨十二屆全國聲韻學會會前論文集。468-497。清華大學。

賴文英（2004），《新屋鄉呂屋豐順客家話研究》。高雄：國立高雄師範大學臺灣語言研究所碩士論文。

賴淑芬（2004），《屏東佳冬客家話研究》。高雄：高雄師範大學臺灣語言暨教學研究所碩士論文。

賴淑芬（2011），《臺灣南部客語的接觸演變》。新竹：國立新竹教育大學臺灣語言與教育育研究所博士論文。

賴紹詳和葉聯華（1994），〈關於客方言的若干特點〉。收於謝劍與鄭赤琰1994：475-484。

賴維凱（2008），《高樹大路關與內埔客家話比較研究》。桃園：中央大學客家語文研究所碩士論文。

駱嘉朋（2006），《閩客方言影響下臺灣國語的音韻特點》。馬來西亞：第一屆馬來西亞國際華語語言學研討會。

戴浩一（2001），《臺灣四縣客語量詞的歸類形式及認知原則》。國科會專題研究成果報告（NSC 90-2411-H-194-024）。

戴浩一（2006），〈分類詞「尾」在臺灣閩南語與客語中的範疇結構之比較〉。《門內日與月──鄭錦全七十壽誕論文集》。頁

55-69。臺北：中央研究院語言學研究所。

謝劍與鄭赤琰（1994），《國際客家學研討會論文集》。香港中文大學。

鍾榮富（1990a），〈論客家話介音的歸屬〉。《臺灣風物》40.4：189-198。

鍾榮富（1990b），〈客家話韻母的結構〉。《漢學研究》。8.2：47-77。

鍾榮富（1991a），〈客家話的[V]聲〉。《聲韻學論叢》第三輯。435-455。中華民國聲韻學會與輔仁大學中文學系合編。臺北：學生書局。

鍾榮富（1991b），《當代音韻理論與漢語音韻學》。國科會專案研究報告。

鍾榮富（1992），〈速度與國語三聲的變調〉。《華文世界》65：57-59。

鍾榮富（1994a），〈客家方言的唇音異化研究〉。收於謝劍與鄭赤琰1994：571-592。

鍾榮富（1994b），〈客家童謠的文化觀〉。《客家文化研討會論文集》頁124-140。客家雜誌社。

鍾榮富（1995a），〈客家話的構詞和音韻的關係〉。《第一屆臺灣語言國際研討會文集》頁155-176。曹逢甫與蔡美慧（編）。文鶴出版有限公司。

鍾榮富（1995b），〈美濃地區各客家次方言的音韻現象〉。《臺灣客家語會論文集》頁79-94。曹逢甫與蔡美慧（編）。文鶴出版有限公司。

鍾榮富（1997a），《美濃鎮誌語言篇》。1317-1477。美濃鎮公所出版。

鍾榮富（1997b），〈美濃客家語言〉。收於《高雄縣客家社會與文化》。高雄縣政府出版。頁293-444。

鍾榮富（1997c），〈音標、音韻與構詞的三角關係〉。宣讀於第五屆世界華語文教學學術研討會，12月27-31日，劍潭活動中心。

鍾榮富（1998），〈六堆客家各次方言的音韻的現象〉。《第四屆國際客家學術研討會論文集》頁203-234。

鍾榮富（2000），〈閩客注音符號客語部分研究報告〉。中央研究院。

鍾榮富（2005），〈臺灣客語的特性〉。收於古國順編《臺灣客語

概論》。頁351-374。臺北：五南出版社。

鍾榮富（2005），《高雄客家行腳》。高雄：高雄市客家事務委員
　　會。

鍾榮富（2006），〈四海客家話形成的方向〉。《語言及語言學研
　　究》，7.2：523-544。臺北：中央研究院語言學研究所。

鍾榮富（2007），《臺灣客家語言地圖》。客家委員會專案研究報
　　告。

鍾榮富（2010），〈大陸原鄉、新加坡與臺灣大埔客家話之比較研
　　究〉。《族群、歷史與文化：跨領域研究東南亞與東亞》。頁
　　637-652。新加坡：八方出版社。

鍾榮富（2010），〈東勢客家話的捲舌擦音〉。《語言暨語言
　　學》，11.2：219-248。臺北：中央研究院語言學研究所。

鍾榮富（2010），〈東勢客家話的聲調與變調〉。《客語春秋》。
　　頁20-43。國立中央大學客家語文研究所編印。臺北：文鶴出
　　版有限公司。

鍾榮富（2011），〈臺灣客家話的接觸與語言變遷〉。收於《從語
　　言接觸看南方底層效應》。新竹：國立清華大學語言所語言接
　　觸研讀會。

鍾麗美（2005），《屏東內埔客語的共時變異》。高雄：高雄師範
　　大學臺灣語言暨教學研究所碩士論文。

羅美珍（1994），〈從語言角度看客家民鬼的形成及其文化風
　　貌〉。收於謝劍與鄭赤琰1994:499-508。

羅美珍與鄧曉華（1995），《客家方言》。福建教育出版社。

羅香林（1933），《客家研究導論》。1981重印於古亭書屋。

羅肇錦（1984），《客語語法》。學生書局。

羅肇錦（1984），《客語語法》。臺北：學生書局。

羅肇錦（1987），〈臺灣客語次的語音現象〉。《國立臺灣師範大
　　學國文學報》16:289-326。

羅肇錦（1990），《臺灣的客家話》。臺北：臺原出版社。

羅肇錦（1994），〈四縣話附著成份結構功能分析〉。收於謝劍與
　　鄭赤琰1994:593-618。

羅肇錦（1994），〈客語異讀音的來源〉。《臺北師院學報》7：
　　305-325。

羅肇錦（1997），〈臺灣客家話的失落、轉型與重構〉。第四屆國
　　際客家學研討會，中央研究院民族學研究所11月4-7日。

羅肇錦（2000），《臺灣客家族群史 —— 語言篇》。臺灣：臺灣省

文獻委員會出版。

羅肇錦（2006），〈客家話[f]聲母的探索〉。宣讀於臺灣語言學研究的未來。高雄：高雄師範大學臺灣語言及教學研究所主辦，10月25日。

羅劇雲（1928），〈客方言自序〉。《中山大學語言歷史學研究所週刊》(5)：3449-3451。文海出版社。

羅劇雲〔1984（1992）〕，《客家話》。臺北：聯合出版社。

饒長溶（1987），〈福建長汀（客家）方言的連續變調〉。《中國語文》3：191-200。

饒秉才（1998），〈《客家研究導論》中的客家語言存疑〉。《客家方言研究》（第二屆客方言研討會論文集）。頁419-432。廣州：暨南大學出版社。

二、英文部分

Aronoff, Mark. 1976. *Word formation in generative grammar*. MIT press.

Ball, James D. 1896. *Hakka Colloquial*. Basel Society

Bollini, Robert J. 1960. *The phonemics of Hakka, a Sino-Tibetan Language*. M. A. Thesis, Georgetown University.

Chao, Yuen-ren (趙元任). 1968. *A Grammar of Spoken Chinese*. Berkeley and Los Angeles: University of California Press.

Cheng, Chin-chuan.1973. *A synchronic phonology of Mandarin Chinese*. The Hague: Moutan.

Cheng, Robert (鄭良偉). 1971. Taiwanese question particles，收於鄭良偉(1997)《臺、華語的時空、疑問與否定》231-269，遠流出版社。

Cheng, Robert (鄭良偉). 1981. Taiwanese u and Mandarin you. *Papers from the 1979 Asian and Pacific Conference on Linguistics and Language Teaching*. Taipei: Student Book Co. 305-330.

Cheng, Robert (鄭良偉). 1984. Chinese question words and their meaning. *Journal of Chinese Linguistics* 12, 86-147.

Chomsky, Noam. 1957. *Syntactic Structures*. The Hague: Mouton.

Chomksy, Noam. 1986. *Knowledge of Language: Its nature, origin, and use*. New York: Paeger.

Chomsky, Noam and Morris Halle. 1968. *The sound pattern of Eng-

lish. New York: Harper and Row.

Chung, Raung-fu. 1989a. *Aspects of Kejia Phonology*. Ph.D. dissertation, University of Illinois at Urbana-Champaign.

Chung, Raung-fu. 1989b. On the representation of Kejia diphthongs. *Studies in the Linguistic Sciences*, Vol. 19, No. 1, 63-80.

Chung, Raung-fu. 1991. On Hakka Syllabification. *The First International Symposium on Chinese Languages and Linguistics*, Vol. 1: 116-145. Edited by Hwang-cheng Gong and Dah-an Ho, Academia Sinica.

Chung, Raung-fu. 1992. The domain of Hakka tone sandhi. *Studies in Language Teaching, Linguistics, and Literature*. 113-114. Department of English, National Kaohsiung Normal University.

Chung, Raung-fu. 1996. *Segmental phonology of Southern Min in Taiwan*. Taipei: The Crane Publihsing Company Ltd.

Fromkin, Victoria and Robert Rodman. 1998. *An introduction to language* (sixth edition). Harcourt Brace College Publishers.

Goldsmith, John. 1976. *Autosegmental Phonology*. Ph.D. dissertation, MIT.

Goldsmith, John. 1990. *Autosegmental and Metrical Phonology*. Blackwell.

Hamberg, Thedore, 1909. *Kleines Deutsch Hakka Wörtebuch*. Barmen Society

Hashimoto, M. J. 1958. Hakkago on 'inron-Baiken Hookoo hoogen no onso taikei ni tsuite (Hakka phonology--on the phonemic system of the Po-hang, Moiyan dialect. *Chuugoku Gogaku* 79:8-9.

Hashimoto, M. J. 1959. Hakka phonemics--the phonetics of Moi-yan dialect and its phonemic system. *Gengo Kenkyuu* 35:52-85.

Hashimoto, M. J. 1972. *Hakkago kiso goishuu sakuin* (Compilation of Hakka basic vocabulary) 客家語基礎語彙集, Tokyo: Tokyo gaikokugo daigaku Ajia-Afurika gengo bunka kenkyuujo.

Hashimoto, M. J. 1973. *The Hakka Dialect*. The Princeton University Press.

Henne. 1964a. An Annotated Syllabary of Sathewkok Hakka. *Acta Orientalia* 28:1-2, 81-127.

Henne. 1964b. Sathewkok Hakka Phonology. *Norsk Tidskrift for Sprogvidenskap* 20. 1-53.

Henne. 1966. A Sketch of Sathewkok Hakka grammatical structure. Acta Linguistica Hafniensia x-1: 69-108.

Huang, Yao-huang. 2003. *An acoustic study of the Hakka tones*. MA thesis, National Kaohsiung Normal University.

Hsiao, Yu-chao. 1994. A beat-counting theory of Mandarin foot formation. In Li, Jen-Kuei (eds) *Chinese Languages and Linguistics: Historical Linguistics*. 555-585. Taipei: Institute of History and Philology, Academia Sinica.

Hsiao, Yu-chao. 1995. On the tonal typology of three Chinese dialects spoken in Taiwan. *Paper for the 28th International Conference on Sino-Tibetin Languages and Linguistics*. University of Virginia.

Hsiao, Yun-hsiu. 1996. *On the Hakka PUN*. MA thesis, National Taiwan Normal University.

Hsu, Huei jen. 1995. Trysyllabic Tone Sandhi in the Changting Hakka Dialect. *Journal of Chinese Linguistics* 23.1: 43-86.

Huang, Hong-lu. 1988. *The syntax and pragmatics of Hakka questions*. MA thesis, Fu-jen Catholic University.

IPA. 1999. *Handbook of the international phonetic association*. Cambridge University Press.

Ishida, 1948. Hakkago kenkyuu nooto [Notes on the study of Hakka], *Chuugoku Gogak [Bulletin of the Chinese Linguistic Society of Japan.]* 21:3-4.

Ishida, 1954. *Taiwan ni okeru hakkago no kankei shomoku kaida*i [A bibliographical introduction to the study of the Hakka dialects spoken in Taiwan], Shiga bunkagaku tokushuu {Special issue in humanistic studies] 4:56-67.

Jang, Linging(張玲瑛). 1987. *Studies in Hakka Morphology and Syntax*. M.A. thesis, Fu Jen University.

Kager. R. 1999. *Optimality Theory : A textbook*. Cambridge University Press.

Kaisse Ellen. 1985. *Connected speech: the interaction of syntax and phonology*. Yew York: Academic Press.

Kaisse, 1985. *Connected speech: An interaction between syntax and phonology*. New York: Academic Press.

Kan, Koo-ei. 1933. *Hyoojun Kantongoten* [A Standard Grammar of

Cantonese], Taipei.

Kenstowicz, Michael. 1994. *Phonology in generative grammar*. Black-well.

King, H. 1969. *Historical Linguistics and Generative Phonology*. Prentice-Hall, Englewood Cliffs, N.J.

Kiparsky, Paul. 1968. *Explanation in Phonology*. Foris Publications.,

Kiparsky, Paul. 1996. The phonological basis of sound change. In *The Handbook of Phonological Theory* (edited by Gold Smith), 640-670. Blackwell.

Kenstowicz, Michael and Charles Kisseberth. 1979. *Generative Pho-nology*. New York: Academic Press.

Kubler, Cornellius C. 1985. *The development of Mandarin in Taiwan: A case study of language contact*. Taipei: Student Book Co.

Kuo, Jin-man (郭進屘). 1992.《漢語正反問句的結構和句法運作》. 清華大學語言學研究所碩士論文。

Labov, William. 1994. *Principles of Linguistic Change*. Blackwell.

Labov, William. 1999. *Sound Change*. Blackwell.

Ladefoged and Maddieson. 1996. *Sounds of world's languages*. Black-well.

Ladefoged, Peter & Ian Maddieson 1996. *The sounds of the world's languages*. Blackwell.

Ladefoged, Peter. 1999. Instrumental phonetic fieldwork. In *A Hand-book of Phonetic Science* ed. By W. Harcastle and J. Laver. Blackwe.

Ladefoged, Peter. 1982 [1975]. *A course in phonetics*. Tx: harcourt Brace Jovanovitch.

Lai, Huei-Ling C. 1989. *A Preliminary Study on Hakka 'To'* (客語 「到」字初探) M.A. thesis, National Chengchi University.

Li, Charles and S. A. Thompson. 1981. *Mandarin Chinese*. Berkeley and Los Angeles: University of California Press.

Li, Ing Cherry (李櫻). 1998. *Utternace-Final particles in Taiwanese: A discourse-pragmatic analysis*. Taipei: The Crane Publishing Co, Ltd.

Li, Yen-hui Audrey (李豔惠). 1992. Indefinite Wh in Mandarin Chi-nese. *Journal of Eastern Asian Linguistics* 1: 125-155.

Lien, Chin-fa. 1987. *Coexistent tone systems in Chinese dialects*. Ph.

D. dissertation, UC Berkeley. Printed 1990 by UMI.

Lin, Jo-wang (林若望). 1992. The syntax of zemeyang 'how' and weisheme 'why' in Mandarin Chinese. *Journal of Eastern Asian Linguistics* 1：293-331.

Lin, Jo-wang (林若望). 1995. Phonology:

Lin, Shuan-fu (林雙福). 1974. Reduction in Taiwanese A-not-A questions. *Journal of Chiense Linguistics* 2.1:27-78.

Lin, Yen-huei. 1989. An atutosegment treatment of Chinese segments. Ph.D. dissertation, U of Texas, Austin.

MacIver, D. (1905) and M. C. Mackenzie 1926. *A Chinese-English Dictionar*y, Hakka Dialect. [客英大字典] Reprinted by SMC Publishing INC 1991.

MacIver, D. 1909. *The Syllabary of Hakka*. China Inland Mission.

Masecano, Guerrino. 1959. *English Hakka Dictionary* (英客大字典), 光啓出版社.

Matthew 1987. The syntax of Xiamen tone sandhi. *Phonology Yearbook* 4:109-149.

McCawley, James D. 1994. Remarks on the syntax of Mandarin Yes-no questions. *Journal of Eastern Asian Linguistics* 3: 179-194.

Mercer, Bernard A. M. 1930. *Hakka-Chinese Lessons*. London.

Norman, Jerry. 1988. *Chinese*. Cambridge Language Surveys.

O'Conner, Kevin A. 1976. Proto-Hakka. 言語研究 11.

Odden, David. 1987. On the role of the obligatory contour principle in phonological theory. *Language* 62:353-383.

Odden, David.1988. On the obligatory contour principle. *Language* 62:353-383.

Prince, Allen and Paul, Smolensky. 1994. *Optimality Theory*. Ms. Rutgers University.

Prince, Allen. 1980. A Metrical theory for Estonian Quantity. Linguistic Inquiry 11: 511-562.

Pullum and Ladusaw. 1986. Phonetic Symbol Guide. The University of Chicago Press.

Pullum, Geoffrey K. & WillaimLadusaw 1986. *Phonetic symbol guide*. The University of Chicago Press.

Quirk, Randolph and Sidney Greenbaum. 1973. *A concise grammar of contemporary English*. Harcourt Brace Jovanovich, Inc.

Rey, Charles. 1901 (1926). *Dictionnaire Chinois-Francais, Dialecte Hac-ka* (客法大辭典). Hong Kong. Reprinted by 南天書局 1988.

Rey, Charles. 1937. Conversations Chinoises Prises Sur le Vif a Vec Notes Grammaticales (Langage Hac-Ka). (客家社會生活對話). The Chinese Association for Folklore.

Ryuu, Koku-mei. 1919. *Kantogo Shuusei (A Complete Grammar of Cantonese)*, Taipei.

Schaank, S. H. 1879. *Het Loeh-Foeng Dialekt* [客家陸豐方言], 重刊於 1988, 古亭書屋.

Schane, A. Sanford. 1984. The fundamentals of particle phonology. *Phonology Yearbook* 1:129-155.

Schane, Sanford. 1987. The resolution of hiatus. *Chicago Linguistic Society* 23:278-290.

Schane, Sanford. 1996. Diphthonization in particle phonology. In *The Handbook of Phonological Theory* (edited by Gold Smith), 586-608. Blackwell.

Selkirk, Elisabeth. 1986. On derived domain in sentence phonology. *Phonology Yearbook* 3:371-405.

Selkirk, Elisabeth. 1984. *Phonology and Syntax: The Relation between Sound and Structure.* Cambridge: The MIT Press.

Selkirk, Elizebeth. 1982. *The syntax of words*. MIT Press.

Selkirk, Elizebeth. 1987. On derived domain n sentence phonology. *Phonology Yearbook* 3: 371-404.

Shiba, Yoshitaro. 1915. *Kantongo Kaiwahen*--Fu Kokugo Renshuusho (Cantonese Conversation) 2nd. 1919. Taipei.

Shih, Chi-lin. 1986. *The prosodic domain of tone sandhi in Chinese.* Ph.D.dissertaion, UCSD.

Sootokuufu, 1930. 廣東語辭典. 臺北：古亭書局。

Spencer, Andrew. 1991. Morphological theory. Blackwell.

Tsai, We-tien Dylan(蔡維天). 1994. On Nominal Islands and LF extraction in Chiense. *Natural Languages and Linguistic Theories* 12:121-175.

Völmel, Johann Heinrich. 1913. *Der Hakka Dialekt --- Lautlehre, Siblenlehre und Betonungslehre* (als Dissertation einer hochwu_rdigen philosophichen Fakulta_t der Universitat Leipzig zur Erlangung der Doktorwu_rde vorgelegt. von J. H. Vo_mel. *T'ung Pao* 14: 597-696.

Yang, Paul. 1960. The Catholic missionary contributions to the study of Chinese dialects. *Orbis (Bulletin International de Documentation Linguistique)*, IX-1, 158-185.

Yang, Paul. 1966. Elements of Hakka dialectology. *Moumenta Serica* 26:305-351.

Yang, Paul. 1967. A sociolinguistic profile of the Hakka dialect. *Languages and Linguistics: Working papers* 1: 117-123.

Yu, Shiou-min. 1984. *Aspects of the phonology of Miali Hakka*. M. A. Thesis. Fujen Catholic University.

Note

Note

國家圖書館出版品預行編目資料

臺灣客家語音導論／鍾榮富著. -- 二版. --
臺北市：五南, 2017.07
　　面；　　公分.
ISBN 978-957-11-9091-4（平裝）
1.客語 2.語音

802.52384　　　　　　　　　106003196

1XN6 客語教學叢書

臺灣客家語音導論

作　　者 ― 鍾榮富

發 行 人 ― 楊榮川

總 經 理 ― 楊士清

副總編輯 ― 黃惠娟

責任編輯 ― 蔡佳伶　簡妙如

文字編輯 ― 周雪伶

封面設計 ― 姚孝慈

出 版 者 ― 五南圖書出版股份有限公司

地　　址：106台北市大安區和平東路二段339號4樓

電　　話：(02)2705-5066　　傳　　真：(02)2706-6100

網　　址：http://www.wunan.com.tw

電子郵件：wunan@wunan.com.tw

劃撥帳號：01068953

戶　　名：五南圖書出版股份有限公司

法律顧問　林勝安律師事務所　林勝安律師

出版日期　2007年1月初版一刷
　　　　　2017年7月二版一刷

定　　價　新臺幣450元